中央アジア、魅惑の国・キルギス物語

モスクワ、ソウル、キルギス、ウクライナへの道

ユーリー・ダメノビッチ・ツルゲーネフ／富岡譲二 著

流通経済大学出版会

巻頭の言葉・観光の体現者としての富岡譲二

流通経済大学名誉教授

日本国際観光学会初代会長　香川　眞

　大胆な言い方が許されるなら、観光という現象には観光行動、観光事業、観光交流という三つの切り口がある。研究者、教育者はそれぞれ独自の方法論（例えば、心理学、経営学、社会学）に立ち、この現象にアプローチする。私の専門は心理学と社会学であったから観光学では観光行動論、観光交流論が中心であった。

　国連は1967年11月４日、第21回総会において1967年を「国際観光年」と指定する旨の決議を行なった。世界各国に対しては観光が教育・文化・経済・社会等の諸分野に果たしている役割を各方面に認識させ、且つ観光振興に関する諸施策の推進に努めるよう要請した。

　国際観光年の標語は「観光は平和へのパスポート」（Tourism; Passport to Peace）であった。観光の究極的な目標は世界平和である、との想いは研究者としての私の原風景となった。人と人の交流が、すなわち観光こそが平和への第一歩だ。各国に於いては観光振興に資する人材育成が課題となるが、日本の観光研究、観光教育は世界に比べて決定的に遅れていた。日本の４年制大学での観光学科の開設は、くしくも国際観光年と同年の1967年に立教大学社会学部に観光学科が開講されたのが最初であり、立教に遅れること26年、1993年に流通経済大学社会学部に国際観光

学科が設立、というおそまつさであった。長年不況が続いた日本、2001年4月に総理に就任した小泉純一郎首相は景気浮揚策として、遅ればせながら観光立国宣言を行う。

　私は立教大学で大学院を修了した後、大阪産業大学経営学部の交通経営学科で観光を教えていたが、縁があり流通経済大学での観光学科の設立に関わることとなった。それ以来、流通経済大学が私の研究、教育の場となった。ここで同僚として出会い研究や教育、さらには日本国際観光学会、JaFit での活動を共にし、そして退職後の今もお付き合いをさせてい頂いているのが富岡譲二先生である。本書の著者名「ユーリー・ダメノビッチ・ツルゲーネフ／富岡譲二」は先生ご自身による自嘲と自愛からのペンネームである。ここからも富岡先生の人柄がしのばれる。

　ところで、大学教育については従来から、「東京大学では知識養育、東京工業大学では技術教育」という考え方がある。だとすれば現在の大学での観光教育は明らかに東京工業大学型の技術教育に偏向している。流通経済大学においても事情は同じ。ホテル業界や航空業界、そして旅行業界の求める人材の育成が主たる目標とされた。観光の国際化と相まって観光業界への就職希望者が増え、入学希望者も増えることになる。このこと自体、悪いことではない。観光が平和に繋がるにしても、先ずは観光事業自体の発展が前提になるからだ。

　そんな中にあって、「観光ってなんだろう、平和ってなんだろう」と考えると「とにかく人との出会いが好き」という怖いもの知らずの富岡先生、ロシア語とサックスを携えての旅人は、どこかで深く気脈が通じていたのかもしれない。観光振興の先に「平和」を見つめる眼差しに、お互いが共通するものを感じていたのかもしれない。冨岡先生の専門はロシア語であり、ロシア文学である。そして趣味が昂じたサックスの演奏。上智大学を7年で卒業、紆余曲折を経てJALに勤務、採用後間もなくJAL機のモスクワ空港での墜落事故。救援の一番機でモスクワに飛ばされ、命じられたのは被災者の身元確認等、数ヶ月後には転勤辞令

が下りモスクワ支店で働くことに。10年程続いた長い交渉の末、東京と
モスクワを結ぶ日ソ民間航空協定が結ばれ、機体はソ連製、乗務員も全
てロシア人（1名の日本人 CA を除き）の共同運航から始まり、ようやく
JAL の自主運航機が飛べるようになった頃の話である。現地採用の女
性職員と家政婦、美人だが気は許せない、恐らくは情報組織の一員か、
事務所には盗聴マイクも、そんな時代であった。それでも富岡先生は怖
いもの知らずの好奇心で、友人を作り文化を吸収する。今でも先生の友
人関係は業界を超え国を超える。この生き方が実は、「平和につながる
観光」の原型であることに、私は最近になってようやく気が付かされ
た。

　私が国際観光学会の会長をしている時に、『観光学大事典　香川眞
編、国際観光学会監修、2007年、木楽舎』を上梓した。「辞典」とせず
「事典」としたのは観光を平和に繋げるには技術教育に加えて、知識教
育が重要だ、との会長の依怙地な思いからであった。単なる解説ではな
く観光学の体系を示したいと考えたからだ。先生には第 9 章「国際観光
事情」の「ロシア編」の執筆をお願いした。ロシア事情について学会で
は富岡先生は第一人者であったが、やはり先生の目を通してのロシアは
文化、社会、自然、歴史のどれを取っても、今そこにあるような、生々
しさに溢れていた。この生々しさは先生がロシアへの旅人であった証左
とみて良いだろう。

　先生のご子息は日本青年海外協力隊（JICA）及び日本サッカー協会
（JFA）から派遣され、バングラデシュ、スーダン、インド、ヨルダンで
子供達にサッカーを教え、今はサイパンで。現地の人々との間に深い絆
を成立させながら指導を続けている。その配偶者も上記の国々に加え最
近までシリアで、7 月からはミャンマーへユニセフの使命で出国して
行った。絆の構築、この確信があるからこそたとえ危険な地であって
も、先生は子息を送り出し現地で子供達を教え、支え、救う。そして広
い世界の現状を知られる、やはり旅人の親子だ。退職後先生は月100

ドルのボランティア教師としてキルギスに出国。ロシア語で日本語を教えるのが仕事だが、先生の目的は社会貢献の意味も勿論だが、むしろその間を利用して中央アジアを舞台とした小説を書き残すことであった。キルギスで教師活動と執筆活動、書き始めて4年、ところがその間にロシアによるウクライナ侵攻の勃発。先生の考えていた執筆の構成と目次は変更を余儀なくされる。平和を希求する観光研究者である先生に取り出会いの喜び、交流の重さ、平和の有難さだけではなく戦争の悲劇そのものを避けて通れなくなったのだ。阿修羅の道を進むロシアは何処へ向かうのか、輝いていたロシア文学は何処へ消えてしまうのか、今の自分の思いを書き残さなければならない。結果、本書の題名は「中央アジア、魅惑の国・キルギス物語」、モスクワから始まりソウル、キルギス、ウクライナへ。再びロシアに戻る経験と思考の「旅人の本」となった。「平和を希求する本」となった。ジョージという一人の男を主人公、ロシア語を学び花の咲かない人生を悔やむが、ロシア語という一つの外国語を学び、観て摑んだ世界観、人間の幸せとは、を考えつつ書いた長編の作品です。どうぞ最後まで是非お読みください。

　ご本人には、次の執筆計画もお有りのようです。私も楽しみにしております。

はじめに

　作家三島由紀夫は小説「潮騒」で、海辺の町での若者の清純な愛の世界を描いた。「ダフネスとクロエ」に着想を得た、若い漁夫と海女の純粋な恋愛を透明感のある筆致で描き出している。

　ロシアの作家ツルゲーネフは、モスクワ郊外の白樺林を背景とし、少年を主人公にして「初恋」を書き残した。たまたま林の中の隣の家の垣根を覗くと、そこには清楚、華怜な女性の姿が眼に映る。その時の微笑みに強く心惹かれる。しかしその女性と深く関係ある男は、自分の父親であることを知り深いショックを受ける。時を経て、彼女は若くして出産に失敗し亡くなったことを知る。ツルゲーネフは「初恋」で、人生は夢・喜びと悩み・悲しみの繰り返し、そしてこの世の「愛」の魅力と魔力、不可解、怖さを現している。

　同じくロシアの作家で、英国生まれの劇作家で詩人、ウイリアム・シェイクスピアと共に世界文学史上最も名前が知られ、日本にも大きな影響を与えたレフ・トルストイの小説、アンナ・カレーニナの冒頭には、こう書かれている。「幸福の家庭は全てに互い似かよったものであり、不幸な家庭はどこもその不幸の趣きが異なっているものである」。

　トルストイは7年程掛けて書いたと言われる長編小説、「戦争と平和」他数々の作品を書いたが、妻ソフィアとの間に12人の子供を設け、晩年は考えが合わず家出し直後に旅先で死亡した。駅長室に置かれた遺体がトルストイだと確認するとソフィアはそっけなく帰宅したという。

　12人と言えば、帝政時代のロシアで最も有名な女帝のエカテリーナⅡ

世を挙げておこう。ドイツ出身のエカテリーナは幼い頃から教養を磨き、ロシアに心惹かれ愛し、ロシア語を学んだ。願いが叶いピョートルⅢ世と結婚したが、性格が合わず離婚した後、殺害に及んだ。一説によるとエカテリーナには12人以上の愛人がいたという。

　トルストイの「幸福」という言葉の意味するところは、読む人の人生経験や歩んだ運命航路により理解は様々であろう。トルストイは多くの子供に恵まれ肉体的に結ばれたが、晩年夫婦の心は離れた。エカテリーナはロシアに憧れ后になった後は夢や趣味、趣向の違いにより数奇な人生を送った。エカテリーナは残忍さと強い意志、淫らともと言える私生活にも拘わらず、クリミアをロシア領に組み入れ、女性教育の向上、海外からの美術品購入等に努めたこと等が評価され、ロシア人には愛されている。トルストイは妻のソフィアからは疎まれたが、文学作品で世界的な評価を受けた。生まれがもう少し遅れれば、後に起こったロシアの社会主義革命に遭遇し、あるいは恐怖の末路を遂げたかも知れない。

　人間の想いや願いは様々で、自由や思考の多様性を求めながらも3年程続くコロナ禍、そしてロシアのウクライナ侵攻等、困難のただ中にある。現在世界中が排他的、デカップリングの方向へと進んでいる。

　第2次世界大戦が終わり世界中がホッとする間もなく、米ソをトップとする冷戦構造となった。ソ連が崩壊して21世紀になると、多くの人々は平和と国際交流時代の到来に夢と期待を抱いた。しかしアメリカ大統領にトランプ氏が就任すると、「マイ・カントリー・ファースト」を唱えて自国最優先を主張した。アメリカが世界のリーダーとして台頭する以前から世界に大きな影響を与えて来た英国もまた、EUから離脱した。新型ウイルス、コロナが蔓延すると各国が自国の国境を閉鎖した。米ソ冷戦時代にソ連の覇権主義を強く批判していた中国は、世界の工場として経済力を貯え、ソ連崩壊後はロシアに代わりアメリカと共に二大強国となった。そして広い公海を自国の領海との主張を始める。地盤沈下を続けるロシアは、理不尽な理由で隣国ウクライナへの軍事進攻を始め

た。国際間の人・物・金の動きはストップ状態となり、国境を越えた駆け引きと意見が異なる者への非難と中傷、国も個々人間も歴史の歯車は逆戻り状態になりつつある。

　地上に住む人間は本来は、「相互理解」という言葉を好むはずだが、平静・平穏な時に戻すことが果たして出来るのだろうか。

　世界女子プロテニス大会で10人目のグランドスラムを達成したロシアの元女子プロテニスプレイヤー、マリア・ユーリエブナ・シャラポワ（Мария Юрьевна Шарапова）のプレイ姿に魅了された者も多いだろう。188センチの長身に恵まれ、上から打ち下ろすサーブと華やかに打ち返すフォア、両手で打ち返すバックの力、加えてファッションモデルとしての優れた容姿に恵まれてもいる。男同士の会話をロシア語では Мужской разговор（ムシュスコイ・ラズガボール）と言うが、男性の会話のみならず多くの女性も、シャラポワの華麗なテニス・プレイ姿に見惚れたに違いない。

　シャラポワの両親は、中近東からの難民問題やロシア軍のウクライナ侵攻でニュースにも度々登場するベラルーシ（当時はソ連邦の共和国）の出身である。父母は、チェルノブイリ原発の近くで暮らしていたが、原発事故により西シベリアに移住を余儀なくされた。移住先で出生したシャラポアは、幼い頃に有名な女子テニス・プレイヤー、チェコ人のマルチナ・ナブラチロワに才能を見出される。家計が厳しい中でも父親と渡米し、マイアミのテニスアカデミーで学んだ。その後世界的なテニス・プレイヤーとして大ブレークしたのは周知の通りだ。プレイ中の相手への威嚇とも取られる大声やドーピング問題に批判もあったが、日本でも多くのフアンが生まれ、最近はロシアのウクライナ侵攻について批判的な立場を取るとも言われている。

　第2次世界大戦後、世界的に有名となったもう1人のロシア人女性は、ボストーク6号に乗り、人類最初の女性宇宙飛行士になったバレン

チーナ・ウラジーミーロブナ・テレシコーバである。テレシコーバは
400人以上の候補者から選ばれ、1961年6月、地球48周（70時間50分）の
宇宙飛行に成功し、船内から Я чайка（私はカモメ）というロシア語を発
信した。帰還成功後に佐藤栄作総理時代の日本を訪問して人気を博し
た。日本とソ連は冷戦の緊張下にあったが、政治体制や意見の相違が
あっても、人類の宇宙への憧れと共に互いを理解しよう、地上から苦し
みや悲しみを出来る限り少なくしよう、との空気が芽生えた時期だっ
た。

　先年、米国映画の最高栄誉であるアカデミー賞の作品賞に、韓国の
「パラサイト、半地下の家族」が初めて英語圏以外の映画で受賞した。
内容は韓国社会の経済格差をテーマとし、半地下に住む貧しい家族が裕
福な家庭に住みつく、スリルとユーモアを取り入れた奇想天外とも言え
る映画で、日本国内でも人気を呼んだ作品である。時代の隔たりもある
がトルストイがアンナ・カレーニナで述べようとする幸と不幸、韓国映
画「パラサイト」で描こうとする幸福にも大きな差がある。

　歴史は隣国との恨み、妬み、紛争・戦争を繰り返している。日本国内
でも大名間の諍い、領地の奪い合いから戦となり、多くの家族の悲劇に
繋がった。また国家間でも戦争の惨劇が長い間繰り返されている。経済
的なレベルは向上し、世界中の人々の生活は豊かさを増したのは間違な
いが、憎しみや恨みは減らない。これは心の豊かさは経済力や物質文明
の向上に比例するとは言えない事の実証。

　これから編まれる物語の主人公は、若い頃からトルストイとソフィア
の間の愛と憎しみ、心の動きに興味を抱いてきたが、年経た現在でも自
身を含め、「人間の幸福とは」の正解を見出せないでいる。

　太平洋戦争開戦の年に生まれ、中学校の国語と音楽教師の影響からロ
シア文学とロシア語と音楽に、高校時代には世界史教師の影響により近
代史に興味を抱き始めた男の物語を縦糸にしている。戦後の日本が民主
主義国家を宣言し、世界の仲間入りと経済復興を果たし、国民が自信と

プライドを取り戻し、経済的な安定を迎えた昭和時代。一方で大地震や自然災害に見舞われ、国際関係も極東アジアを中心に緊張が深まった平成時代を横糸とする。世界的な分断化が進む令和の時代を斜めの糸にして物語を紡いでいこうと思う。

　学生生活、時代を反映した教室内の重暗いロシア語専攻と世界史の浅学等を強く後悔しつつ、しかし結果としてロシア、韓国、中央アジア・キルギスに駐在した過去に思いを馳せている。その地に住み、触れて感じた人々の営みと心、「喜んでも悲しんでも人生は一度のみ、そして1つの道しか歩めない」との言葉を秘めて書きました。相手を威嚇する恐ろしい言葉と相互不信が広がる時代、世界の指導者は今世紀最大の危機を乗り越えるために、トルストイの残した「愛と理解、調和」の哲学を是非思い出して欲しいと思います。

　人間は誤りを犯すもの、だがその誤りも生きている間に修正すれば心の安らぎを取り戻せる。

著者

目　　次

第 I 部　少年から青春時代

第 II 部　社会人

第VI部　ソウルから九州・福岡、
そして IT 会社、学校教師へ

第VII部　観光学大事典　第 9 章　「ロシア」編

第VIII部　キルギス物語、
ボランチア教師として中央アジア・キルギスへ

第Ⅰ部
少年から青春時代

第1章

少年時代

——アンチェンジイド・メモリー——

　渋川は、新潟県境の谷川・水上方面から流下する利根川と、吾妻・草津方面からの吾妻川が合流する地点にある。付近には大小の河川が集まり、大河となった利根川は埼玉と千葉両県を下り太平洋に灌いでいる。

　ジョージ・富岡は昭和16（1941）年、渋川駅にほど近い細い川の畔で酒店を営む家に生まれた。ジョージが1歳半の頃、父親に召集令状が来て、最初は旧満州国のチチハルへと出征した。父親が出征した時、ジョージの弟は母親・加奈のお腹の中にあった。太平洋戦争が日本側の戦況不利となり南太平洋の戦闘が激化すると、父親は広島・宇品経由でパラオへと転戦した。父親は、終戦直前の7月29日この地で餓死した。

　父親は出征に際して「自分のような小さい男に赤紙が来て戦地に行くようでは日本はこの戦争に負けるだろう。自分が戦地から帰れなくても渋川のこの地は絶対に離れないで、富岡では苦しみが待っているだけだから」と言い残したという。

　日本が戦況不利となると、食料不足から統制経済の配給制に変わった。仕入れも困難を極め、加えて幼い子供を抱え女手一つでの酒店の経営継続は不可能となった。一方、富岡の酒店は高齢の母親と息子、幼い男の子の3人家族で経営していた。この母親はジョージの大叔母であったが、とても気の強い女性だった。息子夫婦に男の子が生まれると、2人を離婚させた。だが唯一の働き手の息子にも召集令状が来てしまう。配属された戦艦「日向」が軍港・呉に係留中に原因不明の炎上爆発を起こすと、彼は艦と共に瀬戸内海で若い一生を閉じた。この店の店主であ

る母親も癌に侵され寝込み、孫の男の子はまだ小学生であった。当然店の経営は困難に陥る。親族会議の結果、渋川に住むジョージの母親・加奈に渋川の店を畳み富岡の酒店を継いで欲しい、と強く要望してきた。加奈も最初は拒んだが、渋川でも幼児2人を抱えて店の継続は到底無理だと悟り、結局富岡へ引っ越すことになった。

　この時、ジョージは5歳。

　長野との県境に神津牧場があり、近くに平らな頂と直角に落ち込む絶壁の荒船山が聳え、山並みから下仁田の街を抜け鏑川が流れている。ジョージの住まいから少し歩けば、桑畑の向こうに荒船山とは異なる峻厳な荒らしい岩場の妙義山が見え、妙義から下る清流はこの街、富岡で鏑川と合流し利根川と重なる。

　横浜と新橋の間に日本で初めて鉄道が開通した明治5年、富岡にはフランス人技師の指導を受けた官営の製糸工場が設立された。後にユネスコの世界遺産に登録されることになる富岡製糸工場である。工場下には鏑川が流れていて、現在も清流にしか生きられない鮎や他の魚影を見ることができる。ジョージの少年の頃の思い出はこの鏑川、そして親戚の多い渋川を訪れ眼にした利根川の流れだった。

　富岡に越してきた加奈には、寝たきりの血縁のない年老いた叔母に加えて、遺されたジョージと5歳違いの小学生、そしてジョージと弟の幼い3人の子供達の養育が待ち受けていた。数年後には同じ小・中学校校へ入学することになり、それぞれ異なる性格だとしても共通する腕白な少年期の反抗心に直面した。また複雑な家族構成に加奈は苦しんだ。

　加奈には店があり、子供達の授業参観日には当然出席するゆとりはない。教師も人の子、参観日に出席する父兄は教育熱心な家族と考えて、その生徒に対する依怙贔屓

満州から送られ唯一残されたハガキ

は当然の話だった。参観日にジョージは教室の後ろを振り返り、着飾っ
て並ぶ父兄の中に加奈の姿が見えないとホッとする一方、正直寂しい気
持ちにもなった。

　家庭訪問でジョージの家に小学校教師が来た時、「ジョージは家庭環
境の影響だろう、周りの雰囲気を気にし過ぎる性格で、線が細く将来の
成長に不安がある」と加奈に告げた。続けて「店では色々と苦労がある
と思うが、出来る限り母親として授業参観日に出席、教室の雰囲気を覗
いた方が良いのでは」との言葉を残して帰宅した。

　加奈は片親育ちという言葉を嫌い、精一杯突っ張る性格で、教師のそ
の言葉が加奈の心に棘となった。参観日には教室に駆けつけることにな
る。自転車に乗れず普段着姿のまま、化粧もせず手櫛の整髪、酒屋の前
掛けを外し息弾ませながら駆けつけて来たのは見え見えだった。ジョー
ジは教室の後ろをチラッと見る。深刻顔の加奈の姿が見える。「嫌だ
なー」と思う一方、心の片隅で頑張らねばと自分に言い聞かせた。先生
の質問に答えが判らなくても進んで手を挙げ「指さないで欲しい」と心
の中で願った。

　加奈は教師の発した、「ジョージは神経質、気が小さい」との言葉を
恨み節の如く度々繰り返した。その一方で、夜になると独り晩酌をしな
がら「人間は真面目やバカ正直だけでは人生を生き抜けない」と自らに
も言い聞かせるように言っていた。

　戦後も戦中と同様に物資不足で、酒・たばこの販売は配給制であっ
た。たばこの販売日は早朝から店頭に買い客が並んだ。間もなく朝鮮動
乱による特需効果もあり日本経済も復
興期に入る。食料品も出回り始め小売
りも競争が始まると商品の配達が必要
となった。しかし3人の子供達は小・
中学生で、幼い子供を抱えての配達は
到底不可能だった。孤立無援の加奈の
状況を見かねて渋川から加奈の姪が店

次男が生まれ戦地に送った家族写真

の手伝い、応援に来て呉れた。

　全国各地に銘菓店が普及し大型スーパーが林立する現代と異なり、飢えを凌ぐ子供のおやつは夏はキュウリ、トマトの野菜類の丸かじりだった。群馬県では麦粉にネギや味噌を交ぜたジジ焼きという自家製の焼き菓子が人気だった。粉に混ぜる水として国鉄信越線・磯部温泉に湧く鉱泉水が利用されていた。この鉱泉水は長野との県境にある浅間山爆発の際に湧き始めたと言われ、効能があるのだろうか地域の名産、磯部煎餅にも使われている。

　加奈はリヤカーを引いて片道10キロ程の砂利道の峠を越え、時々この鉱泉水を汲みに出掛けた。藁に包まれた3個ほどの一斗樽に鉱泉水を満載し持ち帰ると、一升瓶に詰め替え店で売った。ジョージが小学校高学年にもなると、休みの日には水汲みに同行するように命じられた。樽を満杯にした帰路の登り坂は重いリヤカーの後押しが、下り坂では滑り下らないよう抑える必要があった。また人通りの少ない林の中の峠の道では予期せぬ出来事が起きた際に、子供ながら大声を出し泣きわめく役割も期待されたのだろう。苦しいのは空腹で、一度は空腹からジョージは樽を包む藁を口にした。当然結果は喉に引っ掛け「ゲーゲー」と。振り向き驚いた加奈はリヤカーを停め、ジョージの口に手を入れて思わず「馬鹿者」、「少し位の空腹は我慢しろ」と喚いた。途中菓子を売る店は皆無で、ジョージが加奈の背中を見ると震えていた、泣いていたのだろう。

　加奈には逃げることも、後戻りも出来ない日々の中、反抗期の3人の子供達を抱え自分の人生を独り恨み、富岡へ移り住んだ事を悲しんでいたのだろう。当時の幼いジョージには、加奈の心の悲しみ、苦しみを判るはずもないが、間もなく加奈はリヤカーでの磯部温泉の鉱泉水汲みを止めた。加奈はリヤカーの上で空腹から藁を嚙み、喉を詰まらせそうになった出来事を、笑いとも悲しみとも取れる顔で話す。そしてジョージの父親からは出征前に「富岡へは絶対に引越すな、そこでは地獄が待っている」と言われたこと、「その約束に反しこの街に来たのが今の結果」

と何度も繰り返した。

　群馬で人気の山は、上毛三山と言われる赤城山、榛名山と妙義山である。赤城山はなだらかな裾野が広がる山である。榛名山は女優で上品な歌声の持ち主、高峰三枝子が歌った「湖畔の宿」でも知られ、ふっくらとした母親を偲ばせる優しい形である。妙義山は人を寄せ付けない尖った岩肌という特徴がある。

　「湖畔の宿」の作詞は佐藤惣之助で、「六甲おろし」、「人生の並木道」、「赤城の子守歌」他、数々の名曲を書き残した。榛名湖畔の 1 軒の宿をイメージして詩を書き、曲は服部良一が付けた。「山の寂しい湖にひとり来たのも悲しいこころ」の詩で始まるこの曲、戦時には相応しくないとして軍部は反対したが、戦地でも人気があったらしい。歌手の高峰三枝子は特攻隊の慰問に出掛け「湖畔の宿」を歌う。悲しく響くサックス、外地の兵士には強い郷愁の音色と響いたことだろう。加奈の生まれ故郷、渋川ではなだらかな山並みの赤城山とは日常的に接していた。榛名山は時には訪れ、妙義山は富岡へ越して初めて眼にした。磯部で汲んだ鉱泉水を載せたリヤカーを引きながら、眼に入る妙義山の荒々しい岩肌、加奈の心に棘の如くに刺さったことだろう。

　現代の子供達に人気の遊びは電子機器を使ったゲームだが、当時の子供達の楽しみは、近所の腕白仲間と、路地裏や蔵の横で貝独楽と厚紙で作られた面子遊びだ。貝独楽は鉛や鉄を溶かした独楽の一種で、最近ではあまり見られない光景だが、子供の間で大流行した。バケツを水で濡らした莫蓙（ござ）で巻き、相手の独楽をはじき出すか、回転する時間の長さを競い、勝った方が相手の独楽を取ることができる。独楽にしても面子にしても、どの家庭も懐が厳しく親は財布の紐を中々空けて具れない。そこで子供達は「勉強と家の手伝いをしっかり遣る」と、いい加減な言葉を発して10円程の小遣いを貰い、近所の駄菓子屋に向かう。

　ジョージは10歳頃までは左利きで、年上の遊び仲間からは「左利きの

独楽は相手の力を吸収するから有利なのだ」と文句を言われた。勝つと卑怯者と内心恥じたが持久戦で遊び相手の持ち独楽を手にすると、ジョージはにっこりと微笑みながらら戦利品をポケットにしまい込む。加奈はジョージが左利きと知り「日本では成人したら左利きは損する」という迷信を信じ込み、箸や鉛筆を右手で持つよう矯正した。

　しかし後期高齢者入りしたジョージが続けるスポーツはゴルフとテニス、足の動きは衰えた現在でもテニスは左右の両手を使い打ち返すことができる。「親の小言と茄子の花に千に一つの無駄がない」という諺があるが、ジョージは歳を重ねて加奈の残した言葉が心に残る。

　小学校も高学年になりジョージが熱中したのは草野球だった。街を流れる鏑川は、蛇が蛙を飲み込んだように川幅が広がり、真ん中に島のような砂地が広がっていた。春から夏になると外野の外側に砂土を盛り、ホームランゾーンとする草野球場が作られた。大雨で増水するとこの球場は水没するが、夏休みの暑い日も瓶の蓋のコルクを布で巻いた手製のボールを作り草野球に興じた。球場へ行くには上信電鉄の線路を跨ぎ100メートル程の細い坂道を下った。心が弾む下り坂は楽だが、帰りの渇いた喉と空腹の登坂は厳しい。草に覆われ蛇行する細い道の両側には畑地が広がっていてトマトや胡瓜などの野菜が植わっていた。男の子たちの眼は野菜畑の方向に向き、次は農家の人がいないかの確認へと向かう。見つかり追い掛けられることもあったが、なんとか逃走に成功。盗人猛々しいという言葉は当て嵌まらないが、この頃味わったトマトは今でも忘れられない最高の味だった。

　草野球が終わると次は水浴び。学校にはプールが無く、当然男の子は全員素っ裸だ。普段この川では女の子の姿を見掛けないが、時には数名の女の子が現れることもあった。成長の早い男の子には体の中心部に黒いものがちらほら生え始めている。恥ずかしい部分を両手で隠して川岸に急いで上がり下着を着ける。恥ずかしさで逃げ惑う男の子の姿を見て微笑む女の子も。

　学校給食には米軍支給のコーヒーミルクが月に数回提供されていた。また数か月に1回配られるチョコレートは最高の贅沢なご馳走だった。たまたま近所に住む同級生が休んだ日が、チョコレート配給日で、担任の先生から級友の家にチョコレートを届けるようジョージは告げられる。しかし下校時、空腹魔に襲われ辺りに同級生や知り合いの仲間がいない事を確認すると、バレないだろうと脇道に逸れチョコレートをカバンの中からそっと取り出し口の中へ放り込んだ。翌日担任の先生から休んだクラスメートにチョコレートを届けたかを確認され、放課後加奈と一緒に同級生の家へ謝罪に向かうことになる。帰り道で加奈からは、「お前は直ぐに尻尾を出すドジな子だ」と非難され、加えて「お前とは薬をはじめ食べ物との嫌な思い出が多いな」と皮肉を言われる。更に「お前の父親はパラオで餓死したので、食い物に拘るのは仕方がないか」と言って悲しい顔をする。

　小学5年の時には教室内でミカンを食べ、翌日職員室前の廊下に立たされ「私は教室でミカンを食べました」と書かれた段ボールを首に掛けられた。戦後の食糧難時代、教室内で昼食時以外に物を食べてはいけない規則があった。休み時間に廊下を通るのは殆どが顔見知りの級友や下級生。恥ずかしさはこの上なし。大人になり中国文化革命で糾弾される人物やトラックの荷台に乗せられ刑場に運ばれる恐ろしい光景に重なる。家に帰りこの件を加奈に話すと今まで見たことがない悲しい顔をした。

　給食の無い日には麦飯の弁当持参で、おかずは漬物や干し大根、秋になると稲穂に乱舞するイナゴや稲刈後に掘り出すタニシの自家製佃煮が主だった。ジョージが持って行く弁当も当然麦飯で、高級なおかずは魚肉ソーセージ、児童全員が自分の弁当の中身を見られないよう隠しながら食べた。現在と異なり学校給食が無い時代、弁当を持参出来ない生徒

は昼食時間になると無言で校庭へ向かう。クラス内でも格差が生じていた。

　6年生の時、他の生徒と比べ豪華な弁当を持って来る女の子がいた。白米、卵焼きに加え、街には肉を売る店は無いのに、ジョージの家の食卓では決して眼にしない、ハムや肉のおかずを持って来ている。この女の子はジョージの斜め前の席に座っていて弁当の中身がよく見えた。ジョージは興味もあり時々覗き込む。同じクラスでも異性の生徒間では最小限の必要事以外には殆ど会話が無い時代だった。だが新学期が始まり少し過ぎた頃にハムを食べてみたくなる。弁当の蓋を持って彼女の机に近づき「その肉を少し呉れ」とジョージは頼む。「良いわよ」と女の子は答えてハムの半分を弁当の蓋に載せて呉れた。同級生に見られ少し恥ずかしかったが、初めて味わうハム、イナゴや魚肉ソーセージより遥かに美味だった。

　磯部温泉から鉱泉水汲みの帰り、リヤカーの上で喉に詰まらせた藁、鏑川での野球や水遊び後盗み食いしたトマト、同級生の家に届けるよう指示され下校途中に自分の胃の中に失敬しバレて仕舞ったチョコレート、女の子から弁当の蓋に分けて貰ったハム等々。少年期の食べ物の思い出は甘さ、苦さ、美味しさを含む三位一体ではなく酸味一杯の、長い歳月を経ても忘れられない味だ。

第2章
アンスイートな思い出

——中学生——

　中学校の部活はテニスを選択した。本当は野球部へ入りたかったが、母親の加奈がテニス部に入ることを強く勧めてきた。テニス部の放課後の練習は野球と比べ厳しくない。加奈からは部活からの帰宅後、酒、醬油、味噌等を自転車で配達することを頼まれてもいた。

　当時、テレビのある家庭は稀で、プロ野球、相撲、シャープ兄弟と戦う力道山のプロレス中継等、見ることができる所は電気器具の店頭だけ。とりわけアメリカ人プロレスラーのシャープ兄弟と力道山の放送は超人気だった。子供達は自転車の荷台に乗り落ちないように支えて貰う黒山の群れ。併せて町内で人気なのは中学生野球の試合、父兄の応援も当然この野球に集中した。1つ屋根の下に住む5つ上の義兄と2歳下の弟も野球が大好きで、ジョージも中学生になったら当然野球部に入ろうと思っていた。

　だが数年前に町中を落胆させる出来事があった。富岡市内の中学生大会で地元チームが優勝し、その後県庁所在地の前橋市での群馬県大会に出場することになった。ジョージの義兄も外野手として出場していたため家族は、数台の応援バスに分乗した地元応援団に混じり県営球場へ向かった。勝ち進んだゲームの最終回裏、華麗なプレイで町内でも人気の2年生の3塁手がイージーフライを落球したため、逆転負けを喫した。帰りのバス中は悲痛な沈黙に包まれ、華麗なプレイの3塁手は暫く厳しく糾弾された。加奈は「この町は余りにも野球に熱中し過ぎ、お前は野球部には決して入って欲しくない」と繰り返し言っていた。幸いにも翌

年この野球部は群馬県中学生大会で優勝、雪辱を果たし町も明るさを取り戻したが。

　さらに加奈がジョージにテニス部入りを望んだ理由は、若い頃同じ村の出身者が英国・ウインブルドンか、他の海外テニス大会に出場し、フェアープレイで評判になっていた。自分の子供も出来ればテニスプレイにとの妄想を抱いていた。テニスで大きな結果を出すのは無理だが、ジョージは苦労させる母親の望みに答えねば、と自分に言い聞かせる。学校から帰り酒店の入り口に立つと、加奈は来客があっても直ぐにジョージの顔を覗き込みその表情に一喜一憂する。その行為を重々しく感じ嫌と思うが、ジョージはマザーコンプレクスに似た境地になりながら、親孝行のためだと自分に言い聞かせテニス部に入る。

　加奈が渋川で過ごした娘時代、村で知り合った青年がいて、相思相愛となっていた。時代は日清戦争から太平洋戦争へ、日本を取り巻く国際間の雲行きは暗い方に向かっていた。その青年は浜松陸軍飛行学校へ進んだ。加奈の実家は下駄屋を生業とし、朝鮮から除隊した長兄が店先で履物を作り販売していた。何度か浜松から加奈宛ての手紙が送られて来たが、加奈はその手紙を一度も手にしていない。郵便局から手紙が配送されると、加奈の兄は直ぐ仕事場の片隅に隠した。戦争の緊張が高まり航空戦闘員が死ぬ可能性は高い。出来る限り妹には戦争の惨禍に合わせたくないとの思いがあった。加奈にはその青年からの手紙を決して読ませなかった。

　代わりに兄は後の加奈の夫となりジョージの父親になる男を探した。若い男女の見合いもなく、兄が一度会っただけで加奈の結婚相手を決めた。幼くして母親を亡くし、兄の朝鮮出兵中は脳梗塞の後遺症が残る父親の介護に尽くした加奈の年齢は既に28歳となっており、妹の結婚を急ぐ必要があった。顔立ちは良くないが誠実そうな感じに加え、身長は大きくなく兵役検査に洩れるだろうし、赤紙も避けられる。戦争機運が高まる中、兄として一種の打算もあった。

　ジョージがある程度大人の話が判る年頃になると、加奈は「新婚の夜、お前の親父の顔を初めて近くで見て正直がっかりした。しかし赤紙が来て出征して行った日、今後何があろうとも絶対に再婚しない、と心に決めさせる程魅力ある男だった」と言った。晩酌の酒が回ると昼間は厳しい顔の加奈も明るい笑顔に戻り、ジョージに「酒は人生を助ける妙薬、酒に溺れず良い酒飲みになれ、そして誠実に生きろ」、更に「人間はずるい、酔った振りをして騙すぞ」と口癖のように繰り返した。ジョージが大学生になり帰省すると一緒に晩酌をするのが加奈の喜びとなる。

　富岡の店ではいくつかの事件に遭遇した。
　加奈家族が富岡に移住後暫くして深夜に泥棒が侵入、仕入れ置いた店のタバコがごっそりなくなる、それも二度。裏戸は雨戸ではなくガラス戸で、成人男子がいない家族だったが、全員が2階で寝ており強盗事件に至らなかった。
　次は脅迫と暴力事件、以前この店で2年程働いていたという東京に住む男とその仲間が突然訪問してきた。「給料を貰わずタダ働き、東京で働くのは苦しいので金を出せ」と大声で加奈を脅してきた。加奈家族が富岡へ越して来る数年前の話で、加奈が断ると顔を殴られた。刑事事件となり男達は逮捕された。運転資金も無い苦しいやり繰りの中での盗難、脅迫と殴打事件。未亡人として独り酒やたばこの小売りを営む加奈、被害者として裁判所への出頭や信用金庫との融資依頼交渉、渋川から時々応援に来て呉れる独身の従妹に、止むを得ず富岡へ移り住むよう頼んだ。召集令状の赤紙が来て満州からパラオで餓死した夫、その夫の戦死公報の連絡と盗難や殴打事件が重なる。加奈に取りこの時は正に針の筵の日々。

　中学3年の春学期が始まるとジョージは担任教師から生徒会長選に立候補するよう告げられた。ジョージは小学校の高学年、中学生になる

と、担任の先生が指摘した様に、自分の性格の中に神経質、心配性に加えて、オッチョコチョイ、目立ちたがり屋、仲間内では中心にいたいとの相反する気質を感じ始めていた。ジョージが住む小さな町で尊敬される職業や人物は町長、医者、英語通訳、加えて町内で唯一のタクシー経営者たちだ。そこへきて会長選立候補の打診。

　会長選の結果は当選。だが目立ちすぎると叩かれるのは世の常。

　どの家も経済的に厳しく、テニス用の靴は買って貰えず兄姉の使い古しの運動靴か裸足で部活に参加していた。練習前の全員でのガラス片等の危険物がないかのコート確認は必須だった。夏休みには富岡市内中学テニス大会に、新品の運動靴を買ってもらい出場した。順調に勝ち進み県大会へ。秋になると次は体操の教師から市内陸上大会100メートル競技で出走する様にと告げられ、一旦はジョージは「自分は陸上部ではない」と断るが、教師から生徒数が少なく参加するようにと説得された。大会当日は眼に腫物ができ眼帯で走り8人中4位、思うような結果が出せなかったが、大会が終わると陸上部員より、「ワンマン野郎」となじられる。

　春学期の修了式で校長から、この学校に成績表がオール5の生徒が独りいると話があった。ジョージの苦手な科目は国語、特に作文、もっと不得意なのは図画工作で、馬の姿絵さえも描けない。夏休みの宿題で常に悩むのは作文や絵で、近所に住む年上の遊び仲間に助けて貰い提出した。先生からは「今度は自分で描いて提出すること」と厳しい注意のコメントをもらった。ジョージは配布された自分の成績表を見ると自分が全科目5の評価で「嘘、これは拙い」と思った。図画工作の担任はジョージが所属するテニス部顧問で、依怙贔屓は間違いない。案の定、翌日から校内や教室の片隅でヒソヒソと話す姿がジョージの眼に入る。現在のいじめとは異なるが、この評価は遣り過ぎと自分でも思った。登校が暫くの間は嫌になる。ジョージが学校へ行きたくないと悩んでいる時に、逆に加奈はジョージの成績に喜ぶ様子だった。女手で独り頑張る自分の姿をジョージは理解、頑張っていると誤解していた。

　もう1つ中学時代の出来事。夕方、中学校の教頭先生が家を訪れた。ジョージは先生の姿をチラッと見ると裏庭に逃げて身を隠した。何時も教師の家庭訪問がある時に取る行動だ。話が終わり教頭が帰った後、加奈は家の裏に来てジョージを探し、見付けると鬼の形相で近づいてきた。

　「お前を不良少年に育てた覚えはない、この親不孝者め！」と言うなり突然ジョージの顔を殴りつけた。ジョージの身長は加奈より高くなっていたが、加奈の突然の殴打と迫力にたじろぎ返す言葉を失った。2人の間には暫くの沈黙があり、会話はなく教頭の訪問理由を加奈は話して呉れなかった。翌日教室へ行っても担当教師から話もなかった。加奈も担任もジョージに伝え憎い内容なのだろうと思った。小学生の時に加奈から一度殴られたことがあったが、その時は直ぐに理由を話して呉れた。しかし今度は理由を一切言って呉れない。

　漸く加奈に笑顔が戻り始めた頃、顔面殴打の理由を聴くと言い難そうな表情で話して呉れた。教頭先生の話によると、ピアノがある音楽教室の机の中に小さなメモが入っていて、そこには「大人になったらお嫁になりたい、麗香」と書かれていたという。次の時間にジョージの音楽の授業がその教室であり、ジョージが座ると思われる机の中にメモ書きが置かれていたらしい。ジョージが読むことを期待したようだ。次の授業は休講になりそのメモはジョージに渡らず他のクラスの学生が発見することになった。そして教員室に持って行く。宛先が生徒会長でもあることから教員間でも困った出来事として問題になった。話し合った結果、母親から本人に注意して貰うため教頭が家を訪ねた。突然の話に驚きと腹立ち、お前を不良少年と思わず殴ったと加奈は答える。

　小学生の頃、腕白仲間と鏑川の砂地に作ったミニ球場で草野球に興じ、暑さに耐え切れず皆で川の流にノーパンで飛び込んだ。その女の子も仲間と川にたびたび来ていたようだ。昼食の弁当のおかずに珍いハム

を持参しジョージが「少し呉れ」と頼んだ、目立つ明るい感じの女の子。中学になるとこの女生徒も同じテニスクラブへ入部していた。しかし部活中や校舎内の廊下や街中で会っても特別の会話はなかった。最近の中学では男女間の日常会話は珍しいことではないが、当時も異性間での自由な会話は禁じられてはいないものの、周りの眼が気になり会話は憚れる。加奈はジョージに「中学生にこんな事は早過ぎる、人生経験をもっと積んだ後に」と告げた。

　このメモ事件が全校生徒の耳に入ったのか、秋に行われた生徒会長選挙でジョージは落選する。

　加奈は段打と不良という言葉を使い後悔したのか、3人の子供達も自分の身長を越え反抗期を迎え、怒りからの強い罵倒を止めた。代わりに3人の内の誰かが悪戯をすると共同責任を取らせ、全員に火のついた線香を持たせて勝手口の片隅に立たせた。線香が燃え尽きる頃になると、気の弱い子供から詫びと反省の言葉を発する。歳下の弟は理由が判らないまま線香を持ち立たされるケースが多く損な役回り。三人兄弟でも長兄は血の繋がり、実の子供でもないとの理由から妬みや拗ねた心を持たせないための、加奈の苦肉の策だったのだろう。

　2023年2月18日のNHKテレビはキーウ・子供達の冬、「公立学校4ヶ月の記録、激戦地からの転校生、憎しみと希望の教室、苦悩する教師達」のウクライナに関する特別番組を報道した。「悲しみとロシアへの強い怒り、自分たちの土地を守る、ロシア人の死亡ニュースに喜びを感じる」等の厳しい戦場となるウクライナの若い生徒達の声を紹介していた。一方「憎しみは感情を殺して仕舞う、子供達の心と分かち合う、教育には憎しみは必要がない」との教師の悩みと重い言葉を伝えていた。ジョージは戦火に慄く人々の苦しみに胸が痛くなる。平和と教育の大切さ、自分達が過ごした幼い頃の日本は貧しくとも何処かに希望の灯りが垣間見え、この灯りは決して消してはならないと強く思う。

　しかし気になるのはスターリン時代にロシアの隣接国を併合、ウクラ

イナの学校にもロシア系の先生も多数いるであろう。その先生方はどの様な教育姿勢と心でこの授業や日々の講義を進めているのであろうか。

　中学卒業と高校入試が近づき、担任教師がジョージの進路について話し合うため家庭訪問に来た。教師は1時間程の電車通学が必要となる高崎市内への高校受験を勧めてきた。この高校は総理大臣も出た群馬では有名校。しかし加奈は教師に、富岡市内の進学しか許されない家庭環境だと訴えた。5歳年上の長兄は全日制高校への強い希望を持っていたが、中学卒業後は店の手伝いをさせ、ゆくゆくは経営を継がせる必要があり、定時制に進学させていた。自分の子には電車通学を必要とする遠い全日制校進学を許したらこの家は持たないと教師に伝えた。市内の高校を卒業した先輩が国鉄の要職に就いていて、国鉄への就職も可能との噂があった。鉄道好きなジョージも加奈の考えに従うしかないと考えていた。

　しかし中学校卒業も近づいたころ、麗香も同じ高校の受験を知った。ジョージはまずいと思った。試験結果発表当日、掲示板の前に麗香の姿を見掛け、その表情で彼女の合格を悟った。しかし互いに眼を合わせるのを避け、合格の喜びの言葉を交わすことなく無言でその場を去った。心の底に加奈の「不良少年」という言葉が浮かび、ジョージは合格しても浮かれた気持ちにはなれない。

　高校入学後、間もなく部活入部の勧誘が始まった。ジョージは楽器演奏が出来る音楽部へ入りたいと願った。当時地方では珍しい群馬交響楽団の移動教室があり、講堂がない小・中学校では隣の教室との境の戸板を外して演奏を聴いていた。群馬交響楽団の活動をテーマに男優の岡田英二と女優の岸恵子主演映画「ここに泉あり」を全校生徒が観る機会もあり、音楽に興味を抱いていた。

　高校には音楽部がなく結局軟式テニス部に入部したところ、麗香も同じテニス部に入部していた。入学後廊下ですれ違っても互いに眼を伏せ

る沈黙状態が続いた。新しい高校生活が始まり楽しい時間が始まる筈なのに重い空気。梅雨入りしテニス練習が出来ない土曜日、廊下で麗香の姿を眼にした時、ジョージは迷ったが放課後会って話をしたいと伝えた。麗香も戸惑いの表情を見せたが静かに「何処で、何時に」、と聞き返す。

　校舎は江戸時代の前田藩の藩校跡に開校、校門を通り玄関に入ると武家時代の道場を忍ばせる間があり、天井には刀で切り付けられ流れ出たと噂される血痕痕もあった。校舎の南は野球やテニスの広い運動場が、その先の大きな杉の木立を通り抜けると舗装されていない細い道があった。この道を進むと県道の裏道となる桑畑に囲まれた細い農道が続き、眼下には鏑川が流れ小学生時には草野球や夏には素っ裸で水泳を楽しんだ岩場も見える。ジョージは少し早めに校庭を出て、人影がない細い道を歩み待った。最初どんな話をすれば良いのか迷っていると、間もなく制服姿の麗香が眼を伏せながら近づいてきた。ジョージは口籠りながら、「しばらくだね」との言葉を掛けた。麗香も「そうね」と答え微笑んだがその後無言が続く。

　ジョージは教頭先生が昨年自分の家に来た事、先生が自分の母親とコソコソと話し帰宅すると自分を呼びつけ、「こんな不良を育てた積りがない」と真顔で叫びいきなり殴られた事を話した。音楽教室に残したと思われるメモを眼にしていないが、麗香は小学生の時代から明るく活発で、学校でもアイドル的な存在。自分も関心と好意を持っていたと告げた。麗香は顔を伏せて沈黙の後に小さな声で「御免なさい、将来大人になったら話すが今は何も言えない」と答えた。

　米国映画等の影響からか、若い男女間に言葉の差も薄れた現在の日本と異なり、自由な会話や互いに言葉も交せない当時の高校生の不自然な緊張の時間が続く。桑畑に囲まれたこの場所で2人だけの姿を見られるのを恐れ、早く立ち去らなければとの思いがジョージを襲う。突然「君は自分の初恋の人だが、大人になってもお嫁さんは要らない」との言葉

が口から出てしまう。麗香は落胆とも怒りとも取れる表情に変るが、感情を抑え自分の足元を見据え無言で立ち尽くしていた。ジョージは逃げるかのように足早にその場を立ち去った。

　自宅までは徒歩20分程、幼い頃自分の心の片隅に住み始めた「自分は小心者だ」と、加奈から言われた「不良少年」という２つの言葉が心の中で渦巻く。ドキドキしながら急ぎ足で家に帰った。加奈は店先で酒の銘柄が入った前掛けをし「今日も嫌な事はなかったかい」と聞いてきた。麗香のことは絶対触れないと心に誓っているジョージは「何も」と答えた。加奈は明るい笑顔になり「良かった」と言い日頃の表情になった。

　ジョージは２階の自分の部屋に戻ったが、今までに経験したことのない心臓の鼓動は続き「俺は悪い事をしたな」との思いが巡っていた。やがて隣の家より駐留米軍・極東放送、FENからのエデンの東の美しくも悲しいメロディーが流れ来る。この出来事から高校卒業まで、ジョージは幼馴染の麗香とは再び会話を交わすことがなかった。校舎の廊下、テニス部活、店の配達手伝いでの自転車等々、偶然眼にしても互いに顔を伏せる時は卒業まで続いた。

第3章

若草の頃、もうこれっきりですか！

——高校生時代——

　自分の人生は幸か不幸かの判断は人生を閉じるまで判らないが、人間は歳を重ねるにつれて思い出が出来、その一方で悔やみ事も増す。今になりジョージの後悔の１つは、感性が豊かになり始める大切な時期に、読書、特に文学書を読まなかったことだ。

　そんな思いの中で感銘を受けたのは下村湖人の「次郎物語」や国語の教科書で読んだ国木田独歩の「武蔵野」。通っていた高校はジョージの家からは徒歩で２キロ程にあった。１年のクラスで親しくなった同級生は隣の席に座る男子学生、本宮俊一君。昼の休憩時間になると読書、放課後は足しげく図書館に通っていた。本の世界に浸り結果は視野の広さ、コメント力となる。読書は歳を取ってからでも可能、若い時代は読書よりもむしろ体力を鍛えた方が良いとの考えのジョージだったが、本宮君の本に向かう姿勢に圧倒され自分の思考力の狭量さに焦りさえ抱く。小学校ではジョージが近所の遊び仲間と草野球に興じ、中学では裸足でテニスの部活に集中していた。

　その頃本宮君は島崎藤村の小説や三島由紀夫の「潮騒」を読み終えており、三島の本を絶対に読むように薦めてきた。中学の国語の教科書で読んだ国木田独歩の「武蔵野」とは全く別世界だった。「潮騒」は海辺の小さな街での若い男女を主人公にした思春物語、読むとジョージにも文学という新しく、杏子の花の香りがする甘い世界の扉が開かれた思いが沸く。「次郎物語」は日本の因習や重いストーリーが興味を呼んだが、そこから抜け出し、次はドイツの作家ヘルマン・ヘッセの「車輪の

下」や「春の嵐」へと進む。ヘッセの描く世界はジョージに欧州の風景や文化への憧れを植え付け、日本の畳的文学から欧米文学に惹かれ始めた。

　2年生になるとクラスが変わり本宮君とは疎遠になったが、この同級生からは読書の面白さ、若い時代に文字を通じた感性と創造力を磨く大切さを教えられた。

　高校の1年から2年まではテニスと読書に集中したが、2年生のクラス編成後長い交遊を重ねることになるのが男子学生、青木健君。本宮君を文学少年と言えば青木君は経済学者的な理論派タイプ。ジョージ自身、自分はどのタイプか判らないが将来の夢として、国鉄の電気機関車運転手の他、朧気ながら国際的な仕事、音楽、テニス関係もと思っていたが、どれも高望みの実現困難な夢。

　青木君は細身で、最初は理屈っぽく、暗く近づき難い印象だった。だが弁当は海苔に巻かれた大きなおむすび1個だけ。教室の雰囲気に慣れ始めた頃に何方からともなく話し掛けた。3人兄弟の末っ子で、市内の鏑川沿いの平屋住宅に母親と住んでいた。父親は都内・警視庁で主に英語通訳を務め時々富岡に帰ってくる。長兄は都内でサラリーマン生活を送り、次兄は国立の大学生、家族5人全員が揃った時にジョージは自宅に招かれた。家族間の言葉が少なくとも互いに理解し合う雰囲気。この家族はインテリ的な空気、比べてジョージの家は酒店を営み名字の異なる幾つかの家族が1つの食卓、品数少ない料理を囲む。自分の家庭環境は1つ屋根の下に同居するが、常に他の人の気持や息遣いを気にしなければならない。明るい雰囲気を保つのが大切な務めと知りながらも、時々歯車がスムーズに廻らぬ日も。青木君の家では無理な世辞や作り笑いの必要なく過ごしている。「血の繋がりの濃い家族の食卓は良いな」とジョージは羨望感に浸る。

　青木君とジョージの家は私鉄で駅が2つ離れていたが、親しさが増す

と泊まりに来るようになった。泊まる理由は互いの学力アップと受験対策だが勉強は程々で、互いの夢や現状、政治経済等に及んだ。話の内容は青二才だが指導権は青木君が握っていた。高校生としてはグローバルな視点、冷静な分析力、表現力も豊かな青木君にジョージは適わないと直ぐに気づかさ

高校時代の青木健君と、家の裏の桑畑前で

れた。理数系、特に数学が得意で、廊下に張り出される期末試験の数学の結果は常に学年1か2位の成績。警視庁で英語通訳を務める父親の影響か英語の成績も良い。文学にも興味を持ち親しくなり始めた頃の、暗く理屈っぽい印象は柔軟性に富む人物像に変わる。

　ジョージの家は店と続きの3軒長屋で、間に間借りの2家族が住んでいた。1番端が倉庫兼ジョージの勉強部屋。酒・ビールが入る箱や空瓶が置かれ、8畳の畳が敷かれ古い勉強机があった。だが受験準備のはずが勉強よりも雑談に多くの時間を過ごす。高校生には禁じられるアルコール類も近くにある、怖いもの見たさからビール箱に手を伸ばし忍ばせ置いた栓抜きを使いそっと開けた。2人共に罪の意識を感じたが内緒で飲むビールの味は魅力的。後日販売用の箱に空き瓶があるのを見つけた加奈から「お前達は高校生のくせに盗み飲んだのか」と諌められた。その顔は「仕方ないな」という程度。2年生も秋学期になると話題は学内の女学生の話に、あの子はどうだとかの噂話になった。しかしどんなに親しくなってもジョージは青木君には、中学時代の麗香については絶対に触れないと決めていた。

　ジョージは、中学の国語の授業で学んだ国木田独歩の「武蔵野」、その独歩が強い影響を受けたというロシアの作家、ツルゲーネフに興味を抱き、高校では世界史の近代史に興味を持ち始めていた。中学の国語と音楽の教師は矢島千鶴子先生、高校の世界史は小山宏先生。共に大学卒

業後の着任間もない新人教師。熱意、温かさや人間味を感じさせた。小山先生とは高校卒業後長年過ぎたが手紙や年賀状等での交信は60年以上も続いている。

　若い時代に自分の進路を決め、望んだ通りの路を生涯歩み続けることは不可能で、様々な障害や環境が待ち受け挫折してしまう。人間、環境が変わると考えや理想も変わってしまう。しかし若い時代の教師や友人、自然との触れ合い、経験は貴重な財産となる。夢が異なる如く友人とは意見が異なり、時々論争にもなるが若い時代は多くの人と触れ意見を交わし、考えの多様性を理解し人間関係を密にすることは大切で、人間の生きる喜びは良き出逢い、とジョージはこの頃に感じ始めた。この思いを強く与えたのは高校生から大学時代、社会人生活を通じて交遊を重ねた青木君。

　青木君は早稲田の政経学部に進学した。マクロ経済を学び卒業後は海外ビジネス情報の提供や中小企業の海外展開支援、対日投資促進等に取り組むジェトロ（JETRO）に就職、海外はドイツ・ハンブルグやマレーシアで勤務した。早期退職により都内の私大・杏林大学で教授を勤め、還暦を前に経済学関係の論文により九州大学の博士号取得、学研肌の人生を送る。高校時代から理路整然、且つ自分の意見を冷静に述べた。論争や意見が異なる際には当然にジョージが勝てる筈なく、時にはストレスになることもあったが、青木健君との交遊は生涯続く。

　　　友情は他の事物のように飽きるという事があってはならぬ。古ければ古い程あたかも葡萄酒の年代を経たものと同様に、益々甘美になるのが理の当然。世間で言うように友情の務めが果たされるためには、一緒に何年もの塩を食わねばならない、というのは本当である（キケロ）。

　ジョージは高校3年の夏休みに受験対策として、知り合いの渋谷の家に下宿をさせて貰い代々木駅前の代々木ゼミに通った。昼の講義に加

え、夜間は文化放送のラジオ英会話で
受験生に名前が知れた、鬼頭イツ子先
生の英会話コースにも参加した。

高校３年の夏、代々木駅近くの予備校の英会
話教室受講、ラジオ放送等の受験生向け番組
で活躍する先生の自宅へ呼ばれた。東京で学
び、後広い世界を見たいとの憧れが生まれ始
めた頃

　講義後の帰宅時、山の手線で鬼頭先
生と一緒になり何回目かの講義後、休
日に先生宅に遊びに来ないかと誘われ
た。自宅は渋谷駅近くにあるワシント
ン・ハイツと呼ばれていた陽当たりの
良い高台の近くで、米国風の生活に初
めて触れた。先生はハワイ育ちで、受
験生向けのラジオ放送を聴く高校生に取り、夜間の番組で英語を担当す
るＪ・Ｂ・ハリス先生と共に憧れの方だった。身近に接してジョージは一
種の興奮状態に。

　知人の家は渋谷駅から日赤病院行のバスに乗り、青山学院大を経て国
学院大学正面前で下車、直ぐ前の建物にあった。以前旧満州国の関係者
も住んだと聞く。近くには映画会社社長宅、皇太子殿下が住む御所もあ
り幾つかの大学と高級住宅の静寂な街だった。初めて水洗トイレのある
家に短期間だが住まわせて貰い、予備校通いの都内生活は鬼頭先生との
思い出も作り、大きな収穫となった。

　約１カ月の予備校通いが終わる頃、知人家族から当時人気絶頂の歌
手、坂本九ちゃんとパラダイス・キングのライブに連れて行ってもらっ
た。超満員の渋谷ACB（アシベ）、紙吹雪とテープが舞う大歓声の中で歌
う九ちゃん。

　この夏にジョージは東京での生活に強い憧れを持ち始めた。

　約30年過ぎた広島の雨の土曜日、ジョージが時々寄るスナックに居る
と、見覚えのある男性が独り入って来た。それは坂本九ちゃん。暫くこ
の店で渋谷アシベでのライブの思い出を話した。後間もなくの御巣鷹の
航空機事故。高校３年のこの夏、鬼頭先生と九ちゃんとの思い出は

ジョージには生涯忘れられない。

　都内で貴重な夏の思い出を作り自宅に戻った。待っていたのは近所からの大騒音。県道を挟み30メートル程離れた向かいの家より朝から夜の8時まで鉄板をハンマーで叩き、鉄板を倒し地響きに似た大きな音が鳴り響いていた。アイスキャンディー等を作る鉄板をハンマーで打ち続け土日も休みなしだ。田舎とはいえ住宅街での騒音に、加奈に何とかならないかと訴えた。だが毎日酒等の買い物に来て呉れるのだから「騒音を止めて」とは口が裂けても言えない、我慢しかないとのこと。オーバーだが不眠症となり現実から逃避したいとの一種の精神的錯乱状態となった。読書の秋どころか騒音の秋、正月となり卒業と大学受験が近づくと不眠から頭はクラクラとしてきた。

　逃避的家出を思いつき、行先を告げずに行き当たりばったりの1人旅に出た。正月が過ぎ上州の空っ風が吹き始める頃、高崎駅に出て八高線に乗り八王子駅へ、次に中央線で甲府から長野方面への各駅停車に乗り継ぐ。最初の夜は塩尻駅の待合室のベンチで過ごした。駅を出て少し歩くと、雪が舞い寒さと人影がない静寂、駅のベンチに戻り眼を閉じると、受験勉強に集中する青木君の顔が浮かぶと共に、逃げ出し家族に心配を掛ける弱さを厳しく非難する彼の声も聞こえてきた。　一方騒音に悩まされず、知る人もない落ち着いた空間での心地良さ、初めての小冒険の独り旅、満足感も生まれた。

　翌日は各駅停車で名古屋方面へ。列車内で通学中の高校生の姿を眼にすると、自分は負けていると自責の念に襲われるが、日常の流れから外れる時間、雪に覆われた車窓の移り変わる景色に見惚れた。名古屋到着後は市内を徒歩の見物、宿泊施設を利用しないと決めていたので夜は再び駅舎内のベンチに。ここで2晩目を過ごした。東海道線の夜行列車が停車し、数分後電気機関車の哀愁を帯びた警笛を鳴らしながら発車していった。渋川に生まれ幼い頃に聞き、富岡から渋川に帰る際に耳にした

あの汽笛と同じだ。富岡高校への入学を決めた理由の1つは、先輩が当時国鉄・東京鉄道管理局長を務めており、加奈もその縁で卒業後入社の可能性があると聞きつけジョージに強く入学を促したからだ。

　興味を抱く鉄道図鑑には東海道線沿線の広く澄んだ太平洋岸、雪の富士山、ミカンをイメージした緑とオレンジのツートンカラー・湘南型電車と黒い帽子に顎ひもを掛けた凛々しい運転手の姿があった。

　名古屋を出発する3日目も各駅停車、静岡県・由比の浜、海岸に差し掛り眼にする太平洋、雪に覆われた富士の高嶺、自然の持つ力に畏敬の念さえ覚える。

　後年、ジョージは40代に会社関連のジャルパック社に出向し、時々静岡市や焼津市内の旅行会社を訪問する機会が訪れ車窓からこの景色を眼にした。更に定年前後の2年間、静岡県内の短大で夏季集中の講義を担当した。静岡県内に新空港開港の計画が生まれ、空港勤務を希望する学生等向けに航空ビジネス、航空と鉄道、空港業務内容等の講義をした。富士山や由比海岸に続く太平の海原を眼にする、歳月を経ても富士山や太平洋の葵海、自然の光景は変わらず動かない。変わったのは日本経済の発展、高速道路と新幹線運行、日本社会と日本人の心。

　名古屋から東京に着き、その晩は上野駅のベンチで1泊した。逃避的な初めての1人旅は、小冒険の充足感に加え眠気と疲労、自分の将来の目標に向かい頑張らねばとの非難と焦りの声で満ちていた。ジョージは垢まみれの顔で家に戻り加奈に小さな声で「御免」とだけ言った。加奈は姿を見てホッとしたのか涙を浮かべていた。ジョージが睡眠不足と煤ぼけた顔のまま部屋に戻ろうとした。すると加奈は自分の感情を抑え文句も言わず、高校

高校時に眼にした由比の海岸線、富士峰の雄大な風景はその後の旅への関心を抱かせる原点、後航空会社や旅行会社、IT社、私大での教師に繋がる

のクラスメートだと言う女性が留守中に家に来たと告げた。「同級生と名乗るお嬢さんは静かで落ち着き、笑顔も素敵、上品な感じの女学生」と付け加えるが、最初ジョージはその名前を思い付かない。

　渋川市に住む加奈の兄の長女が店を助けるために富岡へ移っていた。加奈の兄に後妻が来ると、続いて電電公社に勤務する次女が、数年後更にその妹までが富岡へ逃げるように訪ねて来て同居が始まっていた。次女は嫁入り準備を兼ね洋裁を教える家へ稽古に通い始めていた。洋裁の先生に小学生から高校まで一度も授業に欠席したことの無い従弟のジョージについて話していた。近所に鉄工所が出来て、早朝から晩までハンマーで叩く大騒音で、不眠症から落ち着きも無くなり情緒不安定になっていることを話したらしい。卒業も近づいた頃、突然行き先も言わず、家出同然に何処かに行ってしまい学校も欠席していると話したところ、翌日その先生の娘、高峰里枝子がジョージの家を訪ねてきた。

　久し振りに教室に出るとジョージは他のクラスメートに気付かれないように里枝子の席に近づき、「家に来て呉れたんだって、もう大丈夫」と小声で言い、里枝子も「そう、良かった」と笑顔を見せた。留守中に里枝子が訪ねて来たことを知り、ジョージの心の片隅に早春の微風と咲き始める若芽に似た何かが動き始める。

　暫くして卒業式、同じ高校で英語や外国語に興味を持つ同級生とジョージの3名が都内・四谷駅近くの大学受験を決めた。ジョージがロシア語の専攻を決めた理由は、中学の国語と音楽担任の女性教師の影響で、授業で国木田独歩の「武蔵野」を読み独歩はロシアの作家、ツルゲーネフから影響を受けたと知らされたから。また高校では世界史の先生から近代史への関心・興味を植え付けられた。加えて、京大でロシア語を学び渋川に住んでいる従弟から「今後の日本は外国との平和な交流、交易拡大が必要、それには外国語学習は重要、余り他の学生が学ばないロシア語が良い」と強く薦められたことも理由の1つに挙げられ

る。

　ソビエトは、軍事大国アメリカに先んじて世界初の人工衛星打ち上げに成功していた。スプートニクショックを世界に与え、更に有人飛行にも成功し、宇宙から帰還したロシア人飛行士、ガガーリン少佐が大きく報道されていた。

　親友の青木君は早大受験１本に絞っていた。ジョージは慶応の文学部を併せて受験したが、合否の結果を見には行かなかった。四谷駅と赤坂見附周辺の落ち着いた街並みが気に入り、暗い印象だが何処となく魅力ある北の国、ロシアを何時か覗いて見たいとの想い、加えて他の人と異なる人生路を歩みたいとの気持ちが高まっていた。入学後の下宿は青木君が住む中央線三鷹駅から武蔵小金井周辺と決め、合格が決まると早速JR武蔵境駅から私鉄・西武線に乗り継ぎ１つ目の駅に居を定めることにした。青木君の家は中央線を挟み徒歩15分、周辺には国木田独歩の小説「武蔵野」を彷彿させる森が広がり、この地域が気に入った。

第4章

学生時代

　緑に覆われた森は、人や生物に精神的な穏やかさ安堵感を与える自然の傑作品だ。下宿は2階建ての部屋数10個程のアパート形式で、最初断られたが管理人の叔母さんに強く頼み込み夕食付きにして貰った。

　ジョージの部屋は1階、アパートから20メートル程離れた平屋の家に府中ベースに務める米軍家族が住んでいた。男の子2人と1人の女の子計5人の家族で、間もなく腕白盛りの男の子が部屋の前に遊びに来るようになった。最初は英会話の勉強になると思い子供達が部屋の前に来ると呼び止め、コミュニケーションを取った。その後父親の休みの日には食事に呼ばれるようになった。英語会話に加え米国人家族の明るい雰囲気に接し、今まで口にした事の無い肉中心の食事を共にした。更に嬉しいのは、グレンミラー楽団等の軽妙なジャズ曲を高音の電蓄で聴かせて

呉れたことだった。全ての会話を理解できる訳ではないが、硬い話題が多かったこれまでの高校生の日々とは異なり、東京での全く新しい生活の始まり、ジョージはラッキーと思う。

　幼い頃は、榛名ベースから来る米兵が乗るジープを見掛けると恐る恐る「ギブミー・チューインガム」と駆け寄った。学校給食では米軍支給のチョ

JR武蔵境から乗り換える西武線・新小金井のアパート。近所の米国人家族の子供達と親しくなり、小さな喜び。時々家庭に呼ばれジャズ曲を聴き食事もご馳走になる

コレートや脱脂粉乳のミルクを通してアメリカの豊かさを知らされた。武蔵野のこのアパートから歩けば、緑に包まれた広い国際基督教大学のキャンパス、近所にはフランクでユーモア溢れたアメリカ人家族に触れることができる。

　しかし少し前に日本は、経済力、資源に富む世界最大の国、アメリカと太平洋戦争で戦った。資金、資源、情報網等圧倒的に不利の中、精神力のみで真珠湾攻撃に向かった。蒙古軍襲来や日露戦争で勝利した歴史的な経緯から神風の再来を信じ、2年間持ち応えれば何とか勝てると軍トップは妄想し、物量と情報戦争の時代に無茶な戦争に突入した。そして悲惨、虚しく、大きな被害を齎した敗戦。時が流れ米軍家族とこうして話し、美しい音色と軽快なリズムのジャズを聴かせてもらっている。ジョージは楽しい時間の中で、幼い頃満州からパラオに転戦し、圧倒的な米軍に対峙し、戦死した父親を偲び、戦争の虚しさ・重い心に捕らわれる。

　入学式後硬式テニス部に入部、地下鉄丸の内線と国鉄中央線が交差する四谷駅、線路近くのコートでの練習に参加した。中学、高校と続けた軟式テニスは思い切り強打するが、穏やかにどちらかと言えば上品に振り抜くのが硬式。先輩からは「そんなに強打しては駄目だ」と指導される。

　間もなく日米安保条約反対の国会デモが始まり、クラス内でもデモに行くべき派と学生は学内で勉学に励むべきとのデモ反対派に分かれる論争となった。加えてロシア語を選んだことを直ぐに後悔することになる。

　期待したロシア語の講義は文法中心で、語尾変化の煩雑さ、嫌になる程の宿題の山。担当のロシア人女性教師は、次の授業で宿題を提出しないと大声で批判してくる。講義に欠席し、偶々廊下で顔を合わせ欠席の理由をロシア語を交えて伝えると、「どこを散歩していた、怠け者」となじられる。世界大戦終戦前のハルビン学院でロシア語の熱血指導を続

け、東北アジアでの活躍を目指し大陸へ渡った日本人の青年・若者には尊敬される一方、怖い教師として恐れられたとも聞いた。文法や語尾変化中心の講義で、入学前に憧れていた大学での自由・闊達の講義との違いに落胆した。講義は文学やロシア人の心、理論的なテーマ、国際関係等を教える場と思っていたが、これでは高校の講義並みだとジョージは勝手に思った。クラス内の安保論争にも馴染めず嫌気がさし、現役入学したので休学するか他の大学へ再受験かを迷い、結局夏休みに入ると休学を決める（ジョージの入学時、この学校のロシア語学科への入学希望者は定員の数倍だった。しかしある新聞に依ると2023年度の受験者は定員の18倍だという。約60年後、ロシア軍のウクライナ侵攻によりロシアへの留学が困難になりロシア語受講希望者がこの学科へ集中したのが主な理由の模様。激変する時代だからこそ、国際化時代に生きる学生は外国語学習に興味を抱き、又国境の壁は高くなってもロシア語に興味を抱く若者が多い事を知らされる）。

　休学届提出後は、お茶の水にある楽器店のクラリネット教室に通い始め、読書と近所の米国人家族の子供達と過ごした。時には新宿駅周辺で映画も見た。子供の頃は近所の叔父さんに嵐寛寿郎主演の鞍馬天狗の映画を観に連れて行ってもらった。その後男優では石原裕次郎や小林旭、女優では岡田茉莉子、吉永小百合、栗原小巻等がスクリーンに登場し、栗原小巻の清純なイメージに魅せられた。アメリカ映画ではターザンの映画からゲィリー・クーパー主演「遠い太鼓」の西部劇、エリザベス・テーラーの澄んだ青い瞳に憧れ、ジェームス・ディーンの「エデンの東」、女優のマリリン・モンロー主演のミュージカル・コメディータッチ映画「ショウほど素敵な商売はない」。モンローの甘い発声の英語と色っぽさが魅力の、マイアミを舞台にしたラブコメディーだ。テナーサックス奏者になれば自分もこれ程妖艶な女優とも、との錯覚に陥った。記録映画の深刻な場面と異なり日本映画は青春物語、アメリカ映画はミュージカルや明るいドラマに惹かれた。

　ソ連・ロシア映画は稀だがグリゴーリ・チュフライ監督の「兵士のバラード」（日本での題名は若い兵士の休暇）が封切られていた。映画の内容は軍へ新入隊の少年兵が数日の短い休暇を与えられ、母親の待つ村へ帰郷する。しかし途中で列車がドイツ軍の空爆を受け不通となるが、何とか実家に辿り着き母親と瞬時の面会をする。帰隊時間に間に合わせるためには瞬時の面会しか無い。帰隊後この若い兵士は戦場に駆り出され戦死する。白黒画面、ロシアの広い農村と田舎の景色、重苦しい筋書きが心を締め付けた。これがロシア・プロレタリア映画、ロシア人が心に秘める哀愁、戦争の厳しさを表現しようとする重厚な映画作品とジョージは解釈した。経済的に豊かなアメリカの明るく楽天的な映像の世界、それに対してロシア映画の暗く重厚な作品にも興味を抱いた。

　茶・生け花・畳等を舞台に、演ずる俳優の繊細な心の動きを描く日本映画、ジョージは特に栗原小巻の眼力や言葉の表現力に惹かれた。アメリカ映画はジャズや華麗なメロディーをバックに経済的豊かさ、物質文化、善人的明るさと人情、コメディーとユーモアを現す。それとは正反対にロシア映画は全て国策だが、暗く重い風景と筋書きにジョージは興味を抱いた。映画は未知の世界の風景、人や文化に触れさせて感動を与える芸術、卒業したら出来る限り多くの国を訪れたいとの願いをジョージに植え付けた。ソ連崩壊後モスクワにホームステイしたが、ジョージが若い頃に観たこの映画、「兵士のバラード」で主演したハンサムな俳優が、その後どのような人生を送ったのかを尋ねてみた。彼は犯罪に関わり、毎朝モスクワ市内の道路清掃の刑に服しているとの悲しい返事が返ってきた。この世の人生行路は判らないものだと思った。

　新宿の繁華街の一角にある映画館に通い、しばし映画に見惚れる。スクリーンの映像と共に、酒屋の前掛けを締め商売に勤しむ加奈の姿や、教室でロシア語の勉強を続ける級友、国会周辺のデモに参加するクラスメートの姿が見え隠れ錯綜する。映画の世界に浸り、楽器練習に通い、

近所に住む米国人家族との触れ合い、自分しか味わえない幸福感を抱く一方、自分の意思の弱さと一種の怠けに対して「どうしたこの意気地なし」と自責の声も徐々に大きくなっていた。表現出来ない不安を感じ始め、ジョージは、来春は復学し部活は吹奏楽部、ロシア語も続けねばと自分に言い聞かせた。

「自分は日々この様に自由に過ごす事に意義がある」という肯定的な言葉と、「否、貴重な青春の時を非生産的に、無駄に過ごしている」と非難の言葉が交錯した。更に揺れる想いの中に高校3年の同級生、高峰理枝子の悲しむ瞳を意識した。自分の将来への目標、絵姿をしっかりと描けなければ彼女に近づくのは不可能だろうとジョージは思う。

翌年春に復学すると、同期に入学した同級生2人の自死を知らされた。

1960年1月、日米間で安全保障条約が改定されアイゼンハウアー米大統領の訪日が予定されていた。事前協議に来日したハガチー大統領補佐官は、羽田空港到着時のデモ隊に包囲され、ヘリによって救出された。国会周辺での警察隊とデモ隊の衝突、東大女子学生の圧死による闘争は高まりを見せ、戦後最大の争乱状態に陥った。当安保闘争は、日本側からの大統領訪日中止要請から始まり、安保条約国会承認後に岸信介総理の辞任により鎮静化していった。ジョージが復学する頃にはクラス内も落ち着きを取り戻していた。

部活は吹奏楽部に決め、ロシア語は1年遅れの新入生と一緒のクラスで再スタートを切った。当初新入生とは馴染めなかったが、中には2年ないし3年の浪人生や、昨年入学の同級生も何人かいた。必須科目のロシア語の単位を落とした所謂落第生の、奇妙な仲間意識を通じさせ合う同志的存在を感じた。この学校・学科の良き特徴は、落第や留年にも劣等感を感じさせない雰囲気があった。クラスの飲み会を通して彼等とは一層の親近感を持つことができた。落第や留年には夫々理由があり、親不孝の誹りを拭えないが、牢名主的な生活から来る一種の「規格外」に

自己満足感を与えた。この規格外の同窓生とは妙に反りが合い、一生を通じた大切な交友にもなった。

　吹奏楽部は週2回の合同練習に加え、個人や楽器ごとのパート練習、ロシア語の宿題も多く時間配分が結構厳しかった。アルバイトは時間的な拘束もあり、適切な仕事は少ない。

　米国映画の俳優ユル・ブリンナーの従姉だと自称する、大柄のロシア人女性教授、ポドスタービナ先生は、相も変わらずの熱い講義と多量の宿題を課してきた。

　染谷茂先生は、来日前にはハルビン学院で日本人の若者にロシア語を教えており、ソ連軍に捕われ捕虜収容所で長年過ごした後、帰国後も教壇に立った。講義は緊張感あるがロシア語のР（エル）の巻き舌の発音は、江戸っ子のベランメー口調を偲ばせ、宿題提出を怠ける学生へ批判の際は"ずぼら"という言葉を多用、グサッと心を突き刺してきた。

　両教師の厳しさは愛のムチと読み替えることにし、ジョージはロシア語の講義には負けずに卒業まで着いて行くと決意する。この大学でのロシア語は結局7年学ぶことになり記憶に残る同窓も多いが、特に印象の深いのは宇多文夫、平湯拓、山下万里子等のクラスメート達だ。

　宇多君は卒業後外務省に入り間もなく在モスクワ日本大使館に勤務し、1970年から上智大外国語学部で教鞭を取り、90年から93年までの間外国語学部長に就いていた。ロシア東欧学会代表理事を勤め、サンクト・ペテルブルグ文化大学名誉博士号も授与されている。著書に「ソ連政治権力の構造」、「グラースノスチ　ソ連邦を倒したメディアの力」、「標準ロシア語作文、会話教程」をはじめ、単著・共著本の出版も多数ある。ジョージの休学中には、富岡の自宅に激励に訪れても呉れた。上智大での最後の記念講義「外交官生活、サンクト・ペテルブルグとロシア皇帝家族」については、ジョージも聴講に駆けつけた。ロシア語の成績は抜群で、人気の同級生と結婚し、複雑で困難な戦後の日ソ関係の中、外交官時代は在モスクワ日本大使館に勤務した。退職後の大学の講

義は、ロシア語に加え外交官としての経験、深い学術的な研鑽を反映さ
せ、学生の人気と評価は高かったと聞く。鎌倉で生まれ育った典型的な
湘南育ちで、恵まれた長身とユーモアを含みゆったりとした話し方、何
時までも眼と耳に残る。

　外交交渉で最も難しい国の1つはソ連・ロシアと言われている。日ソ
不可侵条約（中立条約）が結ばれ、太平洋戦争で日本の戦況が不利になる
と、ソ連・モロトフ外相は日本の佐藤尚武在ソ連大使を呼び日本への宣
戦布告を告げた。一説に依ると、日本は中立条約の有効性を主張し、連
合国との和平の役割をソ連に望んでいたらしい。その際モロトフ外相は
佐藤大使に暗号による日本への電報送信を許可したが、結局その電報は
日本へは届かなかった。御前会議での日本のポツダム宣言受諾決定が遅
れ、その後の日本の敗戦後の被害を一層大きくした。
　ジョージは定年後ロシア人女性と共著「そしてモスコーの夜はふけ
て」を出版し、新宿「J」で共著者をモスクワから呼び、出版記念の会
を開いた。その際に通訳を依頼したところ、宇多君は快く受けて呉れ
た。宇多君が少し前の時代に生まれ、大学教師ではなくそのまま外務省
勤務を続けていれば、日ソ間では現在も続く硬直した両国間関係、或い
はもう少し変わった展開をしていただろう、とジョージは強く思ってい
る。

　次の親友は平湯拓君。宇多君と共にロシア語クラスの成績トップだっ
た。在学中1度だけ京王線・井の頭駅近くの自宅に招かれたことがあっ
た。卒業後、交際は途絶えたが、お互い還暦を迎えロシア語科同窓の会
場で再会した。35年が過ぎて会った平湯君は、ロシア・ハバロフスクよ
り一時帰国中とのことだった。現在都内のアパートにロシア人の妻と住
んでいるので、良ければ家に遊びに来ないかとジョージを誘ってきた。
数日後の日曜日、言葉少ない笑顔が穏やかな印象の1人の日本人女性と
共に、地下鉄・東西線沿線の彼のマンションを訪れた。平湯君は、ロシ

ア人の奥さんと出迎えて呉れた。

　書斎にはロシアの文学全集、専門書に加えドイツ語の書籍もぎっしり詰まっており、ジョージは圧倒される。奥さん手作りの豪華に映えるボルシチ他、テーブル一杯のロシア料理、ウオッカとコニャックが身体中に廻り始めた頃、真剣な顔付になり卒業後の歳月を語り始めた。

　平湯君は自他共に認めるロシア語の実力を持ち、学生時代からロシアから訪日の作家、スポーツ、文化活動家等の通訳を務めた。何度か日本訪問をした音楽家のロシア人女性と親しくなりやがて恋に落ちた。スポーツ選手や音楽家等、ソ連が育成に力を注ぎ、外貨収入に繋がる人物には自由な国際結婚を認めず、外国訪問時には亡命を防ぐため見張り役の担当官が付いていた。2人の関係は自ずと気づかれ、この音楽家の訪日は途絶えた。音楽家のこの女性と会うため、平湯君は何度も訪ソのビザ申請を行うが、当然その許可は出ない。ロンドンやパリ等での海外公演を知ると彼もその地を訪れた。海外の公演地を訪れ、コンサートの入場券を手にするも阻まれ、この女性との直接会話は不可能となった。妨害され会うのを拒まれれば一層強く燃え上がるのが恋心、しかし Out of sight, out of mind（去るものは日々にうとし）の言葉は真実で、2人の愛はやがて終焉を迎えた。ここまでは日本語で話し、その後は「横に座るのが数年前からハバロフスクに住むロシア人の妻」、とロシア語で説明する。

　光陰矢の如し、時の流れは早い。国際情勢も激しく変わる現代、英国のチャーチル首相が発した言葉、「鉄のカーテン」に包まれたソ連が崩壊する。平湯君はドイツの日系商社勤務を経て、極東・シベリアの主要な都市に開設された日本センターに転職した。ゴルバチョフの時代にロシア入国ビザを取得し赴任する。着任後その街に駐在中の外国人外交官の紹介により結ばれたのが、東京のこの家に住むロシア人の夫人だった。新しいこの公務に集中し、ビザ更新のため現在日本に一時帰国中だったらしい。しかし更に深刻な顔になり、入国ビザが再発行されず

困っているという。ソ連が崩壊しロシア連邦という新しい政治体制に
なっても情報収集活動等は変わらないようだ。変わらない社会を内容と
する論文を日本の月刊誌に寄稿し、その寄稿に依りロシアへの再入国ビ
ザが下りない。ソ連が崩壊しペレストロイカとグラスノスチを唱えたゴ
ルバチョフが新大統領になり、情報提供行為を持ち掛けられ、断った自
分の寄稿文が関係部署の眼に止まった。ロシアに残してきた住居や家財
道具はそのまま、入国ビザは発給されずに再入国が叶わず困窮している
との重い話だった。

　日ロ関係は日露戦争を含む江戸末期以降の歴史的経緯に加え、米国を
はじめとする諸国との微妙な国際関係を反映しスムーズな展開にはなら
ない。日ロ両国の交流停滞により通訳の仕事を得られず経済的に苦し
い。小渕総理時代に訪日したロシアの農林・漁業の関係閣僚は、日本側
の対応に不満を持ち、その後日本国内の地方都市を訪問した。東京での
日本側の冷たい対応に不満を抱いたのか、それとも訪日で期待する成果
が得られなかったのか、新聞社が主催するイベントで平湯君が通訳を務
めると、それに対して強いクレームを付けてきたと話して呉れた。ある
ロシア大使館員が「日本人でこれ程高いレベルの通訳はいない」と言わ
しめた平湯君、卒業後長い間、様々な機会でロシア語通訳を務めて来た
が、これ程大きなショックを受けたことは無いとも語って呉れた。
　ある日本の著名な女性通訳者は、会談の内容が高度で困難な場合はそ
の雰囲気作りが最も気になると述べている。複雑な外交問題を抱えた緊
張感の中の通訳では、その時の雰囲気作りが重要で、ロシア語力はロシ
ア大使館員も驚く程のハイ・レベルの平湯君をもってしても難しい。
ジョージは重い話を聞き、複雑な国際関係での通訳の困難さを実感させ
られる。平湯君はロシア及びロシア人を深く愛した故の苦難、愛しすぎ
た重い人生路を歩んでいた。外交の裏舞台で重要な役割を果たす通訳の
緊張や苦難を痛感する。
　初めてジョージが平湯君の家に招かれた際に同席して呉れた、物静か

な印象を与えた女性Mさんは、都内のロシア語書籍専門店に勤めていた。後日父親は革新系政党の元委員長と知らされる。

　学生時代には宇多君と優劣を競う優秀な平湯君と異なり、親泣かせのロシア語成績も劣等学生のジョージ、だがこの日を契機にこの夫婦とは濃密な友人関係となった。夫妻がウクライナへ旅立つまでは。

　その後もロシア再入国のビザは下りず家に招かれた礼を兼ね、奥さんのガリーナさんと一緒に居酒屋へ行ったり、自宅に招いたり招かれたりと交流は続いた。時には筑波山へと登り、房総の海へ1泊旅行にも一緒に行った。日ロ関係は相変わらず冷え込んでいた。平湯君の通訳・翻訳の仕事も無く、会う度に話は息苦しさを増し、何とかロシア再入国のビザ取得の方法は無いものかとジョージに尋ねてきた。

　定年前からジョージは新橋駅の飲み屋街を通り抜けた先のビルの一角、そこでロシア人女性教師の講義を数年来受けていた。先生のご主人はロシア大使館勤務で、受講者はジョージ1人だけの日もあった。先生の紹介で平湯君のロシア再入国のビザ発給希望を伝えてみることにした。先生は彼のロシア語を聞くと最初に「素晴らしく上手なロシア語を話し文法も完璧、今まで会った日本人の中では最高級クラス」と答えて呉れた。それもそのはずロシア人の奥さんも知的レベルが高い教養人で、平湯君はその奥さんのロシア語文法の間違いを指摘する程なのだ。先生からの後程の返事は、ソ連が崩壊し新制度のロシアになっても残念ながら入国ビザの発給は不可能の返答だった。

　夫妻の日本滞在も3年余となり、収入も無く東京で過ごすのは経済的に厳しい状態となった。そんな折り、ウクライナの大学から日本語教師の依頼を受け、夫人共に出国を決意した。ウクライナへ向かってからもジョージとは時々電話で連絡を取り合っていた。1年後平湯君が日本へと一時帰国した時、ウクライナでの生活を聞くことになった。ソ連崩壊後ウクライナは独立したが、ロシアとウクライナはクリミア半島の領土

問題を巡り互いの反目が強まっており、民族間の暴力事件が多発し、ロシア人の奥さんは首都キエフで暴力の被害に遭ったという。

　平湯君のロシア再入国のビザ取得の可能性は無く、ハバロフスクに残したままの資産は没収の不安もあった。結局２人は離婚を決意、奥さんは泣く泣くロシアに帰国したと言う。平湯君は再びキエフに戻り、暫くしてジョージは指定された番号に電話するも受話器に出て来るのは、全く知らないウクライナ人男性の声。そして後日ジョージは平湯君がウクライナで亡くなった悲しい事実を知らされる。

　ウクライナの大学での講義、教師としての真摯な姿勢は学生達の共感を呼んだと聞くが、ロシアでもウクライナでも志半ばでの退路、大変無念であったろう。ロシアを深く理解し学び、広大な自然と人を愛しロシア人も驚く程の語学力を持っていた。ところが、彼の身に起こった出来事を月刊誌で発表すると、それがロシアの体制非難と取られ不運な日々を過ごした。ロシアとロシア人を愛した平湯君の一生、ウクライナから一時帰国した際に、折あればその歩みを書き残す約束をして、その了解をジョージは得ることができた。

　数年後に書名「サンクト・ペテルブルグの夜はふけて」、副題を「チャイコフスキー・ピアノ協奏曲第１番変ロ短調、国境の壁に消された恋」として上梓した。益々複雑化する国際情勢、生きることの難しさ、儚さ、努力しても実現出来ない、否努力すればする程遠ざかる夢、愛は大切だが度を越す愛は間違いなのか等々想いながら、ロシア語同級生の人間像を描いた。人間として生まれた時のスタート台は同じ、だが生まれた場所、家族的な環境等により人は様々な人生街道を歩むことになる。多くの別れ道に差し掛かり、自分の判断や個人では抗することのできない道へと進んでしまうこともある。

　そして2022年２月24日、ロシアのウクライナ侵攻が始まり、世界に激震が走った。人間の真の幸せとは何だろう、その理解、判断、何時終わるとも予測できない人間同士が争う恐ろしい戦争、人の世の儚さを知ら

される。

　4月の新学期が始まり、ロシア語クラスに40名の新入生が入って来た。最初、ジョージは新しいクラスのメンバーに慣れず、昨年入学の優秀な学生、宇多君や平湯両君には劣等感を抱いていた。校内でこの2人に会うのを苦手にも感じていた。一方で昨年の期末試験、必須科目のロシア語を落とし再履修の同期学生もいて、彼らは頼もしい仲間に見えた。

　新入生中、最も注目を浴びるのは山下万里子という女子学生だ。ロシア語には名詞や形容詞は複雑な語尾変化（格変化）があり、格変化の理解と暗記に苦労するがこの新入生は難なくこなした。ロシア語の先生と肩を並べるほどの流暢なロシア語で話す。それもそのはず、彼女はハルビン生まれ、母親はロシア人、直ぐにクラスの中心的な存在になった。在学中から国際的なイベントや会議の通訳等を務め、卒業後は東海大学のロシア語教師となった。ソ連時代のモスクワ国立大学と留学生交換協定の締結や日ソ親善、文化交流等に幅広く貢献した。ソ連とロシアを熟知する第一人者と言えるこの同級生は、その後更に日本対外文化協会理事を務め、東海大学名誉教授の称号を受け交流拡大に努めた。

　彼女にはニキータ・山下というお兄さんがいて、東京芸大声楽科を卒業、音楽活動の他1980年代はNHKのロシア語講座の講師を務め、ラジオを通じてジョージもこの講義を聴講した。男性コーラスグループ「ローヤル・ナイツ」のメンバーとしても活躍し、ロシア国内の公演ではネイティブなロシア語で司会も務め、日本のコーラスグループでは最も人気があるとも言われた。

　ロシアでは鶴や白鳥をテーマとする曲が多い。理由は広い翼を持ち、優雅に舞い、人間が困難な国境も自由に越えて出会い、喜び、別れの悲しみ、人生路の様々な場面を連想させるからだ。持ち歌の中でも「鶴」という曲が最も人気が高い。

　兄の山下さんとはモスクワ市内支店のカウンターで、また帰国後も都

内のバラライカのコンサート等で数回会う機会に恵まれた。卒業後長い年月が過ぎたが、山下万里子さんとは現在も参加者が少なくなったクラス会でたびたび会っている。日ロの関係は戦前・戦後と真の相互理解に至らず厳しい時が続く。山下兄妹の地道な努力が再び花を咲かせる時が早く訪れて欲しいものだ。

　ジョージが入学して数年後の1962年10月、あわや第3次世界大戦勃発かと世界中を震撼させたキューバ危機が起こった。米ソの冷戦が激化する中、米国の偵察機U2によりソ連が密かに隣国キューバに核ミサイル基地建設を計画している事が発覚した。ソ連は潜水艦と船を利用し関連物資をキューバに運ぼうとした。ケネディー大統領は多数の戦艦と航空機を使用しキューバ封鎖を命じた。その折ソ連軍によってソ連領空を偵察飛行するU2機撃墜のニュースが伝わり緊張度は最高度に達した。ケネディー大統領とソ連のフルシチョフ首相（第1書記）との間で繰り広げられる相手国誹謗の駆け引きが行われた。ロシア語を聴講していた市ヶ谷からの自衛官も講義中に急遽退室したこともあった。一触即発の緊張感が教室内に漂っていた。あわやと世界中が固唾を飲む中、ソ連がミサイルを撤去することを表明し、米国もトルコに建設するミサイルの撤去を表明。世界中が肝を冷やした緊張の2週間が漸く終わった。退室していた自衛官も教室に戻ってきた。1963年には両国間にホットラインが敷かれ、米ソ関係も雪解けに向かい、緊張緩和はその後のソ連崩壊に繋がった。ジョージは、経験したことのないこの時の緊張感を通して、世界の情報や紛争にもっと関心を持たねばならないという思いを新たにした。

　6カ国語を話すというイタリア人のカソリック神父は、講義の中で学生に向かい「皆さんはロシア語を学んでも将来、スパイ行為に絶対関わらないで欲しい」と述べた。この大学にジョージは7年間在籍した。講義内容は殆どを忘れたが、この神父の言葉は今でも耳に残っている。こ

の教授はロシア語学科の学科長を務め、流暢に日本語やロシア語を話した。多くの国を訪ね、スパイ行為に携わった者の末路を見知っていた。ロシア語を学び始めた学生にその悲劇を伝えたかったのであろう。

　ノモンハン紛争から日米開戦前後の日本とドイツ、ロシアに絡む秘密情報戦のゾルゲ・スパイ事件、女優岡田嘉子と演出家杉本良吉の樺太国境を越えたソ連領への逃避行など。岡田は大正から昭和初期のトーキー映画の時代に舞台でも活躍し、様々な遍歴を経てスキャンダル女優とも言われた。当時の国境越えは「赤い恋」の逃避行と騒がれた。国境越えの理由は諸説あるが、杉本は思想犯として逮捕されており、近く軍隊に召集されるのを恐れての亡命が真実の様だ。国境越え直後に杉本は、今度はソ連に捕えられ間もなくスパイ容疑で処刑される。スターリン時代には他の日本人も極秘裁判により悲劇の末路を迎えたと言われる。

　一方ゾルゲは、ドイツ人の父親とロシア人の母親との間に生まれ、幼い頃はアゼルバイジャンのバクーで過ごした。その後ベルリンに移り第1次世界大戦に参戦し、負傷するがマルクスの「資本論」に触れる。ドイツ革命（1918年）に参加、この革命は失敗に終わるが、ソ連に招かれて共産主義に傾倒した。第1次世界大戦での敗戦による賠償に苦しむドイツはナチスが権力を手中に収めていた。そのナチスを欺き近づいた。やがて特派員として日本へ赴任（1933年）し、在日ドイツ大使館、オット大使に接触して信頼を得ることに成功する。昭和12年に日中戦争が勃発し、昭和15年（1940年）9月27日には日本・ドイツ・イタリア間で三国軍事同盟が成立した。ジョージが生まれた昭和16年（1941年）には日ソ中立条約が締結され、第2次世界大戦への暗雲が広がった。

　コミンテルンを通じてソ連の諜報員となったゾルゲは、オット大使から得た情報をモスクワに流していた。ナチス・ドイツはフランスやイギリスへ侵攻し、その後ソ連の共和国に組み入れられたウクライナへ侵攻し、更にモスクワ近郊まで迫った。当時ドイツは日本にもソ連への攻撃を求めた。日本はアジア方面への南進か、ドイツの要請に応えてソ連へ

の攻撃かを決定する御前会議を開き、結局は南進策を決める。本格的な戦争に突入した場合、日本は資源、特に石油不足が危惧された。北進してもシベリアには資源の期待薄く南進策を決めたと言われている。この情報はゾルゲを通じてモスクワに打電され、スターリンは日本軍によるソ連侵攻が無いという情報を得た。極東に配備中の大部隊を西部戦線に転戦させることができた。モスクワ近郊まで侵攻したドイツ軍は結局敗退したが、ゾルゲや日本人記者の尾崎秀美等がスパイ罪で逮捕・処刑され、他の連座者多数も有罪となった。ソ連崩壊に繋がる可能性もあった重要な情報を伝えたとされるゾルゲは「ソ連邦英雄」の称号を得た。欧州や日米、太平洋の国々を舞台にした第２次世界大戦、多くの悲劇を生んだこの戦争は情報戦争でもあった。

　人間が生きていく上で大切な事柄は正しい情報の収集、しかし戦争の中で暗躍するのは情報に深く関連するスパイ活動だ。ゾルゲ事件を鑑みて、学生時代の講義の中でイタリア人教授の「将来どんな事があってもスパイ活動には関わらない」との言葉は今でもジョージの心の中に残っている。

　第２次世界大戦では日本は敵勢国の英語を禁じたが、時流れて「21世紀は国際交流のグローバル時代」との声が広がる。しかし2020年代に入ると新型コロナ禍に加え、ロシア軍のウクライナ侵攻、地上の分断化が進んでいる。19世紀や20世紀の戦争を思い起こさせる学校や住宅街、ビル破壊、逃げ惑う市民、信じられない弱肉強食、恐怖の映像がテレビ画面に映し出されている。ウクライナ攻撃に反対する欧米諸国や日本に対してロシアは、石油や天然ガス等を盾にして侵攻を止めることがない。21世紀の太平洋戦争突入前の日本は、ロシアには天然資源が無いとの情報で南進政策を決め戦争に突入した。21世紀のロシア軍のウクライナ侵攻では、残忍で悲劇を生む戦争を繰り返してはならないがインテリジェンス（情報）という言葉が飛び交っている。厳しい戦場の陰で情報力合戦が繰り広げられ、正しい情報収集の重要性を思い知らされる。

　ロシア語科を4年で卒業する級友もあれば5年以上過ごす学友もいた。長期在学生には夫々の理由があるが世の中を冷静に見つめ、人を引き付ける視野の広さを持つ野武士的な人物も多い。

　民放の日本テレビが毎週末に提供する国内各地を取材する長期旅番組「遠くへ行きたい」を制作するテレビマンユニオンでチーフ・プロデューサーを務めた村田亮君。もう1人は学生ながら週刊誌記者のアルバイトを行うW君、同じく各地を訪ねて取材、それを記事にしていた。W君は欠席するとジョージに代返を頼みノートを見せて呉れと言う。お礼は30円の学食カレーだ。講義の合間や休講の空き時間があると3人はベンチに座り、4年で順当に卒業した同窓の動向、社会情勢、自分達の将来等について悲喜こもごもの話題に触れた。上州のポッと出のジョージと異なり両君は冷静で大局的に自分の意見を述べ、ジャーナリストとしての片鱗を示していた。コロナ禍でのリモート遠隔講義と異なり、顔の表情を見ながら仲間同士で互いの心根を話し合う、そこから得るものは大きかった。

　「遠くへ行きたい」は、永六輔が作詞し、中村八大が曲を付けたテーマ曲でも人気を博した。著名人が登場し日本国内各地を紹介した。一方TBSは、世界最大の航空会社・パンナムがスポンサーとなり、当時は数少ない海外紹介番組「兼高かおる　世界の旅」を放送した。共に高視聴率の人気番組だった。国内、海外を紹介する両番組は多くの視聴者に旅の喜びを伝えた。W君は卒業後、取材活動を海外に広げた。ベトナム戦争時には搭乗するキャセイ航空機が爆撃され帰らぬ人となった。村田君は日本国内を舞台とする長年に及ぶ映像の世界で貢献した。W君は戦場を取材しており、もし不幸な爆破事件に遭わなければ今も国際ジャーナリスとして活躍し続けていただろう。

　人間が生きる上で映像を伴う情報の役割は重要である。第2次世界大戦後もベトナム戦争、アフガン、アフリカ、クエート、イラク、イラン、パレスチナ、シリア、ウクライナ等々での絶え間ない紛争が続いている。「遠くへ行きたい」、「兼高かおる世界の旅」等の番組、加えてベ

トナム戦争の戦場や爆撃から逃げ惑う子供達の生々しい報道は、今でも
ジョージの心に残る。何時になれば安寧と平和がこの地上に来るのか疑
問だが、これ等の数々の映像はその後のジョージの人生に大きな影響を
与えている。

第5章

吹奏楽部

──クラリネットからテナーサックス、そしてバリトンサックス──

　好きな学科を選び進学したが、休学しながら映画鑑賞、楽器練習、ロシアバレー鑑賞、家族への裏切り、これは怠惰行為だとの咎めの声がジョージを責め立てる。上辺だけの人間では駄目だと自分に言い聞かせ、桜が咲き始める季節に再び四谷のキャンパスに戻った。

　校舎に続く土手の石段を登ると、眼下に数面のテニスコート、国鉄中央線と地下鉄丸の内線の駅が見えた。中学と高校では軟式テニス部であったから、昨年はこの硬式テニス部に弾むような心で入部した。新入生歓迎行事として土手の外れにある砂防ホールでダーク・ダックスのコーラスを聴いた。揺れた安保の喧騒も終わり、日本には静寂が戻っていた。「自分を変えなければ、早く自分の遣るべき道を歩まねば」との想いと、「一時の懈怠は一生の懈怠」との吉田兼好の言葉が、ジョージに繰り返し語り掛けていた。

　数日後クラリネットを持って吹奏楽部の扉を開けた。入部希望を伝えると出て来たのは、身長の高くない小太りの男子学生、印象は笑顔と親しみある優しい感じの先輩だった。何故吹奏楽に興味を持つのか、クラリネット経験の有無の質問を受けた。経験は少しありと答えるが「これはまずい」と直ぐに判った。

　少しの音出しで実力が直ぐに判るのが楽器の世界だ。先輩は自分のクラリネットでチロチロと見本演奏して呉れた。ゴルフに例えると「芯を食う」音色。それもそのはず、戦後日本のジャズ発祥地と言われる横須

賀生まれ。幼少の頃からクラリネットを手にして、おもちゃ代わりに鳴らしていたとの噂を聞いた。当然クラリネットのグループリーダーだった。それに比べジョージの幼い頃の音楽環境は、近所の年上の兄ちゃんがギターを弾き、それに合わせて歌えと言われ歌う「伊豆の山々月あわく」の歌詞で始まる、湯の町エレジー。または音楽の先生のオルガン伴奏にあわせ嫌々歌わされる合唱。ピアノが音楽教室に初めて置かれたのは中学３年の時だ。生の演奏を耳にするのは数年に一度程公演に来る群馬交響楽団の移動教室ぐらいのもの。音楽、特に楽器は才能より幼い頃からの環境が大切で、環境に恵まれると大きな差が出る。

　吹奏楽部の顧問は西部劇映画に出る俳優、ゲィリー・クーパー似の米国人神父で、自身も楽器はクラリネットとテナーサックスを吹いた。部員は都内や湘南地方出身の学生が多く、会話も明るい。着る物も垢ぬけ、ロシア語学科とはる異なる印象だった。ジョージは半年程クラリネットパートに所属したが、体も大きく自身もサックスに興味を持ち始め、卒業を控える先輩の穴埋めとしてテナーサックスのパートに変更した。クラリネットは吹奏楽では高音、指使いは早く譜面は複雑だが、それに比べテナーは指の動きは少しゆっくり、時には主旋律、或いは裏メロディーを演奏する中音部を担当した。テナーサックスの音色も好きとなりこのパートへの変更を喜んだ。

　春休み、夏休みになると地方での合宿を行い、その後は秋の発表会となる。合宿の移動は各駅停車や夜行列車が主だ。新入部員の役割は、楽器運びと演奏会場以外では裏方、時には先輩の下着洗濯も行う。夏の合宿地は十和田湖、長野の野尻湖、広島・瀬戸内海から九州等の湖や海辺の施設を利用した。練習は朝９時から夜９時頃まで。個人、パート練習、合同練習と長時間のトレーニングが続くと、腰痛や喉から出血もした。

　合宿が終わると近くの街で発表演奏を行った。この頃国内では、「北上夜曲」という曲が大ヒット中で、歌詞は石川啄木の詩の世界を彷彿させ

る"匂い優しい白百合の、濡れているよなあの瞳"で始まる、マヒナスターズと多摩幸子が歌う青春哀歌だ。青春という日本語に多くの若者が胸躍らせこの曲を口ずさんだ。振り込め詐欺、派遣切り、政治の世界で使われる忖度等の日本語は全く耳に入らない時代だった。電話で老人を騙して大金を振り込ませ、電子メールに依るフィッシング詐欺等は予測だにしない「腹いっぱい銀シャリを食いたい」が夢の時代。経済は苦しくとも日本人の心に豊かさがあり、北上夜曲の歌詞とメロディーは明日の日本、特に若者に大きな夢を与えた。

　岩手県内のある港街、夕闇迫る港にトラック数台を並べた舞台上で演奏した。マヒナスターズのグループと異なる多数の部員の演奏だが湘南出身の4年生指揮者の編曲、トラックの荷台でのこの演奏はジョージのデビューの日だった。

　東北の合宿でもう1つ忘れられない思い出は、十和田湖畔の先輩のトランペットが奏でた、アメリカのビッグバンド、ハリージェームス楽団のリーダーが演奏する「スリーピー・ラグーン」という有名な曲だ。先輩は夕闇が迫る十和田湖畔にペットを持ち出し、湖に向かって吹き始める。湖上に響き渡る先輩のこの曲を聴き、吹奏楽部は、学校を卒業するまでは絶対辞めないとジョージは心に決める。

　アメリカは第2次世界大戦で外地に派遣された兵士を鼓舞するため、グレンミラー楽団他のバンドを戦線に送り

出しジャズを演奏した。一方の日本はサックスの哀愁を醸し出す音色は優しい母親を思い出させ、戦力の高揚ではなく逆に低下に繋がるとし、3本以上のサックス演奏を禁じたという。トランペットやコルネットの音色は軍隊の起床や進軍ラッパ、幼児の頃満州に出兵した父親に重なり心の底では「この音は、どうも」という思いになった。

　しかし波静かな十和田湖畔に向かい先輩が吹くラグーンの名曲に「ペットも良いな」との考えに変わった。吹奏楽部では合宿中の厳しい練習を通じた先輩との交流、音楽による感性の広がりと心の安らぎ、一方ロシア語のクラスは暗く重いが、言葉を通じて将来は重厚なロシア文学や大自然に触れ己の多様性と視野を広げられる。「石の上にも三年以上、一生の努力で喰いつかねば」と言い聞かせる。

　合宿後の演奏会や秋の定期演奏会で第1部はクラシックや吹奏楽用の交響曲やミュージカル曲、2部はジャズ中心の演奏、3部は内容的に1部と同じだ。ジョージが入部してから2年程過ぎ、サックス部門のリーダーから個室に呼ばれ、低音部に厚みを持たるためバリトンサックスを購入する。身体も大きいのでバリトンを吹いて貰うと告げられた。当時度々演奏していたのが、シベリウス作曲のフィンランディア、広大な森林と長い国境を接する隣国・ロシアからの脅威に耐えるスオーミ（フィンランド国民の名称）の祈りや想いを込めた荘厳、重厚な曲。出だしは低音部のスーザホーンや弦楽器のベース等で演奏が始まるが、フィンランディアではバリトンサックスを加えて厚みのある音を出す。卒業後ジョージはロシアに転勤、直後にフィンランド・ヘルシンキを訪ね、両国間の歴史とフィンランド人のロシアへの感情を知らされ、シベリウス作曲、フィンランディアの出だしの低重音、戦いに負けた重い心と理解する。

　ジャズでは当時日本国内でも、ポール・デスモンド作曲、四分の五拍子のテイク・ファイブが人気を呼び、ソロ演奏はアルト、バリトンサックスはハーモニーとリズムに厚みを加える。この曲の演奏に重要な役割

を果たす楽器だ。楽器は様々な音色を持つが、演奏者の性格も自分が担当する楽器の性格に似て来るものだとジョージは独断的な想いにも至る。

　学生の身分で豊かな生活は出来ないが、在学中機会があれば来日するアメリカのジャズバンドのカウント・ベィーシー楽団、グレン・ミラー楽団等の公演を聴き行った。ジェリー・マリガンというバリトンサックス奏者、呼吸せずにロング・トーンを吹き続け重厚さと迫力、人間技とは思えぬ演奏者の存在も知る。ほんの一端だがジャズ音楽の深さに触れた時期だった。

　吹奏楽部で6年過ごすが十人十色、陰陽の多様性に富む性格で、部活仲間から得る事も多かった。部室を訪ねた時最初に出会ったのは、クラリネットの高橋三雄さんだ。卒業時にはプロへ進もうかと悩んだが、結局サラリーマンになった。だが社会人になってもセミプロ的な活動を続ける。やがてバブル景気後退に長い不況期に入り「早期退職」という言葉を度々耳にする時代となる。高橋さんはこの制度を利用し、本格的なプロミュージシャンとなった。都内・新宿、銀座のジャズ・フェスティバル、全国の会場で出演し、コロナ禍迄はアジアやニューオリンズ、シカゴ等海外まで活動を広げた。長年鍛え磨いたクラリネットに加え、アルトサックスのテクニック、音色は年齢と共に甘さを増し、軽妙でウイットに富むトークは聴く人の心を一層引き付けた。新宿でのジョージの結婚披露宴、定年後の出版記念会でも高橋さんのバンドメンバーの演奏等で会場を盛り上げて貰っている。

　同じ大学の新聞学科で学び、吹奏楽部ではトロンボーンを担当し、指揮も務め卒業後は最初、プロレス記者、その後ジャズ好きでジャズの専門誌「ジャズライフ」を立ち上げ社長を務める、増田一也君。吹奏楽部の練習後は高橋さんと3人で四谷駅周辺の居酒屋で音楽論？を戦わせた。一度は高橋さんの横須賀市の実家に呼ばれ、裏庭の横を走る横須賀線のレールの音を聞きながらここでもジャズ談義に花が咲いた。横須賀

育ちの高橋さん、広島育ちの増田君は、サッカーの他に楽器演奏やジャズ音楽と話題は多彩だ。ジョージは両名への劣等感もあり聞き役に回る。増田君とは卒業後も新宿、四谷、高田の馬場の駅前の安い居酒屋で飲むことを好み、別れ際に突然のヘッドロックをしてくる。プロレス記者の経験からかプロレスへの郷愁・幻想か、痛さで結果は真剣な喧嘩に発展することもしばしば。会社が出版する音楽専門誌を長年送って貰ったが、今でもその痛さを思い出しジョージの頭に血が上る。しかし増田君は早逝しもう連絡が取れない。歳月の早い流れが悲しい。

　日航のチーフ・パーサーを経て、音楽界へ転身したI・T君、レコード会社でディレクターとして新人歌手の発掘や、更に作詞・作曲家に転身しTV番組にも登場した。NHK BSで素人が作詞・作曲し、プロ歌手が歌う番組、「あなたのメロディー」の審査員として何度か出演した。五木ひろしの「紫陽花」、大月みや子「乱れ花」、細川たかし「女ごころ」（優秀作品賞受賞）、森繁久彌の「何処へ」、西城秀樹他の曲の作詞者として活躍した。ペンネームは松本礼二。人の心の繊細な映りを華麗な詩に変える才、何処から生まれて来るのだろうとジョージは思う。大月みや子の「乱れ花」の歌詞の一節に、「乱れて咲いても花は花、好きだからあなたひとりが好きだから、せめて心だけでも置いて行ってね」との歌詞を書き、古賀政男音楽祭グランプリ賞を受賞した。森繁久彌は最後のコンサートで「懐かしさに佇めば過ぎにし日が蘇る、愛しき友　愛する人よ、何処の空の下に、時は巡り花はあせても、志をはたして寝むらん」との詩で始まる「何処を」を歌い大きな拍手を受けた。ジョージの１年遅れで入学したが、同じ吹奏楽部に入りウッド・ベースを担当していた。ジャズ曲では長い足を揺るがせ身体一杯で演奏する。ジョージの在学６年生時、礼二は客室乗務員として日航に入社した。間もなくパーサーの制服を着て部室を訪ねてきた。長身の制服と笑顔、何と恰好良く気障な男と、未だ学生の自分にジョージはある種の羨望感や嫉妬心さえ抱いていた。後年ジョージも、松本礼二が憧れ若い時代に働いていた同

じ航空会社に転職したが、数年後客室業務員の職を辞し、彼は好きな音楽の世界に進んだ。

　松本君はレコード会社に転職し、歌手のプロデュース、審査員、作詞等の道を歩んだ。ある新聞紙に自叙伝記を書き、人気絶頂期の石原裕次郎とのハワイ行き機内での出会い、作曲者への人生路等を載せていた。その後何年過ぎただろうか作詞家、松本礼二死亡との悲報の記事が載った。深夜の作詞中、火災に見舞われるとのショックな内容だった。

　「懐かしさに佇めば過ぎにし日が蘇る、愛しき友、愛する人よ」の詩の一節に、歳を経た今でもジョージは心惹かれる。

　多くのバンド仲間とは連絡が取れない程の時が過ぎたが、吹奏楽部の仲間との思い出は忘れられない。若い頃から吹奏楽に馴染んだ影響か、下手の横好きかジョージはサックスの練習は今も続けている。コロナ禍でのステイホームの孤独化が進む現在、生の音楽を耳にする機会は減った。だが逆にあらゆる音色への関心が深まり、どの楽器がどんなメロディーやリズムを演奏しているかに当然関心が向くようになった。「6年間の大学吹奏楽部での、音と過ごした時間は決して無駄では無い」と歳を重ねるに従い、負けず嫌いの性格が強くなるジョージ、自分に言い聞かせている。

　ロシア語科5年、吹奏楽部4年在籍の時、1964年秋に東京オリンピックが開催されロシア語通訳の試験を受けた。結果戸田ボート場にアサインされ、吹奏楽部を1カ月間休んだ。競技開催前、受け入れの日本の役員や事務局に加え、各国選手団の練習では長閑な雰囲気だったが、ソ連の選手団が到着するとボート場の雰囲気は一変した。ジョージも強い緊張感に襲われる。東西冷戦の折、各国選手は自国の旗を背負いオリンピック競技に臨み、速さや強さに挑む。不平不満のクレームの矛先は通訳に向けられる。ロシア語教室のロシア人教授の講義は厳しいが、スポーツ競技場の緊張感とは全く異なっていた。しかし数週間に及ぶロ

各国選手団との競技前の長閑な談笑風景、カメラは安物、映像も風化し時の流れを感じさせる

シア語通訳の経験は初めての国際交流の場となり、そして後のジョージの人生にも大きな影響を与えた。当時この大会では社会主義圏のチェコ・スロバキアから女子体操選手のベラ・チャフラフスカが参加し、優美な演技で金メダルを獲得し五輪の名花として人気を博した。ソ連の女子砲丸投げのタマラ・プレス選手が金メダルを獲得した。タマラ・プレスはボート競技場を訪れ、ジョージは迫力ある姿を間近に見ることができた。ボート場で特に親しくなったのはオーストラリア、エジプト、ルーマニア、ニュージーランドの選手、そして韓国チームの監督。ニュージーランド選手の話す英語の発音に苦労したが、何故かこの国の選手に最も近くで接した。

　ロシア語は5年で卒業し更に経済学部3年に編入学した。2021年7月に延期開催されたボランチアを主に運営された第32回夏季オリンピックと異なり、64年開催の大会では通訳にも応分のアルバイト代が支払われ、経済学部の授業料支払いに役立った。文法中心の語学以外にもう少し理論的な学問を学びたいとの理由から、だが本当の理由は社会に出て働く事に不安を感じる自信の無さ、港から出港出来ない船の如くジョージは自分の内に弱さも感じていた。

　経済学部3年の学生は何れかのゼミに所属する決まりになっていた。ジョージは早大から非常勤で来ている岡田教授のゼミに申し込むことにした。岡田先生の専門は国際経済で学生からの評判も高かった。他学生と比べ相当の歳上で、ジジ臭いが少しは変わった毛色の学生がいた方が雰囲気も活性化するだろうとの判断からか、15名定員の1人に採用された。ゼミ長はロシア語クラスとは異なる湘南のシティーボーイ、リー

ダーシップに富む後輩学生が務めた。彼は卒業後アメリカから上陸した
ケンタッキー・フライドチキンの1号店の店長を務めた後に社長に就任
した。

　東京と大阪を結ぶ高速道路が開通し、世界に先駆ける高速鉄道・新幹線
が運行開始した。さらに東京オリンピックの成功により日本は自信を持ち
始めていた。ジョージ自身もオリンピック大会でロシア語の通訳を経験
し、監督や選手達に触れ視野が少しは広がったと思う。経済学部の講義は
殆どが大教室、それとは異なる少人数のゼミ、国際政治を含む経済の講義
は精神的な広がりを与えて呉れる。ユーモアある教授の下で経済学を主に
国際関係も論じゼミ長を主に学生も闊達に話し合った。ジョージも夏のゼ
ミ合宿を一緒に楽しんだ。

　卒業までの最重要課題は卒論提出。テーマを相談すると岡田教授から
折角ロシア語に加え、ソ連に触れたのだから、社会主義経済の原点であ
るマルクスの「資本論」を選んだらとアドバイスされた。難解なテーマ
と提出する頁数の多さに一瞬戸惑うが「やります」と評判高い教授の勢
いに押されてしまう。コンピュータやワード機器の無い手書きの時代、
丸写しのコピペは毛頭不可能な自筆、清水の舞台から飛び降りる覚悟で
やるしかないとの心境となった。時間が空くと神田の古本屋街で本を探
し、「資本論」の関係書を手にする。訳本文章が難解だったが、1年後
には解読し、何とか書き上げねばと自分に言い聞かせる。

　在籍7年目の経済学部4年生、吹奏楽はほぼ休部し、定期演奏の裏方
や、会社を回りプログラムに載せる広告取り等を手伝う事にした。高収
入のアルバイトとして、北方領土海域のサケ・マス漁の監視船での通訳
があった。日ソ間でシャケ・マスの魚獲量交渉がまとまると、ロシア語
のクラスメートで荒波に強い何人かは監視船に乗り出航した。日本漁船
拿捕事件も多発し、緊迫する交渉の難しさに加え厳しい北海の荒波で、
船は木の葉のように激しく揺れるという。経験した同窓は春になると逞
しい男になりクラスへ戻ってきた。しかし船に弱い者は絶対に辞めるべ

きだとのアドバイス。

　海無し県で育ち小波に酔うジョージはこの話には乗れない。都内の印刷工場の製本や、ソ連から船便で輸入される本を倉庫内でテーマごとの仕分け、続いてロシア文字のアルファベット順に並べ、更に棚に置く作業に従事した。横文字のロシア語を読み棚に置くには常に首も横向きにする必要がある。倉庫に窓は無く、クーラー無しで夏の猛暑日は40度以上にもなった。ランニングシャツ1枚で片手に団扇、昼休みは倉庫の片隅に新聞紙を敷き一時の仮眠をとった。製本工場では製本され出て来る本を次の工程へ手渡しする単純作業に従事した。どちらも無言で黙々と行い、チャールズ・チャプリンの映画「モダン・タイムス」の工場内の場面と重なった。肉体的な疲れで下宿先の新宿駅まで帰ってくると焼き鳥数本と瓶ビール2本、当日のアルバイト代はほぼパーに。下宿の窓を開けて寝床に付くと直ぐに熟睡。高校卒業前後に経験した不眠の苦しみに比べ、お金を貰いながら熟睡出来るアルバイト、これも有難いと感じた。

　経済学部時代は読書にも務め、卒論作成に重点を置きテーマは「資本論とソ連社会主義経済」に決めた。難解な文章、読み始め直ぐに頭がクラクラするが次の内容と理解する。

　英国は植民地化を図り経済的資力を貯え、綿製品や製鉄業を中心に工業化が進み、技術進歩と共に増産が可能となる。所謂産業革命である。工業化による労働力の軽減化を図り、工業技術改良で蒸気機関の開発が進み鉄道に利用され輸送力向上と共に人々の移動を促進する。産業革命による機械化は生産の増大と市場の拡大を計る一方で、経営者により大きな利益を齎し富は資本家に集中する。人間労働に代わる省力化は労働者から職場を奪い貧困化が進んだ。工業化による富の偏り、労働者の貧困化は結果として英国に社会主義革命を呼ぶ。しかし世界で初めての社会主義革命が起きたのは、英国ではなく農奴制度の農業国ロシア、支配階級は皇帝及び貴族、大地主の富裕層である。世界一広大な領土だが欧

州大陸の最北の地、特に冬は厳しく農業を支えるのは農奴の貧民層だった。ロシアの窮状を見かねたレーニンは社会主義革命を実行、1917年に社会主義政権を打ち立てる。

　資本論の内容を充分理解せず、加えて訪れた経験も無い社会主義ソ連経済の仕組みについての文章化はハードだった。かなりの部分を参考本から引用し、内容は自己満足からは程遠い手書きの文章だった。

　幼い頃からモスクワの学校で学び、日本のある大学で教鞭を取っている女性教授の講演をジョージは聴いた。この教授は社会主義、ソ連は理想の国家と語った。またスターリンの死後最高指導者となったフルシチョフ首相は国連総会で「10年後にソ連は経済力で米国を追い抜く」と社会主義国家の明るい将来を豪語していた。そんな言葉と共に卒論の最終章に、ジョージは「将来一度はソ連を訪れ社会主義の政治・経済や社会の実態を是非見たい」と書いた。親の脛かじり中ではあるが、利根川上流の水上駅からバスに乗り谷川岳も近い宝川温泉に3泊し、ようやく完成させ、岡田先生に提出した。

　後にジョージはモスクワに赴任した際、学生時代に聞いたソ連社会の明るい将来について語った女性教授とフルシチョフ首相の2人の言葉を思い返した。そして政治家の他に学校の先生も嘘をつくことも知った。

　季節は流れて、大学を卒業してから半世紀が流れようとしている。卒業論文を書くためにジョージが訪れた晩秋の利根川上流の秘湯旅館には、玄関近くには子熊が繋がれ、短い木橋を渡ると清流の畔に広い露天風呂があった。(コロナ禍の世界的な広がり以前には) オーストラリアや他の国から多くの観光客が訪れたらしい。卒業後国内の様々な温泉を訪れたが、奥利根のこの露天場が今でも心の中に深く残る。難解な資本論に対峙して苦しみ、その後に書き残す喜びを味わったからだ。

　優柔不断と怠け者の学生生活7年、ジョージは卒業後社会に出たら生活態度を変え、母親・加奈には恩返しをしなければと自分に言い聞かせ

る。講義で学んだのはロシア語と経済学、どの学科も充分な学習結果を残したとは思えない。ロシア語は熱気があり期末テストで結果が悪いと落第させられる学生泣かせのポドスタービナ先生、戦前・後の日本とロシア・ソ連との関わりの中で、収容所で過ごし、いぶし銀的ロシア語を話す染谷茂先生、ロシア文学の祖と言われるプーシキン作の、エヴゲーニィ・オネーギンの完訳本を残した小澤政雄先生、ロシア語を学んでも絶対スパイになるなと説いたイタリア人、ピオベザーナ先生、経済学科のゼミ指導で触れた岡田先生。

　55年以上過ぎた現在も、中学の国語と音楽の矢島千鶴子先生、高校時代の世界史の小山宏先生と同様に忘れられない思い出である。矢張り学校は良いものだ。

　コロナ禍の現在、書店で資本論は良く売れる書籍の1冊だという。購読者の年代は判らないが、学生時代に読もうと思うが諸般の事情から叶わなかった多くの方が再挑戦しているのだろうか。ジョージ自身は再びこの書の頁を捲りたいとは絶対に思わないが。

第6章

タイム・トゥ・セイ・グッドバイ&ライムライト

　高校卒業を間近に控えた土日、ジョージは受験校の下見に行くことになっていた。偶然にも、高峰里枝子が東京の兄の家へ出掛ける日程と重なっていた。前日の昼の休憩時間、自分も東京へ行く予定があり、出来れば一緒に行かないかと誘った。すると里枝子も静かに頷いて呉れた。高崎駅までの電車は短い2両、乗車駅は異なるが2人が近くの座席に並んで座る姿が教師や同級生の眼に入るのは拙い。電車の各々の発車時刻を確認し合い、高崎へ着くまで互いが前と後の異なる車両に乗る約束をした。

　以前ジョージは行先も告げずに逃避とも言える数日の旅に出たことがある。加奈を悲しませたとの罪の意識を持ち続け、今度は受験予定校の下見に1泊で東京へ行くと伝えた。午前中の授業が終わると帰宅し、約束の時間の電車に乗った。電車が高崎駅のプラットホームに着き、辺りを見回すが知った顔は見当たらず、別の車両から降りて来る背の高い里枝子の姿だけが眼に入った。陸橋を渡り上野行きのホームに移り10両編成の最後尾の列車に乗った。

　座席はボックス席、言葉少なく会話は途切れがちだが里枝子の趣味は絵画、読書、卒業後は出来れば大学で美術を学びたいと話して呉れた。図画工作が苦手なジョージは絵を描ける人を羨ましく思い、自分はロシア語科がある大学を受験する予定だと伝えた。上野までの1時間半の時間はあっという間に過ぎ、翌日の夕方に上野駅近くの西郷隆盛の銅像の前で会う約束をして別れた。ジョージには今までに経験したことの無

い、弾む感情が芽生えていた。

　翌日夕闇が近づく頃、里枝子は約束の時間に笑顔を見せ現れた。会話は昨日列車内の続きで、ジョージが話すと里枝子は静かに聞き入っていた。言葉は穏やかで、間を置き謙虚さを滲ませる表情で話す里枝子は、とても同じ高校3年生とは思えなかった。気温差で窓が曇ると夜景を覗くためかそっと拭く仕草は、女性らしい繊細さ優美さを感じた。

　結局里枝子は進学せず東京駅近くの会社に就職した。ジョージは希望するロシア語学科に進学し、卒業後もジョージは富岡へ帰郷の際、予定が合えば出来る限り一緒に帰りたいと願っていた。

　秋のある日、再び高崎行の電車に一緒に乗る機会が訪れた。里枝子は卒業後半年しか経っていないのに一層大人っぽくなっていた。里枝子の好きな曲を聞いたら「さくら貝の歌」と答えて呉れた。歌手では坂本九ちゃんや石原裕次郎が人気絶頂の頃で、新宿の歌声喫茶やロシア語科のクラス・コンパではロシア民謡の「ともしび」、「カチューシャ」、「庭の千草」、「雪山賛歌」等、外国の曲が多く歌われていた。ジョージはさくら貝の曲名をこの時初めて耳にした。

　大学入学後ジョージは間もなく休学し、お茶の水のクラリネット教室にしばらく通っていた。クラリネットは鈴木彰治が演奏する「鈴懸の径」をマスターしたいと思っていた。加えて「さくら貝の歌も練習し、近い将来演奏、是非聴いて欲しい」と言うと里枝子は微笑んだ。話題が途切れるとジョージは曇った窓ガラスに指先で「ブウイ・ムネエ・オーチェニ・ヌラビイチェシ」と学び始めたばかりのロシア語の文字を書いた。「どんな意味」と里枝子は尋ねる。ロシア語のブウィ（関係が深くない人や目上の人に呼び掛ける際に発音、貴方や貴女の意味）とトゥイ（家族や親しい人との間で交わす言葉）の間には、大きな意味の差がある、特に若い男女間では。ジョージは里枝子に正直には答えずに「将来 Ты（トゥイ）」という言葉に変えられたら良いな」と返した。休学中でもあり、里枝子を

「Ты」という強い言葉では言えない。ジョージには忘れられない曲は沢山あるが、このさくら貝の歌はその中の1曲になる。

　高校同級生の青木君は早稲田の政経学部に進み、理数系を得意とし、卒論は計量分析を組み込み旧ソ連出身の経済学者、ワシリー・レオンチェフの産業関連表の解説をテーマとしていた。ロシア系学者、レオンチェフについてジョージが知るのはアメリカの市場経済を分析、産業連関表を発表したノーベル経済賞の受賞者だという程度だ。青木君は卒業するとジェトロ（日本貿易振興機構）に就職し、在職中海外駐在はドイツ・ハンブルグやマレーシア・クアラルンプール事務所と、自分が描いた望み通りの人生路を歩んだ。社会人になってもレオンチェフの研究を続け、関連論文で九州大学の博士号を取得した。50代にジェトロを退職し、杏林大学で教授生活を始めた。ゼミ学生との飲み会翌日の講義を欠講し、自宅を確認すると永眠する姿で発見されたという。青木君の博士論文認証が行われた時、ジョージは福岡市内で勤務しており、その日は2人で祝いの会食を行った。高校時代に勉強の名目で酒倉庫の片隅でビールの盗み飲み、卒業後ジョージは暫く青木君の家近くのアパートに住み、その後新宿駅近くの倉庫群裏の3畳1間に移り、路地裏の飲み屋で駄弁を繰り返し時には口論にもなったこともあった。

　早大を4年で卒業し、ジェトロに務め始めている青木君、青春時代の清純と混濁の思い出話が終わると、経済原論的な意見を話しだす。「悪貨は良貨を駆逐する」とのトーマス・グレシャムの法則を力説する。
　忘れられないのはそんな彼からの恋愛相談、キューピットになって欲しいとの依頼、青木君の性格の如く強気で押しの一手、攻めまくるべきとアドバイス。粘り強さと押しの一手で恋愛劇の結果はハッピー、ホテル・椿山荘で祝宴が開かれた。新婦の父親はある国立大の著名なロシア語教授と知らされる。切れ者の青木君から感謝の言葉を言われるケースは少ないが、ロシア語という言語もキューピット役を果たしたとジョー

ジは思う。無二の親友のこの恋愛劇は、その後映画のシナリオになる程の展開になった。豪華な披露宴後20年以上過ぎて両人から別々に人生相談を受ける。福岡・博多では若き日の数々の思い出を語ったが、還暦を前に急逝して仕舞った長年の級友。これが青木健君との最後の晩餐となった。華麗な都内のホテルでの披露宴、人生は儚い舞台上の物語である事を知らされた。

　ウクライナ侵攻、歴史の舞台に登場する英雄、繰り返される戦争の悲劇。青木君が繰り返し述べていたグレシャムの法則、「悪貨は良貨を駆逐する」は経済のみならず世界政治の他、我々が生きる現代社会の全てに適応される言葉なのか。早世して仕舞った青木君とは高校時代の偶々の出逢い、ジョージに取り彼から得たものは忘れ難い貴重な言葉、それが宝物となっている。

　話を少し戻したい。

　広島や九州の吹奏楽、長野ゼミ合宿も終わり夏休みも残り少ない学生の６年目、ジョージは富岡へ帰省した。すると高校の同級生の里枝子からジョージの自宅に電話があり、ジョージの家を明日訪ねたいとのことだった。ジョージが「嫌な話ではないよね」と質問をすると、詳しい話は明日との返事だった。

　翌日現れた里枝子は硬い表情と伏目がちで、ジョージは深刻な話だと悟る。２人になると里枝子は静かに話し始めた。「最近お見合いの話が来てどうしようか考えている」と言った。ジョージは咄嗟に「その見合いは是非止めて欲しい」と哀願口調で話した。里枝子は適齢期に入り、結婚を真剣に意識する年頃だった。しかしジョージは未だ学生の身分、それも長い学生生活を送っている。就職先も決まらず申し訳ないが、来年経済学部を卒業したら就職、必ず安定した生活を築くから見合いは断って欲しい旨を伝えた。

　沈黙後、里枝子は「１カ月待って欲しい」、との言葉を残してジョージの家を去った。里恵子が帰ると母親の加奈は心配そうな顔で、「どう

だったの?」とジョージに尋ねた。

　約束の1カ月後、里枝子から手紙が届いた。両親の勧めに従い嫁ぐとの文面に加え、ジョージの性格が怖いとの言葉も添えられ、程なく母親の加奈に披露宴の案内状が届いた。ジョージは学校の休みに帰省すると、ツルゲーネフの小説を読みチャールス・チャプリン作曲、「ライムライト」の曲をLPレコードで聴いた。高崎での披露宴に参加、帰宅した加奈は2階でライムライトを繰り返し聴くジョージに向かい、悲しそうな顔で「里枝子さんは立派な女性過ぎる、学生で収入の無いお前と一緒になっても立派な家庭は築けない、諦めろ」と言った。ジョージはその通りと思いながらも、この言葉は慰めではなく非難だと腹が立つ。「判っている、一生絶対に結婚しない」と答え、高校の同窓会も出席しないと決めた。

　ジョージの心に穴が、空洞が出来、四谷駅周辺や校舎の景色も様変わりして見えた。遅れて入学して来た後輩も先に卒業し心の空しさは広がるばかり。しかしこれはきっと高校入学直後に悲しませたあの子からの仕返しだと考えるようになる。結局人の世は己の行動、生き方の結果とジョージは自分に言い聞かせる。

　ロシアの作家、ヒョードル・ドストエフスキーは、「カラマーゾフの兄弟」の中で幼い頃からの思い出について述べている。「人はそれぞれ様々な思い出を持つが、子供時代から大切に守ってきた何かしらとても素晴らしい神聖な思い出こそが、もしかしたら最良の教育であるかも知れない。もしそういう思い出を沢山人生の中に蓄えていけば人間は一生に渡り救われる。そして例えたった1つの思い出しか心に残らないとしても、それでさえも何時か救いとなるものだ」と。ジョージはこの言葉に触れ、幼い頃からの恥ずかしく、或いは未熟、怠惰、悲しい思い出は心の片隅に残そうと心に誓う。今後起こるであろう数々の悩み、苦難、緊張、喜びを貴重な経験として貯え、積み重ねて生きて行く。荒海が待ち構えていようがこれからの人生に向かい、人生の港より出港して行く

と決める。Time to say goodbye、青春！　ジョージは社会人になり様々な駅に降り立ち、スイス・氷河鉄道、モスクワやサンクト・ペテルブルグ、ウクライナ、北京・西安、パリ・ボルドー、ロンドン、フランクフルト、ニューヨーク・シカゴ等で乗り降りする、その中で高崎駅は辛く重い駅となるがゼロからの始発駅ともなった。

　学生生活でお世話になったのはロシア語と経済学部の教授、クラスメート、吹奏楽の仲間、だが忘れてならないのは6度も変わった下宿や定食屋の叔母さんたち。

　最初は渋谷・国学院大学近くの下宿、次は武蔵境駅で西武線に乗り換える街のアパート、無理に頼んで夕食だけ作って貰い2人だけの食事、言葉少なめの上品な叔母さんで会話はほぼ文学作品についてのみだった。

　次に移った新宿駅と新宿高校、繁華街近くの3畳1間、押し入れ無しの下宿、遅く帰ると冷えた夕食。ご飯だけでも温かい物をと下宿仲間と団体交渉、戦後の新宿駅界隈を取り仕切ったと言われる方の未亡人は「全員明日出て行け！」との怖い言葉を発した。全員黙して部屋に戻るしかなかった。

　学生最後の下宿は四谷駅近く、下宿先の主人は警察官で、ジョージが東京五輪でロシア語通訳に決まった数日後警視庁の方が訪ねてきて、亡命者が出た際の協力を依頼されたこともあった。その家の隣の主人は若い頃に新潟から出て来て新聞配達、その後事業を起こした日本酒好きの方で、偶々夏休み中に鎌倉の海水浴場で会い帰りに銀座のお多幸という老舗のおでん屋に誘われた。毎週日曜日は朝食に呼ばれ夕方には近くの銭湯に、そして自宅で新潟産のお神酒を頂く。この家の息子さんとは現在も交流が続いている。新宿駅西口食堂街の片隅、国電の音やホームの案内も聞こえる場所に、「ドン底」というバーがあった。中年のロシア系、歯も欠けた叔母さんが独り営む店で、ロシアから船積された本の整理を無窓倉庫で汗かき働いて貰ったアルバイト代も、ここでパーにして

しまった。ロシア語会話向上のため寄ったが叔母さんはウクライナ人と言っていた。7年の学生生活で6回の引っ越し、回数だけでも異常と思えるが、そこでお世話になったのが下宿の叔母さんたち。下宿に関する歌と言えばかぐや姫の「神田川」、森田公一の「下宿屋」等の曲、歌詞の如きロマンチックな思い出は皆無だが、何となく不安と移ろう心を抱く学生時代、過ぎてみれば全てが良き思い出に変わる。

　長い学生生活とも、Time to say goodbye。

第Ⅱ部
社会人

第1章

繊維会社（水溶性化学繊維）

　東京オリンピック後、日本経済は不況に陥った。当時の学生に人気が最も高かった職種は航空業界だった。ジョージも航空会社を希望し出来れば、ロシア語を使えればと思っていた。国際線の運航会社は1社、加えて羽田⇔モスクワ間の定期航空路開設後も日が浅い、是非航空会社に入りたいと願っていた。会社の新卒受験対象者は通常2年浪人迄で、7年間の学生生活を続けるジョージは3浪と同じ。ゼミの岡田先生に相談すると航空会社の了解が得られれば、学校内の推薦枠を取ると言って呉れた。会社を訪ねると、希望学生が多く2年浪人の枠は外せないとの返答だった。航空業界は諦めて化学繊維会社へと入社した。

　繊維業界は米国からの日本製品輸入ボイコットを受ける前は活力があり、ナイロン等の化学繊維が日本市場で広がっていた。ナイロンは石油を主原料とし、ジョージが入社をする会社の主商品は、日本国内に無尽蔵に存在する石灰を原料とするビニロンという化学繊維を作っていた。輸出先は米・英・カナダで、最大の取引先はスイスだった。将来はソ連、東欧の共産圏諸国へも輸出拡大を図りたいとの人事担当者の言葉があり、それを聞き入社を決めた。

　最初は静岡・焼津市内の大井川近く、新幹線から見える工場へ配属にされた。入社オリエンテーションは会社組織、繊維産業の歴史、社会的使命、親会社は片倉工業、繊維の細さを顕す単位1デニールの意味等々だ。ノズルから排出される化学繊維は乾式と水冷式の2種類あり、水冷

式は水で冷やし乾式はそのまま直ぐに巻き取る。乾式の特徴は絹に似た繊維で和装着物や下着類に、水冷式は漁網や資材等の製品に適していた。この会社は世界で最も細い20デニールの極細繊維製造が可能だった。通常繊維は湯に溶けては使い物にならないが様々な分野で、低温で溶ける化学繊維が要求される等々。繊維に関する基礎的知識の座学が日々行われた。終了すると次は夜の9時から翌朝まで休憩を入れて8時間の夜勤、24時間休み無く高速でノズルから排出されるビニロン繊維の、毛羽発生の有無を調査した。数ミリの毛羽は糸から織物に加工する際に障害となる。この調査は翌朝迄懐中電灯を片手にノズル前に中腰で行う。高速で出て来てスピンに巻かれる糸だけを見詰める。毛羽を見逃してはならない深夜の単調作業。直ぐに腰の疲れと睡魔を呼んだ。すると現場の先輩社員から「おい」との声。吹奏楽部の先輩からの、同じフレーズを何度も繰り返させる指導と同様、一種のシゴキだとジョージは内心思ったりする。しかし他の学生より3年遅れで卒業し社会人となったジョージ、もう後戻りは出来ない。給料を貰えるだけで幸せと自分に言い聞かせる。作業後の寮の朝食のおかずは魚の干物、焼き海苔、昆布の佃煮、おしんこ程度、だが空腹も手伝い美味いと頂く。

　工場での3カ月の研修が終わると、同期入社の理工系や繊維科系出身の10数名の仲間と別れ、都内・京橋の輸出担当の部署に配属された。最初は電話対応。新入社員が遣らされるのは電話取り、周りの先輩は新入社員の電話を聞入り緊張するものだ。次は海外への低温度で溶ける原糸や織物のサンプル品の送付、発送依頼が入ると地下の倉庫に行き梱包し、簡単な英文の礼状を添えて郵便局へと向かう。上司の努力に依り商社やユーザーとの取引が契約に繋がると、福島県内の織元工場との在庫・出品確認、船便のスペース予約、横浜港の輸出代行会社との打ち合わせ、発注元へテレタイプに依る船便名と到着予定の確認、大手町・通産局の窓口での輸出認証取得、船積保険手続き、出港後船積書類を銀行に持参し入金手続きへと進む。新人社員には手抜きが出来ない緊張を要する仕事だった。輸出により

外貨獲得に力を注ぐ日本、品質管理や入金条件の確認等新人社員への質問もかなり厳しいものだ。終戦前の日本は缶詰の中に魚の代わりに石を詰めて輸出し不評を買ったと聞く。信じられない話だが戦後の日本は貿易立国を宣言、日本製品の信頼度を高め、維持する努力は最大限の必要事だ。

　中世からウエディングドレス等の高級刺繍レースは欧州、特にフランスやスイス地方を中心に広がり絹布に木綿糸を縫い付け、アルカリ性の液体に晒し絹を溶かす。絹は高価で加えてアルカリは木綿糸を痛める。しかし低温で溶ける水溶性ビニロンは絹の代替品となりコスト削減に繋がる。他にこの繊維は現代社会では多量に使用される紙の製造の過程や靴下、タオル製造等に使用されており輸出は拡大した。一方低温で溶けるこの繊維が指定の温度で溶けない場合はクレームになり品質管理に最大限の注意を要した。

　輸出の基本的な業務に慣れると、次に命じられたのは海外向け宣伝誌の英文作りだった。問い合わせへの返信、苦戦するのはクレームへの詫び状だ。ジョージが学生生活で学んだのはロシア語と経済、英会話の受講の機会は少しはあったが商用英文を書くのは難しい。クレームへの返信には苦労する。輸出担当部署の役員は陸軍士官学校出身で、早朝出社すると時々木刀で体力維持に励んでいた。無口で威厳ある印象だが優しさもあった。若い時代は銀座の有名な天ぷら店の家庭教師をしていたらしく、部署へ配属後ジョージは時々その店へ連れて行って貰いご馳走になった。部長は入社後間もなくニューヨーク支店に転勤し、現地で前衛ダンサーの日本人女性と結婚した。当然商業英文作成は得意で、仕事、特に英文のタイプが趣味と廻りからも言われていた。ジョージが長時間を費やして書いたクレームへの詫び状に何度も書き直しを命じてくる。

　誠意を示そうと書いた英文も良い結果を生むとは限らない。むしろ尻尾を摑まれ更にクレームを広げる。商業英語の要諦は短い文章でも相手に了解して貰う事、返信のスピード感、その為に常日頃から文章力向上の訓練を重ねる事が大切だと教えられた。輸出の業務は素早い対応が出来れば信頼が生まれ、次の商売に繋がり価値持つ製品の輸出増となり、それ等が貴重な外貨獲得となった。バイヤーを喜ばせる努力姿勢は相手に伝わり、自己への満足、

輸出に携わる貿易マンの遣り甲斐になると説く。ローマは１日にして成らず。仕事の慣れには時間が必要とジョージは内心思うが「判りました」と答えるしかない。気短な軍曹風の部長は残業が山を越えるとチラッと部下の顔を覗き、最初は京橋・明治屋下、地下鉄入口のスタンドで立ち飲みへ誘う。気分が高じると銀座へ繰り出す。この部長ほど商業英語を得意とする人に会ったことがないとジョージは思うが、直属上司のＳ課長は達筆で、業務関連の日本語を何度も書き直しされる。

　セクハラ・パワハラ、残業代無しのブラック企業等の言葉を耳にしない時代、上司は大声で部下を揶揄しながらも家計費を切り詰め、夜は自腹を切る。昼間の職場、夜の部も仕事の話ばかりで疲れを感じるが日本経済は上昇気流の中で、サラリーマンの多くが明日に夢を持てた時だ。販売する製品の市場競争力、職場の柔軟な雰囲気が活性化のエネルギーを生む。単なる部下苛めの硬直した環境下では仕事の能率は上がらない。

　会社員は上司に加え取引先からも大きな影響を受ける。大口顧客は大手商社のＭ物産や横浜に日本支社があるスイスのＳ社、同社は絹に加えスイス製の時計や高級刺繍レースの販売を中心に日本との長い交易の歴史を持つ。スイスの本社を通じ欧州向け刺繍製造用の水溶性繊維の輸出を総代理店として委託し、Ｓ社訪問の折にジョージは横浜港の船積手続の会社も訪ね、停泊する大型貨客船を眼に異国情緒に浸り、早く海外出張の日が来て欲しいと願っていた。輸出業務と英語文章作りと緊張が続いた。だが「鉄は熱いうちに打て」との言葉の実践か、Ｍ部長から関連の親会社内主催の週１回の英会話に参加するようとの指示があった。先生は幼い頃から英国に住み、在インドのドイツの製薬会社に数年勤め、その後同社の東京事務所に転勤したドイツ人女性で名前はライム先生。講義は夕刻から始まり、先輩社員は残業に追われ欠席が多かった。参加者は徐々に減りほぼ個人レッスン状態となってしまう。１人受講で緊張と苦痛を感じるが、英国やインドでの経験談を聞き、ドイツにも関心を持ち外国を知る良き機会と捉えた。加えて受講料は会社払い。

学校では高い授業料を払うが、会社務めでは価値ある講義も無料で受けることができる。植木等が歌うサラリーマンは気楽な稼業とは言えないが、ジョージは頑張らねば自分に言い聞かせた。

　日本人とドイツ人は考え方や感性の点で似ていると聞くが、この英会話を通じてジョージも同じ印象を抱いた。学生時代にジョージが接した外国人は、武蔵境の下宿近くに住む米軍人家族、学校ではロシア系の教師、吹奏楽部の米国人顧問程度で、ドイツ人とは全く接点がなかった。唯一あったのはドイツ生まれ、スイスで活躍した作家のヘルマン・ヘッセで、「車輪の下」や「まわり道」、「少年の日の思い出」等の文学作品中でのみだ。ドイツ文学の代表者と言われるヘルマン・ヘッセは「真剣に考えるべき事を学んだら、残りは笑い飛ばせば良い」、「運命は何処かよそからやって来るものではなく、自分の心の中で成長するもの」等の多くの名言を残している。この言葉の幾つかは悩み多い？　若きジョージへのアドバイスにもなっていた。

　細面の笑顔が優しいライム先生との週1回の英会話は、ドイツへの関心の門が開かれていた。

　ヘルマン・ヘッセはゆったりとした長閑で美しい自然景観の中で育ち、それを作品に反映させた。

　ライム先生のゆっくりと話す英語を聞いているとジョージは、ヘルマン・ヘッセの世界に引き込まれていく。後年、ジョージの老後の海外旅行では、出来る限り列車の旅を組み入れるようにした。ドイツやスイスの車窓からの眺めに触れる度に、往時のライム先生の遙かな思い出が車窓に映る景色と重なるからだ。

　陸軍兵学校出だという常務が自宅火災という不慮の事故で急逝すると、後任に親会社の片倉工業から柳沢春夫常務が着任した。数年後には本社に戻り社長に就任することになる。片倉工業は、生糸の製造を行う会社で、1939（昭和14）年には富岡製糸場を買い入れている。富岡製糸場は1872年（明治5年）に絹産業を通じた殖産興業策の一環として富岡に設立された。理

由は古くから養蚕農家が栄え、製糸に必要な水量豊富な清流・鏑川が近くに流れる。更に江戸末期、米国艦隊が日本へ開国を求め来航する頃、江戸住まいの武家の子女を匿った屋敷や加賀百万石前田藩の支藩、七日市支藩邸があり、教育レベルも高いとの判断もあり工員は近隣の女子を中心に集められた。フランス人技師5名が来日し指導に当たるが、当時の日本の国情を表す話として、フランス人が愛飲する赤ワインは若い娘の生き血との噂が広まり、女子工員の採用には苦労したという。

　日本の輸出の主要産品でもある絹は外貨収入拡大に大きく貢献した。しかし絹は国際情勢、市場環境に影響され価格は乱高下し、戦時下では絹は着物よりも飛行士用の落下傘に利用された。戦後は中国産の生糸に押され国産の絹産業は衰退し、養蚕を営むジョージの中学同級生の家も廃業に追い込まれた。日中国交回復に伴い低廉な中国産品が国内に流入してくると、富岡製糸場は操業中止となった。富岡製糸場の施設は柳沢社長時の2005年（平成17年）、富岡市に寄贈され2014年6月には世界遺産に正式登録される。

　ジョージが入社早々ある先輩から聞いた話だ。デュポン社はダイナマイトの開発で財をなしその後総合科学メーカーに成長した。合成ゴムや自動車等の分野に参入し、化学繊維ナイロンは世界的に広まった。デュポン社はナイロンの日本国内製造について最初に片倉工業に話しを持ち掛けた。だが繊維産業、特に絹は景気の浮沈が激しくその時期は同社の景気下降期にあり、この提携話を断ったという。結果デュポン社は東洋レイヨン（東レ）にその話を持ち掛け両社は合意した。その後東レは繊維のみならず広い分野の市場に参入し、企業規模を拡大した。

　入社後3年経ちジョージは仕事に慣れたが、日米間には繊維製品や鉄鋼、TV等の家電、自動車を巡り日本製品ボイコットの貿易摩擦が強まった。日米安保改定反対のデモに続く繊維をはじめとする日本製品排斥の貿易戦争、戦後の日米間で再び大きな緊張に包まれた。繊維は歴史上、日本で最も古い産業の1つで、会社は世界でも稀な水溶性繊維メー

カーの 1 つだった。将来性も感じたが、仕事上ロシア語を使う機会もなく、繊維への自分の適性も低いのではとの思いが生まれ始めていた。

　そんな折朝刊の広告が眼に止まる。国際化による航空事業拡大で実務経験者募集の内容だった。10年に及ぶ長い日ソ航空交渉の末に、1967（昭和42）年、羽田⇔モスクワ間の定期航空路が開設されていた。ジョージは応募し航空の仕事に挑戦すると密かに決めた。数回の試験を経て、漸く航空会社より内定通知が得られた。但し現在務める会社とは円満退社することが条件とされた。その頃親会社から営業担当役員として就任したのが柳沢常務だ。常務に転職挨拶に行くと「若い君の夢は奪えない」と言って呉れた。この人の心の広さを感じた。仕事に慣れ始めた入社 3 年目の社員、これから仕事に慣れて会社に貢献しなければならない時期でもある。タダ食い同然の転職、内心立腹の気持ちが強かっただろう。それともこのまま会社に残っても貢献度は低い社員と予想したのか。転職後も時々京橋の会社を訪ね、常務から近くの京橋の鰻店に誘われご馳走になった。その後ジョージの故郷、富岡市に富岡製糸場は寄贈され、世界遺産に登録された。

　「売らない、貸さない、壊さない」という言葉と共に柳沢元社長の人物像が多くの媒体を通じて報道された。

　旅客機メーカーは米国のボーイング社及び欧州連合のエアバス社の 2 社が大きなシェアーを占め、機体の重要な部分、胴体や翼には日本製の炭素繊維が使用されている。国や企業の栄枯盛衰は変わるが指導者による先見性や判断力が大きな影響を与える。重要なのは人間理解力、未来を見極める判断力、そして運だ。ジョージは柳沢元常務がその時代、然る席にいれば日本の繊維産業や航空機製造業界の図柄も今では大きく変わっていただろうと思う。軽量・弾力性に富む炭素繊維開発、ゴルフやテニス等のスポーツ用品、現代では航空機の胴体や主翼等の旅客機製造分野でも広く利用され、東レは世界的な規模に大きく成長する。人間、企業、国の運命や歴史、どの時代もその時の環境と指導者の人間性に大

きく関わる事を如実に示す。

　3年程ライム先生に英語を教えて貰い、最後の講義で航空会社への転職と感謝の言葉を伝えた。すると先生から「You are my pride」との言葉が返って来た。その言葉は今でもジョージの心に残る。巡り会いと別れは人の世の常、この世は嬉しき事と悲しみの繰り返しだ。長い学生生活後の初めて勤めた会社、申し訳ないとの心と、これからは新しい航空ビジネスの世界で頑張り、挑戦するぞとの気持ちを持ち退職する。

　この会社の同期、思い出に残るのは慶大大学院で政治学を専攻したY君、総務や人事関係の職場を歩むが、人の話を良く聞き、説得力もあり政治の世界を選んでもきっと成功したであろう人物だ。入社は1年後輩だが、同じく慶大の経済学部出身のT君、在学中の英語検定試験では全国1位の表彰状を自宅の居間に飾っていた。180センチを越す長身のハンサムボーイで、アルバイトで雑誌のモデルもしていた。

　もう1人はT君と同期入社の幸田稔君、中学時代には近くに住むサックス奏者、渡辺貞夫氏から個人レッスンを受け、早大在学中はジャズクラブに属しサックスを担当していた。ジョージの転職後の業務を引き継いで貰うが、数年後ジャズで生きたいとの想いから新宿にライブハウス、「J」をオープンさせる。得意技はジャズ曲をアルトとソプラノサックスを同時演奏することだ。新宿にライブハウスをオープンし40年以上になっている。後輩のタモリさんとは様々なイベントで共演し、2人の司会は絶妙のコンビだ。この会社の学卒社員の大半は繊維や技術系の出身者だが、この3名は総務や営業系、微妙な競争心の中でもサポートし合った仲間、現在は残念ながらY及びT君とは音信が途絶えて仕舞う。しかし幸田君とは現在まで関係は続いている。新宿「J」は彼のサックス演奏に加え、その人柄から人気のジャズスポットとなっている。ジョージはロシア人女性との共著本出版等のイベントで、過去2度程貸し切りで利用した（残念だが、コロナ禍の影響で新宿の名ジャズ・スポット「J」も41年の歴史に幕を下ろした）。

新入社員時代に一緒に働き、後に新宿のライブハウス「J」のオーナになった早大音楽部出身のサックス奏者、幸田稔さん

日本のジャズ発祥地と言われる横須賀生まれ、中学時代からクラとサックスの名プレイヤー。デキシーに馴染みジョージの大学吹奏楽部の先輩、アンパンこと高橋三雄さん。都内・各地の音楽祭、時にはニューオリンズやシカゴでも甘い音色で酔わせる。早大時代からのデキシートランペット奏者、中谷秀樹さん、高橋さんとは学生時代から共演したと言う。ジャズの名プレイと明るく素晴らしい人柄の皆さん、ジョージの長き友人

第2章
一度は海外へ行きたいとの夢、航空会社へ

　ジョージが航空会社へ転職を決めると母親の加奈も喜んだ。生まれて間もなく母親と死別し、見合いもせずに兄が決めた男と結婚した。その夫にも赤紙が来て終戦2週間前にパラオで戦死した。

　不幸続きの人生だが若い時代に恋した人も、村内でも名の知れた秀才で、加奈に取っても憧れの初恋の人だった。浜松の航空隊に入隊後、青年は加奈に何度か手紙を書いたがその手紙を加奈は一度も眼にすることは無かった。

　加奈の父親は脳梗塞を患い加奈の長兄がこの店を継いでいた。長兄にも赤紙が来て高崎連隊から朝鮮半島に出兵し、この兄の帰国まで体が不自由だった父親の面倒を、尋常小学校に通う加奈が看ていた。除隊した長兄は親の面倒を看た加奈に褒美は何がいいかと聞くと、勉強好きで負けず嫌いの加奈の答えは尋常高等小学校への進学と答えた。夢が叶い進学した加奈は兄が作る下駄の注文を同級生から貰い登校時に運んだ。恥ずかしいがこの行為を先生に許して貰い、加奈はここで学んだ2年間が生涯で最も楽しく、幸せな時間だったと繰り返し話した。

　全ての国民は国家の為、男女同席ならずと叫ばれる時代、登下校時の加奈の姿をそっと眺めていた青年にもやがて赤紙が来た。加奈に時々手紙を書きたいと言い残し浜松に入隊した。店先で下駄を作る長兄は、配達された加奈宛ての手紙は全て作業場の自分の足元に隠していた。加奈の眼には触れさせないためだった。

　日本軍のハワイ・真珠湾攻撃から始まった太平洋戦争は、初戦に勝利

し喜んだが圧倒的な物量を誇るアメリカ軍に南太平洋上の海戦から敗戦を繰り返す。当初空中戦で零戦に負けていたアメリカは、技術改良を加え航続距離、速度、高度等で凌ぎ日本はラバウル、ガダルカナル戦で敗北し、航空技術の粋を集めた日の丸戦闘機の多くが撃墜され制空権を失う。太平洋上の制空権を失った結果、貨客船を軍事用に改装した船を含む多数の艦船を喪失し敗戦へ、戦闘員のみならず内外の国民に多くの悲劇を齎した。

　加奈に手紙を送り続けた若い航空戦闘員も、太平洋上で亡くなったのだろう。戦後になっても加奈には何等の音沙汰が無いという。加奈の長兄はこの航空士から送られ隠し続けた手紙の束を加奈に渡し詫びた。故郷では優秀、国に取っても重要な戦闘飛行士の運命と命は儚い。手紙を隠し続けたのは頑張り屋の妹に、戦争による悲しい人生を送らせたくないとの理由だった。

　ジョージの父親は「俺が戦地に行くようではこの戦争は負けだろう」との言葉を残して出征した。最初は満州へ、そしてパラオに転戦後に戦死した。加奈の兄は、戦闘飛行士と異なり、背が低く召集され戦地に行く可能性は低いだろうとの打算から、ジョージの父親となる男を探して来た。しかし航空隊に入隊した航空士もジョージの父親も共に若くして亡くなった。

　アメリカが原爆実験を進める頃、日本は婦女子に竹やりの訓練を行わせていた。経済力と情報不足、一億総火の玉作戦の中で朝鮮半島、中国・満州、東南アジア、ハワイ・真珠湾と戦域を広げていった。結果、敗戦後の苦難と戦争の悲劇、負の遺産は歳を経た今も続いている。

　ジョージが入社した尾翼に鶴丸を抱く航空会社は、平和を求める戦後日本の象徴として設立された。この転職は空に散った飛行士か、パラオで亡くなった夫の姿か、幸せ少なく男運が悪いと心底で自分の人生を嘆き続けただろう加奈の、喜びに満ちた顔をジョージは初めて見ることができた。

　ジョージは航空会社の仕事を通じ世界中の国々と、平和な交流に繋がれば嬉しいとの想いを持ち、最初の職場、羽田空港最突端にある事務所、国際線航空予約課へ向かった。ライト兄弟が初飛行に成功した航空技術は戦争にも利用され発展した。だが、戦後は平和と共に世界的な交流拡大を予測し、欧米を中心に各国はナショナル・フラッグキャリアー（国旗を掲げた国策航空会社）と呼ばれる航空会社を中心に路線網の拡大を図っていた。世界最大の航空会社は、米国の国力を背景に世界の空を飛ぶパンアメリカン航空だった。1964年の東京オリンピックも成功裡に終え日本も航空路線の拡大に努め始める。現在の空の自由化時代と異なり、各国とも自国機の路線網拡大による収益拡大に努める一方、主要航空会社は世界一周路線の開設を目論んでいた。国際航空会社の公正な競争の中で世界的な航空産業の発展、サービスと安全性の高揚、国際航空運賃設定とその順守、航空会社間の情報交換等を目的とする IATA（国際航空輸送機構）が、米国指導の下で設立された。旅客輸送で世界最大の実績を誇る米国の影響が強く、国連と同様に国際航空の動向は航空大国米国の指導で展開される。

　入社した会社で配属されたのは、国際線の座席予約管理課、航空座席の予約全般をコントロールする部署だった。課員は60名程で、3交代制の24時間オープンの大所帯だ。今までの繊維会社での小人数とは異なる大組織で、殆どの職員が当時は珍しいコンピュータに向かい席に着いた。ジョージにとっては初めて触れるシステム、当然指先は動かない。
　国際線の座席は、便出発のほぼ1年前から予約受付を開始する。ファーストクラスとエコノミークラス座席、どの便も出発時には満席の離陸が理想だ。しかし定員を超えると空港でのクレームに繋がる。出発曜日や時間帯、データ分析による予測に加え、経験とある程度の度胸も必要とされた。満席での離陸にホッとする一方、定員オーバーの際は羽田空港出発カウンター前の旅客に詫びに出掛ける必要が生まれる。新婚旅行の行き先は国内は熱海、そして宮崎の時代からハワイやグアムの海外リ

ゾート地へ変化していた。愛称・ジャンボの大型機は未だ少なく、定員オーバーや新婚カップルの横並びではない前後座席への案内はサービス評価の低下とクレームに繋がった。

　当時のIATA規則では、予約数が座席数を越える可能性がある場合には、「国際線利用の乗り継ぎで72時間以上の旅客は、次に利用の航空会社に搭乗する旨の再確認必要あり」と定めていた。予約担当者は該当する旅客を探すためにコンピュータ画面と睨めっこ、定員オーバーの場合は海外を含む空港や航空機運航管理の部署と機材変更等、密な連携を保つ必要があり緊張感を常に要求された（航空機は大型化し利用者も旅慣れ、コロナ禍で航空機利用者が激減する現在、この規則は廃止されている）。

　3ヶ月後ジョージが仕事に慣れると他の男子職員2人での夜勤業務を務めた。東南アジア線、太平洋路線に加え欧州はシルクロードルートと呼ばれる台北、香港、バンコック、デリー、カイロ、アテネ、ローマ、パリ経由ロンドン行き。ポーラ線はアンカレージ経由のロンドンやパリ行きとモスクワ経由欧州行き。通常はコンピュータ画面とテレタイプを通じて各国の支店や空港と連絡を取るが、時差に関係なく航空機は各国の空を飛び回り、緊急の際は国際電話を利用する。深夜の広い事務所、昼間と異なり人影がない静寂の中、コンピュータから出るジーンいう音しか聞こえない。深夜電話器が鳴ると緊張感に襲われる。夜勤が明け、大勢の社員が出勤して来ると、昨夜の航空機の運航状況や本日出発便の予約等のブリーフィングを行う。特別なケースや引継ぎ事項が無ければ退勤、羽田空港の外れにあるビルの長い廊下を出て、浜松町行のモノレールに乗ると直ぐに短い仮眠に就いた。

　航空業界は現在コロナ禍の大きな影響下にあり、国際間の移動が制限され、向かい風をもろに受け旅客需要が減り大苦戦。ナショナル・フラッグ・キャリア、各国が自国航空会社育成を優先とする時代からオープン・スカイ政策に変わる、その先陣をきったのは当時の米大統領、ジ

ミーカーターだ。第 2 次世界大戦後の航空大国アメリカ、国内線運航を
中心とし成長したアメリカン航空、ユナイテッドやデルタ航空をトップ
とした 3 つのグループ（アライアンス）に加え、LCC（格安航空会社と呼ばれ
るローコストキャリア）に分かれた。航空業界で空の王者と呼ばれたパンア
メリカン航空をはじめ、現在では米国の国際線中心の会社の殆どが破産
や買収により潰えた。だがジョージが転勤した時代は民間航空の空の曙
期、IATA（国際航空会社連合）を中心に航空運賃、サービス、安全等で協
調、国際航空の総合的な発展を図る競争と協調の時代だった。予約の仕
事を始めて半年、上司から英国航空（BA）に続く 2 番目の航空会社よ
り、同社のサービスや欧州内の運航路線の理解を目的とした研修案内が
来ているので、参加するようとの指示があった。百聞は一見に如かず、
業務知識を広げるには先ず海外を良く知らねばと参加を決意した。学生
時代からの想い「一度は海外に行きたいとの夢、こんなにも早く実現す
るものか」とジョージは思う。

　　ロンドン着の翌日、招待元の航空会社で同社の欧州内のネットワー
ク、サービス概要等の説明を受けた。自由時間に住宅街を散歩している
と、落ち着きと豊かさが感じられた。開かれた窓から半地下の部屋を覗
くと豪華な家具類が見える。植民地時代からの蓄財がこの華麗さへ繋が
るのかとジョージは思う。
　　社内研修が終わると、この会社の航空機への体験搭乗を兼ねた 2 泊の
パリ訪問が計画された。パリ行を選んだのは学生時代にフランス語を学
んだ社員とジョージの 2 名。ロンドンとは異なる洒落た花の都の雰囲
気、英語とフランス語の発音が異なる如く、文化面での大きな違いを感
じた。研修は短期間だがジョージには初めての海外旅行で、国際交流や
最大の平和産業と言われる観光の役割や重要性を認識する。パリ訪問に
同行し流暢なフランス語を話す社員、実はジョージと同じ大学のフラン
ス語学科卒業と判り20年程後にはパリ支店長を務めた。帰路便の中で自
分は何よりも旅好き、輸送手段である航空機や鉄道等の乗り物、外国文

化を含む観光ビジネスは最も適した職業、天命とも思い、更にこの仕事を一生続け、出来ればモスクワへも是非行きたいとの願いも沸いた。やがて工業技術による輸出拡大を柱に日本は経済復興期に入る。１ドル360円の時代から円高から海外渡航も自由化され国際線利用者も増えた。サービスや安全性が評価され日航はIATA加盟の航空会社間で国際線輸送旅客数では世界１位達成の朗報が伝えられた。

　しかし好事魔多しという言葉がある、モスクワ空港で墜落事故の悲報が届く。願いが叶い憧れの航空会社入社後１年半の11月28日深夜、武蔵野市内のアパートの管理人から予約管理所の所長から至急の電話だと呼び起こされた。受話器を取ると「君はロシア語が出来るね、早朝羽田からモスクワ行救援機が出発する、11月末のモスクワは寒くパスポートと防寒着を至急用意、空港へ行くように」との業務指令だった。ジョージは今まで経験したことの無い驚愕に襲われる。受話器の横で心配そうに聞いていた管理人から、中央線・東京行の終電は既に終了しており、自家用車で新宿まで送ると申し出て呉れた。だが新宿駅ではタクシーを拾えず結局羽田空港まで送って貰うことに。

第3章

初めて眼にするモスクワ

　コペンハーゲン発モスクワ経由羽田行き航空機DC-8機がシェレメチェボ空港離陸直後に墜落、エンジンのタービンに付着した水分が凍り離陸間もなく爆発炎上した。

　羽田空港の指定された部署へ着き、ソ連入国のビザを持っていない旨伝えると、救援機の着陸許可を含めて一括申請する、今重要なのは救援物資を搭載し一刻も早く現地に向かうこと。ロシア語通訳が必要で、ジョージはその1号機に乗るよう告げられた。

　救援機は左窓下に朝焼けの富士山を見てハバロフスクへ向かった。搭載した機体の重量及び冬の強い向かい風のためか救援機はハバロフスクに給油のため一時着陸した。駐機中はモスクワ空港着陸許可を得るまで全員機内に留まるよう言われる。許可が出次第再離陸するという。

　機内では全員無言だった。ジョージが窓の外に眼をやると空港の片隅にはソ連製旅客機が数機見えた。人影は無く、見えるのは機を取り巻く国境警備係官が数名のみだ。モスクワ空港着陸許可が降りたとの入電で再離陸した。

　夕刻モスクワ空港に着くがここでも人影は殆ど見られない。

　ジョージがアサインされた場所は病院だった。事故機はモスクワ経由羽田行き、冬のために旅客は少ないが犠牲になられたご本人、ご家族の悲しみ、痛みは変わらない。

　航空機事故は決して起こしてはならない惨事、航空会社の社員としてジョージはご遺族の皆様には本当に申し訳ないと心から詫びた。モスク

ワ滞在は約3週間、二度とこの国に来る機会は無いだろう、否、来たくないとの思いを抱き帰国した。

　人生は奇異なもの、帰国後間もなくモスクワ転勤内示がジョージに下りる。

　悲しく辛い航空事故、初めて訪れた冬のモスクワは聞くと見るでは大違いの暗さ、しかし人間の運命、先行きは判らない。

　告げられた定めに従い最善を尽くすべきだと自分に言い聞かせ、入国ビザ申請関連の書類と10枚の顔写真を提出、流石情報管理国家ソ連、10枚の写真は多いとの思いを抱いた。入国ビザを手にするのは予想以上の月日を要したが、新緑の5月にモスクワに赴任した。

　昨年末訪れた小雪混じりの暗い季節と異なり、街の木々も緑に変わり眩しく華やいだ。仕事や環境に早く慣れる必要があるが、航空機整備の先輩駐在員からのアドバイスは、先ず冬の訪れに備え自家用車の手配が肝心と言われた。厳寒の凍り付いた道路、外国駐在員は車無しでは生活出来ず、ソ連製の車は直ぐ購入出来るが難点は冬に弱く時にはエンストを起こすという。寒冷地仕様の日本車は値段も比較的安く、フィンランドのディーラーは年2回、ヘルシンキから定期点検に来て呉れるという。難点は自分で取りに行く必要あるとのことで、忠告に従いヘルシンキでの日本車購入を決める。

　夜勤明け羽田空港近くの教習場に通った。着任直前に何とか免許書を取得するが1200キロの遠距離運転はかなりの難行だった。

　赴任直前に米国製の支店長車が走行中に突然のエンジン炎上事故を起こしたためヘルシンキで修理を行っていた。その修理が終わりロシア人運転手がヘルシンキまでピックアップに行くことを耳にした。ロンドン出張後ジョージはヘルシンキへ飛び車をピックアップし、陸路モスクワまで支店長車の後について一緒に帰ることに。単独運転を避ける理由は、2年前支店の総務課長家族がヘルシンキからモスクワに帰る途中、

対向の大型トラックと正面衝突し夫婦が亡くなるという事故があったからだ。悲劇を繰り返さないためモスクワとヘルシンキ間の運転は暫く禁止されており、免許取得後日も浅く運転に自信のないジョージは、事故を避けるために支店車と雁行しモスクワへ帰る方法を選んだ。

　前の晩ヘルシンキのホテルでロシア人運転手と合流し、翌日ジョージは日本車を、彼は米国製のダッジという大型車をピックアップすることになった。夕食時にレストランで売れているヘルシンキ産ビールの銘柄を尋ねると「トーゴービール」との返事があった。理由は小国・フィンランドは隣のロシアとの戦争に負け以前の国境線から200キロ分が奪われてしまった。しかし小国の日本は日露戦争で勝利した。フィンランド人は大国・ロシアを破った日本人に好意を抱いており、特に将軍東郷平八郎を敬い「トーゴー」という銘柄のビールを作ったと、英語で説明して呉れた。

　世界のどの国も国境については微妙な問題を抱えている。特にヨーロッパでは数々の戦争が繰り返され戦争に勝った国は勝利を称え、負けた国には歴史上負の遺産となる。その晩のメインディッシュはトナカイ料理、初めての料理だが北の街・ヘルシンキが好きになる。その後も何度かヘルシンキ訪問の機会が訪れた。

　当時、ソ連国民の海外出張はごくまれで、出国するとその国の大使館へ出頭し、必要書類に署名する必要があるとロシア人運転手は言った。今晩中にソ連に入国しサンクト・ペテルブルグに1泊するため、午後2時にヘルシンキ駅前での集合を約束し一旦別れた。しかしロシア人運転手は3時間以上遅れて駅前に現れた。ジョージは長距離運転の不安と待ち疲れで詰め寄ると、答えは「ヌー、ニチェボー（大きな問題ではない）」とのすまし顔。大使館出頭後、折角の外国出張、ロシアでは買えない品物を市内で買って来たと言ってきた。ロシア人は時間にルーズと聞くが稀な海外出張、これも止むを得ない、彼の先導がなければモスクワへは帰れない、とジョージは自分に言い聞かせる。

　白夜のフィンランド、日暮れは遅いがサンクト・ペテルブルグまでは約300キロある。ヘルシンキの国境を越える際に係官は笑顔で「良き旅を」との言葉で見送って呉れた。

　だが森に囲まれ人影の無い道路を走りソ連領に近づくと緊張感が襲う。国境線を越えると無表情の入国係官の出迎え、その廻りには銃を構えた兵士数名が睨む。１キロ程走ると今度は通関、車のトランクから始まり車体と座席下には鏡を当てる。窓ガラスは針金で入念チェック、反ソ宣伝ビラや不正な通貨の持ち込みのチェック。

　以前ロシア人女性の恋人を国外に連れ出すために、車のトランクに隠す事件が起こったこともあったらしい。だがこの厳しいチェックを潜り抜けるのは到底無理であろう。これは実話だと聞くが「恋は盲目」との言葉もある。愛の実現には緊張感に耐える必要もありか、とジョージは思ったりする。

　フィンランドとモスクワを結ぶ高速道路は上下の計３車線、真ん中の道路が追い越し車線だ。キャベツや馬鈴薯を積む３重連の大型トラック、これを追い越す際には自分の前を走る長いトラックのスピードの見定め、真中車線を走りこちらへ向かい来る対向車の有無、スピードを確認し正面衝突を避けねばならない。確認後は一気に加速し前の車を追い越す。免許取得後間もないドライバーも目測を一瞬見間違えると大事故に繋がる。

　会社先輩である直木賞作家の深田祐介氏は「新西洋事情」の中で、ヘルシンキからモスクワへ帰路中のこの交通事故について書いている。悲劇の主人公はモスクワ支店の総務課長夫妻と息子の３名。運転はＡ級運転ライセンスを持つ奥さん、助手席にはご主人、息子は後部席、真ん中車線での追い越し作動中に対向の大型トラックと正面衝突した。会社用備品、必需品と言われるトイレットペーパー等々が周囲200メートルに散乱、夫妻は亡くなり後部座席で睡眠中の息子は幸いにも難を逃れた。東京と鹿児島の距離940キロを越えるヘルシンキ・モスクワ間、

1200キロの強行運転はしばらくの間禁じられた。

　ヘルシンキでの買い出しは品物が溢れる戦後の日本や、崩壊後の自由化したロシアと異なり、過大な軍需費の重さから来る日常品不足が理由だ。当時のソ連経済を象徴する有名なアネクドート「品物購入に長蛇の行列が出来、市民は行列を見たら商品を確認する前に先ずは列の後方に並ぶ、その後に売られる商品を確認する」と。ジョークと思えるこのアネクドート、ジョージはロシア人からも何度か聞いたが、当時軍事予算はアフリカ、アジア、中東の国々への経済援助を含め国家予算の70％を占めると言われた時代の話だ。ロシアのウクライナ侵攻、トルコ・シリア等に於ける自然災害による世界的な物価高・原料高、物資不足が危惧される。この様な悲しい行列は1日も早く消え安寧を是非取り戻したいものだ。

　ヘルシンキで購入しモスクワ着後、ソ連の車番許可（ナンバー・プレート）を申請する。しかしジョージは200％の税金請求を告げられた。理由は日ソ間に民間航空輸送の共同運航の協定があった。日本に駐在するソ連国営航空・アエロフロート社の全社員が日本車を購入していた。ところがソ連に駐在する日本人社員は全員が（支店長を除いて）ソ連製の車を買わず、日本製を含む外国車を利用している。共同運航の精神と合意に反する行為とし輸入関税支払いを要求された。ジョージの日本車には200％の関税請求を課すと通告してきた。

　当然支払える貯えは無い。ロシア人職員に尋ねるとフィンランドからのトランジットナンバーで運転を続けても、暫くの間は大丈夫だろうとの答えがあった。運転中に何度か交通警察官に呼び止められ、赤い縁取り車番の理由を問われるが、現在国に申請中と答えジョージは逃れた。

　しばらくして田中角栄総理が日航のチャーター機を利用し、ソ連へ公式訪問するというニュースが伝えられた。到着当日に支店長より大使館からの要請として、今から自分の車でクレムリンに行き、詳しい役割はそこで確認して欲しい旨を告げられる。車のナンバープレートはフィン

ランドから乗って帰った当時のままで、ソ連のナンバーではない事を話すと支店長からは、クレムリンに通門出来るよう確認するとの答えがあった。

　クレムリンの入口でビクビクしながら話すと、守衛は聞いていると答え、通行 OK の合図と共に遮断機を上げて呉れた。一般市民や外国人に対して「ニィエット」と頑なに拒むこの国は、上からの指示があると予想外にスムーズに行く。縦割りの国、ソ連。

　英国のチャーチル首相が冷戦時代のソ連について「鉄のカーテン」という言葉を最初に使ったが、カーテンの最も奥まった場所に君臨しているのはブレジネフ書記長だ。新聞紙上やテレビ画面でしか見る機会の無い、太い眉毛と眼光鋭き歴史的人物。ブレジネフ書記長との会談を終え記者会見に臨んだ田中総理、赤ら顔で北方領土について言及していた。

　日ソ両首脳の姿を遠く垣間見て、厳しい両国関係にも新しい時代の始まりを感じる。学生時代はロシア語学習を後悔していたが、学んで良かったとの心変わりも。総理帰国後日ソで交わした共同声明文を巡り、言葉の齟齬が判明し大使は更迭に、外交文翻訳の重みを知らされた。

　日本で東京と大阪間に新幹線の運行開始、高速道路開通、更に東京オリンピック開催、戦後の日本は経済復興期に入っていた。ブレジネフ書記長は1964年から死去する75歳までの18年間、ソ連の最高指導者として君臨した。一方の田中総理は「日本列島改造論」を出版し、今様太閤として日本政治のトップに上り中国とも国交を回復させ、そして訪ソも遂げた。長期間君臨するブレジネフ書記長は晩年の1979年、中央アジア・アフガニスタンに軍事侵攻し、多大の戦費とソ連軍兵士の犠牲を出し撤退した。日本を含む米欧の国々はアフガニスタン侵攻を非難し、モスクワオリンピックへの参加ボイコットしたことで、ソ連は国際的な評価を下げた。一方の田中総理は帰国後、米国・ロッキード社との航空機輸入に絡む外為法違反の容疑に関わり、日本政治の金に絡む闇が露わとなり逮捕された。就任直後は議会で10時間以上の長演説を行った書記長も晩

年は呂律不自由、激動のソ連を安定化させたと評価されるが後の経済停滞はソ連崩壊に繋がった。鋭く強い眼力の日ソ両首脳の姿、ジョージがクレムリンで遠くから垣間見たのはほんの一瞬だった。だが冷戦下のこの会談、政治・経済体制の異なる両国間に明るい将来を齎すであろう、と日本国民は期待した。

　1973年10月の日ソ両首脳の極秘議事録が見つかったという興味深い記事が2020年5月6日付けの朝日新聞朝刊に載っていた。当時ソ連を訪れた田中総理は、領土問題の議論に応じないブレジネフ書記長から、共同声明の文書に領土問題が含まれるとの認識を引き出す様子が記されていた。議事録によると、ソ連滞在中4回あった首脳会談の3回目に、書記長が領土問題の対立で未締結の平和条約とは別に「平和と協力に関する諸原則」作成を打診してきた。総理は領土問題が棚上げされかねないとみてこれを拒む。総理は平和条約交渉の対象に「歯舞、色丹、国後、択捉の四島」と明記せねば共同声明に応じないと主張した。これに対し書記長は「不可能だ。交渉継続が受諾できないなら共同声明に入れなくて良い、日本の問題だ」と反論した。文章化にあたり「諸問題」とは何かで両首脳は応酬し、総理が「その諸問題の内四つの島が入っていることを覚えておいて貰いたい」と正す。それに対し書記長はロシア語で「Я знаю」（私は知っている）と答えたという。ロシア語の「ヤー・ズナユ」という言葉は意味深で、話す側と聞く側の理解により意味が微妙に変わる。田中角栄総理のタフさ、粘り強さが偲ばれる光景だが、日ソ交渉の難しさを示す実例でもある。この会談で口頭確認された、「四島の問題を解決し平和条約締結」という方針は、93年の日ロ首脳会談の際の東京宣言で明文化された。2013年安倍内閣が閣議決定した国家安全保障戦略でも一貫した方針として確認されているという。これは外務省でソ連を担当していた東欧1課が作成した文書で、田中総理訪ソ会談の記録「極秘　無期限」、と記載され、当時副総理の三木武夫が保管し、死後母校の明治大学に寄贈された文書の中で見付かったという。

　自信に満ちた表情で帰国した田中総理、日ロ間の領土問題は長年過ぎた現在迄も変化や解決の筋道、兆しは全く見えない。

　週末の土曜、支店のカウンターではジョージ1人が勤務する日が多い。午後3時頃羽田発の便が到着し、4時過ぎには日本国内数社の新聞をカウンターに展示する。モスクワに駐在中の報道関係者も時々閲覧に訪れた。その時にモスクワでは外交の舞台裏の動き等、情報取得の困難さを耳にするが、領土問題をはじめとする日ソ間の関係に及んだ。外交は専門外だが、日頃の仕事にも直接・間接に影響する事柄、興味を持ち話に加わる。

　アフガンに侵攻したソ連軍に多大の犠牲が生じ、国内でも厭戦論が広まりその後のソ連邦崩壊に繋がった。老後ジョージは中央アジア・キルギスに滞在し、以前ソ連の共和国に属していたキルギスやウズベキスタン、ウクライナ等の兵士もアフガンの戦線に駆り出され犠牲者を出した事実を知った。

　湾岸戦争後アフガンに侵攻した米軍も多額の軍事費を使い犠牲者を出した。2021年秋にアメリカはアフガンより撤退し、世界に於ける評価及び存在感を下げ、ウクライナへのロシア軍侵攻を誘発したとも言われる。長い間ソ連の外相を務めたグロムイコ氏は国連総会等で拒否権を連発し、ミスター・ニィエットと呼ばれ、冷戦時代の米ソ間の外交関係や世界平和維持の難しさを知らしめた。

　2022年2月のロシアのウクライナ侵攻後も、ロシアは国連常任理事国の持つ拒否権の連発、問題解決の可能性を霧散させている。ソ連崩壊後日ロ両国民の観光交流は広がりを見せるが、紛争や領土問題、新コロナ禍の暗い影響は世界中に広がり、「未来志向」の良き関係は1ミリも進まない。

　一方日ソ両首脳会談後に開かれた両国間の航空交渉、フィンランドで購入したジョージの車への関税は無税となり、ロシアのナンバープレートが与えられた。帰国時に国外に持ち出しソ連国内での販売を禁ずるこ

との条件が付けられたが。日本人所有の車のナンバープレートの頭に国別標識の5が付く。モスクワ市街から40キロを越える運転の際には事前許可（ビザ）が必要だが、これで日常のモスクワ市内と近郊への運転が可能となった。交通警察からストップを命じられずにマイカーで買い物や接客にも利用でき、ソ連入国後の最初の難問も解決しホッとした。

　眩しい新緑に包まれたポプラや白樺林も黄金色に変わり仕事にも慣れた。トルストイが住み著作に耽ったヤースナヤ・ポリャーナを総務担当の後藤省三職員、ロシア人3名の職員とジョージの車で訪ねたことがあった。ヤースナヤ・ポリャーナはロシア語では、「明るい森の草原」を意味し、モスクワから約200キロ南にあり、トルストイは人生の半分程の歳月をこの地で過ごしたという。途中眼にするのは大きく広がる豊かな森、白樺の樹々だ。ジョージは中学時代の国語の授業で国木田独歩作「武蔵野」に感銘を受けた。その後、独歩に大きな影響を与えたツルゲーネフと知り、小説「初恋」を手に取った。この書に触れてジョージは初めてロシア語に興味を抱いた。

　トルストイが著述に励んだ書斎は質素で、地味な生活の中で長時間掛けた努力の賜物が数々の小説たちだ。それらはロシア文学を高みに押し上げ世界の多くの人々に広く読まれている。今日のこの地訪問の立案者でガイド役、愛国者とも思えるワーリャさんはロシア愛やトルストイへの敬虔信を熱く語って呉れた。ジョージは生きている間に戦争と平和及びアンナ・カレーニナは絶対に原書で読むと心に誓った。

　トルストイの死後、ソビエト革命が起こると世界最初の社会主義政権が樹立され、貴族や地主等の富裕層は排除された。万一トルストイが少し前に生まれていれば新政権に消され、数々の

外国へ出国する際には毎回ビザ取得を要する窮屈な時代、総務担当の後藤省三社員とは出来る限り郊外やトルストイのヤースナヤ・ポリャーナを訪ねた

著名な作品はこの世に存在しなかった可能性が高い。この場所で著作に
耽り人生の最終章で家出し、旅先で生涯を閉じるが、トルストイには沢
山の子供達がいて、下から2番目の娘の名前はアレクサンドラ・トルス
タヤといった。10代の頃から父、レフ・トルストイの秘書を務め父親に愛
され、思想や生き方を誠実に受け継いだ。1929年にアレクサンドラは厳し
さ増すソビエト政権に不安を感じ、米国への亡命を決意した。途中日本
に留まり1年8カ月の間滞在した。後に米国へ移り住み「娘」という小
説を残した。接した日本人の心の優しさ、素晴らしさ、美しい日本を書
いている。その一節では、

　　　日本でのこの一日のことを、私は決して忘れないであろう。
　　　私は魅了された。何に、何が私をあれほど感動させたのだろう。
　　　美しさなのか、色彩の鮮やかなのか？　ソビィエト・ロシアの貧
　　　困の後で目にした人々の服装、豊かさ、小さな店の品物の豊か
　　　さ、

　　　（中略）見事に耕され、肥料をまかれた田畑は、数フィートまで全
　　　て利用されていた。

　小さな国土でも美しさ、色彩の鮮やかな日本賛歌の記録だ。アレクサ
ンドラはロシア文学者の米川正夫、岩波書店創始者、岩波茂雄、ロシア
語学者で本格的な露和辞典を作った八杉貞利等と交遊を重ねた（NHK出
版、黒岩幸子記より）。

　モスクワから航空機で3時間のロンドンに欧州地区を統括する親支店
がある。羽田発モスクワ経由ロンドン行は週2便運航され、航空券の予
約をはじめ近隣の支店との業務上の連携は必須だった。現在国際航空運
賃はコンピュータが簡単に計算して呉れるが、当時は英語で書かれた部
厚い運賃表を基に計算しなければならない。転勤前の数週間、都内の店

やホテル内のカウンターで研修を受けるが、日本発の運賃が大部分で、近くに運賃計算のベテラン社員も多く、複雑で難しいルートの計算も応援を頼むことができた。モスクワ支店ではアメリカや東南アジア発の旅客もカウンターに、特に土・日のカウンターの仕事はジョージ独りの勤務で複雑なルートの運賃計算は緊張した。英文の難解な文章の独解か、ロンドン支店で行われる運賃計算の講習に参加して慣れるかの方法しかない。

　近道はないが楽器練習や外国語の学習と同様、何事も努力と経験が大きな助けとなる事を知った。

　東京発モスクワ経由欧州便はロンドンの他、パリ、フランクフルト、コペンハーゲン、ローマ線と路線が

日ソの航空協定が結ばれモスクワ支店開設、最初に採用されたワーリャさん始め女性職員とは時には大小の問題で論争や口論も。一方日ソ間で明るい夢を持ち始めた時期でもある、ウクライナホテル8F のカウンター

ソ連崩壊後ジョージはワーリャさんと共著本を出版、新宿「J」で出版記念・ライブの会を開き、ジョージの家を訪れて呉れる

広がり、他支店との緊密な連携が増していった。日々緊張感が必要だが少しはヨーロッパに近づいたとジョージは感じる。

第4章

環日本海交流時代の到来

——新潟とハバロフスク定期航空の開設、イルクーツク、日本人捕虜墓地、そしてニューヨーク——

　モスクワ支店はモスクワ川沿いのウクライナ・ホテル8階にあり、自動車で帰宅の際は広いカリーニン通りを進み、クレムリンを右に見て更に進むとロータリーがある。中央にKGBの創設者F・ジェルジンスキーの大きな銅像が立ち、半周するとKGB本部の大きな建物があった。ポーランド系ロシア貴族のジェルジンスキー、レーニンの命を受け秘密警察の初代長官に就いた。反革命、テロ、サボタージュを取り締まる冷酷な人物、日本人も含め、懲罰を受けて悲しい末路を歩んだ人も多いと聞く。ソ連・ロシアと言えば秘密警察という暗いイメージが伴うが、数奇な運命を送った女優の岡田壽子、社会主義者だったという杉山良吉は樺太の日ソ越境後に逮捕され、再び逢う機会も許されなかった。

　レーニンの後継者となったスターリンは、元々はグルジア人（現ジョージア）で、密告と秘密裁判による恐怖政治を指導した。ソ連が崩壊すると秘密警察の責任者ジェルジンスキーの像は撤去された。

　暗く硬直した政治・経済、ソ連の首都モスクワに住み始め、ジョージは対峙するアメリカの首都、ニューヨークを是非訪れたいとの思いに駆られた。理由はジャズに憧れ、学生時代には隣の米軍家族の他に何人かの米国人とも知り合っているのに、今までアメリカ訪問は一度もない。国際航空会社間にはIATA（国際航空輸送協会）の取り決めにより、他社のサービスを学ぶ等の理由から無償航空券提供の依頼が可能だった。冷戦下でも米ロ間では両国の首都、モスクワとニューヨークを結ぶ定期航空

が開かれ、運航会社はパンアメリカン航空（PA）とソ連国営航空のアエロフロート社（SU）だった。ロシア人職員ワーリャさんの知人もPAに務めていて、ジョージのニューヨークとカナダ訪問の願いは間もなく実現した。

　搭乗する航空機は、当時のアメリカ大統領の専用機と同型のB707型機。両国の関係を反映してか旅客は予想より少なく、エコノミークラスは半分程度、ファーストクラスは3名で1名は国連駐在のロシア人公使だった。彼は離陸間もなく飲み始め着陸までブランデイーを楽しみ、アメリカ人客室乗務員（CA）とは流暢な英語で言葉を交わし、ジョージにも明るい笑顔とロシア語で語り掛けてきた。小さなサロン風の雰囲気だった。50年過ぎウクライナ戦争が始まり、国連の会議場で強面の顔、恐ろしく響くロシア語で自国を弁護する外交官とは全く異なる空気だった。冷戦下とは言え良き時代だったのだろう。

　初めて眼にするニューヨーク。エンパイア・ステートビルや五番街周辺の景色は想像通りの賑わいと発展振りだった。以前フルシチョフ首相は国連総会の壇上で「ソ連は十年以内に米国を追い越す」と豪語した。ジョージは両国の大きな経済格差を感じる。

　しかし街の中心から少し離れた橋の上で近づいて来た白人男性は、ジョージに「ギブ・ミー・マネー」と声を掛けて来る。ジョージは、小学校入学前に群馬・榛名山の米軍演習所から来た米兵のジープを見ると急いで駆け寄り「ギブ・ミー・チューインガム」と物乞いを行っていた。学校給食では米軍支給のコーヒーミルク、時にはチョコレートも配布され、学生時代にはアパートの隣に住む米軍家族の豊かな生活に触れていた。世界一の経済力と言論の自由を誇る憧れの大国アメリカ、しかし敗戦国日本人の訪問者にドル乞いする白人もいる。モスクワ市内でも物乞いが見られるが、厳しい言論統制はあるが住宅、電気、ガス、教育、医療等の基本的な生活維持は保証されるソ連。モスクワから米国・ニューヨークへの旅は両国の二面性を見ることができた。初めて訪れた

ニューヨークの明るさに比べモスクワの夜は暗い。しかしソ連の医療費無料や格安な居住費に対しアメリカは高額で、気安く医療も受けられないとも聞く。短い旅だが社会主義と資本主義圏の両大国の首都、その現実を垣間見た。一生を通じた学びと経験、加えて世の事象の表裏を見極める視野と洞察力、その重要性を感じる、そこにこそ旅の意義があるともジョージは思う。

　ニューヨークからの帰路は緑多いカナダ・モントリオール、北欧の街コペンハーゲンに２泊、大都会のニューヨークと異なりモントリオールとコペンハーゲンは落ち着き、静かな魅力のある街だ。コペンハーゲン発モスクワ経由東京行きの機内ではオーディオサービスもあり、チャンネルを廻すと伸びのある歌声で、小柳ルミ子の「瀬戸の花嫁」が聴こえて来た。そして日本酒。ジョージはモスクワで降りず日本へ戻りたい、「戦争の無い平和国家の日本、日本人に生まれて本当に良かった」と自分に言い聞かせる。

　モスクワへ戻り航空券の手配をして呉れたワーリャさんに土産話を話すと、「アメリカとロシアのどちらが発展しているのか、何方の国が好きか」と早速の質問が飛んできた。「どちらが好きかと問われれば、ロシア」と当然にジョージは答える。どの国民も自国を褒められれば喜ぶもの、特に冷戦中のロシア人は対峙するアメリカやイギリスを念頭にこの質問を繰り返す。

　ジョージは社会人となり今後眼にするであろう様々な出来事や事象、双方向から多面的に見て判断する事の大切さを自分に言い聞かせる。音楽やジャズを通してアメリカ、ロシア語やロシア文学を通じてロシアを学ぶ、これが自分の将来に合った生き方と決める。「百聞は一見に如かず」初めて接したニューヨークでも得る事柄は多かった。

　戦後日ソ間の国交は回復したが軍事上の理由からシベリア上空開放に積極的でないソ連との交渉は、定期航空運航までかなりの歳月を要し

た。日本側の粘り強い交渉の末に羽田＝モスクワ間でソ連側は航空機と乗員提供、日本は1人の客室乗務員搭乗の条件で漸く共同運航が始まった。コロナ禍以前のシベリア航路は日欧間の銀座通りになった。

　田中総理の訪ソ効果か、環日本海交流時代の幕開けとも言われ、新潟とハバロフスク間に、日航とソ連国営航空・SUによる各社週1便の定期路線が開設された。

　初便就航の出迎えに川畑モスクワ支店長、総務の上野友蔵さんとジョージ、ソ連国営航空の国内線でハバロフスク出張を指示された。ハバロフスクは、太平洋戦争終了後日本兵と民間人、約60万人が強制労働させられたシベリア抑留の中心の街だった。その街に新潟空港から新潟県及び近県の旅客がB727の初便で到着する。

　ジョージが滑走路に眼を遣ると前の思い出が蘇る。シェレメチェボ空港での事故の際羽田から飛来した社機は、この空港の滑走路端に駐機した。11月末の小雪舞う曇天、全員が悲痛な心で救援機の窓から外を眺め

川畑稔日航・モスクワ支店長と上野友蔵さん、新潟⇔ハバロフスク線開設の初便出迎えにモスクワから出掛ける。上野さんは戦前ハルビン学院でロシア語を学び日本の敗戦と共にモスクワ市内のKGB本部に長い間収容され苦労されたと聞く。SUの東京駐在員が国外退去になった際に上野さんも報復として日本帰国に、日ソ・日ロの厳しい歴史を知る方。日ロ間の国境問題は戦後70年以上過ぎても解決の糸口が見えない。写真右端上野さん、その左川畑さん。後ろは中国とロシアの国境を流れるアムール川、左端は後の日本の総理？　この川を挟み中ソ間は長い間国境問題で武力衝突が起こる

てモスクワ空港着陸の許可を待っていた。ハバロフスク上空は好天気、日本からの到着便を今日、この空港で迎える。そんな機会が訪れようとは夢にも思えない、人生とは不思議なものだ。

　尾翼に赤い鶴丸の初便B727機は無事、ハバロフスクへ到着した。搭乗者と共にバスに乗り、ロシアと中国の国境を流れるアムール川畔の散策に向かう。アムール川は予想外に広く、幼い頃に泳いだ故郷の鏑川とは大違いだが、対岸の中国領や人影は全く見えない。川畔を散策するロシア人は手に何かを持ち歩いていた。大きな蚊とアブ

を追い払う物だと気付く。この街周辺の日本人捕虜収容所では極寒と食料不足に加え、夏は蚊やアブに大変悩まされたことだろう。翌日は招待者と一緒にバイカル湖近くのイルクーツク市へ向かった。イルクーツクは、江戸時代末期に大黒屋光太夫一行が立ち寄った街である。一行の乗る船は難破して彼らはアリューシャン地方に漂着した。帰国許可を得るため一行はエカテリーナ女帝の住むサンクト・ペテルブルグに向かう。その途上、イルクーツクに立ち寄っている。

　時代は流れて、ハバロフスクからイルクーツク行の航空機の提供、到着後の夕食、翌日の訪問や観光はアエロフロートから提供された。キャビアやイクラも載る豪華なロシア料理のテーブルを囲む。バラライカやアコーディオンによる日本でも馴染みのロシア民謡、陽気或いは哀愁のメロディー、「バイカルのほとり」、「カチューシャ」の演奏、日本の曲は「さくら さくら」、招待者全員がもてなしに感動する。

　翌日はバイカル湖を遊覧する。バイカル湖はシベリアの森に囲まれ世界一の透明度を誇る静寂な湖。日本からの訪問者全員がこの湖を訪れるのは初めてだった。湖水の青さは噂以上に美しく全くの静寂が支配していた。学生時代ジョージは新宿繁華街近くの下宿に住み、歌声喫茶でロシア民謡、「バイカル湖のほとり」のメロディーを耳にしていた。哀愁を誘う「ともしび」、「黒い瞳」等の歌は心に響く。「バイカル湖のほとり」はデカブリストの乱に敗れた青年の流刑の歌だ。スローなメロディーはロシア人が最も好む曲でもある。バイカル湖に臨みこの曲が流れ出すとジョージは夏の合宿中、上級生が十和田湖畔でハリージェームス楽団の演奏で知られる「スリーピー・ラグーン」をトランペットで吹いた姿を思い出す。「バイカル湖のほとり」の作曲者は不明で、「スリーピー・ラグーン」は英国人エリック・コーツが作曲した。サンゴ礁の中の小さな湖をイメージして書いたという。シベリア大陸の大きな森の中の湖、もう一方はサンゴ礁の中の湖、蒼く澄み渡る大自然の素晴らしさに、それらに触れた感動をイメージし作曲したものだろう。

　バイカル湖遊覧後は、白樺林の中の日本人墓地に案内された。

　小学校から高校までの同窓、鈴木茂君とは中学ではテニスのパートナーを組んでいた。その時彼の父親はシベリアのチタ州で捕虜になり収容され、その地で死亡したと聞いていた。訪れた墓地は日本からの訪問団を予定し整備しておいたのだろう。ペンキも新しく塗られていた。墓地に着くと、ジョージは鈴木君の話を思い出した。もしやとの気持ちから墓地管理のロシア人所長に出身地と名前を告げ、鈴木姓の名前の墓碑の有無を尋ねた。すると所長は古いノートを持ち出し、鈴木姓が書かれた白く塗られた墓碑にジョージを案内して呉れた。

　数か月後、ジョージはロシア滞在ビザ更新のため日本へ一時帰国したおり、富岡市に住む鈴木君の実家を訪ねた。新潟とハバロフスクの間に新たな航空路線が開かれ、自分はモスクワから出張し、新潟及び近県からの訪問者を出迎えたこと、その後招待者一行とイルクーツク市とバイカル湖へ移動し、湖近くの旧日本人墓地に案内されたことを伝えた。

　持参した写真を見せると鈴木君のお母さんと祖母の2人は泣き崩れた。ジョージは沈黙以外に言葉が出ない。その時同級生の茂君も20歳を前に病気で亡くなっていた。ジョージの父親は、ジョージが生まれて間もなく満州に出征した。その後パラオに転戦し、ポツダム宣言座視直後の7月29日に餓死した。鈴木君の父親は、寒さと食料難でシベリアの地で亡くなる、という同じ不運が重なる。極寒と猛暑の南国との差はあるが、2人とも終戦直前後に父親を亡くすという境遇にあった。だからテニス・プレイ中では互いの心が通じ合っていたとの言葉を残して、ジョージは母親と祖母だけが住む鈴木君の家を辞した。その後帰郷した際に何度か鈴木君の家を訪ねたが、家を継ぐ人も無く長い間空き家となり、今では空き地と

テニスのパートナー鈴木茂君の父親が眠る、
バイカル湖近くの日本人墓地

なっている。

　バイカル湖畔を走る世界一長いシベリア鉄道の建設に日本人捕虜も駆り出されたと聞く。鈴木君のお父さんは蒼く澄む、静かなこの湖とシベリア鉄道を、どんな気持ちで眺めているのだろうか。

　日本海に面した沿海州では、多くの日本人が悲劇に遭った尼港事件が、旧満州では日ソ間でも領土を巡るノモンハン事件等が起こり双方に多大な犠牲を生んだ。日露戦争後、ロシア皇帝は力を失い、世界で初の社会主義革命成功の理由の 1 つと言われる。ソ連政権樹立後、日本軍シベリア出兵（1918年・大正 7 年）、尼港事件（1920年・大正 9 年）、ノモンハン事件（1939年 5 月、満州国とモンゴル間の紛争が日ソの戦闘に）、日ソ中立条約（1941年・昭和16年、日ソ間の相互不可侵と満州国とモンゴルの領土保全、有効 5 年間）の締結、その後に起こるソ連軍の日本侵攻等々、両国間には複雑で暗い歴史がある。領土問題やウクライナ戦争等が絡み、現在も真の友好的な外交関係は築けていない。

　伊藤久男が歌う、古賀正男（後政男に改名）作曲のシベリア・エレジー
　　　赤い夕陽が　野末に燃える　　ここはシベリア　北の国
　　　雁がとぶとぶ　日本の空へ　　俺もなりたや　あああの鳥に

　ジョージが幼い頃、シベリアで囚われ日本への帰国を願う日本人捕虜の哀歌を時々耳にしていた。ハバロフスク初便到着の行事が終わると、川畑支店長と上野さん、ジョージの 3 人はモスクワへと戻った。機内では 3 人とも殆ど言葉を交わすことはなかった。だが極東シベリア地方の訪問を通じ、3 人が願ったのは両国間の善隣友好で、地道だが定期航空は国民の交流と友好を通じ国家間の関係を深めるツールの 1 つとの思いを共有できたと思う。

　日ソ、その後の日ロの間には多々解決すべき課題があり、厳しい外交関係と共に貨客の往来も期待される展開とはなっていない。田中総理訪

ソ後に環日本海交流拡大の幕開けか、と期待された新潟とハバロフスク
間の新路線、両航空会社の定期運航も残念ながら間もなく運休となっ
た。更にロシアのウクライナ侵攻により日ロ関係は数十年以上の後戻り
状態になっている。

　定年後もジョージはシベリア上空を通過するとき、夏は広大な森、冬
はツンドラの雪原を眼にしてハバロフスクの街、イルクーツクの街並
み、碧く澄んだバイカル湖を思い出す。そして人の命や運命は儚いが多
くの人に悲しみ、苦痛を与える戦争は絶対繰り返してはならないと強く
思う。

第5章

江戸末期、北方領土を訪れたロシア人の日本人観

　明治時代にトルストイの娘アレクサンドラが、米国へ渡航の際日本に立ち寄り、日本について書いている。それ以前の江戸末期にも、北方領土を訪ね捕らえられた船長も日本や日本人観を書いている。間宮林蔵は1775年から樺太や大陸のアムール下流まで探索し、樺太はシベリア大陸から離れた島である事を確認し、1810年に地図を作った。

　一方、ロシアの海軍士官でデイアナ号艦長、ワシーリー・ゴロブニンは、政府より日ロの国境は不明瞭だとして千島列島南部の測量と地図作成を命じられている。水や食料を得るため国後島に上陸したところを幕府に捕らえられた。1811年から2年以上拘束され、書き残した日本訪問記は、広い領土のロシアと比べ国土狭く交通も未発達の日本に触れている。函館から松前に護送され交渉の末に解放された顛末を「日本幽閉記」に書いている。日本人を冷静に観察、良い面、悪い面を細かく記録した。独断的見解もあるが現代日本社会にも通じる興味ある記述なので、その一部概要を紹介したい（NHK出版、黒岩幸子教授記を参考）。

　捕らえられたゴロブニン他数人を巻く縄は激しく痛む、捉える日本人役人は彼等の発する呻き声にも平然、一方蚊とハエを追い払うため木の枝を持つ人間を付け、食事や排泄の世話を行い親身な配慮を示す。村を通過する際に村民は好奇心で集まり、同情と憐憫を示し護送兵に許可を求め酒、菓子、果物他を差し出す。ゴロブニンは厳しさ、残酷さと優しさの両面を持つ日本人を記述、この本は広く西洋の国々に読まれ当時西

洋人が日本人に対して持つ、奇妙で野蛮人とのイメージ払拭に貢献したという。更に日本人の識字能力について、日本は世界中で最も教育の進んだ国民であり、読み書きが出来ず祖国の法律を知らない人間は１人もいない。法律は日本ではめったに変わらず、特に重要なものは大きな板に書かれ、町や村の広場や他の目立つ場所に掲示される。更にロシア人の美徳の資質として剛毅、勇気、度胸等を述べた後、対して日本人の特性として臆病、その一方長い間の平和享受、識字能力と教育、法律を知る国民等を書いているという。

　ロシア人と日本人を比べ何方の国民が勇気あり何方が臆病か、ジョージには正直判らない。だがロシア人は度胸、勇気、剛毅等の気質を敬う国民だと感じた機会はある。それはサンクト・ペテルブルグにあるプーシキン記念館を訪れた時だ。

　アレクサンドル・セルゲービッチ・プーシキンは19世紀のロシアが生んだロシア最大の詩人及び国民文学の創始者とも言われている。父親はロシア貴族で、母親はエチオピア系で情熱的な血を受け継いでいた。幼い頃はお手伝さんがいて、眠る前には様々な話やロシアの歌を歌い聞かせて呉れたらしい。長じてロシアで最も有名な詩人となった。無神論的な文章で官吏の職を解かれ１時期は幽閉の日々を送るが、「ボリス・ゴドノフ」、「ペールキン物語」、「エウゲエニーオネーギン」、「大尉の娘」、「スペードの女王」等の多数の著作を残した。しかし妻を巡るフランス人とのピストルの決闘で38歳の若さで亡くなった。

　サンクト・ペテルブルグに亡命したフランス人、ジョルジュ・ダンテスはハンサムで、社交界で名を売っていた。プーシキンの妻ナターリアも絶世の美人だったようだ。ダンテスはナターリアの妹と結婚するが、ダンテスはその後もナターリアに近づいた。堪忍袋の緒が切れたプーシキンはラッシャン・ルーレットによる決闘を申し込む。プーシキンは銃弾で２日後死亡し、生き延びたダンテスは重罪を逃れた。恐ろしい話だが、ロシア帝政時代にはこのルーレットは公開処刑の際の賭けに、又白

黒を決する際にも利用され男気を試し合ったと言われる。

　江戸の侍社会でも親の恨み等では刀でケリをつけたが、ゴロブニンは重大事をピストルで雌雄を決するロシアの風潮、それから判断してロシア人を剛毅、勇気、度胸ありと描いたのであろう。日本に大きな影響を与えたロシアの文学者はドストエフスキーやトルストイ等、その先駆者でロシア最大の詩人、プーシキンは妻とその妹を巡る愛憎劇から1発の銃弾で倒れた。「もしも」との言葉は歴史には通用しないが、プーシキンが（ゴロブニンが日本人について述べる）臆病者で、もしも決闘を避けより長生きしていれば多くの文学作品を残したのは間違いない。

　日露戦争での旅順や203高地の戦場を描く辻政信の「ノモンハン秘史」、松岡洋右「東亜全局の動揺、我が国是と日支露の関係・満蒙の現状」等の著作に触れ、ジョージは戦う兵士の恐怖を思う。
　「愛は地球を救う」という言葉があり、愛は人間が生きる上で最も大切だが時には戦わない臆病さも必要だ。時流れた現在、ロシア軍のウクライナ侵攻の映像を日々眼にする「ロシア人とウクライナ人の何方が勇気あるか」を問われれば、世界の多くの人々は真の勇者はウクライナ人と答えるだろう。数百年続くロシアへの隷属に対する抵抗が勇者にする。ロシアの若者を中心に兵役召集令を恐れてビザなしで受け入れる国への出国者が増え、忌避の為に腕を折ると言われる人、戦争反対のプラカードを掲げ、声を挙げる母親と思われる女性の姿が報道される、全員が勇気ある人と映る。江戸の末期日本で囚われ日本観を書き残し、ロシア人を勇気ある国民と書いたゴロブニンは、現在のウクライナ戦争をどの様に捉えるだろうか。ウクライナからの映像に触れるとジョージは日本人に生まれて良し、そして臆病良しと思う。

第Ⅲ部
音楽は世界を救えるか

第1章

レストラン、モスクワ・プラハ

　モスクワ生活が3カ月経ち、ジョージはホテル住まいから、指定された外国人用アパートへ引っ越した。建物の周囲は金網に囲まれ入口には24時間守衛警官が立っている。ロシア人を含め通行証を持っていれば立入を許されるが、持っていないと入れない。幼い子供を連れた家族も日本から移って来てホッとするが、家事の他の買い物、幼稚園への送り迎えをして貰うためロシア人のお手伝いさんを依頼することに決める。お手伝いは直接自分で探し契約をすることは出来ない。支店長名でウポデカ（УПОДКという外務省の外局、長期滞在の外国人に諸々のサービスを行う組織）宛てにお手伝い派遣の依頼文書を提出し、適任の人物が決まると面談する。両者が合意すれば契約になる。給料金額もこの組織から指定される。国が推薦する人物だけあって資質的に素晴らしく料理上手で、仕事も完璧に熟して呉れる。

　一方で駐在員家族の行動、言動等についての報告の場もあると言われ、両者間にはある種の緊張関係もあった。微妙な情報も漏れる可能性があるが、人間の関係は奇なもの。家の電話は盗聴されていて、事務所の電灯の裏には隠しマイクがあった。国への批判的な言葉を発してはいけないと暗示もされた。ジェームス・ボンドの映画を思い起こされるセリフで、自分は駐在員の中で最も歳若く、且つ重要人物でもなく問題ないと答えた。しかし自宅の電話が盗聴されている事実を知らされて気持ち良い筈がない。

　ジョージのモスクワ勤務時には、まだ成田空港は開港されていなかった。羽田からモスクワ経由ロンドン、パリ、フランクフルト、ローマ、コペンハーゲンへと増え週8便の定期便が運航されていた。機材は定員150名程のDC-8、小型機だが従来のシルクロード線やアンカレージ経由と比べてヨーロッパへの最短路線で、利用者の殆どが欧州行きだった。しかしソ連との商用や観光目的でのモスクワ降機者も増え始めていた。日本からの観光は市内見物、ボリショイ・バレー、オペラ、サーカス等、着任後ジョージもバレーやオペラ鑑賞にも努め、舞台装置のスケールや、演じるダンサーの優雅さ、円熟味に感動した。時には訪問者に同行するが、中には1カ月以上に及ぶ長期公演もあり、同じプログラムを繰り返し観て苦痛にも感じる。レストランへの案内も、ロシア料理は豪華さ、キャビア等の高級感に富むが、メインは肉や油っ気の多い料理、繰り返しの訪問者及び長期の旅行者には自宅での接待となった。

　名の知れたレストランでは夜になると、プロのバンドの生演奏を聴くことができた。アコーディオン、バラライカ、マンドリンの演奏、加えてロシア人歌手の歌声に心惹かれる。女性歌手の高音、対照的な男性歌手のバスの低音、聴衆の琴線に触れるが、欧米系の来客には「ゴッド・ファーザー」、日本人には「さくら さくら」、南米からの場合にはラテン系の「ランバダ」を演奏する。リズムカルな曲が流れ始めると来客は気安く踊り出す。時には全員が前の人の肩に手を乗せ輪になり踊る。一見重い顔つきの人もウオッカとリズミカルな曲で直ぐ輪になる。
　複雑で様々な問題を抱える国境も易々と越える音楽、素晴しきもの、とジョージは思う。何度か通い親しくなったバンドリーダーに「さくら」の他日本の曲の演奏を頼むと、「それは出来ない」との返事。パスポートという名の、レストランでの演奏可能な200曲程の曲名が書かれた手帳を持ち、書かれていない曲の演奏は許されないという。日本国内でもある程度の放送禁止用語があるが、演奏可能な曲まで規制する社会主義の管理社会、これでは能率も上がるまい。学生時代に学んだ理想の

国家とは何か、とジョージは自分に訊ねる。

　ジョージは、日本にもロシアに負けない美しいメロディーがあり、特に演歌は日本人の細やかな心情を表現している、と伝えた。バンドリーダーからは、日本の曲の楽譜をソ連で手に入れるのは難しく、日本に帰国した際に譜面を買って来て欲しいと頼まれた。毎日 1 便の東京発のモスクワ経由、欧州行の機内では、イアホーン・サービスが始まり、数チャンネルで落語や日本の曲を聴けるようになっていた。小柳ルミ子の「私の城下町」、あべ静江「コーヒー・ショップで」や「みずいろの手紙」と、どれも青春の爽やかな愛を歌うヒット中の曲ばかりだ。詩とメロディーの新鮮さ、遠く離れたロシアで聴く日本の歌の素晴らしいメロディー。日本へ一時帰国した際、日本でヒット中の譜面入りの歌謡曲本を買いリーダーにプレゼントした。アコーディオン奏者がリーダー、他のメンバーはギター、バラライカ、ドラム、特に主旋律を演奏するアコーディオンは心に響く。彼等が演奏する主な場所はレストラン「プラハ」だ。クレムリン近く、モスクワ市内で最も人気あるレストランの 1 つだった。

　モスクワ市内在住の日本人家族は、当時約400名と言われ、日本人会の主なイベントは企業対抗ソフト・ボール戦、懇親忘年会、時には日本映画鑑賞会を行った。日本人会では若い層に属するジョージは、幹事役の 1 人に命じられ、忘年懇親会のバンド出演依頼等を行った。モスクワには日本料理店は 1 軒も無い時代、年末になるとおせち料理の注文を取り、都内デパートから航空運賃無料で取り寄せ各家庭に配布した。日本人仲間もゆとりのある時代だった。忘年の懇親会では先に渡した数曲をこのグループに演奏して貰った。言葉は様々に異なるが、楽譜は国境を越える共通の言語で、ジョージは日本からテナーサックスを持参し彼らと合奏もした。短い時間だが日本を懐かしんでもらった。

　学生時代には 6 年間吹奏楽部で楽器の練習で親を泣かせたが、若い時に学んだ事柄は茄子の花と同じく無駄が無いものと勝手に思う。事前承

認無し曲のレストランでの演奏、ソ連の法律や規則違反か判らず心配したが、その後のお咎め無しとの報に一安心した。当然ソ連崩壊後のロシアではこの規制は心配無しだろうが。

　民間人同士の交遊を互いに避ける空気があり、個人の家への訪問は歓迎されなかったが、これを機に時々バンドリーダーの家に家族で招かれた。話題は主に音楽談義だ。ジョージ家族のためにロシアや日本の曲を演奏して呉れた。「日本人を自宅に招き、その上日本の曲を演奏しても大丈夫か」と質問すると、自分の家族はユダヤ系だから大丈夫との返事が返ってきた。ソ連は260以上の他民族国家だがユダヤ人には甘い、小さな事柄は見逃して貰えるとの意外な言葉を聞いた。

　コロナ禍前ロシアは自由化が進み、物価高が進んでいた。改修後ホテル「プラハ」の宿泊料金はクレムリンにも近くモスクワでも最高級ランクになった。以前このホテルでジョージの日本人の同僚が、ロシア人女性と結婚し、披露宴を開いた。ジョージは司会役（ロシア語ではタマダ）を務めることになった。タマダは日本の厳粛な披露宴と異なり明るく振る舞い、自らもアルコールを飲み干し会場を盛り上げる役割も担う。披露宴開始と共にタマダはウオッカが入った小グラスを一気に飲み干し、その後床に投げ落とす。日本では考えられない儀式の１つだ。アルコールが回ると、「ゴリカ」との掛け声が起こる、ゴリカはロシア語で苦いという意味、苦いから早く新郎新婦は口づけし会場の雰囲気を甘くしろとの要求だ。宴もここまで来ると列席者は自分から進んで祝辞を申し出てくる。タマダの重要な役割はここでほぼ終わり。この披露宴には親しくなったアコーディオンのバンドリーダーに協力を依頼していた。祝辞発声を自分から申し出て、明るく形式ばらないそれも生バンドの演奏付き、これがロシアの一般的な披露宴のスタイルと聞き、ジョージは良き体験と感謝した。

　モスクワ市内中心の繁華街、歩行者天国の一角にあるレストラン「プ

ラハ」は、18世紀末に建造され、辻馬車の御者が利用する居酒屋から始まった。近所に住む商人がビリヤードに勝ち、その賭け金でレストランに改装され、ソ連時代には国有化された。辺りは新緑の春になると新芽が芽吹き、トーポリが舞い歩行者で溢れ崩壊後の街を行く人々の表情も明るい。やがて銀色の秋から小雪舞う真っ白な冬に、ファッションも素敵に映る。それを照らす街路灯、全てが贅沢とも言える風情。

　あれから50年、ソ連崩壊後ロシアに住むユダヤ系の多くの人々がイスラエルに出国した。バンドリーダーの家族は今もモスクワ市に住んでいるのか、それともイスラエルに渡ったのだろうか。このホテルでロシア人と結婚し、披露宴を開いた同僚は2020年に他界して仕舞う。花嫁の女性には幼い息子がいて、日本へ移住後ジョージと同じ大学のロシア語学科を卒業し、日本の一部上場企業に入社した。関連会社が以前、共産圏諸国への輸出規制をするチンコム・ココムに触れ、その後複写機で名の知れた企業に転職した。子供を設け順調な人生を歩んでいた。ジョージがモスクワ大学へのプチ・留学の際、偶然にも同じ機内で再会した。司会したレストラン・プラハでの披露宴では当時 8 歳だったが、今は立派な社会人に成長しており、思い出話に花が咲いた。結婚後に母子ともに来日したが、その日本人の夫は亡くなり、息子は不運な自動車事故に遭遇してしまう。現在、妻であり母親でもあるロシア人女性は独り都内で悲しい日々を過ごしている。

　そしてウクライナ戦争。人の世は出会いと別れ、最も目出度く荘厳の出来事は結婚であろう。ウクライナ戦争により日本に住むロシア人は厳しい生活を強いられていると聞く。しかし人には様々な人生や経緯がある。以前の関東大震災では風評被害に依る悲しい事件が起こる、ジョージはこの悲劇は決して繰り返してはならないと強く願う。

第2章

ポーランド、ワルシャワ、ショパン

　ジョージは高校では世界史、特に近代史に興味を持ち第2次世界大戦終了間際の「エルベの誓い」という言葉が今でも耳に残っている。陥落寸前のドイツの首都ベルリンを目指し、東進する米軍を中心とする連合国側と西進するソ連軍がエルベ川沿いのドレスデンで合流し、対独戦の勝利と無益な戦争を繰り返さないと誓い握手を交わした。

　日本語では「エルベの誓い」、英訳で「エルベの日」、ロシア語訳では「エルベの出会い」と呼ばれる。1945年4月ドイツが無条件降伏し、同年8月には日本も敗戦を迎え、第2次世界大戦は終わった。日本語では「誓い」、英語は「記念の日」、ロシア語は「出会い」と言葉に違いあるが、世界中の人々は悲惨で多大な犠牲を生んだ戦の終わりと平和の到来を喜んだ。しかしこの誓い後間もなく朝鮮戦争突発、自由・資本主義対社会主義国の政治・経済体制の異なる国々が緊張と冷厳な軍拡競争へ進みソ連崩壊まで続く。

　ソ連の人工衛星スプートニック1号打上げ（1957年10月）に続くユーリー・ガーリン少佐のボストーク1号による有人飛行成功（1961年4月）、ベトナム戦争で米軍の北爆開始（1965年2月）、キューバ危機（1962年10月）、ケネディー米大統領のダラスでの暗殺（1963年11月、暗殺犯は元ロシア在住のオズワルド）、東京五輪（1964年10月）、モスクワ五輪（1980年7月開催、アフガニスタンへのソ連軍侵攻に対する日本を始めとする自由主義国の参加ボイコット）、日航機御巣鷹峰の事故（1985年8月）、イラク軍クエート侵攻（1990年8月）、神戸大震

災（1995年1月）、米国同時多発テロ事件（2001年9月）とアフガニスタン紛争（同年10月）、ベルリンの壁崩壊（1989年11月）、ソ連邦崩壊（1991年12月）、東日本大震災（2011年3月）、シリアからの難民問題（ヨルダン、続いて危険を冒しながら地中海を越えギリシャ、トルコ経由欧州に渡ろうとする多数難民）、米朝初の首脳会談（2018年6月）、アフガニスタンからの米軍撤退、ロシア軍のウクライナ侵攻（2022年2月）等々。地上は戦争、紛争、事件、悲しい事故が圧倒的に多い。

　ジョージは1973年5月にモスクワへ転勤し、3カ月間はモスクワ川畔のウクライナ・ホテルに住んだ。ホテルはスターリンがニューヨークのエンパイア・ステート・ビルを真似て市内目抜き通りに7棟建てたと言われる高層ビルの1つだ。日本商社、メーカーの事務所もあり、日本人長屋街とも呼ばれた。1階にはソ連国営の旅行会社・インツーリストのカウンター、郵便局、レストランがあり、各フロアーの入り口には鍵番という宿泊者への鍵を渡す、不審者出入りの見張り役がいた。時には寒い部屋への毛布手配を行い、2基のエレベーターは女性オペレーターが昼夜運転を行っていた。着任後しばらくしてジョージは自分の部屋で電気ヒーターを使い自炊を始めた。最初は持参したカップラーメン、電熱器を使いご飯炊きと焼き魚も作った。ホテルに長年住むメーカーの日本人先輩は、くさやの焼き魚を試みたことがあったという。その匂いがドアの外へ漏れ出し、廊下中へ広がった。欧州からの宿泊客から大非難を受けたとの逸話も聞く。

　ジョージは部屋で魚を焼かないと決めたが、食べたくなるのは醬油と刺身と焼き魚だ。日本から家族が来たらアパートへ移り早く日本食を食べたいと思う。冬は暖房で部屋も暖かいが、春先には暖房も終わり夜間は寒い日もあった。鍵番の叔母さんに毛布を借り2週間後に返したら、その間のルーブル支払いを求められた。日本では寒いとの理由で毛布を借りた宿泊客に、料金を要求することは絶対有り得ないと、支払い拒否するが「規則だ」と告げられ押し問答となった。この国は全員が公務

員、楯をついても必ず負ける。長い物には巻かれる理不尽に、大国ロシアの力を垣間見た。品薄と言われるソ連時代、国民はルーブル貨を余り欲しがらない。些細なミスにクレームしたい事柄が発生してもギスギスした関係では仕事や要望もスムーズに回らない。ホテル生活が続き、顔見知りになると 1 つ屋根の下に住む家族となる。この際には日本製の小物で交渉合意に至る場合もあった。

　更にこの国で無事に過ごすノウハウや秘訣、願い事のある場合には最大限のお世辞を言う。女性には「貴女は綺麗だ」か、「あなたは教養ある人」という言葉が何事にも増して必要で、有効なロシア語であると先輩駐在員から教えられた。

　休日ジョージがモスクワを知ろうと街を歩いていると突然話し掛けられた。精密機器は海外で人気が出始めた頃、日本製のテープ・レコーダ、腕時計、カメラを持っていないかとの質問、無いと答えると次はビートルズの LP レコードを持っているかと聞かれた。この国ではジャズ、特にロック音楽は反社会的音楽として、資本主義圏の文化に触れることを規制していた。対して愛好者は結核検査用の使用済みレントゲン写真にダビングして密かに聴いていた。ドイツは敗戦後東西に分断され、当初は比較的自由な往来が認められていたが、1981年に境界の壁が設置された。最初は有刺鉄線のみだったが、その後も西側への逃亡事件が多発し強固なコンクリート製の壁になった。東ドイツから自由を求めてベルリンの壁を越え西側への逃亡を図り、失敗すると銃で撃たれる悲劇が多発した。東西間の緊張増大に伴い、ソ連圏に対抗するため米、カナダ欧州12カ国は軍需同盟の北大西洋条約機構（NATO）を結成した。加えてソ連指導の社会主義体制に反発する労働者や学生の暴動がポーランド、ハンガリー、チェコで起こったため、体制強化と NATO に対抗するために、ソ連は1955年 5 月にワルシャワ条約機構（ソ連、ポーランド、東ドイツ、ハンガリー、ブルガリア、チェコの 6 ケ国）を結成し、両陣営間の緊張は強まる。

　ジョージは1974年春のパリ出張の際、途中ポーランド・ワルシャワを訪れた。ワルシャワへの航空券とホテル予約の手配をして呉れた社員のワーリャさんは出発前に「ポーランド女性は世界一の美人で優しい、気を付けてモスクワへ戻って来て」との助言を呉れた。「心配無用、世界で一番の美人国はロシアだから」とジョージはジョークで答えて出発した。ホテル着後は市内散策、旧ワルシャワの中心街はドイツ軍侵攻により無残に破壊された建物跡が遺っていた。ホテルに戻り駐車するタクシー運転手と翌日のショパンの家訪問を含む観光を英語で交渉した。ロシア語で毎日を過ごしていためか英語の単語が中々出て来ない。しかしドル払いなら10ドル、もし米国製たばこのマルボロならワンカートンで良いとの返事をもらった。中古だが翌朝はドイツ製のフォルクスワーゲン車で迎えに来て呉れる。戦時中ポーランドはドイツ軍に痛めつけられたが、自分の乗用車については別問題で、ドイツ車の性能は良いと言う。ガイド料を含め10ドルでは安いので、ホテルのドルショップでマルボロたばこワンカートンを買い、彼に渡した。すると昼食は彼がご馳走するという。「何とポーランド人は人が良いのか」ともジョージは思う。

ワルシャワ市内からショパンの生家までの長閑な景色、平たんで豊穣な領土故に数々の戦場になって仕舞ったのだろう

ショパンの家

　ショパンの家はホテルから車で約1時間の距離にあった。郊外への道路は車も少なく、長閑な農村風景が広がっていた。昨日運転手には英語で自分は日本から来た旅行者と名乗っていたが、ショパンの家に着く頃には英語で話すのが苦痛になってくる。日頃ロシア語で話しているために「ダーダー」というロシア語がついに出てしまう。

お前は日本からではなく、本当はロシアから来たのだろう、と運転手は詰問口調と曇った顔つきになった。「出来ればロシア語を話すのはやめて呉れ」とも言ってきた。ジョージは同じ社会主義でも複雑な国情の現実を実感する。

　ショパンの生家に着き、ガイドは概略次の案内をして呉れた。フレデリック・ショパンは1810年10月生まれ、父親はフランス人、母親はポーランド人女性。音楽好きな家族の影響でピアノに加えて7歳から作曲を始めたピアノの詩人とも言われる。病に悩む39年の短い一生だったがポーランドを愛し、「英雄ポロネーズ」、「幻想即興曲」他多数の故郷の風景から着想を得た名曲を遺した。フランスの作家、ジョルジュ・サンド他数名の女性と恋愛関係も華やかだったようだ。大国・ロシアのポーランド侵攻を恐れ、それが曲にも暗い影を落としていたらしい。ジョージは、国境を陸地で接する欧州諸国の恐怖はいかばかりか、とガイドに投げかけようとした。だが社会主義国のガイドは国家公務員で、加えて英語で質問しても答えは判らないだろうから控えることにする。

　ショパンの生家前のベンチに座っていると、ポーランド人の叔母さんから、どこの国から来たかとの質問を受け、日本と答えると「オー」と言い、頭を撫でられる。3日間の滞在中日本人には1人も出逢わなかったが、叔母さんに取り日本人は珍しいのか、ジョージは生まれて初めて外国人から頭を撫でられた。ジョージはポーランドが大いに気に入る。モスクワ駐在中、あるいはその後もハンガリーやチェコ・スロバキア等の東欧圏、中央アジアの国を訪ね、人や歴史に出来る限り多く触れようと思った。

　ショパンと共に世界中で知られるポーランドの著名人は、ロシア占領下の1867年11月ワルシャワに生まれ、1903年にノーベル物理学賞、1911年にはノーベル化学賞を受賞したマリ・キュリー（キュリー夫人）だ。ポーランドで苦学しフランスへ移住、屋根裏部屋で勉学と研究に励み、数々の論文を発表し物理学の学士資格を得た。フランス移住の理由はショパンと同様、ポーランドを支配する大国ロシアの存在だとも言われ

る。フランスで恋に落ちるが喧嘩別れし、後の物理学者のピエール・キュリーと知り合い化学研究の同志となり研究を深めた。一方でユダヤ系等の噂や他の誹謗中傷にも苦労したようだ。「私は化学の美しさを認める人です」、との名言を残しているが終生祖国、ポーランドを強く愛した。1934年7月再生不良貧血症で亡くなるが、マリの残した遺品の中からは放射線が検知されている。

　ポーランドの歴史は1241年（日本では鎌倉時代）のモンゴル軍の侵攻以降も、近隣諸国との戦争の繰り返しだった。18世紀にはロシア、プロイセン、オーストリアの3国に分割され消滅する。19世紀になるとナポレオンによりワルシャワ公国が復活、しかしナポレオンが失脚すると再び消滅する。1981年勃発の第1次世界大戦でドイツが敗北すると、ベルサイユ平和条約締結により再び独立する。1939年にソ連はポーランドに侵攻し、東部地域を併合し、捕虜をソ連へ連れ帰った。一方ドイツは1941年6月ソ連に侵攻、ヨーロッパ全域が戦場と化し戦況は目まぐるしく変わった。第2次世界大戦ではドイツとソ連に支配され国民の17％が戦争に巻き込まれ命を落とすという悲劇に見舞われる。

　1940年4月ソ連領スモレンスク近郊カティンの森でポーランド人2万人以上の虐殺遺体が見つかった。最初ソ連はドイツ軍の虐殺行為だと発表した。これに対してドイツはソ連の仕業と反論した。この残虐行為がどちらの陣営の仕業なのかの議論が巻き起こった。グラスノスチを宣言したソ連のゴルバチョフが書記長に就任すると合同調査を実施した。結果、1990年にソ連の非を認めることになった。

　ワルシャワ市内、ショパンの家の訪問等が終わると、タクシー運転手は約束通り昼食をご馳走しその後自宅へ呼んで呉れた。気安く応じて住宅に入ると、場合に依れば身の危険になるとも聞いたが、その心配も無い1日が終わった。ワルシャワの街とポーランド人の優しさが気に入り、ジョージは再びこの街に来ると誓う。しかし長い年月が経ったが実現していない。若い日本人音楽家の活躍が報告されるショパンのピアノ

コンクール、映像を眼にするとジョージ
は当時を思い出す。

　翌日ジョージは、ワルシャワの空港か
らポーランド航空に乗りパリ・オルリー
空港に向かった。ショパンとマリ・キュ
リーは故国を去りフランスへ、ショパン
はピアノの音楽でマリ・キュリーは物理
と化学の分野で活躍し歴史上の人となっ
た。自由な国の象徴を言われるフランス
の首都パリ、世界の国々から文学者、音
楽家、或いは様々な職業の亡命者がこの
街に住んできた。後にジョージが訪れた
ボルドーは、マリ・キュリーが一時疎開
した街でも知られる。観光中心の旅も良

スターリンにポーランド人虐殺を薦めた
と言われる文章の一部。ポーランド人捕
虜には西に向かい帰すと告げたという。
日本人捕虜は日本へ帰すと言われ貨車は
西に向かいシベリアの収容所へ。
現在ウクライナ東部に住む人々、どうな
のだろうか

いが、訪ねる国の歴史を学ぶ必要をジョージは強く感じる。今回のパリ
訪問は3度目で、モスクワへ帰ると今度の旅でも航空券やホテル手配で
助けて呉れたワーリャさんからワルシャワ訪問の感想を聞かれた。
ジョージは「モスクワへ帰るとホッとする」と答え、彼女も「良かっ
た」と答える。ただし「決してロシア語では話さないで」とポーランド
で告げられた言葉は、ジョージの喉から出ない。

第3章

ビートルズ、日本のビッグ・バンド、シャープス&フラッツ

——音楽は世界を変えられる？——

　戦中日本は敵性国の言葉、英語を話しジャズの演奏を禁じた。木管楽器のサックスは母親を思い出させる哀愁を込めた音色で、高揚では無く戦意を下げるために3本以上の合奏を禁じた。アメリカではグレン・ミラー楽団等を戦意高揚のため軍楽隊として戦地に送った。一方東京大学・教育社会学の本田由紀教授は、「戦時下において国家は一方には実際の戦争における効用の為に、他方には国民の思想的統一の為に音楽を最大限に利用。爆音から敵機の種別を聞き分ける為の音感教育、愛国運動、国民精神総動員の為の音楽週間等が学校を舞台に繰り広げられる。（中略）人々の感情に訴え集団へと巻き込む働きをもつ音楽は、その時々の権力や意図によって翻弄されて簒奪（さんだつ）されてきた面を持つ」と述べている。

　社会主義圏に於ける政治、社会、経済停滞への不満から1980年より東欧諸国に新しい波が起こる。自由を求める東欧の動きは、社会主義体制の最も忠実な同盟国東ドイツに波及した。禁止されればされる程興味を持ち、より深く知りたくなるのは人間の心理で、若者は壁の外の西から聞こえるロック調のミュージックに惹かれる。ブルース・スプリングスティーンは1984年にベトナム戦争への反戦ロック「ボーン・イン・ザ・USA」をリリースした。東ドイツの若者の75％が加盟する自由ドイツ青年団が企画するイベントにも出演し披露した。東ベルリンの壁の中でもロックミュージック大会が開催される。それがベルリンの壁の崩壊に繋がったと言われる。

　社会主義の本陣、ソ連へもアメリカからはジャズのビッグ・バンド、デューク・エリントン楽団が来演する。都内でカウント・ベーシー楽団の来日公演を聴いていたが、ジョージはデューク・エリントン楽団の演奏に関心と憧れを持ちモスクワ公演を聴きに出掛けた。大ホールのロシア人観衆、クラシック曲とは異なる圧倒するジャズの迫力、繰り返しのアンコール、ジャズ発祥の地・アメリカの威力さえ感じた。日本は強大なアメリカと何故に戦う愚行まで及んだのか、モスクワでジョージは密かに思う。

　日本からはダーク・ダックス、ローヤル・ナイツ等のコーラスグループもソ連公演を行い、国内でも知られるロシアの曲や日本の情緒ある曲を披露した。美空ひばりの人気が最高潮に達した頃ヒットした「真っ赤な太陽」の作曲で知られるビッグ・バンドの原信夫とシャープス＆フラッツもソ連国内各地での長期演奏に訪ソした。モスクワ公演数日前ジャズ演奏で知られるリーダーの原さんがジョージの務める航空会社のカウンターに来店した。2カ月間の極東からソ連国内全土の長期公演を終えたら、帰国前に約30名の楽団員をパリに連れて行きたい、東京とモスクワ間の航空券や国内の移動はソ連文化省の手配、モスクワとパリ間の予約・航空券の手配をして欲しいとの話。手配が済むとジョージは自宅での夕食への誘いの声を掛けた。ジョージが学生時代からビッグ・バンド演奏に惹かれ、シャープス＆フラッツの演奏スタイルとリーダー原さんにも憧れを抱いた。加えてソ連国内には和食レストランは1軒もない。長期の離日に日本人の多くが日本食に恋しくなるのが理由だ。

　春になるとモスクワ大学前の丘には三つ葉が生えそれを摘み取った。戦前極東アジアからウズベキスタンへ移り

長期ソ連国内公演に来られたシャープス＆フラッツのリーダー原信夫さん、ジョージの家で

住んだ朝鮮系の人が作る、ほうれん草や白菜がアパート近くの市場で売られていて冷凍保存しておく。ジョージ家族は以前日本の家庭で見られた、手打ちうどんの製麺機を日本から持参した。ロシア製の小麦粉は少し黒いが、腰があり麺にすると讃岐うどん風、粘りのある皮は餃子にも適している。日本食、特に醬油味が恋しくなる頃には三つ葉やホウレンソウのお浸し、手打ちうどんは日本人の舌には強くアピールしてくる。国内では素晴らしい日本食を楽しまれるであろう。紳士的な原さんも、久し振りのロシア産の食材を使った日本風の家庭料理に舌鼓を打ち、とても喜ばれた。ロシア人のお手伝いの名前はベーラといい、料理の準備や幼い子供達のケアー等で遅くまで尽くして呉れた。

　数日後ジョージは原さんに招かれ、家族とベーラと共に市内の演奏会場へ向かった。満員のホールは日本のビッグ・バンド演奏に大拍手で、会場で最も喜んだのはジャズを好むお手伝いのベーラだった。

　ベーラの双子の妹は、クラシック音楽やバレー中心のソ連時代唯一の軽音楽アンサンブルと舞踏のメンバーで、現在でもロシアで名の知れるモイセーエフ楽団の準プリマだった。直前自分がもてなしをしたフルバンドの歯切れの良いジャズと日本の名曲、それを眼にし耳にして興奮するベーラ。横の席に座るジョージはこの国にも近い将来、体制変化の時が必ず来ると密かな確信を持つ。

　シャープス＆フラッツのソ連公演前後、映画芸術の世界で活躍しロシア人の関心を呼んだのは女優の栗原小巻さん。モスクワ駐在中、ジョージはソ連とイタリアの合作映画「ひまわり」を見た。出演はイタリアからはマルチェロ・マストロヤンニ、女優のソフィア・ローレン、ソ連の著名な女優、リュドミラ・サベーリエワ、音楽はヘンリー・マンシーニ。若いイタリア人夫婦は戦争を忌避すべく共謀し入隊を逃れようと企む、見破られ兵士としてソ連との戦場へ送られる。終戦後帰国しない夫を探しにロシアを訪ねるソフィア・ローレン、しかし探し当てた夫は若いロシア人女性と家庭を持ち既に子供もいた。映画ロケ地は当時ソ連領

日ソ合作映画に出演した栗原小巻さん、完成後のレセプション会場

のウクライナ、キーウ市から離れた農村、場面一杯に広がる黄色のひまわり畑。男優のマストロヤンニや女優、ソフィア・ローレンはイタリア映画では超有名。彼女が演じる妻は、探し当てた夫がロシアの若い娘と新しい生活をしているのを知る。落胆し独りイタリアへ帰る彼女の老け役は印象深い。ドラマは人間の出会いと別れの重苦しいストーリーで、加えてヘンリー・マンシーニのメロディーは観客の心をより悲しませる。戦争は多くの人間の日常と愛を削ぐ罪なもの、豊穣のウクライナから悲しく信じられない映像が送られる、人間は罪な生き物であることを知る。

　ソ連時代は国威発揚の意味からも映像芸術に大きな力を注ぎ、トルストイの「戦争と平和」やチャイコフスキーの「白鳥の湖」等の大作を製作し、イタリアとは「ひまわり」、日本とは黒澤明監督や栗原小巻さん主演の日ソ合作映画を作る。出演する栗原小巻さんの瞳、特に瞬きはロシア人の心を強く引き付けるとも言われる。数回の訪ソ後の映画完成記念レセプションでジョージは会場まで車で送ることになった。レセプションに参加したロシア人も「日本女性に抱く美しい瞳と笑顔、物腰の柔らかさ、彼女はその全てを持つ女優」と語っている。当時多くのミュージシャン、宝塚歌劇団の公演、黒沢明監督の「デルス・ウザラ」、栗原小巻「モスクワ我が愛」、「白夜の調べ」等日ソの交流は深まる。近隣国として今後両国は一層の相互理解に進むとの大きな期待を持たせ、ジョージはその動きに小力ながら参加出来る自分に、ラッキー感を抱く。

　ある時、明治時代に農林大臣を務めたという高齢の方がカウンターに来られ、冬のモスクワを初めて訪れ驚いたと話して呉れた。世界最初の

社会主義革命は英国ではなくロシアで起こった。マルクスが説く社会主義思想からではなく、経済や生活状況が極端に厳しい農業国ロシアで革命は起こった。革命に成功し政権を握った指導者は、独裁政治を敷き言論統制を行った。「生活の厳しさは社会主義の理想や哲学が悪いのではなく、指導者が個人崇拝と自己保身に陥り、政治・経済の硬直化した社会を作って仕舞う」から、と含蓄ある言葉を続けた。ウクライナ・ホテル内のこの狭いカウンターは、日本とロシアの情報を交わせる小さな文化サロンで、更に自身が様々な社会現象を学べる研究室と感じた。石の上にも3年という言葉、石のように冷たい物でも座り続ければ温まるとの故事だろうか。一方「住めば都」、との言葉もあり、何れにしても辛抱の重要性を説く言葉だが、ジョージは3年余をモスクワで過ごし帰国命令が来た。

　大学で7年間ロシア語を学び、講義では一度も楽しいと思わなかった。しかし5年生時に東京五輪でロシア語通訳を経験し、憧れて航空会社へ転職後間もなくシェレメチェボ空港の墜落炎上事故を経験、そしてモスクワ駐在員となった。羽田で運転免許を取り、直後ヘルシンキからモスクワまでの2日間の恐怖の運転、ホッとしていると支店長から、「田中総理が訪ソ中、至急自家用車でクレムリンへ行って呉れ」と言われる。首相の訪ソ効果か環日本海時代の幕開けという言葉を聞く。モスクワ線に続いて新潟とハバロフスクの間に定期航空路が開設され、支店長と共に新潟からの初便到着の出迎え。到着便の訪問者と共に中ソの国境問題で揉めるアムール川辺散策。翌日ロシア国営航空の協力に依るイルクーツクとバイカル湖訪問、白夜のレストランでの夕食会ではアコーディオンやマンドリン、バラライカによるロシア民謡を聴いた。イルクーツクは江戸末期の商人、大黒屋光太夫が立ち寄った街でも知られる。光太夫は伊勢から江戸に向かい出航した後、アリューシャン列島に漂着した。帰国許可を得るため遥かサンクト・ペテルブルグに住む女帝エカテリーナⅡ世を訪ねるため、数々の歴史を残すシベリア最大の街イ

ルクーツクに立ち寄ったと言われる。翌日は透明度世界一のバイカル湖
及び日本人シベリア捕虜墓地の訪問、墓地では中学生時代のテニス・
パートナーの父親の墓を見つけた。

　モスクワの生活で忘れられない思い出の1つは、モスクワ日本人会の
皆さんとの南欧旅行だ。
　冬のロシア、モスクワ市内や郊外の雪景色、風情あるが予想出来ない
程の寒い日も、春は待ち遠しい。それに日本料理店は無く海鮮料理が食
べたくなる。思い付いたのが南欧ヨーロッパ旅行だ。ソ連内の旅行社は
独占の国営・インツーリスト社で、頼めるのは市内と空港間の送り迎え
バス手配のみ。現地の観光やホテル手配は自社の海外支店を通じて行う
しかない。ジョージが添乗員として同行したのは3回、行き先はスペイ
ンとポルトガル、フランスの城巡り、夏はスイスへ、参加者はモスクワ
在住家族。温暖な気候と様々に移り変わる美景、シーフードとワイン、
20名程の少人数貸し切りバスツアー。参加者の殆どが年末のお節料理を
配達したご縁？のお知り合い、車内は直ぐに家族的な雰囲気になる。日
本全体が将来に希望を待ち始めた時代、旅では予期せぬ事故の不安もあ
るが、「旅は良いもの、旅行は自分の天職」とジョージはここでも思う。

　ヘルシンキで買い求め、遠路運んで来た車に200％の税金が請求され
た。航空協定の会議に諮って貰い、その結果は帰国時海外への持ち出し
を条件に無税となった。幸か不幸かこの車は帰国前に信号で停車中、飲
酒運転手による大型トラックの追突、保険が降り外国への持ち出しが不
要となった。
　幼い子供の病気、厳寒の冬ホテルのフロントに預けた防寒コートの紛
失、カレンダー事件、駐在員独りでは対応出来ない様々な出来事だ。日
航モスクワ支店開設時から勤め始めた初めての現地職員・バレンチナ・
ボガノバ（ワーリャ）さんとは、時には喧嘩や議論もしたが、警察との交
渉を始め親身にお世話になった。新緑の季節にジョージの家族は帰国、

ワーリャさん他ロシア人職員もシェレメチェボ空港で見送って呉れる。離陸後直ぐに広大なシベリア大陸の森が広がる、東京行きのこの航路を何度か搭乗したが、常に揺れのない安定飛行だった。ソ連時代のロシア、スムーズに事が運ばず悩みの多い日々だが、「過ぎてみれば殆どが笑い話に、そして全てが懐かしい思い出」に変わる。眼下のシベリアの森林地帯「さらばロシア、そしてスパシーバ　モスクワ」とジョージは語り掛ける。悲喜こもごもの出来事やニュース、良き人々との出逢いと別れ、もしロシア語を学んでいなければ、この全てに遭遇しなかったとジョージは思う。

　帰国後、ソ連のミグ戦闘機が低空飛行し、日本のレーダーを潜り抜け函館空港に着陸した（1976年9月6日）。ソ連は機体の即時返還を要求したが、日本側は解体、性能分析後に返還する。ソ連は日本へ強硬クレーム、東西間の防衛の厳しい現実が露になる。ソ連のアフガニスタン侵攻（1975年）、直後に開かれたモスクワオリンピック（1980年7月）への西側諸国の参加ボイコット、大韓航空B747型機サハリン沖撃墜事件（1983年9月）、コンクリートで封鎖するベルリンの壁、逃亡を試みる若者と失敗し射殺される悲劇の映像、世界中を震撼させる事件が続く。
　ベルリンの壁の内と外、アメリカのロック歌手のライブが人気を呼ぶ頃、ソ連の最高指導者にゴルバチョフが登場し、グラスノスチとの言葉を使い、国民の言論の自由を封じていた社会主義圏内にも変化が起きる。鉄のカーテンの中、社会主義圏の優等生、自国民の閉じ込を強行し続けた東ドイツも旅行業法を変え海外旅行の許可を発表する。許可は社会主義国への限定的な海外旅行だが多数の東ドイツ国民はハンガリーへ出国、ハンガリーからほぼフリーに西側への出国が可能となる。東ベルリンの国境管理は直接ベルリンからの出国が可能と誤解、この誤報がベルリンの壁崩壊となる。壁の上に登りハンマーで壁を打ち砕く若者達の映像が忽ち世界に広がる。ゴルバチョフのグラスノスチは中途半端な政策、ゴルバチョフの後に登場したエリツィン大統領はソ連崩壊に導い

た。歴史が大きく動いた瞬間だ。人間の知る権利、自由に考え、自分の想いを表現する権利、それを許さない体制は必ず終焉する、と密かに思い願っていたジョージ自身も予想が現実となり感動する。音楽、スポーツ、文化、観光、情報公開はこの世に無くてはならないもの、ビートルズ、エリントン楽団やシャープス＆フラッツ等の音楽、文化や市民間の交流がソ連崩壊に繋がる。

第Ⅳ部

南の国・パラオへ、御巣鷹の峰

第1章

小・中学生と戦後初めてのチャーター機でパラオへ

2015年4月8日、現上皇は戦後初めて太平洋の南の国、パラオ共和国を訪問された。2017年8月15日は、72回目の終戦記念日。それに先立つ33年前の1984年8月、日航 DC-8機は成田空港を離陸、四国上空を飛行し、約3000キロ離れた南の空に向け順調な飛行を続けていた。乗客は80名程の小学生と中学生、報道関係者、添乗する日航職員たち。子供達は飛行機に乗るのは多分初めてだろう。離陸時に緊張していたどの顔も搭乗機が雲海の上までに昇り、明るく澄んだ空や眼下の海の青さを見ると機内には華やいだ声が響き始める。目指す空港は太平洋に浮かぶパラオ国際空港。

ジョージも職員としてこの機に添乗した。ジョージの父親は寒い満州から、太平洋戦争の激化により広島経由で転戦し、猛暑のパラオで亡くなったことは誰も知らない。

機内食サービスも終わり離陸後3時間程経っただろうか機内アナウンスが始まる。「当機は順調に飛行を続けて参りましたが、パラオの空港も近づきこれから徐々に降下を始めます。当機が到着するパラオ空港の管制はグアムで行っており、安全着陸のために動物などの障害物がないことを確認するため一度滑走路上を低空飛行、確認が出来ましたら再び機首を上げその後着陸致します。どうぞご安心下さい」との内容。

空港に近づくと1本の短い滑走路とその手前に小さな小屋と思われる建物が見え、その先滑走路の端にはもう少し大きな建物が眼に入る。小

さい建物は管制を担当、大きい方の建物は旅客ターミナルであろう。滑走路上数百メートルを舞うように機首を下げ、アナウンス通り再び上昇を始める。10分程後、再び機内放送が「滑走路上に障害物がないことを確認致しました、これから再降下し着陸致します」とのアナウンス。少年達の夢を乗せたパラオへのチャーター便は戦後日本の民間航空の初飛行で、近い将来太平洋の南の海洋国との間で新しい観光交流の始まりを齎す可能性もある。ジョージは無事な着陸を祈った。窓下に広がる眩しく澄んだ青さは穏やかで平和な海に映る。昭和20年８月までこの海で日本軍と米軍は激しく戦い、民間人の多くの命も失われたことなど想像出来ない。機は無事滑走路１本のパラオ国際空港に着陸した。

　旅客ターミナルは小さく入国エリアも手狭だが訪問客が青少年、加えてこの国はもともと親日なのだろう、入国手続きはあっという間に終わった。入国手続きが終わりターミナルビルを出るとホームステイ先の出迎え家族と、パラオの人々のどよめきに似た声が響き渡る。その響きはジョージの心を突き刺す大きさだ。日本人の子供達は３〜４名のグループに分かれ、それぞれ受け入れ家族に向かう。初めての海外旅行に加え他の家に泊まる経験が少ないのか、あるいは出迎える人々の肌の色が日本人とは少し異なるためか緊張気味。しかし直ぐに受け入れ家族の人々の明るい笑顔に加え、殆どの人が日本語を上手に話すので安心した様子。訪問家族の家に向かった。ジョージはこのホームステイにより日本とパラオの交流が促進され、子供達が元気な笑顔で戻って来ることを祈った。チャーター便には環太平洋諸島の自然、観光マーケットの将来的可能性等に興味を持つ報道関係数社の記者に加え、日航の副社長、専務、チャーター部長、広報担当者も同行する。

　ホテルで翌日の仕事の打ち合わせ等も終わりベッドに就いたが、ジョージは眠れずホテルの裏の海辺を歩いた。浜辺ではヒタヒタと小波が打ち寄せている。周りに人の姿が無いことを確認すると黙礼し佇んだ。チャーター機が無事到着したこと、この島の何処かでジョージの父

親が眠っていることへの追念から、黙礼が終わると波間を覗いた。すると
ホテルの薄い灯火の中にジョージの姿を見た小魚が餌をねだるかのよ
うに近づいて来た。もしかしてこれは父親の幸之助が小魚に化して自分
に会いに来たのかと思う。父親はこの島の何処かで終戦直前の7月29日
に戦死した。実態は餓死だと聞いている。短く虚しい人生。もう少し早
く生まれ太平洋戦争が長引いていたら、自分も兵士として戦場に、そし
て若い人生を果てたかもしれない。中学時代、テニスでパートナーを組
んだ鈴木茂君の父親はシベリアで捕虜となり、バイカル湖畔の日本人墓
地に眠っている。そして鈴木君自身も20歳の若さで亡くなった。自分の
父親は満州のチチハルからパラオに転戦、この島で人生を終えた。小さ
く揺れ動く波を見続け色々な想いが浮かび、駆け巡る、夜も更けて
ジョージは部屋に戻る。

　翌日は今回のパラオ訪問の日本の雇機者（オーガナイザー）と幾つかの
ホームステイ先を訪問した。昨日緊張していた子供達も1泊、温かいも
てなしを受け安心したのか落ち着き明るい笑顔、ホストファミリーと日
本語で会話をしている。到着3日目はオーシャンブルー、サンゴの海に
恵まれたこの国の海洋資源、観光マーケットの潜在力、航空路線定期化
の可能性のサーベイで船による島巡り。
　太平洋戦争では日米両軍兵士の他、現地の人々にも多くの犠牲者が生
ずる。敗戦後日本は経済復興に務めるが海外リゾート地への観光旅行は
緒に就いたばかりだ。日本人旅行者が好む訪問地は1位がハワイ、2位
はグアム、3位はサイパン、グアムとサイパンは日本から近く航空運賃
の安さに加え、時差が少なく人気が出始める。パラオは澄んだ海と穏や
かな波、マッシュルームのような多くの島々で知られダイバーや海洋学
者も興味を持ち始める。

　パラオと日本との最初の関わりは第1次世界大戦、後には第2次世界
大戦を通して深まる。パラオには最初スペイン人が渡来、1885年にスペ

インの植民地となった。後ドイツに売却し、今度はドイツの植民地となった。ドイツはインフラ整備や教育などにはあまり力を入れなかったと言われるが、日本は第1次世界大戦で米英等の連合国側に加わった。ドイツが敗れたために戦後処理を討議するパリ講和会議で日本の委任統治が認められる。南洋海域の拠点として南洋庁がコロール島に置かれ多くの日本人が移住、当時パラオ全体の人口は約3万4000人、日本人は2万人以上が住み着いた。日本は学校や病院、道路を整備し、現地の人々にも日本語による学校教育が行われた。パラオの人々は今でも流暢な日本語を話す。パラオ共和国は地理的にフィリピン、パプアニューギニアにも近くコロール島、ペリリュウ島、アンガウル島等からなる。

1941年12月、日本軍の真珠湾攻撃から太平洋戦争が始まる。戦争は厳しさを増し1944年3月にコロール島が、続いて9月にはペリリュウ、アンガウル両島に米軍が猛攻撃を開始した。当初ペリリュウ島を3日程で陥落させるとしていたが、パラオ攻略後米軍のフィリピン侵攻を予測していた日本軍は、パラオをその防波堤として猛烈に抵抗した。死闘は2カ月に及んだ。ペリリュウ島での日本軍死者は1万人超、米軍も1600人、アンガウル島では日本人約1000人、米軍260人の戦死者が出たと言われる。

ジョージは少年の頃から何度か米軍の記録映画を観ている。洞穴に籠る日本兵殲滅作戦の火炎放射、日本兵の死体、凄惨で悲惨な光景は今でも心の片隅に残っている。パラオでの激戦に勝利した米国は、その後サイパンを攻略し、沖縄、東京、日本各地に空爆を行った。戦場はフィリピン、シンガポール、インパール他へ広がり、多くの国の軍・民間人にも被害が及ぶ。ジョージの自宅の仏壇に置かれた父親幸之助の古い木製の位牌は薄くなり、読むのも難しくなった筆文字で「於パラオ本島戦病死、行年三四歳」と書かれている。出征はジョージが1歳半の時で、母親は弟を妊娠中だった。最初宇都宮の部隊に入隊、満州へ配属後広島・宇品港経由パラオに移る。二等兵で出征し、間もなく上等兵となって白

い布に包まれた木箱に収められて無言の帰国、34歳の短く儚い人生。幸之助という名前が示す幸多き人生は遠い。終戦後に1度目の骨壺が富岡へ送られてきた。幼児のジョージは好奇心から白い布を解いてみる。中には何も入っていない、後に2度目の壺が送られてきた。中には出征時に持参した印鑑、そして毛髪と爪が入っていたと聞いた。

　パラオの3日目、ペリリュウ島周遊及びカープアイランド（カープ島）訪問をした。カープアイランドはコロールからボートで約1時間の小島で、広島出身の夫婦が管理しており、近くにはダイビングポイントがある。この時ジョージは広島市の支店に勤めていて、広島を象徴する鯉を意味する、カープアイランドという言葉に親しみを感じていた。船が島に着くと浜辺には小さな桟橋があり、日焼けした日本人夫婦が迎えて呉れる。島の周囲は大きくないが、木造の母屋と幾つかの小さなロッジ風建物があった。昼食は静かな波音が聞こえる浜辺、魚介類のバーベキュー、食事の合間に主人からパラオの国情やカープアイランド、近くの島の状況、観光資源、日本との歴史的な関係、パラオ国民の日本人観等の話を聞く。ジョージが今回広島から来たことを伝えると懐かしさか、広島の様子を聞いてきた。
　昼食後は上陸せずにペリリュウ島に加え、他のダイビング向きの島を巡った。澄んだ海中にゆったりと泳ぐ魚や亀、浅瀬では海底も覗ける碧い海。

　船がペリリュウ島に近づくと年配の船長はこの島での戦闘について語り出す。
　ペリリュウ島の戦いは1944（昭和19）年9月15日から11月25日の間続いた。日本軍守備隊長は中川州男陸軍大佐で、洞窟を要塞化しゲリラ戦を行った。紺碧の波も暫らく血の海に染まる。様々な思いに駆られジョージは専務に、自分の父親は終戦直前の7月29日にパラオで戦死したこと、位牌にはパラオ本島にて戦病死と書いてあるのでこのペリリュウで

はないが、この地で亡くなったことを話した。専務からその話を伝え聞いた副社長は、同行した社員に「ジョージ君の父親はこの国で亡くなったとのこと、皆で霊に黙禱しよう」と言って呉れた。またジョージにはお神酒か線香を持って来ていないかを尋ねてきた。線香はないが箱酒3パックを広島から持参していると答え、それを副社長と専務に渡し、3人で海に注ぎ同行者は黙禱して呉れた。ジョージは礼の言葉を述べ、職場では遠い存在の副社長と専務、日頃会うことは稀だが今回のパラオ訪問で身近に感じることができた。

　その後、幾つかの島を巡り首都コロールに戻った。途中昼間の穏やかな波とは異なる強いスコールに襲われ激しい揺れ、燃料不足が危惧されたが何とかホテルに戻ることができた。ホテルのベッドに横たわり、ジョージはこの数日間を振り返り、戦争と平和、国と国の関係、人間の運命を考えた。そしてパラオの今夜も静かに更けていく。

　到着4日目は自由行動で、5日目は帰国の日。最終日ジョージはこの朝も早く起きホテル裏の浜辺を歩いた。子供達の予定も無事に終了、この国を訪ねることが出来たことに感謝し手を合わせた。

　空港へ着くと到着日と同様、お世話になったホームステイ先の家族他、パラオの多くの人々が両国の国旗を持って見送りに来て呉れた。国の象徴であるパラオの国旗は海の青さを表すブルーの素地、団結を顕すと言われる黄金色の丸、この国の人々の心は今でも日本への親しみが強いとジョージは感じる。滑走路に眼を向けると白い機体と尾翼に赤い鶴のマークが、南の強い陽光の中でまぶしく映っている。出国手続きも入国時と同じくスムーズに進み、見送りのパラオの人々は強く旗を振りながら歓声に似た大声を挙げ、日本人の子供達も明るく、中にはうるむ瞳も見えた。搭乗機が滑走路に入り、窓の外に眼を向けると、ターミナル周辺には旗を振る多くの人の姿が見えた。ジョージはパラオの多くの人々も日本人の子供達を乗せた戦後初の訪問、心から喜び歓迎していて呉れたと思う。滑走路の端まで来て一時停止し、その後エンジン音を強

め離陸態勢に、と思った瞬間その音は小さくなる。南国特有の強い急な
スコールだ。機内アナウンスはスコールが終わるまで離陸を見合わせ、
暫く滑走路上に留まると伝える。見送りの人々はこの飛行機ができる限
りパラオに留まること、更にジョージの父親やここで戦死した多くの兵
士が「どうか俺も一緒に懐かしの祖国、日本へ連れ帰って欲しい！」と
泣き叫ぶ願い、それが離陸を引き留めているとジョージは思う。

　20分程過ぎてスコールも止まる。嘘かと思われる程の南の明るい日差
しが再び輝く。機内アナウンスも成田へ向かい離陸する旨の案内、エン
ジン音とともに滑走路を滑り出した。離陸を最後まで見届けようと両国
の国旗を振る人々の姿が小さくなる。その光景を消すように搭乗機は短
い滑走路を加速し浮くように離陸し、着陸時に見た切り立つ崖も遠くな
りその先は紺碧の海、やがて垂直飛行に入る。
　明るい笑顔のパラオの人々、ブルーの海、食料や水を求め日本への帰
還を願いつつ無残に散った日本兵、数日間の思い出と共に重なり彼方に
消える。今回の初めてのパラオ訪問を終えて、パラオの人々、真っ黒に
日焼けし帰国する日本の子供達、大戦で悲劇の地となった南太平洋の
海、ハワイやグアム、サイパンに続く環太平洋の魅力ある観光地として
期待されるこの国の自然、全てが戦後日本の政治、経済、観光等の分野
で発展、平和国家として世界の安寧に寄与する事をジョージは祈った。
　南太平洋上空を数時間飛行、太陽が西に傾き始めた頃富士山が小さく
見え、そして大きくなる。シベリア上空通過後に眼にする富士山、今度
は南太平洋パラオから帰途の富士、進入経路や太陽の位置、旅する自分
の心の持ち様により富士の雄姿は変わる。変わらないのは日本人に生ま
れて良かったとの想いだ。
　成田空港に無事到着、解団式を終え少年達は各々自宅へ向かう。
ジョージがパラオからの帰国を報告すると、戦争未亡人として一生を終
えた母親加奈は「有難う」と喜んで呉れた。ジョージは何時か母親をパ
ラオに連れて行こうと思う。

　現上皇は2015年4月、パラオを訪問された。日本への帰路、第2次世界大戦で多大な犠牲と悲劇を生み、今は紺碧に輝く太平洋をご覧になりきっと日本、アジア、世界の平和と安寧、波静かなることを心から祈られただろう。しかし静かな広いこの海原も再び大きなうねりの時代となる。

　中国は、南沙の広い公海を自国領として埋め立て人工島を軍事基地化し、南太平洋の島嶼国に影響を広めている。さらにウクライナで建造された空母を買い取り改修し遼寧とし、2隻目の山東に続いて3隻目の航空母艦を進水させている。これに対峙しインド太平洋軍事戦略として強化を図る日米豪印、領地の争いは領海に、将来は宇宙スペースの争奪戦も危惧され、ロシアのウクライナ侵攻により人間の欲望は限界の無い醜い現実を知らされる。第2次世界大戦で血に染まった太平洋、二度と悲しみの海にしてはならない。残酷で醜い戦争、自国の欲望や専制的独裁者の野望による絶望作りは止めて欲しい、先ずは平和への外交努力である。

第2章

御巣鷹の峰、世界最大の航空機事故

　パラオから帰国後、ジョージは広島市内の小さなスナックにいた。店のマスターは以前東京に住んでいてビッグ・バンドのウッド・ベース奏者として活躍していた。数年前故郷の広島に小さなスナックをオープンさせ、ジョージはマスターが演奏するベースを聴きに時々この店を訪ねていた。

　雨の土曜日、客はジョージと知人の2人だけだ。静かにドアが開き1人の男性が入ってきた。何処かで以前見た紳士で、目礼すると優しい眼差しが返ってきた。

　それは歌手の坂本九さん。ジョージは高校3年の夏休み、代々木駅近くの予備校に通っていた。下宿先の知人家族が渋谷のライブハウス、アシベで行われた、九ちゃんとパラダイス・キングのライブに誘って呉れた。当時、九ちゃんは人気絶頂期で、紙吹雪塗れの会場だった。

　食事が終わる頃を見計らい九ちゃんに、高校時代に渋谷のアシベでの九ちゃんのライブを見たこと、学生時代ロシア語を学び東京五輪では戸田ボート場で通訳をし、航空会社のモスクワ勤務したこと、横に座るのはその時一緒にモスクワで働いた会社仲間であること、ビッグ・バンドのリーダー、シャープス＆フラッツの原信夫さんに会った等を話した。親しみのあるあの笑顔で静かに聞き、自身の話や家族の大切さも語って呉れた。広島へは、テレビの番組収録のため来訪していること、店のマスターが数年前まで東京のバンドでベース演奏していた縁で、広島へ来るとこの店に寄ることなどを話して呉れた。

　九ちゃんの笑顔は変わらないが、高校時代眼にした紙吹雪の中の九ちゃんとはまるで異なる印象だった。ジョージは笑顔の中に名曲「上を向いて歩こう」や「見上げてごらん夜の星を」を見る思いだった。国内や世界に素晴らしい歌を届ける九ちゃんの人柄、人生路の重さを感じた。

　旧盆の1985年8月12日、単身赴任のジョージは仕事を終えると自宅に帰り夕食を作り、準備が整いテレビスウィッチを入れた。座る間もなくテレビのアナウンサーが、羽田発大阪行き日航123便について緊張の表情でニュースを伝えていた。信じられないニュース、ジョージは近くに住む支店長宅に電話を入れ、本社を通じて状況の把握を依頼した。折り返し支店長から「報道の通り123便は予定時間までに大阪空港に着陸せず、現在音信不通」との悲痛の声が返ってきた。支店長宅を経由し支店に車で向かうことにした。事務所に戻りコンピュータの画面を通じて搭乗者名を確認する。必要と思われる仕事を始めるが事の重大さ悲痛さが重なり、心臓の鼓動も激しい。ジャンボと呼ばれる大型旅客機の搭乗者名簿が社内連絡網を通じ発信される。しかし飛行ルート確認のレーダー網が進んでいても、123便の位置確認の情報は入らない。緊張の時間が続いた翌日、テレビ画面に墜落現場やヘリコプターで救助される女性の映像が流れた。現場はジョージの故郷近く、群馬・御巣鷹の山中であることが判明した。ヘリコプターで救助された乗客は島根県・出雲市在住の川上慶子さん。対策本部より島根県の販売管轄をする広島支店から、至急同家に現状説明に伺うようにと指示された。支店長は既に現地・御巣鷹へ向かい、ジョージは出雲市のお宅を独り訪ねることに。

　営業で島根県を時々訪れていたが、途中3回程道を尋ね日没直前に漸くお宅に着く。足が震え乍ら玄関まで来てか細い声で、自分は今回の事故を起こして仕舞った会社職員で、大変なご迷惑を掛けていることを伝えた。30名程の人々の眼差しは自分を強く責めている、と感じていると

間もなく離れに案内された。震える声で再び「申し訳ありません」と述べ、出来る限りご家族のご要望に添い対策本部に全てを報告する、と伝えるのが精一杯だった。携帯電話のない時代、近くに公衆電話も見当たらず電話を借りて藤岡の対策本部に連絡した。翌朝羽田空港経由藤岡へと出発していただく。他社便だが出雲空港から羽田までの航空座席と出雲空港までの早朝タクシー予約、羽田着後の手配等を伝えて了解をいただいた。深夜 3 時頃になると前日から睡眠を取っていないこともあり睡魔に襲われた。そこで広島から乗って来た車内で仮眠の了解を求める。留守を預かるご家族から、布団を敷くので少しでも睡眠を取るようにとの温かいお言葉をいただいた。垣根の外に停めてある車内でと辞退したが「航空会社は憎いが貴方を恨んではいない」とのお言葉。座布団を借りて暫しの時間、渡り廊下で横にさせて貰った。横になっても頭の中では様々な思いが廻りジョージは一睡も出来ず、翌朝迎えのタクシーが来てお見送り、その後に辞する。再び「色々申したがそれは貴方が憎いからではなく、大切な家族の楽しい思い出や夢を全て奪った航空会社が憎いから」と告げられた。ジョージは頭を下げ「御免なさい」と謝るのが精一杯だった。日本一広いと言われ長い森林が続く村、作木村を通り広島に戻った。途中ラジオの放送で坂本九ちゃんの123便搭乗の悲報を知った。

　その後川上慶子さん宅を数度訪れた。罵倒されることを覚悟していたが何方も常に静かに話して呉れた。本来なら、怒りや悲しみで心の底は千々に乱れていたであろうに。 1 機当たり世界最大の悲劇を起こした御巣鷹のジャンボ機は、以前、大阪空港着陸時にしりもち事故を起こした機体だった。米国・ボーイング社で修理した際の、後部客室と尾翼を分ける圧力隔壁の修理ミスに起因するものという判断が下された。旧盆入りの 8 月12日、ジョージは毎年同時刻になると御巣鷹の方向に向かい、事故機で亡くなられた方々のご冥福、航空機事故の絶滅を祈り黙禱を続けている。1985年 8 月12日は、ジョージには生涯忘れられない最も熱い夏だった。

第V部

ソウルへ、五輪真弓の「恋人よ」&桂銀淑

第1章

ソウルへ転勤

　2020年に発表された米国映画の最高栄誉であるアカデミー賞に英語圏以外で初めて韓国製の「パラサイト、半地下の家族」が受賞した。韓国社会の経済格差をテーマとし半地下に住む貧しい家族が裕福な家に住み着く、ユーモアを取り入れた奇想天外とも言える映画で、日本国内でも人気を呼んだ作品だ。時代の隔たりもあるがトルストイが、「アンナ・カレーニナ」で述べようとする幸と不幸、韓国映画のパラサイトで描こうとする幸福にも大きな差がある。

　この映画が公開されて間もなく、日本を含む世界が新型コロナという眼に見えないウイルスの恐怖に襲われ、各国は国境の壁を閉鎖し、戦後最大の世界的な経済危機に襲われた。日本国内でもステイ・ホームにより移動制限、外国人の訪日は激減し様々な、且つ広い分野で日常生活の維持さえ困難となった。国際間でもこの数年間、領土・領海紛争が深刻化、加えてコロナの蔓延により国境封鎖状態に、コロナ禍は国家間、民族、地域、個々の人間にも深い心の谷間が生じ世界中に"分断"という言葉を植え付ける。加えてロシアのウクライナ侵攻、コロナ禍終息の兆候は見え始めたが、ウクライナ悲劇の解決策は見出せない。人々の心の中に残る"惨状と心の分断"に終止符を迎えるには更に長い歳月が必要とされ、悲劇の拡大が危惧される。

　第2次世界大戦後、韓国では日本の映画や歌の興行等は長い間禁じられていた。ジョージがソウルへ移り住むと、何処からともなく五輪真弓

の、「恋人よ」の美しいメロディーと伸びのある歌声が耳に入ってきた。歌詞は“枯葉散る夕暮れは／来る日の寒さをものがたり、（中略）そしてひとこと、この別れ話が冗談だよと笑って欲しい”と。説得力ある歌声、歌詞は日本国内やアジア各地で歌われ始めていた。

　日本の韓国併合、統治（1910年8月〜1945年9月）により韓国国民の感情を損ねるとして日本映画、歌謡曲、J・POP、アニメ等、日本の大衆文化の公開は禁止される。ジョージはソウルに住む以前から、韓国出身で日本でも活躍人する人気歌手、桂銀淑がハスキーな声で歌う「すずめの涙」や「大阪慕情」の曲が気に入り、CDを購入、ドライブ中の車内で時々聴いていた。「すずめの涙」の歌詞の一節、“悲しみが胸のすき間から忍んで来る／たかが人生なりゆきまかせ”はこれまでの人生路で何度となく、苦しい時に自分に言い聞かせて来た言葉に通じている。ジョージは、「音楽は国境を越える」との言葉が好きで、日韓関係も音楽や両国民の交流を通じ簡単ではないが乗り越えられるとの願いを持っている。世界の歴史をみると国境を巡る悲劇は繰り返されるが、五輪真弓のこの曲をソウルの街で聴き、それが可能となる時代が始まったかとも感じた。日韓の過去の歴史から生じた両国間のすきま風も、少しは良い方向に向かうことを祈っている。

　市内支店は、旧ソウル市庁舎前のプレジデント・ホテル内にあり、両隣にはロッテ・ホテルとプラザ・ホテルがある。1階は航空券を扱う接客カウンター、上層階には航空やホテルの予約部署があった。更に少し離れたソウル市内の高級ホテルにもカウンターがあり、ジョージの担当はこの業務と在韓日系企業へのセールスが主だ。
　韓国に駐在勤務経験がある日本企業の知人にその経験談を聞くと、韓国の勤務で注意しなければならないのは日本語を理解する人も多く、言葉一つで労働問題まで大きくなるケースもあるという。日本人と同じく仕事は真面目で、且つ正確に対応するので信頼し言葉遣いに気を付け、

結果を急がずゆったりと過ごす心が必要だという。怒鳴ることや大声を出すのは絶対 NO で、互いの信頼を築くことが大事だと教えて呉れた。要は韓国語の「ケンチャナヨの精神」が大切だという。更に大切なのは一緒に食事を取り、飲み会を重ねる。それには第一に健康と強い胃袋の維持が重要だとも。戦後日本人及び日本製品は几帳面さ、真面目さで海外から評価されもしたが、大陸的な気持ちで日々を楽しむ姿勢が必要とアドバイスされた。ジョージ自身、自分の性格は心配性が弱点だと感じているが、この意見を心に秘めアクセルを強く踏み込まない、何とかなるさの日々、心の持ち様も Change to Seoul へと。

　着任後先ずは同じ支店で一緒に働く職場仲間への挨拶廻り。主に市内オフィスと空港の 2 カ所に、最初は市内、次は空港内事務所へと向かった。各セクション、多数を占める韓国人スタッフも明るく迎えて呉れた。初めての海外勤務は20年前のモスクワ、社会主義という異なる体制の中で自由主義社会と同程度のサービスが提供出来るのか、言葉は十分に伝えられるのかを心配した。韓国では日本語を上手に話し雰囲気は明るい。「案ずるより産むがやすし」の日本の諺通り「これは行けそう」という気持ちを抱いた。

　1988年 9 月のソウル・オリンピックは成功裏に終了し、経済復興と国際化が進み外国からも評価され国民の間に大きな自信が生まれたと言われる。転勤の辞令が下りるとジョージは 2 カ月間、ソウル大学卒業後、東大大学院で学んでいる留学生から韓国語の個人レッスンを受けた。レッスンはハングル文字、韓国語の単語の暗記に苦労したが、文字は一種のアルファベットで、日本語に例えると「い、ろ、は」だと知り、少し気持ちが落ち着く。漢字の韓国語発音を覚えると、意味が通じる可能性があると教えられ興味も増した。例えば銀行の銀は韓国語で「ウン」(桂銀淑のウン)、行はヘンと発音する、漢字は重箱読みや韻と音読みと異なる発音があるが韓国語にはそれも無いらしい、語彙が広がった。ジョージが初めてソウルを訪れたのは、モスクワ勤務を終えて間もない

頃だった。

　韓国では、独立後、38度線を越え南進した北朝鮮軍に対し米国中心の国連軍の戦いが始まり、後にソ連と中国が参戦、全土が焦土となり多くの犠牲者が出ていた。休戦後の当時、復興も道半ば夜間外出禁止の緊張下で市民の表情は重かった。しかし20年を経たソウルでは漢江の奇跡が始まっていて、高層ビルが建ち並び国民の表情やファッションも大きく変貌していた。朝鮮戦争により大被害を受けた韓国は、当初経済は北朝鮮より遅れていた。しかし1960年以降経済は急成長した。国民の勤勉さに加え、ベトナム戦争参戦、西ドイツ炭鉱への労働者派遣、日韓基本条約の請求権協定により支払われた資金等が貢献したと言われている。

第2章

韓半島に関心を抱くきっかけとなった、64年東京オリンピック、韓国・ボート・チーム監督

　ジョージが初めて韓国・朝鮮半島の人に親しく接したのは学生時代に経験した、1964年開催の東京オリンピック、ボート競技場でのことだった。会場でのジョージの役割はロシア語通訳で、支給された制服に「ロシア語通訳」と書かれた腕章を着けていた。この大会には94カ国の代表選手が参加したと言われる。ジョージの不安として、まずはソ連や他の社会主義圏から選手団が使うロシア語があった。日頃学校で接しているロシア人教師のロシア語がスポーツ関係者との会話で意思疎通が充分に出来るのか。また、2年前の1962年10月、キューバにおけるソ連ミサイル基地建設が米国のU2偵察機により判明、あわや第3次世界大戦かと震撼させた事件が起こっていた。冷めやらぬ緊張下でのクレームや嫌がらせなど、また選手の亡命とその際の対応など、不安は尽きなかった。

　各国選手団が戸田ボート場に集まり始めていた時、ジョージに質問とお願いがあると流暢な日本語で話し掛けて来たのは韓国ボートの監督だった。北朝鮮チームはボート競技に参加するか否か、判れば出来る限り早く知らせて欲しいとのこと。また代々木の選手村から戸田ボート場への連絡バス、韓国チームとソ連チームの選手同士が乗り合わせるケースは絶対に避けて欲しいとの内容だった。1950年6月に始まった朝鮮戦争で韓国は民間人を含み300万人の犠牲者が出ていた。ボート選手の中にも家族を失った選手がいて連絡バスでのトラブルを絶対に避けたいので、相乗りにならぬよう最大限努力して欲しいと要望された。監督の要

望を事務局に伝えた数日後に戸田ボート場にソ連チームが到着し、競技場に緊張感が走る。近代オリンピックはオリンピックの父と呼ばれるフランス人、ピエール・ド・クーベルタン男爵の提言により創設され、国家、国籍、民族、文化等の違いを越えて友情と連帯、フェアープレイ精神で国際交流と平和を築くための世界の祭典と言われる。しかし理想とは異なり現実は、メダル獲得と国威発揚の競争となり、ドーピング、プロ化と商業化へ変貌している。また紛争や戦争に依る大会ボイコット、テロ事件等々が絡み複雑な問題が起こる。

　1964年の東京大会ではオーストラリアの水泳選手と、ニュースに大きくは取り上げられなかったがソ連ボート競技のシングル・スカル選手、ビアチェスラフ・イワノフ選手に3大会連続の金メタルが掛かっていた。イワノフ選手のボートは木箱に入れられ横浜港に着き、2回に分けられて戸田に送られてきた。最初に着いたのは練習用で、2度目は本番レース用、問題は2度目の本番用ボートだった。ジョージは艇庫内のボート搬入場所に呼ばれると、木箱には大きな破損傷があり開けるとボート本体も損傷していた。「この傷はイワノフ選手の3連続優勝を阻止するための陰謀で、日本側に全ての責任がある」との強いクレーム。ジョージはロシア語の言葉の迫力に押され、事務局に「日本の技術を最大限に発揮、修理して出来る限り大会に間に合うよう努力して欲しい」と強く伝えた。本番用ボート修理は、予選開始に間に合わずイワノフ選手は予選では負ける。修理は敗者復活戦前に終了し、結果イワノフ選手はシングル・スカルで優勝、オーストラリアの水泳選手と共にオリンピック大会3連覇の栄冠を手にした。残念ながら日本選手のボート競技入賞は無かった。しかし8人乗りボート等の迫力ある競技をはじめ、ジョージは初めて眼にする平和の祭典、オリンピックに感動した。

　大会参加予定で来日していた北朝鮮チームはある理由により参加を取止め、選手団全員が途中帰国して仕舞う。亡命希望が出たら密かに連絡

を、と依頼されていた件は何事も起こらず、韓国の監督から依頼された
事柄も要望通りに進んだ。日本統治下の少年時代に日本人教師から学ん
だと聞いたが、監督からは帰国直前感謝の言葉を流暢な日本語で言われ
た。戸田ボート場での全競技終了、レセプションは都内・椿山荘ホテル
で行われた。選手、監督、事務局等に加え英語、フランス語、ドイツ
語、ロシア語の各通訳も出席するよう指示された。

　ジョージはこの様な大きなパーティーに参加するのは当然初めての経
験で、会場では優勝のイワノフ選手とソ連チームの監督から感謝の言葉
をもらった。本番用ボートの木箱とボートの破損が見つかり、日本側の
陰謀と強いクレームを付けられ、ボート場は緊張感に包まれもした。し
かし緊急修理の対応、イワノフ選手のシングル・スカルの 3 連覇達成、
更にダブル・スカルでもソ連選手が金メタル獲得した。冷戦下の難敵、
米国と共に金メタル 2 個を獲得し、スポーツ大国の面目を保ったよう
だ。

　懇親会場では、ボートの日本代表監督よりソ連チーム監督に、日本
チームの将来に向けた課題やアドバイスを聴くようにとも依頼された。
競技開始前に親しく話した外国人選手達、穏やかに日本語を話す韓国
チーム監督とも言葉を交わした。また敗者復活戦から勝ち上がり 3 連覇
達成し喜びの笑顔を見せたイワノフ選手は帰国後ソ連・レーニン英雄賞
を授与された。緊張下のオリンピックでのロシア語通訳、言葉選びに苦
労もしたが、その役割も無事終了し、ボート場での色々な国の人々との
偶然の出合い、ジョージには生涯、忘れられない良き思い出となった。

第3章

ソウル生活、ヨボセヨ。
ウリン・ノムー・シッケ・ヘオジョソヨ

　日本への入国が緩和され、都内・上野駅周辺にはイラン人を中心に中東系の人々が溢れ、手にはテレカ（テレフォンカード）が握られている。自国産のピスタチオを日本に、日本から電気機器を韓国に運ぶ。韓国では繊維製品を購入し、自国へ持ち帰る3国間交易が行われていた。

　日本はバブル、韓国もハンガンの奇跡と言われる好景気で、日韓間の旅客は急増し航空旅客が大きく伸びていた。仁川新国際空港開港の前、金浦空港発の東京行き座席はファーストクラスから売り切れ、チェックイン・カウンターは旅客が溢れる程の賑わいだった。両国民間人の交流拡大に伴い日韓の政治、経済活動が最も近づきイラク軍のクエート侵攻まで続いた。戦前の1910年7月に結ばれた韓国併合条約の無効確認、韓国を朝鮮半島唯一の合法政権と認め賠償問題も合意、日韓基本条約は1965年6月に結ばれた。

　1973年8月、都内ホテル滞在中に拉致された金大中事件、1979年10月の朴大統領暗殺事件、1980年5月、民主化を求める光州市内での学生や市民に対する発砲事件が起こった。日韓関係が不安定になるとデモは日本大使館に向かう。大使館周辺が閉鎖されると、デモは日航ソウル支店に向かい事務所の窓ガラスが割られた。支店内でも労働問題から長期ストライキが起こり、数名の韓国人客室乗務員も病気を理由に全員が病欠に。紆余曲折を経た後にジョージが勤め始めた頃には、日韓間の定期便は週50便程まで増え、国際線ではホノルル線に続く輸送量の大きな路線

となっていた。

　航空券発券を扱うカウンターや電話を通じた座席予約の職場も、日本
国内の雪の影響でソウル発便の欠航以外、大きなトラブルも無く順調に
過ぎた。変わらないのは38度線を挟む韓国と北朝鮮関係で、毎月15日に
なると防空訓練が行われ、サイレンと共に通行人は横断歩道下の通路や
地下、ビルへ避難する。高層ホテルの屋上には北からの急襲に備え高射
砲が設置され、ソウル・プサン間の高速道路の分離帯は、緊急時には戦
闘機離発着の滑走路に転用されるという。南北に分断された国の緊迫
感、停戦では無く長年続く休戦中の朝鮮半島の厳しい現実を知らされ
る。

　長い冷戦下と言える朝鮮半島、ロシアと同じく冬の寒さは厳しく春が
待ち遠しい。

　春になるとソウル市内では至る所に黄色いレンギョウの花（韓国名、ケ

第2次世界大戦後、朝鮮半島では緊張が続く
がソウルオリンピも無事終了、韓国経済も高
度成長期に入り海外旅行も自由化される、ソウ
ルの街にはネオンが輝き日韓関係も近づ
く。日本の曲は公的に許されていなかったが
五輪真弓の「恋人よ」が時々聞こえた。生バ
ンドと韓国及び日本の曲を演奏する

ナリ）が咲き始め、日本の桜と同季
節、街中に若葉、活気、明るさが戻
る。陽光眩しい週末、漢江上流で職場
別バーベキューやカラオケの会、日本
人会のゴルフ・コンペ、他の会社の花
見の会等に誘われる。テーブル上は殆
どが焼肉と韓国産焼酎で、胃袋も膨れ
気味となる。国民の表情の明るさ、在
韓日系企業も増え日韓両国関係は緊密
さが増していく。この国での仕事も
「どうにか、上手く遣れそうだ」と
ジョージは感じる。

　転勤前、東大大学院に留学中の韓国
人の先生から韓国語を学ぶが、間もな
くこの先生は韓国人女性と結婚しソウ

ルで披露宴を行った。ジョージの職場は女性社員も多く結婚式に数回招かれた。日本の格式ばった披露宴と異なり、殆どが座席指定の無いフリーシート。列席者がダンスに興じるロシア式程ではないが明るい雰囲気だった。国により多少の相違はあるが、お目出度い事に違いは無い、今後も機会あれば参列したい、とジョージは思う。

　強いアルコールの韓国風一気飲みは、同僚の男性職員によると軍隊で覚えたのだという。男性全員が軍隊経験者で、停戦後もいまだ北朝鮮との緊張は長く続いている。入隊中に覚えたという原爆、水爆式と言われる韓国風一気飲みは男っ気を競う。「郷に入れば郷に従え」の言葉に従い、ジョージは一緒に杯を挙げる。しかし強いアルコールで胃や腸は消毒されようが、肝臓に良いはずはない。「自重しなければ」と思いつつ付き合いの一気飲みは繰り返される。

　少し前には日韓併合の歴史、時は過ぎて会社仲間とのバーベキュー、カラオケ、一気飲み、披露宴。自分は銃を持たずにこの国へ、平和な時代に生まれて本当に良かったと思う。

　住まいは朝鮮戦争の際に国連軍将校が住んでいたと言われる、高台のヒルトップ・アパートだった。窓からのハンガンの眺めは昼も夜も素晴らしい。一面だがテニスコートもあり、フランス人をはじめ他の外国人や韓国人のアパート管理人とのプレイも出来た。アパートの片隅には鶏や子犬を飼う檻があった。時には一緒にプレイする管理人から鍋料理を誘われたことがあった。気になったのは、数日後に檻を見るとその場所にいた犬の姿が見えないことだった。辛すぎる食べ物と鍋料理には正直余り馴染めなかった。

　第2次世界大戦後北朝鮮軍が南進し、1950年6月朝鮮動乱が始まる。ソ連、中国が参戦し、韓国及び米国を中心とする国連軍との戦争は1953年7月まで続いた。南進を続ける北朝鮮軍はプサン市近くまで迫るが、国連軍最高司令官ダグラス・マッカーサーは潮の干満差が大きい仁川に

上陸作戦を実行し、体制を持ち直すことができた。核使用を主張しマッカーサーは解任されるが、戦争は3年余続き38度線を挟み漸く休戦に至ったが双方にらみ合いの状況が続いている。朝鮮半島に大きな悲劇を生み、長距離ロケット弾や核開発の緊張は21世紀の現在に至る。

　1983年9月、ニューヨーク発ソウル行き大韓航空ボーイングB747機が領空侵犯をしたとして、ソ連空軍機により撃墜され日本人28名を含む269名の乗客・乗員全員が死亡するという事件が起きた。ソ連軍機が領空侵犯の警報を発するが、大韓航空機はそのまま飛行を続け撃墜された。更にパリ発ソウル行の韓国機が領空侵犯を起し、ムルマンスク空港へ強制着陸させられる。この時期、韓ソ間では国交回復には至らず、航空協定も結ばれず民間機が戦闘機に撃墜される悲劇が起こった。両国間の国交が開かれ、民間航空協定が結ばれていればこの悲劇は避けられていたであろう、平和と外交交渉の大切さ、重要性を知らせる事故だった。

　ソウル・オリンピック後、韓国とソ連の間でも国交が開かれ、両国の首都ソウルとモスクワの間に定期航路が開設された。着任した初代大使のレセプションが市内ホテルで開かれジョージも出席した。

　ソウル市内の最も著名な新羅ホテルでの熱気に包まれたソ連大使館主催のレセプションの大使挨拶で、ソウル・オリンピックを契機にソ連と韓国との外交関係が開かれ、様々な分野での両国の交流拡大の可能や期待を述べた。ジョージはこの会場で学生時代に開かれた東京五輪、戸田ボート場での韓国代表監督の言葉を思い出した。「代々木の選手村と戸田ボート場を結ぶ連絡バスではソ連と韓国チームの選手が同乗する場面は絶対に避けて欲しい」との言葉だ。韓国とソ連の外交関係の始まりは朝鮮半島のみならず極東の安寧に繋がる。ソウル・オリンピック開催を契機にした平和な時代の到来をジョージも喜んだ。レセプションの会場で一瞬だが初代ソ連大使と会話を交わすことができた。1964年のオリンピック東京大会ではボート競技場でロシア語通訳を務め、シングル・ス

カルでオーストラリアの水泳選手と同じく3連覇を果たしたイワノフ選手と知り合ったこと、その後モスクワに駐在していたことを伝えた。更に大使の挨拶の通り、ソ連と韓国の国交回復はソ連と韓国だけではなく、近隣の日本にも好影響を与え、日本人としても嬉しいと伝えた。大使からは、「Я вполне согласен（私も全く同意見だ）」との言葉が返ってきた。

　ソウル赴任後ジョージは2度目の披露宴に出席した。新婦は国際線予約担当職員、日本語に加えロシア語も話すが結婚後は退職し、新郎と共にモスクワの大学への留学も決まり間もなく旅立った。ジョージがモスクワに滞在した頃は外国企業の宣伝はほぼゼロだった。理由は自由主義圏企業の広告を制限していて、例外的に許されていたのは日本の家電関係や航空会社の広告のみだった。求められるテーマは航空会社のPRよりも歌舞伎や江戸期の文化等の伝統文化をイメージするデスティネーション的広告だった。モスクワ市内の大きな街路、カリーニン通りに年1回の内容変更を条件に許されていた。朝鮮戦争で共に戦った中国は中ソ論争に突入しており、韓国は国交が結ばれず中韓の広告は皆無の時代だった。時の流れと共に人の心と国際情勢は大きく変わる。ソ連崩壊後消費者志向が変わり、経済力が向上したモスクワ市内の家電商業広告等は韓国及び中国製品が圧倒的に増えている。

結婚披露宴、新郎・新婦は式後モスクワ留学に、韓ロ間でも新しい時代が始まる

　戦後日本ではサラリーマンを中心にゴルフブームが起こった。北朝鮮と休戦中の韓国ではブルジョアの遊びとして自粛していたが、経済力や健康志向の高まりと共にゴルフもブームとなった。韓国国内のゴルフ場は48カ所あ

り、韓国でプレイを希望する日本人旅客や韓国人顧客の接待用に購入され、ジョージは姉妹コースの法人会員に登録された。このゴルフ場はソウル市内から北に向かい38度線近く、途中道路を跨いでセメントで固められた強固な門があった。北からの戦車や軍事侵入の際には爆破されると聞いた。夕刻最終組のプレイが終わると、ロングホール全てにロープが張られる。小型飛行機が舞い降りるのを防ぐのが目的だという。日本語を上手に話す韓国人のビジネスマンとプレイした際に、「日本では外国からの侵入を恐れずゴルフを楽しめる、38度線近くのこのゴルフ場ではその気持ちにはなれない」、「日本の朝鮮半島支配が無ければ、北の南進による朝鮮戦争は無かったのでは、と意味深に言われた。コロナ禍に続くロシアのウクライナ侵攻、度重なる北朝鮮のミサイル発射と核開発の脅威、38度線を挟む分断は変わらず極東アジアの海にはより大きな波が立ち始めている。

　朝鮮戦争休戦後、ソ連の支援を受けて経済成長する北朝鮮と比較して韓国はGDP比で負けていた。しかしクーデターで政権についた朴正煕大統領はベトナム戦争へ軍隊を派遣し、日韓関係修復によって無償提供資金等を基に経済発展を図った。３億ドルの資金や技術支援を受けて韓国経済は発展し、ハンガンの奇跡と呼ばれるほどの復調を見せた。韓国人の仕事への努力、緊張の中でもユーモアを解する明るさがこの国の発展の礎となった。最近の報道に依るとコロナ禍で経済停滞や円安続きの日本に比べ、韓国の個人収入は日本を凌ぐ勢いだという。

　ソウル駐在中緊張が続く朝鮮半島につき、ジョージは出来る限り書物を通して知ろうと努めた。韓国の冬はかなり寒く、物価急騰するオリンピック後のソウルで、時間を過ごすベストな方法は、ハンガンの奇跡の灯り見つつ、自宅のアルコール飲みと読書であった。

　読んだ本でも最もショッキングな２つの事件を紹介しよう。１つ目

は、韓国の映画女優、崔銀姫と映画監督、申相玉の香港での拉致事件
だ。2人は拉致され、北朝鮮での映画製作に従事させられた。何度かの
北朝鮮からの逃亡を企図し、失敗を重ねながら、東欧経由の脱出成功に
至るノンフィクション物語。映画製作に強い関心を持つ北の指導者は、
韓国で活躍する監督とその妻の女優を香港で拉致し、映画製作に従事さ
せた。脱出成功に至る物語はジェームス・ボンドのスパイ映画より重い
実話だ。東西冷戦時代のソ連の衛星国家ハンガリーでは、民主化を求め
る動乱が起こった際、ソ連軍が出動し首都・ブダペストを占領した。そ
の後東側からの離脱を図ったナジ・イムレ首相は逮捕、ソ連へ連行され
判決後に処刑されるような時代だった。

　若い時代このニュースに接しジョージは驚愕の念を抱いた。世界各地
で政治家や婦女子を含む一般市民を巻き込む拉致など、数知れない事件
が続く。北朝鮮による日本人拉致被害は今も未解決のままで、韓国でも
ハイジャック等により拉致され音信不通者も多いと聞く。

　もう1つは中央大学の法学部で学び、ソ連時代のモスクワ大学で哲学
博士号取得し、流暢な日本語を話す黄長ヨブ（ファン・ジャンヨブ）元朝鮮
労働党書記の著作だ。ソ連や中国に頼らない政治、経済、防衛に於ける
自立と自衛を旨とし、北朝鮮の政治的主柱であるチェチェ思想を創始し
たといわれる。1997年日本での講演後北京経由で出国し、帰国途中韓国
大使館にて亡命した。以前モスクワに駐在した北朝鮮の人物の多くは処
刑されたと書いてある。神格化されたこの国の指導者は、若い時代モス
クワ大学に留学し、当時の行状が偶像崇拝、神格化のイメージを損なう
可能性があった。突然夫達が連れ去られ消息不明となったため、その妻
達が夫の存在確認を黄氏に依頼した。黄氏はこの国のナンバー3の実力
者で、同氏は行方不明者の所在を内々に調べた。結果共通するのは同時
期にモスクワに在住した人物で、そして全員が闇の世界へ葬られた事を
知った。以前ジョージが住んでいたモスクワのアパートは、主にポーラ
ンドやハンガリー等、旧社会主義圏からの外国人用に建設された最も古
い建物だった。顔見知りになり朝晩階段で会うと互いに挨拶を交わす

が、何度会っても会釈を交わさないアジア系の数家族が住んでいた。黄長ヨブ元書記のこの書を読み、もしやこの中に不運な人生を歩んだ人物がいたのではと、ジョージは危惧した。本の真贋を韓国の多くの人に尋ねると、やはり真実だという。朝鮮半島は終戦ではなく緊張感が抜けない休戦状態であり、多くの拉致事件も起こるとの返事もあった。

　1983年9月、ニューヨーク発ソウル行大韓航空機B747は、サハリン沖上空でソ連戦闘機に撃墜され、日本人乗客を含む269名が犠牲となった。また、1987年11月にはアブダビ発バンコック経由、ソウル行の航空機が日本人名パスポートを持つ北朝鮮工作員による爆破されるという事件が起きた。小泉総理の時代、日朝首脳会談で北朝鮮が日本人拉致生存者の存在を認め、5人の生存者が帰国した。2022年10月15日で20年が経つが、残りの被害者の帰国問題は全く解決を見出せていない。

　ジョージのソウル着任後間もない頃、仕事が終わり坂の上のアパートへ帰宅途中、高いセメントの塀で囲まれ、多くの自動車が止まる大きな建物が眼についた。会社の運転手にこの家を尋ねると、統一教会の建物で、車は日本からの訪問者の関係との返答があった。2002年9月、小泉純一郎首相の訪朝に同行した安倍晋三元総理（当時官房副長官）は2022年7月8日凶弾に倒れた。日本を含め朝鮮半島はロシア、中国、北朝鮮との新東西関係、核と長距離弾道弾開発、歴史と地勢学的な難問が絡み深刻な緊張化が進む。

　定期航空の最大の使命は安全、快適と定時運航であり、常に航空事故やハイジャック、テロ事件等緊急事態に備えなければならない。時には人的要因の他に風や台風、雪等の気候条件の影響を受けトラブルが起きて仕舞う。航空機は2都市間を単純往復するケースは少なく、例えば早朝成田から札幌へ向かい再び成田へ戻る、その後国際線としてソウル空港へ向かうこともある。また着陸後折り返し日本国内の空港を目指し離陸する。万一成田空港に雪が積もりソウルへの到着便が来ないと、日本へ向かう便は止むなく欠航になる。欠航が決まると予約担当者は搭乗予

定者に電話連絡し、他社便を含み便の変更依頼の案内を行う。他社便を含め代替便が無い場合、支店内のカウンターは多数の旅客で時にはパニック状態になることもある。支店のカウンター職員は日本への留学経験者、或いは独学で日本語を流暢に話す職員が多い。しかし「日本人職員を出せ」、との大声が上がることもある。時間厳守を最重要視する日本人ビジネスマンは定時出発に拘るが、大声を挙げる理由の1つは「家族には九州へ行くと言って出て来た、ソウルとは言っていない」との搭乗者の言葉。接客担当の日本人職員はジョージ一人で、当然怒られ役となることもある。海外支店では韓国人職員の日本語理解力は最高レベルだが、現地社員からは「日本人は我々韓国人を信用しない」との声と視線がジョージに向けられる。

　ソウル五輪後韓国経済は向上、韓国人の海外旅行も自由化され、仁川国際空港がオープンされる前の金浦空港発の国際線は満席状態の日が続く。ソウル支店の韓国人営業責任者より、訪日韓国人の団体用座席の予約が全く取れず営業成績が上がらないので、ジョージが以前在籍していた国際線予約管理課へ出張し、座席確保をして来て欲しいと言われた。東京へ出張し依頼された韓国からの訪日グループの座席を確保した。すると臨時ニュースが流れイラク軍のクエート侵攻を伝えていた。再びの燃料危機・オイルショック、戦争や紛争は航空機の安全運航と石油価格高騰の危機を呼ぶ。製造会社にも大きな影響を与えるが航空運賃の高騰による利用者減,、観光関連産業脆弱さを知らされた。ジョージがモスクワ駐在中に第1次オイルショック、出張に出掛けたロンドン市内の商店街では週3か4日の営業となっていた。店の電灯は消え、代わりに蠟燭やランプを使う省エネへの徹底振りで、これが英国魂かと驚いた記憶が蘇る。コロナ禍による各国政府の入国禁止措置ほどではないが、日韓の旅客は激減し、数日前まで搭乗者が溢れていた空港カウンターは人影もまばらになっていた。日韓間の週50便の定期便も大幅減便へ。東京からソウルに戻り、数日後に支店長よりジョージに声が掛かった。ジョージ

に日本へ帰国して欲しいとのこと。貨客の需要急減があり、経費削減のためと、韓国人職員の意欲を高めるローカリゼーションのためだという。韓国人職員全員が勤勉で、流暢な日本語も話せるためとも付け加えられた。転勤先はジョージの希望を聞くとの話だった。即座に了解の返事をし、ジョージのソウル駐在は2年半で終わった。

　短い生活で訪ねた国を知り充分に理解するのは難しい。しかしこの時期は戦後の日韓両国の外交、国民の往来を含め最も近づいた時期だった。日本と大韓民国との基本関係の条約が1964（昭和40）年に結ばれ、それに伴い定期航空路線が開設された。日航のソウル支店が開設され、最初に採用された営業責任者はチョン・Tさん。彼の軍隊時代の同期に元韓国大統領の秘書を務めた人物の他、韓国企業で活躍する人も多数いた。ジョージは折に触れ紹介して貰った。モスクワ駐在時、ソ連側は外国企業や一般人と密な関係を持つ機会を極力避けていた。仕事ではアエロフロート航空やインツーリストの旅行担当者程度しか面談出来なかった。しかし韓国では自由に話せこの国をより深く知る上で大いに役立つソウル支店1号の職員チョン・Tさんとは、オーストラリアやマニラ等のアジア地区の販売会議にも同行出席することができ、彼から得たものは計り知れない。

　転勤先は九州・福岡と決まった。人の心は気まぐれで日本への帰国日が決まると過ぎた時が懐かしくなるものだ。ジョージにとって今までの外国は欧米だったが、韓国に住み始めアジアに興味を持つ切っ掛けとなった。韓国・朝鮮語で最も知られた言葉は「チョンチョンニ・カヤ・モルリー・カンダ（ゆっくり行けば遠くまで行ける）」。韓国料理のシンボルと言えばキムチ料理だが、キムチは日本の家庭にも広がる一方で、日本料理は韓国人の舌にも親しまれているという。最近キムチは朝鮮半島か中国の何方の国が原産国かとの論争が始まった。また日本人の多くがボルシチはロシア料理と思っているが、ロシア軍のウクライナ侵攻後はボルシチの原産国はウクライナとの議論が始まっている。コロナ禍により世

界情勢は激変し、外交関係も微妙に変化しているが、食文化にも大きな影響を与えている。日本語に食物の恨み、争いは厳しいとの言葉があるが、キムチやボルシチの原産国は何処かとの話は横に置いて、世界中の人々に大きな不幸を呼ぶ戦争は即止めにして欲しいものだ。

　日韓両国民の交流も復活の兆しが見え始めている。元徴用工と慰安婦、竹島を巡る領土問題を巡り日韓関係は戦後最悪と言われるが、2022年7月林正芳外相と朴チン外相の間で外交交渉が始まった。大陸弾道弾と核開発を続ける北朝鮮、世界一の軍事強国を目指す中国、極東アジアの緊張感が増す現在、人権や人間の自由な思考を共有する日韓は、太平洋の緊張緩和と民主主義に基づく未来志向の共通認識を確認し、良き時代の再構築に向かい歩み始めた。ソウルでの生活を通じてジョージは、日韓両国民の潜在能力の高さを知ったが、人間関係と同じく外交も潮目の読みが重要で、良き関係に向かい両国は新しい歩みを始めなければならない。留学や観光交流、若者の音楽やダンスグループでの交流も再開の機運が生まれている。熱く競うのはサッカーや野球、ゴルフ、オリンピック、フィギアスケート等の分野だけにして欲しい。人類にとって最も重要な、全ての国民、世界が望む幸せは平和と自由、そして心と経済的豊かさだ。その達成に今後どれ程の時を待つ必要があるのだろうか。2つの体制に分断する38度線が消え、人々が自由に渡り歩ける朝鮮半島に、そしてアジアに、韓国語の「チョンチョンニ・カヤ・モルリー・カンダ」もうこれ以上待てない。

　次の勤務地は日本のアジアへの西の玄関と言われる福岡。ソウルの街中では時々五輪真弓の「恋人よ」は耳にしていたが、ジョージが最も愛聴したのはハスキーボイスが魅力の桂銀淑の曲だった。日本に住んでいた頃は都内のコンサートへも聴きに出掛けた。ソウルと福岡の、2つの街を結ぶ飛行時間は約1時間余の短距離で、機内のオーディオからは桂銀淑の歌声を聴くことができた。彼女の唄う韓国語の「ウリン・ノム・

シッケ・ヘオジョソヨ（私達は余りにも早く分かれ過ぎた）」が聴こえる。だがそれはジョージの錯覚。ジョージの希望する転勤先を聞き、それを命じた支店長は帰国し副社長に就任した。その後会社は累積赤字が続くJASと対等合併し、より大きな組織となった。関係者によるとこの合併にJAS職員は特進もあり大歓迎されたが、2010年経営破綻に陥った。観光は平和産業と言われる一方、航空輸送はコロナ禍の如き国際間の伝染性疫病、国際紛争に依る運休や路線廃止、燃費高騰等の理由から経営環境は大きく変わる。当時社員解雇や職種変更に対する争議が起こるが、この破綻が無ければ元ソウル支店長は間違いなく社長に就任していただろう。ジョージは韓国での仕事を通じて、元ソウル支店長の能力、人間性、柔軟な人柄の大きさを感じた。対等合併を認めた当時の経営陣の判断ミス、経営者の最も重要な資質は厳しい先見的判断力であろう。

　時が流れ2023年3月16日、韓国、尹ソンニョル大統領は初来日し、岸田文雄首相と懸案の徴用工問題解決を目指して会談を行った。極東アジアを含め激変する国際情勢の中、様々な価値を共有する隣国パートナーとして互いの信頼関係を築き、両国首脳のシャトル外交を復活するという。コロナ禍の鎮静化と共に韓国からの訪日旅行、留学、就業希望者が増えている。尹大統領は首相及び政財界と会談後慶應義塾大学でも講演し、「責任ある政治家として両国の青年の素晴らしい未来のため勇気を持って最善を尽くす」と強調した。日韓は共に少子化問題に悩むが、岸田総理は直後に記者会見し少子化対策を述べた。一方教育未来創造会議では海外留学する日本人学生を50万人に、外国人留学生受け入れを40万人とする計画策定指示が報道された。経済力弱体化の中で日本人留学生数は減少傾向にあり、アジアを起点に「無料で海外旅行」と勧誘する闇バイト、高齢者を対象とする特殊詐欺事件が多発している。コロナ禍、ウクライナ戦争、闇バイトと暗念の気持ちに陥るこの時代、明るくなるのはスポーツ、音楽、若人の元気、暖かい人との心の触れ合い、良き国際親善であろう。定年後ジョージは私大で教鞭を取り、学生とソウル・

プサン・慶州との観光訪問を行った。

　ジョージの韓国駐在は短期間だが、嫌な思いをした事は一度も無かった。１つの事柄を除いてだが。一人で店に行き高額を請求されたが、会社同僚との一緒の訪問により解決した。日韓の歴史は長い間の協調と対立の繰り返しで、両国の外交関係や交流も残念ながら冬の荒波の如しだ。加えて数多くのミサイル発射、緊張化が進む近海情勢、尹大統領訪日、今度こそ英知と善隣友好、相互理解が強く求められている。

　最も近い隣国、国民の相互訪問と若い学生の留学、文化交流、政治、経済活動等、今度こそ日韓に「桜とケナリ」、真の開花が求められる。

ソウルから九州・福岡、そして IT 会社、学校教師へ

第1章

ソウルから日本の西の玄関福岡、九州へ

　福岡に航空関連分野で九州地方トップクラスのサービス提供を目指す企業が設立された。社名は九州国際サービス（KISCO）社といい、航空全般の案内と国内・国際線予約、航空券を販売するカウンター業務、マナー講習や旅行添乗員派遣を行う。空港では国内・国際線チェックインをはじめ委託された業務全般を取り扱う。社員は年齢は20代中心で、圧倒的に女性社員が多い。ジョージの担当部署は福岡に加え、熊本市内と空港等を含む80名程の所帯だった。

　ソウル支店では前任担当者との引継ぎで、経験の長い熟練社員が多く仕事には余り口を出さず、静かに見ている方がスムーズに仕事が進むと、言われていた。インチョン開港前の金浦空港は市内から遠く、多くの社員が空港勤務より市内支店勤務を希望していた。職員は様々な職場経験と人的交流を必要とするが、空港勤務への転勤発令は苦労するとのアドバイスもあった。

　逆に福岡空港は市街から20分程と近く利便性が高く、職員の多くは市内支店よりも空港勤務を希望していた。明るい挨拶と笑顔を大切にし、組織は小さくても風通しの良い会社を目指し設立されたこの会社は、社長以外の常勤役員はいない。着任すると社長から「この会社は賃金を極力抑える、しかし親会社を越える質の高いサービスの提供が出来る若い社員の育成を目指している。それには何事も先ず積極垂範、仕事の指示も経験や夢を含め自分の言葉で伝える」と言われた。社名が示すように「九州一のサービス提供会社にして欲しい」との言葉があった。

　職場経験が長い社員のソウル支店と180度異なる入社数年目の女性社員が主体の会社で、己の生活態度と考えに大きなギヤチェンジの必要性を感じた。走り過ぎ後を振り向くと独りでは拙い、90度は自分の生活を変える。残りの90度は若い女性職員の持つ活力とアイディアを尊重すると、自分に言い聞かせた。この部署は出社時間が異なるシフト勤務で、早朝出勤から遅い勤務帯は午後出社となっていた。毎日数回の挨拶とブリーフィングを行う。内容は運航状況等だ。電話予約は九州内の全空港発を扱うが、夏場台風が多い九州地方では、気象状況に伴う運航の変更に際しては迅速さ、正確さが求められる。着任後起きた神戸震災、交通の大動脈・大量輸送の新幹線不通、航空は関西や関東への代替輸送緊張の対応が求められた。

　明るい表情、笑顔、言葉に富む九州の風土、入社数年後の社員がブリーフィングの進行役、各種キャンペーンのアイディア提案や実行役も務めた。朝の出社時、会社のビル入り口での挨拶キャンペーン、NTT電話応対コンテストの福岡及び九州大会への参加、業務終了後のドッジボールやバレーボール練習にも加わった。福岡市内や他地区での大会に参加し上位入賞を目指していた。週末はテニス練習、年末の餅つき大会、最も遠い遠征は北海道の雪合戦だった。何れも20歳代の女性職員からの提案で、スポーツはどれもが大声を出しストレス解消にも繋がる。

　カウンターや電話予約を含むサービスは明るさと笑顔、礼儀が基本、電話応対は顔を見せない声によるサービスなので、デパートや他企業の電話対応は人生経験豊富なベテラン社員が担う。対して電話応対コンテストで相まみえる社員は、社会生活も早々の新入社員で、電話応対やカウンター接遇は、コンテストへの挑戦を通じ他社のベテラン先輩を学ぶ重要な学習の場となった。航空会社間の競争激化により、電話予約や問い合わせも通話時間に制限のないフリーダイヤルとなり、旅慣れた利用者も増え運賃や旅行先情報も広く且つ深い知識が必要となった。中には受付終了時間直前のクレーマーや若い女性職員への嫌がらせの電話内容もあり、ベテラン社員や男性社員に対応を変える必要もあった。新型コロナ禍による旅客減の

現在、旅行や航空を巡る環境も変化している。しかしどの時代になろうとも日本のサービスには、「しなやかさ、したたかさ」が要求される。

　日本の空にも航空自由化の波が押し寄せ、アメリカ経済の強さを背景に世界の空を席捲したパンナム航空が倒産した。カーター大統領時代、国内線の航空会社にも国際線の運航を認める規制緩和を行ったため、国際路線を中心に独占的運航を行っていたこの航空会社は旅客を失った。国内では国内線中心の全日空やJASは国際線進出を希望し、一方日航は国内線路線の拡大を要望した。国際線は外国企業との価格競争が激しい上に戦争・紛争、疫病等の影響を受け易い。利用者も住居近くの空港からの出発を望む。全日空とJASの海外路線運航が認められると共に、日航も九州では従来の羽田発鹿児島、長崎、熊本線に加え宮崎、大分空港への新規参入が認められた。

　福岡着任後ジョージは日航系列のKISCO社の熊本営業所と空港所長の兼務を命じられ、次は鹿児島営業所、大分及び宮崎空港乗り入れ参入と共に両市内及び空港所長を命じられた。

　航空輸送の最大の使命は安全と定時運航、快適性、特に空港業務は安全と深く関わっている。担当する空港で問題やクレームが起きるとジョージに報告や相談が入ってくる。黙って見ていた方が上手く行くという韓国時代と異なる忙しさと緊張が増す。受託業務の広がりと共に2代目の社長と空港の新職員採用試験や面接に向かい、一段落すると月一度は熊本、鹿児島、宮崎、大分へ出張する。当時の航空関連担当大臣は、日航の客室乗務員（CA）の新規採用に際し契約制度の導入を否定していた。しかし日本経済の停滞と航空会社間の競争が深まり、5年間の契約社員制の導入が決定された。ジョージが務める会社も人件費削減の一環として5年の契約

九州の会社、創業30周年の集い、緊張の職場だが若く、明るい仲間とスポーツに親しみ披露宴には24回も、貴重な時間　於ホテル日航福岡

社員制を導入した。

　経済停滞や競争の激化によりクレームは増え要求内容も厳しくなる。時にカウンターで大声を張り上げる顧客もあった。研修期間は通常 3 カ月間、新入社員は 1 月の研修を経て電話応対や航空券発券のカウンターに、新入社員も怒鳴られ残念ながら退職となるケースもあった。

　外国他社便の新規乗り入れに伴うベテラン女性社員の転職や寿退職が増え、九州勤務中にジョージは24回の披露宴に招かれた。目出度い宴席での美味い九州地方料理、美酒、隣席の人々との会話、サックス演奏も遣らせて貰い貴重な思い出も作れる。しかし度重なる祝い事で財布の紐の緩みが心配になる。

　入社 2 年目の女性職員が NTT 電話応対コンテスト・福岡県大会で優勝し、鹿児島での九州大会では準優勝した。続く全国大会で準優勝「しなやかに、したたかに」の言葉の如く、声による表現で日頃の学びを表現して呉れる。後日このコンテストの活躍で日航本社の役員会で表彰を受け、ジョージはこの社員と福岡から同行出席することになった。都内・天王洲にある航空系 IT 会社に立ち寄り、偶然にもエレベータの中でこの社の社長に会った。「今何処で働いているのか」との質問に、「福岡にいます」とジョージは答えた。

　福岡へ帰ってから 2 週間が過ぎ、社長に呼ばれ転勤の話になった。転勤先は 2 週間前に東京へ出張した際にエレベータ内で会った社長の IT 会社。社長は学生時代にロシア語を学び、日航が羽田⇔モスクワ間に定期路線を開設した際、モスクワ支店に勤務した最初の職員だった。父親は太平洋戦争では撃墜王とも呼ばれた有名な戦闘員と聞いている。転勤辞令を出す KISCO 社の社長は転勤理由をはっきりとは言わない。

　しかしジョージは採用時の場面を思い出す。九州では空港勤務を希望する新入社員が多い。新規乗り入れに伴う新入社員の採用試験、最後の 1 人を決定する際に揉めた。理由は社長の推薦と空港所長を務めるジョージが選ぶ人物が異なり最後まで決まらない。「人物選びをするには、君は若い、君は少年のまま成人になった」と述べる社長、ジョージ

は「現場の責任者は自分、それでよく社長が務まるな」と反論する。結果は当然部下が降りるしかない。しかしこの出来事がその後のジョージの人生に大きな影響を与えて呉れることとなる。3年余の緊張の仕事を終えホッとする。市内店舗の予約・発券の営業と空港との兼務、航空輸送の基本的な流れを学ぶ良い機会になった。

　九州は台風、熊本の阿蘇の火山、風向等の自然の地勢変化、気象条件等が様々に異なり、それらは航空機運航に影響を与える。神戸震災では関西方面への絶大な輸送力を持つJR新幹線が運休し、一時期利用者は航空やバス輸送に集中した。イレギュラー発生時には組織全体が協力し正確かつ迅速、そして丁寧な対応が要求される。

　国際間の仕事には語学力が必要で、職員採用試験では本社から英米人の教師に来て貰い英会話テストを実施した。日頃の業務以外に職員間の融和を図るためのバレーボールやドッチボール、テニス等の運動で連携を図った。

　初代社長は全社員の誕生日に毎年B5サイズに祝いの言葉を添えた「誕生カード」を贈った。300人の職員にこのカードを送る作業は並大抵ではないが、受け取った社員の多くは礼儀作法も配慮する女性に成長して呉れた。

　後にこの会社は地元福岡・九州で女子学生の就職希望先で第1位になったと聞く。顧客には良きサービスの提供が重要で、それには社員育成が大切である。年齢差のある若い社員と緊張感と、楽しい雰囲気の職場作りが必須とジョージは思う。教える事は学ぶ事、体力的なエネルギーも要求され、むしろ教えて貰う機会の多い3年間、そしてジョージは、24回の結婚披露宴に招かれる。ソウルと九州では全く異なる環境だった。ここで過ごした単身生活を終え、次の勤務先は航空系IT会社だ。入社2年目の若い社員が参加したNTT電話コンテスト全国大会の準優勝が無ければ、自分の人生は全く異なる道を歩んでいたころだろう。人生は一瞬の触れ合いで変わる。良きめぐり逢いのご縁は人生の宝になる。

第2章

航空・旅行関連の IT 会社

　現代社会は IT を抜きにしては語れないほど変貌している。日常生活でも携帯電話無しでは生きては行けない必需品だが、その基本はコンピュータ。米ソ冷戦時代には軍事、ミサイル、宇宙開発等の競争が激化していたが、ここでもコンピュータは必須だった。とりわけ IBM 社が最先端の会社として重要な役割を果たした。米国では民間航空会社の空の自由化が始まり、コンピュータは航空機の運航や航空座席予約、運賃計算、発券に利用され観光・旅行業界全般に広がった。経済力の高まり、国際交流の広がりの中で各国政府は国策会社、所謂ナショナル・フラッグ・キャリア育成と路線網の拡大を計った。

　旅客機の搭乗人数や貨物機の搭載可能重量は機材、運航距離、気候や風向等により変わるが離陸直前には満席で離陸させたい。コロナ禍により世界中が旅行自粛を求められる現在だが、利用する旅客の要望も時代と共に変化している。ホテルや鉄道、観光やイベント情報の提供等々に早い回答が求められ、これを可能にしたのが CRS というコンピュータ・システムだ。

　ジョージが転勤した会社は、アクセス国際ネットワーク社という座席予約や航空券発券のシステムを提供し、その会社の研修部に配属となった。営業は旅行会社の店頭にこのシステムの導入を勧め、研修部は都内・天王洲にある教室で端末操作や、予約や国際運賃等の研修を行う。全国の観光系短大、専門学校、四年制大学でも観光学科の新設校も増えていると聞く。卒後旅行業界での活躍を希望する学生にシステム操作を

推奨し、アクセス検定試験の資格取得者増を図り、自信を持って関連業界で活躍できるよう支援する。

　職場は数十名の大所帯、ジョージが航空会社に就職した時からの顔見知りの先輩や上司もおり、言葉遣いも気を付けねばならない。旅行会社を通じシステム端末を使用して国際航空券を発券して貰う。航空券の枚数が増えれば利用した航空会社からのドル払いの収入が増え、航空利用者が多い程、また円安になれば収入増となる。東京や大阪等の首都圏以外でも新空港の開港と国際線乗りの新会社も増え、それに比例し観光学科の新設や増設となる。講義講師はコンピュータ操作に長けた OB 及び現役社員を条件とし、海外勤務経験豊富な課長や係長の先輩上司、政府の観光立国宣言の影響もありこのシステムを使った学校での講義は全国で60校を越えることになった。ジョージの役割はコンピュータシステムを利用して航空座席、ホテル、旅行素材の予約や国際航空運賃計算等を旅行会社の方に学んで貰うこと、全国の観光系の学校を訪問しシステム操作教育を広く講義に取り入れて貰うこと。更に検定試験の受験等を増やし日常業務に自信を持って取り組んで頂くこと等の幅広い分野に及ぶ。

　一方世界の航空業界は厳しい競争が続き、米国の空は国際線中心の会社は競争力を失い買収で淘汰された。その結果、アメリカン航空、ユナイテッド航空、デルタ航空 3 社は国内路線網により財力を蓄え生き残った。この 3 社をトップに 3 つのアライアンス（航空会社連合）と LCC（格安航空会社）の 4 つのグループに、アライアンス間の競争の陰ではコンピュータ・システムのネットワークが重要な役割を果たす。ソ連国営航空会社、アエロフロートもソ連崩壊に伴い民営化し、デルタ航空グループに入った。地上のグローバリゼーションと緊張緩和は航空業界に及んだ。

　小泉首相時代、世界に後れを取ったが景気高揚策として観光立国宣言を出した。日本の受け入れの心、景観、料理、伝統文化、電化製品、化

粧品等の魅力により中国や韓国、台湾をはじめ多くの国から訪日旅行者は増えた。しかしコロナ禍とウクライナ戦争、日欧米による金融封鎖の対抗措置としてロシアは外国のリース機を没収し、各航空会社はシベリア上空の飛行を中止した。燃費の高騰と旅客減に依る減便と運休、かつてない不況に陥っている。コロナ禍とロシアのウクライナ侵攻、第 2 次世界大戦後最大の危機にある。人間の英知で平穏な交流の日々を一刻も早く取り戻して欲しいものだ。

航空会社間でも国境の壁を越えたグループ化が進み航空系の IT にも及ぶ。世界最大のアメリカン航空系システム会社の、セーバー国際会議が開かれ歓迎レセプションでサックス演奏を行う（於シカゴ）。学生時代、米国・グレン・ミラー楽団や日本のシャープス＆フラッツの演奏に憧れたが、ソ連時代にはデューク・エリントン楽団も訪ソし盛大な拍手で歓迎されていた。戦後最大の危機を迎える地上、夢溢れた時代は再び訪れるのだろうか

　ジョージは IT 会社の研修部に 7 年間在籍した。講義導入のお礼と退職挨拶を兼ねて、流通経済大学に訪問すると「航空や観光関連の教師はいるが、CRS 講義の両方を担当する教師が欲しい」との話が出た。「人材は周りに多数います、話が具体化すれば紹介します」とジョージは返事しその場を辞した。定年後再就職の当てのないジョージ、当面ロシア語のブラッシュアップでモスクワ大学へのプチ留学を決め社長に相談した。定年前の休職に社長は了解して呉れモスクワ市内にホームステイすることに。ロシア語の古い辞書とサックスを持ち寒さも緩み始める 3 月に出発した。

第3章

私立大学教師

　ホームステイ先のホストは、背の高い知的な印象の女性。部屋はモスクワの中心にあって家賃は朝・晩の2食付きで月百ドルだった。ルーブル貨の低下で大助かり、高級アパートではないがバス付きで、地下鉄駅も近く徒歩で15分。社会主義時代には個人のアパートに外国人のホームステイは許されず、物価高騰した現在のモスクワでは到底考えられない安さだった。30年前にモスクワ支店で一緒に働いたワーリャさんがコネで探して呉れた。3月のモスクワは寒く市内の街路には残雪もあり滑らないよう苦労するが、久し振りの学生生活にトキメキ感さえ覚える。アジアの若い学生数名との短期特別クラス、教室で話す言葉はロシア語のみが条件、緊張するがそれも心地良し、講義のない週末はモスクワの名所旧跡を独り歩き、30年前の思い出に浸る。

　5月5日の子供の日に帰国。翌日は久し振りの出社で、社長より私立大学から教鞭を取らないかと依頼があり、どうするかと言われた。ジョージは考えさせて欲しいと答えたが内心「やった」との気持になり社長の顔も明るい。この社長は、過去4つの国に駐在し英語とゴルフが得意で、幼い頃ミルクを欲しがり哺乳瓶を渡したが泣き止まず、代わりにゴルフパターを咥えさせたら泣き止んだと言う嘘か本当か、判らないアネクドートの持ち主。一緒にゴルフでラウンドするとシングル・プレイの実力者だが、帰国子女のお嬢さんも芸能界でブレイクし、明るい気持ちとなっていたのだろう。

　数日後大学を訪れると、航空ビジネスとコンピューター・システム講義を、非常勤で担当して欲しいとの話。長年のサラリーマン生活の垢が染み付き、翌年の新学期迄充電させて欲しいとの希望を伝え了解を貰った。定年後の10カ月間は講義の準備、読書、そしてサックス教室に通った。しかし充電期間中、世界を震撼させるアメリカに同時多発テロ事件が起こる。自身の卒業旅行の行先は2月末のシカゴとニューヨークに決めた。理由はジャズの本場と言われるシカゴ、30年程前にモスクワから訪れ、テロに襲われたニューヨークの変貌と現状を見たいとの想いからだ。

　テロ事件の影響かシカゴ行機内はガラガラ。翌日散歩に出たイリノイ湖畔、太陽が昇るが湖からの風は強く身も凍え人影も見えない。夜になり、下から冷たい風が吹き抜ける網状の鋼鉄で作られた橋のたもとで黒人のテナーサックス奏者が1人ジャズを吹いていた。少額のチップを置くと「ありがとう」と日本語の返事があった。「テロショックでアメリカ全土に警戒心が広がっていて、人の動きも少なく経済的に苦しい、ベトナム、イラク戦争と続き生きて行くのは辛い時代が再び始まった」との言葉が続いた。寒さで立ち去ろうと思うが通行人もなく聴き続けた。有名なジャズ曲「ワークソング」をテナーで演奏して呉れた。大観衆のホールで聴く演奏も良いが、寒風の橋のたもとで聴くジャズは一層心に浸みる。

　寒い晩はワインに限る。昼間通りを歩いていると「Russian Tea」の看板が眼に入った。店に入り、グルジア製ワインは置いているかと聞いてみる。あるが値段は高いとの返事。寒い橋の袂でサックスを聴いた後この店を訪れた。当然頼むのはグルジア産、店の主人はウクライナ人女性、ロシア語で会話を交わした。グラスワインが10ドル以上、暫く前までグルジアはソ連邦の1つの共和国で、グルジア産のワインやアルメニア産のコニャックはドルショップでは驚くほど低価格で売られていた。

　ソ連邦崩壊により独立したグルジア、ウクライナはロシアと現在紛争

や戦争状態にある。世界情勢は変わり、特に隣国間で良好な繋がりを維持する困難さを知らされるが、世界的に知られるグルジア製ワインは当然、ロシアでは品薄となる。

　航空機と異なり鉄道の旅は窓を通して変わる景色を楽しむことができる。ジョージはシカゴからニューヨークまでは夜行寝台列車を利用することにした。2026年の開業を目指してダラスとヒューストン間380キロを結ぶ高速鉄道が、日本の新幹線技術導入により予定されている。アメリカの鉄道は道路網の利便性によるマイカーと航空に押され斜陽化している。日本の鉄道に比べると列車の揺れは大きいが、夜も明け朝食の準備が整ったとの車内の案内が流れる。乗客は前の乗客の肩に手を載せ、歌いながら列を作り通路を進む明るい光景。

　世界中を驚愕させたあのテロ事件、最近起きたばかりなのにアメリカ人は何故こんなにも明るいのだろうとジョージは思う。その後もスイス、フランス、ロシア、ドイツ等で列車内の食堂車を利用する機会があったが、この陽気な光景を眼にするのは稀だった。幼い子供と乳飲み子を抱えた早朝、モスクワ駅からサンクト・ペテルブルグ経由のヘルシンキ行き夜行列車。国境越えで停車した直後、腰にピストルを持つ国境警備員数名がコンパートに入って来た。「ルーブル通貨の持ち出しは無いか」との質問の後、徐に毛皮のコートのポケットに手を入れてきた。忘れられない恐ろしい記憶。シカゴからニューヨーク行列車の明るい光景とモスクワからヘルシンキ行の客室内、同じ朝だがアメリカとソ連の違いを思い出す。列車はニューヨークに近づき、ハドソン川が見えはじめると車掌が部屋をノックする。「ハドソン川とその後ろにニューヨークのビル群が良く見える」、通路を挟んだ川側のコンパートへ移るようにとのアドバイスだった。川の眺めの美しさ、車掌の配慮にジョージは「Thank you」と答える。

　ニューヨーク到着の翌日は、テロによりハイジャックされた航空機が激突・炎上、崩壊したビル現場に行き手を合わせ夜はミュージカル鑑賞、テロ事件後も活力あるアメリカ、ニューヨークを取り戻そうとする

願いを込めるショーにジョージは感動する。

　一方、シカゴとニューヨーク訪問中も気になるのは 4 月の春学期から始まる講義のことだった。これから触れ合う学生、特に航空や鉄道、観光の分野で活躍を願う若い人に役立つ内容の本を作ろうと考え、旅行中もホテル内で原稿を書き、ニューヨーク滞在の最後の晩に脱稿し帰国した。

　いよいよ春学期が始まるが、非常勤ではなく常勤となった。担当科目は「観光交通概論」という航空、旅行業で必須と言われる旅行系のコンピューター・システムについての講義、それから 2 年生ゼミ、翌年からは観光研修の講義が加わると告げられた。
　観光交通は内外の航空業界の現状、国内やアジア、欧州の鉄道等を講義し、この大学の設立目標の 1 つ学問と実社会との連携を意図する実学、卒業後実社会で役立つ講義を心掛けた。卒業まで同じゼミで過ごす学生もあり、学生間の繋がりを強めようともした。一方観光研修では、主にアジアの政治、経済、社会情勢、観光、運輸等の学びに重点を置いた。グループ分けによる調査・研究、発表の機会を設け、夏季休暇中はアジアの国を訪問、訪問後に文集を残す。深い理解を図るべく国内やシンガポールの航空会社や IT 会社を訪問し、現地専門担当者にも協力をして貰った。専門的な講義に加えてゼミと海外研修、中国、韓国、ベトナム、台湾、モンゴル等のアジア各国からの留学生も参加、ジョージにとっても最も楽しい時間となった。

　戦前日本の学校では教師の暴力をたびたび聞いた。崩壊前のソ連では先生は尊敬される職種として入学日には、生徒が花束をプレゼントの習わしだったが、時には暴力を振う教師もいたという。授業は教師自身のシナリオによる90分間のワンマンショー、真剣さと時にはユーモアも入れ自己満足にならない講義が必要だ。アルバイト疲れの学生は大教室の

後部席に座る傾向があるが、ソ連で学んだ留学生も在籍していた。この
ロシア人の女子学生は常に最前列席で、真剣な質問を投げ掛けてくる。

　初めてのゼミは2年生で、何度目かの講義後にゼミ長が研究室に来て
裏庭に来いと言う。何か文句あるのかと少し緊張し出て行くと、ゼミ生
全員が待っていて、2つの祝いの言葉を告げられた。前日の日韓共催の
ワールドサッカー大会で、日本代表チームが強豪ロシアに予想外の勝
利。彼らはジョージがサッカーの大ファンである事を知っていた。加え
てその日はジョージの誕生日で、サッカーボールのマーク入りネクタイ
をプレゼントされた。予期せぬ出来事にジョージは今後真剣に頑張り、
学生には授業で返さなければと自分に言い聞かせる。キャンパス内でロ
シア人留学生に会った際、ジョージはサッカー日ロ戦の話をした。

　ロシアではサッカーが最も人気のあるスポーツで、ロシア人学生は残
念そうな仕草をしたがロシア語で、「日本、おめでとう御座います」と
答えて呉れた。この留学生はハバロフスクの大学で音楽を学び、サック
スも華麗に演奏する。また新潟県内のロシア村のイベントではサックス
を吹き日ロの交流に尽くしたと聞く。ジョージは以前、新潟とハバロフ
スクの間に定期航空路が開設され、その際にジョージはシベリアの街へ
出張した事を話した。この留学生は日・ロ・英語を流暢に話すマルチリ
ンガルで、卒業後都内の有名なホテルに就職した。努力と自分が持つ資
質によって日本で大活躍している。流通経済大学は付属高校と同様にス
ポーツや音楽の活動に力を注いでいる。サッカーは関東大学一部リーグ
で優勝、全国大会でも優勝した。ゼミ学生が女子マネを務めていて、
ジョージは時間が許す限り応援に駆け付ける。

　「国際交流と人間の多様性を理解することが求められる21世紀、若い
時代に国内外の動きに関心を持ち、現実を深く冷静に見て学ぶ、そして
自分の意見を述べる。自由な視野と優しい心で対話を続ければ、より良
き未来が開かれる」がジョージの持論だ。留学生は日本語の表現力は不
十分でも自己主張や表現力に富み、日本への留学が自分の将来に備えた

強い武器となる。国際会議で日本の政治家はプレゼンスが控え目で、ア
ピール不足と言われるが学生も遠慮がちで、自己表現が弱い、とジョー
ジは教師生活を通じて感じている。国際舞台での日本の将来は大丈夫か
と不安になる。

　国境は様々な交流や出会いの玄関口、しかし時には残念乍ら紛争や戦
争の原因にもなる。アジアでは韓国と北朝鮮、第 2 次世界大戦後既に70
年以上過ぎるが緊張は高まる一方、中国と台湾、インドとパキスタン、
ロシアのウクライナ攻撃等世界中が国境（くにざかい）を巡り揉め事の繰
り返し。
　独立の際、大きな諍いも無く成功裏に解決したのはマレーシアからの
シンガポール独立だ。研修旅行の行き先は主にマレーシアとシンガポー
ル、両国間の国境通過の実体験は役立つだろうとの考えから、航空機で
はなく陸路のバスや鉄道の交通機関を利用した。独立後のシンガポール
は自由貿易、外国企業誘致、観光、高度な教育、加えて国際間の会話で
需要増大する英語と中国語学習、結果留学生も増大した。GDP は停滞
気味の日本を越える。マレーシアの首都、クアラルンプールからシンガ
ポール国境までの数時間の貸し切りバス内は学生同士のコミュニケー
ションの場で、会話を通じた交遊の良き時間になる。両国間には経済格
差が生じたが、国境近くのマレーシア住民は通勤に朝夕両国間の橋の上
を、オートバイやバスにより通過する。安定的に水の確保が難しいシン
ガポールはマレーシアからパイプで送られる水道水を買い、値上げ問題
で摩擦が生じたが、国境を越える際にジョージが学生に伝える言葉「シ
ンガポールは国土が小さいが英知を積み経済力は向上、国土が広いから
国民が幸せになるとは限らない」と。どの国も両国を参考に寛容と友好
の話し合い、国境問題は何とか平和裏に解決出来ないかと述べた。加え
て唾を吐いたりガムを捨てない事、覚せい剤にからむ犯罪は極刑となる
ことを必ず学生に伝えた。

　夏休みは海外研修旅行の他 3 年及び 4 年生との夏合宿、 4 年生は卒論と就活がテーマとなる。秋の国際観光学科の教室外の楽しみなイベントは、ゼミ対抗ソフト・ボール大会、年明けは卒論発表会と卒業旅行だ。ソフト・ボール大会はジョージにとっても絶対に外せないイベントで、60歳過ぎだが悪餓鬼の如く 4 番バッターとファースト・ベース守備を要求する。ゼミの各学年定員は15名、優勝をとの夢から体育系、特に高校時代に硬・軟式野球の経験者を優先し選考？する。選考洩れした学生から理由を示せとのクレームも来る。「理由は言えない」 と返事をしたら「バカヤロー」 と怒鳴られる。

　バブル経済崩壊後長期の低迷期に入り、日本国内で長く続いた終身雇用制度も派遣業の成立と共に派遣や契約社員が増えている。企業は製造部門を海外へ移しコスト削減を図った。受け皿となった中国は世界の工場となり、経済力は高まり新興国 BRICs の筆頭となった。すると中国からの海外旅行者や留学生が増えてくる。2008年夏にはリーマンショックが起きるが、ビジネスや旅での交流拡大と共に、IT やインター

ネットが世界に広がり IT とインターネットなしでは日々過ごせない時代となっている。

　ジョージの会社員生活は航空、旅行系の IT システムと観光だった。日常のこの学びを通じて学校教師の道が開

写真上；4 年ゼミ生との卒業近くの会。写真下；日本人の学生に加え、中国、台湾、ベトナム他の国からの留学生との毎夏のアジア訪問。色々な国情や地域を知り意見を交わす。異なる考えや思いを述べ互いを知る、ジョージに取っても貴重な機会となる

夏のゼミ合宿は卒論作成、休憩時間はソフト・ボール大会での優勝を目指し練習にも励む、マスク着用も必要なく忘れられない楽しいひと時

かれた。しかし学生と過ごした10年は一瞬に過ぎ去った。大きな教室の前席に座り、ゼミで積極的な発言を試み様々なイベントにも積極的に参加、未経験ながら国内や国際情勢に真剣に眼を向けた学生の姿は印象に強く残っている。他校に先駆けてこの学校の校是の1つは実学、不況時で就職は難しい時代でも真摯な学生は就活戦でも生き残ることができる。JRや航空会社、ホテルに就職し卒業していった。教師経験の浅いジョージは当初焦りもあったが、同窓会、航空会社の同僚、日本国際観光学会、ドゥンガン学会他の会に参加し、経験豊富な諸先輩からも多くの刺激を受けた。卒業後の学生の結婚式、ゼミ生との食事会、教師と卒業生の会等々への参加、人生は一生が学びの場である事を知らされる。

　学校での教鞭の傍ら時間があると近隣の介護施設等での演奏を行った。ジョージが若い頃抱いていた就きたい職業の1つは学校教師で、浅学の自分は駄目だろうと諦めていたが60歳を過ぎてから願いは実現した。この頃の教師生活が人生で最も楽しい時期で、複雑で難しい語尾変化のロシア語学習、長い間この選択を後悔していたがロシア語を学んでいなければ航空会社も、ロシア駐在も、そして教師生活もなかったであろう。我慢して何年も続ければ結果はついて来ると思う。

　近所にオランダ人のニーちゃんという中学生が越してきてテナーサックスを吹いていた。近くの農家の空き地を借り一緒に練習、アルトサックスと合奏し、喉に自信のある人々には歌で手伝って貰い介護施設等の

様々な会場で音楽の時間を過ごした。ニーちゃんは都内のインターナショナル高校を卒業すると母国、オランダへ帰国し大学で学ぶ。その際モスクワ駐在時代から吹き続けたテナーサックスを入学祝いとしてプレゼントした。大学も卒業し立派に成長したニーちゃん、今でもオランダでこの楽器を吹いているだろう。

介護施設や様々な会場での演奏風景

観光学大事典　第９章　「ロシア」編

　定年を迎えて約1年の休養、充電後私立大学で航空や観光関連の講義を行うことに。時代は自分が所属する政党をぶっ壊すと発言、小さな政府を目指す政策の一環として郵政民営化を訴え、人気を博した小泉純一郎首相。長く続く景気不況からの浮揚策としてインバウンド・訪日観光旅行者の拡大推進の必要を訴えた。ジョージは日本最大の国際観光学会へ入会した。この学会は大学教師に加え旅行会社、航空、ホテル宿泊業他の業務経験者、研究者等の会で、世界に後れを取ったが観光の役割が認識され観光関連の辞典の出版をした。日本国際観光学会会長、香川眞先生よりジョージに「ロシア編」を書くようにとの指示があった。ジョージが教鞭を取り始めた学校に初めてのロシア人留学生が入学、日本とロシアも一歩近づいたと感じられる時代、以下の文章を書いた。

　正式な国名はロシア連邦。国連の安保理常任理事国（5ヵ国）のうちの1つ。議会は国家会議（下院）と連邦会議（上院）の2院制。人口は約1億4800万人、面積、約1707万平方キロ、ヨーロッパからアジアに広がる世界第1の広大な領土を持ち、その広さは日本の約55倍。100以上の民族からなる多民族国家。1922年ソビエト社会主義共和国連邦（ソ連邦）が成立したが1991（平成3）年解体、市場経済に移行し、民営化政策を推進。首都であり政治・経済の中心は人口約1040万人のモスクワ市。ロシアは文学、音楽、芸術などの分野で伝統的に優れ世界、さらに明治以降の日本にも様々な影響を与えた。特に文学ではアレクサンドル・プーシキン、イワン・ツルゲーネフ、レフ・トルストイ、その他、多くの著名な作家を輩出している。約70年続いた社会主義政権下では経済的な停滞が、さらに市場経済移行後もアジアで発生した通貨危機がロシアを見舞うなど苦難の時期もあった。しかし石油、天然ガス、金、その他の地下鉱物資源に恵まれ、国際価格の高騰に伴い経済は好調に推移、最近はBRICsといわれる有力新興国のメンバーにも名を連ねている。時代の

流れに乗ったオルガルヒ（新興企業家）や新しい富裕階層を表すニューリッチという新語まで生まれたが、時流に乗れない階層との経済格差は広がっている。都市の高卒者の7割以上が大学へ進学するといわれるほどロシアの教育水準は高い。公用語はロシア語。宗教はロシア正教、イスラム教、プロテスタント、ユダヤ教、カトリック教など。通貨はルーブルとコペイカ、1ルーブルは100コペイカ。

●日本ともなじみが深いロシアの主要都市

　モスクワ、モスクワ川辺に立つロシア最大の都市、1147年ドルゴルーキイ（長い腕）公により建設された政治、経済、文化の中心。クレムリンを中心として放射線状に大きな道路が広がり、モスクワ市を囲むように2本の環状道路が走る。市内の交通機関としては環状線と放射状に延びる地下鉄のほかトロリーバス、トラムという路面電車がある。いずれも低運賃であるが速さでは地下鉄が最も便利、入り口にはM（メトロを意味する）と書かれた表示があり、深い地下のホームまではエスカレーターで降りる。市内にはクレムリン、赤の広場、プーシキン美術館、チェーホフの家、その他観光スポットは数多くある。伝統的なバレーやオペラ、ミュージカルなどのエンターテイメントを楽しめるほか、おみやげ品としてマトリョーシカなどの民芸品に加え、最近は市の中心部に有名ブランド店も多くショッピングを楽しむことができる。

　サンクト・ペテルブルグ、人口460万人のロシア第2の街、夏は白夜で有名。ネバ川を挟んで1703年にピョートルⅠ世が沼地を埋め立て建設、ヨーロッパ風の街並みと建物、多くの運河が流れるため北のベニスとも呼ばれている。1712年にロシアの首都になる。社会主義革命が成功すると指導者レーニンの名前に因み、レニングラードと改名するがソ連邦の崩壊と共に1991年再びサンクト・ペテルブルグに戻る。観光スポットとしてはバルト海に臨む北の護りとして建設されたペトロパブロフスク要塞、多くの美術・芸術品が展示され、世界的に知られるエルミター

ジュ美術館、美しい聖イサク寺院など歴史的な遺産にも富み、栄華とド
イツ軍の侵攻を経験するなど悲劇の街でもある。ロシア文学の舞台にも
なる街の中心を走るネフスキー大通りは有名、他の街路の散策も楽し
い。江戸時代、舟の難破によりロシア領の北の島に漂着した大黒屋光太
夫が、帰国の夢を果たすべくエカテリーナ女帝の許可を求め訪れたのも
この地である。

　イルクーツク市とバイカル湖、地理的にはシベリアのほぼ中央に位置
し、この地の経済、工業、文化の中心でもある人口60万人の都市。近く
にバイカル湖があり、湖から出るアンガラ川が市内を流れ、金や石炭、
木材など天然資源の産地にも隣接。帝政時代に起きたデカブリストの流
刑地でもあるが、大黒屋光太夫がサンクト・ペテルブルグへ向かった際
に滞在した街である。第2次世界大戦時出征した日本人墓地などがあ
り、歴史的に日本と馴染みの深い街でもある。国立美術館やスパスカヤ
教会をはじめ魅力的な建造物なども多い。バイカル湖は最深部が1700
メートル、広さは琵琶湖の約50倍、汚れが一時危惧されたが世界一の透
明度で知られ、世界で最も古い湖と言われる。湖の南北にシベリア鉄道
とバム鉄道が走る。

　ハバロフスク市、中国との国境を流れるアムール川に面した人口約58
万人の都市、冬は川が凍るため歩いて渡ることが可能。この地を訪れた
探険家の名前に由来し、1858年ハバロフスクと名づけられる。近隣で金
や石炭、木材、錫などを産しシベリア鉄道の起点、首都モスクワまでは
6泊7日を要す。市内には「パーク・クリトゥーリイ オトデイハ」（文化
と憩いの公園）や「デイナモ公園」など整備には日本人抑留者も関わったと
いわれる公園がある。

●ロシアの観光コースで注目を集めるザラトエ・カリツオ（黄金の環）
　モスクワから北東部へ150〜300キロほど離れ、ボルガ川に近い地域に

12世紀から18世紀に建てられ多くの寺院、修道院、イコンなどが残る、古き時代のロシアを彷彿させる街々。1108年からキエフ・ルーシ王朝により築かれ、白石で作られた教会や建物の多いウラジーミル、中世の田舎を連想させるスーズダリ、ボルガ川に臨む要塞として建設された街ヤロスラブリ他、環状に存在する古都の街々からなる観光スポット。ロシア独特の黄色い丸い屋根の歴史的な教会が多く「黄金の環」と呼ばれ、ロシア人の心の故郷として大切に保存されている地域。

●日本をはじめ世界に大きな影響を与えたロシアの作家

『アレクサンドル・セルゲービッチ・プーシキン（1799～1837）』、モスクワで生まれる。父親はロシアの貴族、母方はエチオピア系の人、幼くしてギリシャ古典やフランス文学などに親しむ。独自の文体でロシア・リアリズム文学の礎を築きロシア最高の詩人といわれ、その後のロシア作家達に大きな影響を与える。作品としては「コーカサスの虜」、「ベールキン物語」、「エブゲニー・オネーギン」、「スペードの女王」などがある。詩が政治的な色彩を持つとの理由で政府に睨まれ南ロシア地方に追放される時期もあった。美人の妻をめぐるフランス人ジョルジュ・ダンテスと決闘、その際の傷がもとで37歳の若さで亡くなる。

『イワン・セルゲービッチ・ツルゲーネフ（1818～1883）』貴族家庭で生まれ、幼くしてフランス語や芸術などに親しみ、モスクワ大学、ペテルブルグ大学、ベルリン大学などでも学ぶ。パリなどヨーロッパにも住んだ19世紀ロシアの代表的な作家。ロシアの農奴制を批判したことから投獄されたが、作品として「猟人日記」、「貴族の巣」、「その前夜」、「処女地」、「父と子」、「初恋」などがある。二葉亭四迷や田山花袋、島崎藤村、国木田独歩などの日本の作家にも大きな影響を与えた。

『ヒョードル・ミハイロビッチ・ドストエフスキー（1821～1881）』父親は医師、ペテルブルグの工科学校で学び文学の世界に進む。1作目は「貧しき人々」であるが反政府的グループとの活動でシベリアへ流刑となる。流刑が解けた後「罪と罰」、「賭博者」、「白痴」、「悪霊」、「カラ

マーゾフの兄弟」などの作品を残す。トルストイと異なり、長い間貧困に悩まされたが経済的困窮が著作にも反映されたといわれる。

『レフ・ニコライビッチ・トルストイ（1828〜1910）』モスクワ近郊のヤースナヤ・ポリャーナにある広大な領地をもつ伯爵の四男として生まれ、カザン大学に入学するが退学。農業経営に携わるも身が入らずクリミア戦争に参戦、小説は23歳から書き始める。富裕な地主の出身でありながら農奴制を批判、キリスト教の教理を基本理念として、博愛・人道主義を唱える。作品は「幼年時代」、「戦争と平和」、「アンア・カレーニナ」、「復活」などがあり、ロシア最大の作家として与謝野晶子や武者小路実篤などの日本人作家のほか、世界に広く影響を与えた。晩年は「人生は無意味」と考え家出、旅先の駅長宅で亡くなる。上記のほかロシアはゴーゴリ、チェーホフ、ゴーリキーなど著名な作家を数多く輩出した。しかし最近のロシアでは外国人作家による翻本の中で日本人作家（＊）の著作に最も人気が集まるとのニュースが伝えられ、時代の流れは変わるものである（＊村上春樹、村上龍の両氏）。

●日ソ航空交渉とシベリアの空

1956年日ソ間国交回復のため当時の鳩山一郎首相がソ連に向け出発、直行便がなくヨーロッパで乗り継ぎモスクワに到着。遅れること10年、1966年1月東京－モスクワ間の空路開設の調印に至る。東西冷戦時代、軍事的な理由でシベリア上空開放を渋るソ連との交渉は長引いたが、日本航空とソ連国営航空アエロフロートの、ソ連側航空機使用による2年間の暫定共同運航で合意。1967年4月東京とモスクワ間の直行便が開設される。この協定で両国間の相互乗り入れと以遠権が認められ、さらに暫定共同運航後、日本の航空会社の自主運航が他の外国航空会社より優先的に認められた。日本航空は1970年3月モスクワ経由パリ線を、同年6月ロンドン線を開設した。現在、空の高需要路線は大西洋、太平洋、日欧、日中路線などであるがシベリア上空は極東と欧州を結ぶ主要路線になっている。東西冷戦中に結ばれた日ソの航空交渉協定は冷戦緩和、

東西の交流と観光の拡大、最短路線による省エネなどに寄与している。

●トレチャコフ美術館とエルミタージュ美術館

　トレチャコフ美術館（モスクワ）　ロシアでは文学、音楽、クラシックバレー、絵画、劇作などの広い分野で傑出した人物が多く、モスクワ市内ではそれらの人物を記念する博物館や美術館が多い。中でも有名、かつ最大なのはトレチャコフ美術館とプーシキン記念美術館である。トレチャコフ美術館はトレチャコフ兄弟により収集されたロシア美術品をモスクワ市に寄贈、イコンやソ連時代の作品を加え国立美術館となる。貯蔵品は「詩人Ａ・Ｓ・プーシキンの肖像」、「桃を持った少女」をはじめ10万点を越え本館と新館がある。モスクワ訪問の際にはプーシキン記念美術館と共にぜひ訪ねたい。

　エルミタージュ美術館（サンクト・ペテルブルグ）　ルーブル美術館と並ぶ世界最大の美術館の1つ、女帝エカテリーナⅡ世の収集品を中心にロシアの古代品をはじめ、ヨーロッパ、インド、中国、日本などのアジア、さらに中近東など世界各地からのコレクションが展示されている。冬宮、小エルミタージュ、旧エルミタージュ、新エルミタージュ、エルミタージュ劇場などからなる。ゆっくり見物すると3〜4日間は要するといわれる。セザンヌ、ルノワール、ゴヤ、ゴーギャン、ピカソほか著名な作者等の作品が多数展示されている。入場料金はロシア人と外国人は異なる、さらにロシア人の学生は留学中の外国人を含み学生証を提示すれば無料、ソ連崩壊後も教育を重視する姿勢がうかがえる。ペテルブルグを訪れる際にはロシア美術館と共に見学したい。

●ロシア人とダーチャ

　ダーチャとは郊外に建つ菜園付き別荘というところ。モスクワやペテルブルグなどの街の郊外に出れば、白樺の林や広大な野原などロシアの自然が広がる。ロシア人は自然の中での散策、冬は日照時間が短いため春から夏にかけて太陽に包まれた森の中で時間を過ごすことを好む。時

にはキノコなどを採取する。高層アパートでの生活が多い都会の住民は、週末や夏休みに家族や友人とダーチャで時間を過ごすことを望み、現在モスクワ市内の家族の70%以上がこの菜園付きセカンドハウスを持つといわれる。馬鈴薯、トマト、ニンジンなどの自家栽培を行い、マイカー時代に入った最近のロシアでは、週末はダーチャ行きの車で渋滞、逆に週初めは疲れを残して仕事に臨むため能率が低下するなどの話も耳にする。帝政時代からペテルブルグの貴族を中心に郊外の別荘生活を楽しむ習慣があるが、一般市民のほかニューリッチ層が所有する高級なダーチャも出現している。モスクワ市内のホテルの宿泊料は近年ヨーロッパ並みに高騰、このため夏期、日本や海外からの観光旅行は自然の中でのダーチャ宿泊型ツアーの拡大も今後予想される。

●味わいたい主なロシアの伝統的な料理

　観光の目的の1つは美しい景色や歴史文化遺産などに接することであるが、訪問先のローカル料理を味わうことも大きな楽しみである。ロシアでは古来より夕食よりも昼食が正餐で、多民族からなるためメニューはバラエティーに富む。典型的な料理としては前菜類、キャビア、イクラ、ローフトビーフ、鮭のマリネ、ゆで卵、サラミ、ビーツ（赤カブ）、ポテト・サラダなど、スープ、サリャンカ（香辛料が効いた魚・肉、トマトが具材）、ボルシチ（ビーツ、キャベツ、牛肉、サワークリームなど）、ウハー（タラなどの魚を使い、すまし汁風スープ）肉・魚、ビーフストロガノフ（ストロガノフ家が考案したといわれる、炒めたマッシュルームやクリームを使う牛肉料理）、キエフ風カツレツ（鶏肉をバターで包んで揚げたカツレツ）、シャシリク（主に塩をまぶした羊肉の串焼き）、粉料理　ペリメニ（肉入り餃子風）、ブリヌイ（クレープ、イクラやキャビア、ジャムなどを巻いて食べる）、ガルショック・ス・グリバーミイ（キノコ、クリームなどを入れ粉の皮で蓋った、壺焼き料理）調味用アラカルトとしてスメタナという少々酸味のあるサワークリームを使う。ロシア料理といえばキャビアやイクラ、ボルシチ、黒パンなどが有名でその際、ウオッカやコニャックも食卓に上るケースが多い。しかし最近は

食生活の多様化に伴いよりアルコール度が低いビールやワインが愛飲される。又ソ連崩壊後のロシア経済力の向上により健康食や美味い味であることから寿司等の日本食が好まれ一種の日本食ブーム、アルコールも日本酒や梅チューハイ等も愛飲される。

後日記。

　長期景気停滞の日本、その後2002年から始まったいざなみ景気と言われる景気拡大が2008年まで73カ月間続いた。賃金上昇や個人消費も期待される程の伸びがなく、アメリカのリーマンショックによる住宅ローン危機で終息、しかし社会主義時代は自由な海外渡航を厳しく制限していたソ連の崩壊、世界中が明るい空気になる。景気浮揚策として日本政府は訪日旅行者増を図るためインバウンド政策に力を入れ、国内最大の日本国際観光学会も観光学大事典を発行（2007年11月、初代会長・香川眞　流通経済大学名誉教授時）。日本のシンボル、富士山以外に伝統文化、歌舞伎や生け花等に関心を抱くロシア人も多く訪日旅行者や留学生が増える。一方でエルミタージュ美術館、クレムリン等の文化遺産や伝統文化、観光スポット、ロシア文学やバレーに憧れる日本人も増す。

　ジョージは定年前の週末はIT会社の勤務が終わると、新橋駅の繁華街を通り抜けた片隅のビルの中のロシア語教室に生徒として通った。後に大学で教鞭を取り始めてからも通い続けた。受講生は2〜3名の少人数で、講師はイゾートバ先生。落ち着きと上品な印象のロシア人女性で、ご主人は在日本・ロシア大使館総領事を務めていた。先生はモスクワの大学で日本語を学び東京生活も長い。しかし教室では一切日本語を話さない。後に知るが母親は中国人で、中国語と日本語はペラペラ、ジョージよりも綺麗な日本語を話した。ソ連崩壊後ベラルーシは独立し日本大使館が開設され、この教室の受講者で東京外大ロシア語科卒の女性が着任する。この女性の送別でイゾートバ先生、ジョージのピアノ演奏が出来るロシア語仲間を自宅に招く。大学で学んだロシア語を使い、新しい国として出発するベラルーシで貢献できるのが嬉しい、と自分の

夢を述べて出国する。穏やかな印象のイゾートバ先生もピアノとサックスの、百万本のバラやロシア民謡の演奏を喜んで呉れる。

　やがて総領事のご主人の離日によりイゾートバ先生にもロシアへ帰国の日が訪れる。ロシア大使館で行われるご主人送別の知らせがジョージにも届く。案内を呉れたのは総合商社M物産に勤務、ソ連時代から日ロ間の貿易に従事、日露友好協会の事務局にも携わる大学時代のロシア語同級生、ジョージは当然出席の返事を伝える。小さな教室での数年間のイゾートバ先生のロシア語講座、ロシア文学から芸術、歴史、或いは政治等広いテーマで話す、先生を通じてロシアへの関心を深める。ペレストロイカとグラスノスチを語り、秘密主義から情報公開するロシアへ変貌させたゴルバチョフ大統領、ロシアのみならず国際社会に於ける政治家の影響の大きさを知る。

　英国の首相、チャーチルは鉄のカーテンと呼び、都内・狸穴の大使館も闇の中と言われる時代が続くが、大広間で開かれたレセプションには数百名の来賓。政治、経済、人、文化と学術、観光他、日ロ間の関わりの広さを、全ての出席者が今後の両国関係の発展へ大きな期待感を抱く。

　ジョージはイゾートバ先生からロシア駐在の経験や思い出を本に書いたらと勧められ、その言葉がこの「観光学大事典」のロシア編寄稿となる。多くの参加者が集うロシア総領事の送別レセプション、出席者全員に近未来の明るい日ロ関係を予感させ、よもやロシア軍のウクライナ侵攻は全く予想だに出来ないロシア大使館の大広間。

ロシア大使館での送別の会、多数の日本人商社マンや前日横綱に昇進した朝青龍関も参加、ロシア語で挨拶し大きな拍手を受ける

　国際情勢は大きく変わって仕舞う、父親はロシア人で母親はウクライナ

人、その逆の家族がウクライナにもロシアにも住む。ロシア帰国後イ
ゾートバ先生から 2 度手紙を貰うが、その後は絶える。外交官職を退
官、夫妻でサンクト・ペテルブルグへ移り日本食レストラン経営との噂
を聞く、激変の時代、人の世は良き出会いと、悲しい別れの繰り返しを
知る。

第Ⅷ部

キルギス物語、ボランチア教師として
中央アジア・キルギスへ

第1章

中央アジア・キルギス、首都ビシュケクとカント市

　2017年10月、ジョージは成田発モスクワ・シェレメチェボ空港行きのアエロフロート機に搭乗した。行先はシルクロードの国、ソ連邦崩壊と共に独立したキルギスの首都ビシュケクで、目的は私立学校のボランチア日本語教師としてだ。モスクワ・シェレメチェボ空港到着、その日のうちに首都ビシュケクのマナス空港へ乗り継いだ。1年後帰国の際には6月ロシアで開催されるサッカー世界大会観戦の希望もあり、モスクワ経由と決める。様々な国籍の旅客が乗り合わせ会話を交わす機内の雰囲気も明るい。

　終戦間もない日本からヨーロッパ行は香港、バンコク、デリー、カイロ、アテネ、ローマ、パリ経由ロンドン行きとなっており、シルクロードと呼ばれていた航空路だ。その後開かれたアンカレージ経由のポーラールート、今はシベリアルートが主要路線となっている。

　ジョージの隣の座席には日本での観光を終えシェレメチェボ空港で乗り継ぎ、イスラエルに帰る15名程の団体客がいた。日本を訪れ日本人に触れて感動し、良い思い出を沢山作り帰国するようだ。第2次世界大戦ではドイツのヒットラーの恐怖から逃れるユダヤ人多数を救って呉れた日本人外交官、杉原千畝の影響もありイスラエル人は日本が好きだとも話す。更にロシアには600万人のユダヤ系の人々が住んでいた。イスラエルが建国し独立宣言した時、その際世界で最初に承認したのはソ連だが、後の世界情勢の変化とロシアでの生活不満から多くのユダヤ系の人がイスラエルに移住した。そして現代のロシアとイスラエルの関係は蜜

月状態とは言えないとも話す。

　ジョージは隣席のイスラエル人に自分は若い時代にモスクワに住み、多くのユダヤの人とも知り合った事を伝える。イスラエルに帰る彼等とはシェレメチェボ空港で別れ、トランジットルームで軽く「ハブ・ア・ナイス・トリップ」との言葉を交わす。戦争経験のないジョージは外国人との苦い思い出は多くなく、機内での外国の人との瞬時の小さな交流や明るい会話は良いものと思う。

　キルギス・ビシュケク行きの乗り継ぎ時間は約5時間で、ジョージはモスクワ市内に住む知人のワーリャさんに電話しようと思い公衆電話を探す。ワーリャさんは10年程前にモスクワ時代の思い出や出来事、日露の交流拡大等を願って出版した本の共著者となって呉れた方だ。空港内を歩き探したが見当たらず案内デスクで聞いてみる。すると携帯電話の利用が進み固定の公衆電話は1台もないとの返事だった。ソ連崩壊後ロシア国内で最も変わったのは情報公開と携帯電話の広がりで、そのため公衆電話の利用者は激減した。辺りを見渡すと日本と同様に携帯で話中の姿が眼に入った。カフェーでは Wi-Fi 利用可と表示をする店が多く、パソコンに向かう若者が見受けられる。情報化の時代をこの空港でも実感する。50年近くは経つだろう。ジョージはシェレメチェボ空港で働いた経験はないが当時の機材は DC-8 機で、東京発モスクワ経由ロンドン、パリ、フランクフルト、コペンハーゲン、ローマへと週8便の運航だった。翌日折り返し便が東京へ帰って行く。航空機の整備や空港付近の濃霧などの天候理由により、到着遅れや出発時間の変更が生じる。旅客に大きな迷惑が掛かるのは出発時間の大幅な変更だった。その際に搭乗者に利用をお願い出来る宿泊施設は、空港近くの15室程の「収容所」と皮肉を込めて言われる、簡易ベッド付の部屋ないしはこのトランジットルームだった。トランジットルームで提供されるのはリンゴやオレンジジュース、アルコール類、黒パンやサンドイッチ程度で、結果支店長から駐在員全家族へのおむすびの炊き出し依頼となる。人間は不思

議なもの、辛い過去も時が過ぎれば甘い思い出に変わるもの、但し戦争
を除いて。

　様々な制約が多く、ロシアでの懐かしさに変わった日々を思い出に浸っ
ているとビシュケク行の搭乗案内が始まった。トランジットと同じように
機内は様々な表情の旅客でほぼ満席状態で、中央アジアやキルギス系と
思われる旅客が半分、聞こえて来る言葉からロシア人も半数と思われ
る。深夜の出発で、軽いスナックの他にはアルコールサービスはない。
　ジョージは眼を閉じてキルギス情報を頭の中で整理する。国名はキル
ギス共和国、人口は約650万人、首都は人口98万人のビシュケク、1991
年にソ連崩壊と共に独立、シベリアを南北に流れるエニセイ川上流に定
住した人々がキルギス民族のオリジンと言われ、7世紀には唐の支配、
13世紀にモンゴル帝国の支配下に入る。天竺（現在のインド）を目指した
三蔵法師はシルクロードのキルギス経由、インドに渡ったと言われる。
1922年にソ連邦が設立され、1924年に中央アジアの国境が策定され1936
年にはソ連邦を構成するキルギス・ソビエト社会主義共和国となった。
農業及び牧畜が主産業、鉱業は金及び水銀などが採れるが石油や天然ガ
スは輸入に頼っている。地方はスイスに似た峻厳な高い峰々があり、特
にイシク・クル湖は周囲700キロ、塩分を含み透明度はバイカル湖と並
ぶ高さだ。日本人の高名な作家、井上靖はこの国を訪れ乍らこの湖を見
ずに帰国したことを大変後悔したと聞く。ジョージは帰国前に必ずこの
湖を訪れると誓う。東は天山山脈を越えると中国、南はタジキスタン、
西はウズベキスタン、北はカザフスタン、さらにその北は広大なロシア
領だ。ソ連から独立後観光に力を入れるが、政治的な関係はロシア、経
済は東で国境を接する中国と、日本には親しみを持つ国民が多いが地理
的に遠く、航空路線が少ないのがネックと言われる。

　ソ連に併合され国境の壁を越えた移動による民族間の交流が広がり、
この国の国語はキルギス語で公用語はロシア語。国土は広くはないがシ

ルクロードの中の多民族国家、ジョージは多民族という言葉にも長い間
興味を抱き続けていた。60歳で定年を迎えてから約10年、都内でロシア
語を学ぶ国際交流センターからボランチアの日本語教師の話を聞き応募
した。それ以外に幾つかの目的を持ち今回の訪問となった。その１つは
この国を訪ね、この地を舞台にした記述を残すこと。２番目は2020年に
２度目のオリンピック、前の東京五輪では戸田ボート場でロシア語通訳
を務めたが、ロシア語のブラッシュアップに努め、次回の大会でも通訳
として貢献すること。滞在期間中に出来ればトルストイの「戦争と平
和」を原書で読む。他の望みは、ジョージは私大の社会学部で10年間教
鞭を取り、読んだ文献の中にキルギスはイスラム教の国、一夫多妻制度
だが実は女性が支配する社会、加えて世界一の美人国という話を耳にし
ていた。日本からは遠く離れた神秘とも思えるこの国、現実社会を知り
たいとの興味を密かに抱いていた。

　井上靖は高い想いを抱いてこの国を訪れたが、ジョージの目的は高く
はないが長年憧れと興味を抱くキルギスの学校教師となるべく訪れた。
深夜のこの機内にいる自分に小さな期待と喜びを感じる。キルギスは観
光資源に恵まれ特に地方は世界から隠れた魅力に富むという。１年の短
い期間だが出来る限りこの国の歴史、文化、人、自然遺産に触れたい、
イシク・クル湖は絶対見て帰ると誓った。キルギスはロシアの南に位置
するが高原の国で夏暑く冬は寒い。後期高齢者となり耐寒力、肉中心の
食生活に不安あるが、耐えて頑張ると出国した。家族からは生活が厳し
く、適応出来ないと思ったら無理せずに直ぐに帰国するように言われ
る。しかし「俺はそんな柔ではない、経験豊かな国際人だ」と強がりを
言い出国、おいそれと簡単には帰国出来ない。

　ジョージの座席はエコノミークラスの前方通路側、ビシュケク・マナ
ス空港を目指し降下を始めた。機内後方から何やらロシア語で喚く男の
声、酔った男がアルコールサービスを要求している模様だ。男性客室乗
務員がアルコールサービスは無いと断り、それに強く要求し暴言を吐い

ている。騒々しく嫌な雰囲気になる。搭乗機が駐機スポットに入りほっ
とした頃、機内アナウンスが「着陸後に空港警察が機内に入って来るの
で着席のままお待ちください」とのロシア語案内。前方のドアが開くと
数人の警察官が入って来て大声を挙げていた男の座席へ近づき取り囲み
機外に連行した。他人も気にせず携帯電話で大声で話し、アルコールも
自己中心の飲み方、言葉ではどの国民か判らないが、その気質が他の国
民から警戒されるとジョージは密かに思う。

　ソ連からキルギスに変わっても、入国時の外貨の税関申告書は出国時
のトラブルを避けるため押印が絶対に必要と思い注意を払う。ソ連崩壊
後間もなくジョージがモスクワを訪問、入国時にグリーンのランプゲー
トをウッカリ通過、ドイツへ再出国の際に持参した手持ちの外貨で大苦
戦の経験があるから。早朝午前4時到着、他機からの到着旅客もなく入
国係官から「日本人か」と笑顔で聞かれ、手続きは至って簡単。確認す
ると日本円に換算し100万円以下であれば申告不要との返事、そんな大
金を持つはず無くスムーズな入国、入国係官は笑顔で迎えて呉れこの国
への印象も良い方向に変わる。

　到着出口では学校の関係者が出迎えて呉れる約束、出迎えはマハバッ
トさんというキルギス人女性、お世話になる日本語学校の教師だ。
ジョージがCIQエリアから出て来ると安心したように「ようこそキル
ギスへいらっしゃいました」とにこやかに日本語で挨拶して呉れた。
ターミナルを出た場所にマハバットさんが予約をした車が暗闇の中で
待っていて呉れた。首都ビシュケクからカント市にある学校までは車で
1時間半、早朝出迎えて呉れた人へのエチケットと考え、ジョージは眠
気を抑えてキルギスの国情、人々の生活等の質問を続け、朝日が昇る頃
学校の寮に着く。寮に住む生徒達は眠っているのか、車から荷物を降ろ
し施設内の説明が終わるとマハバットさんは帰る。成田からモスクワま
での飛行時間は約10時間、モスクワからビシュケクまでは約4時間、3
階建の学校の教室に付属する簡易ベッド付の部屋、横になると爆睡に。

　眼が覚め外を覗くと眩しい陽の光と紅葉が眼に入る。静かさにジョージは不安を抱くが学校内を巡ってみる。1階には校長室と教員室及び低学年用の教室、2階は廊下を挟み10個程の教室、3階は寮生の宿舎と数個の教室、1階の廊下の並びには調理室と食堂がある。人影は全く見当たらず男性の守衛1人、ロシア語で話しかけると土曜の今日、寮生全員が帰宅し校内は全くの静寂だと答える。金曜日に授業が終わると生徒、教師、寮母の全員が帰宅、校舎は森の中で夜の1人歩きは危険なので絶対外出しない。日曜日の夕方に寮生が帰寮し活気が戻るが外は食べる場所も無く食堂に残った料理を温めてジョージと2人で食べると言う。聞くうちに不安が増すが「何とかなるさ、住めば都の心意気と心構えが必要」とジョージは自分に言い聞かせる。

　ソ連時代は小学生から中・高一貫の11年制で、全ての学校が国立だった。ソ連崩壊と共にキルギスでも私立校設立が認められ、このビリムカナ校も私立校の1つだ。自宅から通う学生にも昼食は学校提供、寮生は1日3食を校舎内の食堂で食事を取る、全校が自ずと家族的な雰囲気になるという。

　キルギスの人口構成で最大多数の民族はキルギス系で70％弱、2番目はウズベク系で14％、3番目はロシア系で5％、最初の日の守衛はこの2つの民族出身ではないが、又若い時代にはアフガニスタン戦争にも参加したと言う。空手に親しみ体格はがっちり、身長も大きく、前歯は全て金、輝く歯を見せてキルギス、自分の生活等、今日初めて会ったにも関わらずロシア語で事細かに話して呉れる。ロシアから独立しても産業や輸出が振るわず、若者の夢を満たす仕事が少なく多くは外国へ働きに出るという。校舎の外は森に囲まれ夜は暗い、以前事件や犯罪が発生し老人が一人で表へ出てはいけないと警告された。ソ連にとってアメリカのベトナム戦争とも例えられる、アフガン戦争では落下傘部隊として参加し、安全管理にも厳しい。軍隊時代に学んだという空手の型を日本語

で「1、2、3」と数え乍ら示して呉れた。何かあれば自分の携帯に連絡するようにと番号を教えて呉れた。ジョージは携帯電話を日本から持って来たが、この番号を教えると日本経由の通話代が請求されて仕舞う。近日中にキルギスで購入する予定で、それまで待つ様に伝え自分の部屋に戻る。

　夕食時になるとガードマンがジョージの部屋をノックし食事に誘って呉れた。翌朝まで食事を取らないのも厳しいので彼の好意に甘えることに。20分程過ぎ再び部屋に迎えに来て呉れた。土日は料理を作る職員は誰もいないが米と牛肉、人参などが入った焼き飯のピラフ風料理、ロシアの黒パン、温かい砂糖入り紅茶を出して呉れる。前の日の残り物を電熱ヒーターで温めた夕食、感謝の言葉を述べジョージは頂く。

　若い時代のモスクワ、テーブルには常に黒パンが置かれその味に飽きもしたが、帰国し時が流れると日本人にも酸味ある黒パンの味、郷愁さえ呼び戻される。厳つい感じのガードマンは食事中も時々窓の外、校門の入り口方向に眼を凝らしている。何か異変がないかと注意を払う元アフガン戦闘員。

　ガードマンの勤務帯は朝8時から翌朝8時までの24時、3人での交代制、用意して呉れた最初の晩餐、キルギス滞在中に最も親しくなった人物の1人となった。奥さんはロシア人で、土・日曜の食堂が無い時は奥さんからサンドイッチやリンゴ、オレンジなどの果物を差し入れて貰う。金髪で目鼻立ちがクリっとした美人女性で、ビリムカナ校の別のキャンパス、リュクセンブルグ校の女性教師だと知らされた。戦場で鍛えた屈強なこのガードマン氏に取り、ロシア人女性のこの教師は怖い存在、日本語で言う「カカー殿下ならず、奥様殿下」的な夫人である事も知る。

　翌朝日曜日の静かな校舎の朝8時、交代のガードマンが出勤して来る。屈強で多弁な前の男性と異なり背は高く、口数は少なく笑顔が人懐っこい口髭のキルギス人だった。奥さんもキルギス人だという。ジョージはこの国へ来たら知りたい事は何事も質問することに決めてい

て「奥さんは美人か」と尋ねる。すると笑みを浮かべ乍ら首を縦に振る。男同士の会話では最初に互いの家族や奥さんの話から入ると会話が弾む。「自分の妻は美人だ」と答えた方がより明るい会話となる。歴史上キルギスやシルクロードの周辺地域を蒙古軍が制覇、民族間の交流が始まり、更にソ連時代のスターリンの統制により多民族間の移住が進む。ジョージが「ある説に依ればキルギスは多民族間の婚姻により、世界で最も美人が多い国」と聞くと伝えると、2番目のガードマンは満更でもない表情と微笑みを見せた。

　金曜の夜は寮生全員が自宅へ帰り夜は守衛と2人、聞こえるのは野犬の遠吠えのみ。一転して日曜の夜は80人の寮生が帰寮し、廊下でサッカーボールを蹴る音と歓声が響き渡る。月曜から金曜日は元気な生徒達が戻り、教室から先生の声、生徒の歌声やイスラム風のディスコテイックな強いリズムの音楽とダンスが始まる。生徒指導や洗濯の世話をする寮母の喚く声が交り夜遅くまで響く。

　3人目のガードマンはロシア人男性で、奥さんもこの学校でITを教えるロシア人女性教師の共稼ぎ夫婦。2人の女の子供は成長し、長女はウィーンの大学で、次女も欧州の学校で学んでいるという。学費の支払いが大変で、守衛の他に空いた時間にはタクシー運転手のアルバイト、体力と経済的には大変だが子供達の将来の活躍が楽しみだと話す。欧州の大学は留学生を含み授業料の割引や無料化が進んでいるが、この国では満足な仕事を見つけるのが難しく外国へ出る若者が多いとも言う。日本は小さな国土乍ら最先端技術の工業化に依り、高度の社会生活が確立され魅力的で、かつ憧れの国だが生活費が高い。キルギスからは距離的に遠く日本への留学は尻込みをすると深刻な顔で言う。ジョージはどの国にも大小、様々な問題を抱えて生きていくのは困難だと伝えた。キルギス到着後濃厚接触したのは、空港に出迎えて呉れた女性のマハバットさん。この学校の3名の守衛。全員が日本への親近感や工業化やハイテク産業推進に努め、文化面でも世界的なレベルを維持する日本への称賛

的な言葉を受けた。ジョージは日本人に生まれて良かったと思う。

　次に登場するのはキルギス滞在中ジョージが最もお世話になる、ヌルランという32歳の男性職員で、キルギス人の元レスリング・グレコローマンの選手。オリンピック代表選手には届かなかったが、この学校では運転手の他に校内の電気、ドア修理他全般の工事、忙しい時にはパソコンを使った経理処理もこなす。何事も柔軟に対応できる今様金太郎的な人物で、教職員や生徒の間で人気の独身男性だ。ヌルランさんとの初めての挨拶は着後3日目、それも最初の言葉は「ジョージさん、明日は病院で検査を受けていただきます」と硬い表情で言ってくる。レスリングで鍛えた体と頑強で高圧的な態度に、ジョージは少しムッとして「何故病院へ」と聞き返す。答えはエイズ検査、強制ではないがこの国での長期滞在者は検査を受けるのが決まりと言う。検査に不安は無いが、検査料に加え行き帰りの車のガソリン代も払って欲しいとは、半強制的に検査を受けさせ、加えて費用は自腹、ボランチアで日本語を教えに来た者に支払いをさせるとは、と内心イラつく。しかし「老いては子に従え、外国へ来たらその国の習慣・慣例に従え」の言葉を自分に言い聞かせ、ジョージはキルギスへ来たらヌルランさんの言葉に従うことにする。

　学校の寮のあるカント市から首都ビシュケク内の病院までは車で50分程。自動車道は上下計4車線、粗く埃が立つが道の両脇に大きな木立があり、遠方には峻厳な山並みが続く。少しすれば雪が降り道路も凍結する厳しい冬になる。しかし春の来ない季節はない、スイスに似た風景も多いと言われる地方を是非訪れる、とジョージは自ら言い聞かせる。ヌルランさんの運転する車で病院に向かうと、病院はソ連時代の建物か少し古く、壁も厚い。だが中に入ると明るい内装だった。問診部屋に入った際に、検査は強制かを聞いてみる。強制ではないが、キルギス国内でも国際間の交流の拡大とともにこの種の病気が増えている。貴方自身も自分が陰性であること確認した方が良いのではと言われ同意。数日後の

検査結果は陰性、ジョージは正直安心する。

　病院を訪ねた2日後に、今度は外国人居住登録手続きをすることに。提出に必要な書類は再びビシュケク市内の専門の事務所で作成してもらう。当然手続きに必要な書類作成代、登録費用もジョージの負担。学校から支給される月の手当ては100ドル。物価が安いキルギスでも出費に気を付けねばと、少しケチな気持ちにもなる。

　登録手続きが終わり、この日は日本語教師のマハバットさんの他、キルギス在住27年（当時）の伊藤広宣先生にも会うことができた。ビシュケク市の案内に加え伊藤さんが教鞭を取る大学、日本領事館、博物館、書店等に連れて行ってもらう。ソ連時代のモスクワ大学及びウラジオストック大学で学びキルギスに移った。キルギスへ渡った理由は定かではないが、キルギスの大学で日本語を教え、教え子も400名を超えるという。日本語・キルギス語辞典を出版する学研的な人物で、卒業した多くの教え子も日本とキルギス間の交流に寄与していると聞く。ジョージがキルギス滞在中に知り合い流暢な日本語を話すキルギス人の多くが伊藤先生の教え子のようだ。案内して貰った大学の副学長や在キルギス駐在の日本領事の言葉からも、27年間この国で教鞭を取った伊藤先生の実績・功績を実感した。

　キルギスはソ連時代には最も東に位置する共和国で、天山山脈を越えると隣は中国、日本人を始め外国人のこの地域への訪問は厳しく制限されていた。独立後は中央アジアで最も親日の国となり、自由な交流が制限され、情報が少ない国民が日本に親近感を抱くのは伊藤先生の長年に渡る地道な努力が花を咲かせたのであろう。紹介された副学長は以前政府の高官と聞くが、伊藤先生がジョージは過去に本を出版したことがあると伝えると、今後キルギスについても書いて欲しい、但し悪い事は書かないで欲しいとも言われた。この国はソ連から独立後あまり時間が経っていない。独立の喜びと共に現在は国作りに向かう途中、その結果が出るまではこの国を否定的に表現するのを待って欲しい、との希望を持っているとジョージは理解する。一方悪い事を書かないで欲しいとの

願いは、社会主義国共通の国を批判してはならぬという言葉とも響く。

　日本の大学や学校教師は外国人に対して「日本について書いて欲しいが、日本の悪い点は書かないで欲しい」とは決して言わないであろう。この国の教師は新生とも言える自分の国に強い愛着や忠誠心を持っている。日本では多くの機会に「表現の自由」という言葉が使われる。誤った個人攻撃や批評は避けねばならないが、何でも言える書けることは開かれた国の証拠、その国の進歩を示す、とジョージは思う。

　首都、ビシュケクはソ連時代に軍事分野で活躍したミハイル・フルンゼの名称からフルンゼと呼ばれ木々の多い、ロシアの首都モスクワを小さくした印象の街並み。ジョージが住み始めたカント市の寮周辺は、夜は人通りもなく暗いが昼間は美しい紅葉で覆われる人口数万の小さな街だ。豊かな森、親日、真面目な学生達、店の店主はジョージの顔を見てどこ出身の民族かと聞いてくる。日本人に似た顔形の人も多く親近感を抱かせる。学校周辺の森へ行くと近所の叔父さんが草を食べさせるため20頭程の羊を連れて来ている。素朴で人懐っこい感じ、直ぐに会話が始まる。

　寮の部屋には、日本出発前に要望したバスタブは無く、電気で温める少量のシャワーしか使えなかった。11月に入ると小雪が舞い始め冬も近づく予兆、自然も己の体も寒さへの備えを命じる。ジョージは先日のHIV検査の結果は陰性、在留登録も済み、新しい気持ちで老後の夢に向かって頑張ろうと1人気を吐く。間もなくアイザダという女性校長と面談した。学校側の配慮から着後2週間はキルギス生活への慣れを最優先とし、他のキルギス人日本語教師の授業オブザーブを務め、日本から送った別送荷物の整理、時間があると身の回りの必要品購入にバザールへ案内してもらった。学校教師だけではなく、市場の商店主や一般の人も日本や日本人に強い関心を持っていた。遠い国だが長い歴史と伝統に加え、ハイテク、自動車産業等の経済力が理由だという。親日的な人も多く、ロシアや中国は多額の経済援助をするが対価を求める一方、日本

は支援を始めたばかりだが対価を求めない点が親日の本音のようだ。

　首都・ビシュケクの他にキャンパスは数校あるが、ジョージが関わるのはカント市とリュクセンブルグ町。カント校では1年から4年生、ルクセンブルグ校は5年から11年生が学んでいる。担当するキャンパスはルクセンブルグ校、朝迎えに来るスクールバスで15分の所にあり、既に2人の日本語教師が教えている。講義が始まる前の2度ほど、講義をオブザーブした。ジョージが教室に入ると生徒たちは大声で「こんにちは」の日本語で迎えて呉れる。しかし暫くして教師が黒板に向かい「あいうえお」やロシア文字で日本語を書き始めると生徒の私語が始まり、先生のロシア語「Чихо!（チーハ；静かにしなさい）」の大きな声が教室に響き渡る。

　ジョージは日本で小学校の教室を覗いた経験は少ないが、自分の幼い頃の小学校では全員が先生の話を静かに聴いていた。先生は「静粛に」を何度も繰り返すが、効果の無い独り相撲、最後に女性教師のブチ切れた大声が響き、ジョージに「どうしようもない」との悲しげな眼を向ける。これは日本語の授業が面白くないからではなく、低学年児童の元気さ、活力からだろうとジョージは思う。隣の教室からは坂本九ちゃんが歌いヒットした曲「幸せなら手をたたこう」や「明日があるさ」の歌声が聴こえて来る。窓を覗くとキルギス人の先生が指揮を取る低学年生の合唱。ジョージは学生時代に観た高峰秀子主演の映画「24の瞳」を思い出したが、日本語という外国の言葉を教えるには音楽から入ると効果も上がる最善の方法だと知らされる。

　廊下で会うと覚えたての日本語で明るく挨拶、中には抱きついて来る生徒もいる。その一方で眼を伏せる子供も。眼つきや顔立ちが個々に異なるが如く、幼くして性格や人に接する際の表現に違いがある。教師からは眼を伏せるより、明るい生徒に親しみを感じるのは止むを得ないが、どの子供にも平等に接しなければとジョージは自分に言い聞かせる。現代どの国も個人も、競争社会に入っているが、多民族のこの国で

は自己アピールに富む者が有利に生きられるだろう。先生にクラスで明るく、元気、活発な生徒の出身民族を問うと、トルコ系とのこと。バザールで繁盛する店でも商売上手と言われるトルコ人経営の店が圧倒的に多い印象だった。

　11年制の日本語学習を主とするビリムカナ日本語学校は、基本的に10年生までの全員に日本語を学ばせる。いよいよジョージの授業も始まる。担当は5年生が2クラス、7年生と8年生、9年生の各1クラスの5クラス、加えて卒業を控えた11年生の計6クラスとなった。1クラスは約20名で、学校側の配慮からか比較的高学年を担当させてもらえた。既に仮名の「あいうえお」やカタカナの「イロハ」の基本を学び、11年生は翌年には卒業を迎える。日本語の授業はないが日本文化や経済、観光等のジョージが伝えたいと思うテーマをロシア語で述べて欲しいとの要請だった。ジョージがサラリーマン時代に貯えた知識と経験、教鞭を取った私大での研究テーマにも関連した自分が遣りたい授業である。「よし」とヤル気で教室に向かった。

第2章

心惹かれる国と人々

——キルギスでお世話になった家族とホームステイ——

　12月も10日程過ぎ、ビシュケク郊外の戸建てのキルギス人家族から
ホームステイを受け入れるとの話があった。60歳代の夫婦、40歳代の女
性2人、小学生の孫娘の計5人の家族で、孫娘の母親は大学でキルギス
語の教師している。希望のバスタブは無いが、シャワーはあり下見に来
ないかとの話。冬の寒さも近づき、風呂のある家でゆっくりと湯舟に浸
かりたい、との願いがあるがこれ以上の寮生活は辛い。

　翌日の講義終了後、事務兼運転手のヌルランさんと訪ね、赤ら顔の夫
人と少し強面タイプで言葉少ない主人が迎えて呉れる。キッチンに繋が
る広い応接間で話した後に奥さんはにこにこしながら部屋の案内をして
呉れた。ジョージが寄宿する2階奥の部屋、畳にして12畳程の広さで
ベッドも色鮮やかな掛け布団で覆われていた。机は古くイスは座って見
ると少しガタガタと揺れるが壊れる恐れは無さそう。窓は外の冷気を遮
る2重カーテン。カーテンを開けると少し雪が積もり、隣の家の裏庭が
見え、数匹の鶏が餌を食んでいた。部屋の陽当たりは少ないが1階で24
時間石炭を焚き続け、パイプを温水が昇って来て寒さの心配は無用で、
夏は窓を開ければ涼しい風が入り心地良いとの説明を受けた。日本の小
さな家屋と異なり2階には4つの広い部屋があり、強い地震が来ても丈
夫そうな作りの家。1階から2階への階段の段数は多い上に板幅は狭
い。夜トイレに行く時に階段を踏み外し落ちたら大怪我の可能性もあ
る。シャワーのカーテンはあるが湯舟は見当たらない。矢張りダメかと
思う。浴槽無しは残念だが部屋は広く、言葉少なく目許が厳しい主人と

優しそうな印象の奥さん。早くキルギスの一般家庭の生活を経験したいとの希望もあり、引っ越しを伝えた。

　学校からも「お待たせしました、寮の生活を良く耐えて呉れました」との言葉をもらった。日本から持って来た大きな段ボールに加え、着後に買った生活用品、元レスリング選手のヌルランさんの応援で引っ越すことに。学生時代から数えて19回目の引っ越し、これからキルギスの新生活が始まる。

　キルギスの戸建て住宅は防犯用に塀は高く築く。扉は頑丈な鉄製、古い住宅は屋外からベルを押してかなりの力を入れ開ける必要がある。新居への引っ越しは土曜日で、5名の家族全員が出迎えて呉れた。ジョージは少し緊張したが、キルギス人家庭での初めてのホームステイ、日本でも来客に茶と菓子を出す習慣があるが、この国では初めての来客でも客間に通した際は紅茶に菓子、加えてパンやジャム、バター等で持てなす。見ず知らずの赤の他人には警戒心が強いが、一度知り合った人には温かく接するのがこの国の習慣、この家に日本人が住むのは初めて。応接間に通されるとテーブルには紅茶に自家製のパンも用意されている。歓迎されているとジョージは感じた。挨拶が終わると洗濯機、シャワーの使い方の案内、洗濯機も自由に使えると話すが、その後残念な話になった。笑顔と人柄も良さそうな女主人、翌日次男が住む地方へ移ると言う。45日間の騒々しく窮屈な寮生活を離れ、キルギス人家庭にホームステイしゆっくりとした生活が送れる、と期待していただけにショックを受ける。

　翌日女主人はバスを乗り継いで数時間掛かる、次男が住む有名なイシク・クル湖近くの街へ行き、暫くは戻って来ないと告げた。夕食は大学でキルギス語を教える長女が作りジョージをいれて5人の食事となり、肉とチーズ中心のイスラム圏特有のメニュー、肉は羊、牛、鶏、時々馬肉、豚肉は絶対に食べない。別室にパン焼き器があり休日の朝食は香りの良い焼きたてのパンが食卓に並ぶ。トマトやオレンジ等の野菜や果物

はジョージが市場で買って来ることになった。今までの寮と異なるホームステイ家族、囲むテーブル、思い遣りと優しさを感じる。日本では晩酌習慣を続けるジョージ、夕食にワインの持ち込みに問題が無いかを尋ねた。幼い生徒が住む寮でのアルコールは自粛していたが、冬となり寮の部屋は寒く、寒さしのぎにこっそりと隠れて飲んでいた。イスラム圏では飲酒を厳しく禁じる国もあるが、街のレストランやカフェーではロシア人やキルギス人の飲酒を眼にする、この家での飲酒の可否を知りたい。主人からは若い時代は少し飲んだが今は殆ど口にしない。飲んでも問題ない、2人の女性からも結婚式の披露宴以外は口にしないが OK との返事。ジョージはホッとし、これからは遠慮なしに口に出来ると明るい気持ちに、到着後何かと緊張続きの日々、これで少しマイウエイの生活が取り戻せると、1人呟いた。

　ホッとするもこれは甘い見通し、引っ越し直後にはマイナス10度を超える本格的な冬の訪れとなる。家から2キロ程離れた場所に石炭を使い、市内全家庭に暖房用のお湯を送るテツという大きな煙突を持つ工場がある。風が強い日には煙突から出る煙が空を覆うが、この家では工場から送られる湯を使用しない。キルギスでは石炭の産出が豊富で、自宅の暖房は自前で行う家庭も多い。冬には玄関に隣接する炉に石炭をくべる。消費する石炭は一冬で3トン以上にもなり、温めた湯は広い屋内を循環させシャワーや洗面台でも使用出来る便利な自衛の集中暖房である。しかし石炭をくべる作業は家庭内の誰かが遣らねばならない。日中は留守番役の60代の主人で、深夜と早朝は次女がこの役割を担う。寒い夜は出来る限り体を冷やさないため早寝を心掛けるが、石炭が燃え尽きると最も北側にある部屋、冷えで眼が覚めた。段差の多い階段の昇り降りは1晩に2度程のトイレ通いとなる。

初めてのビシュケク市内のホームステイ家族

　学校がある朝は5時半起床で、家の人を起こさないよう静かに階段を降り、先ずは洗面所、髭剃りは前の晩に済ませておく。朝食後は防寒用の厚着に着替えて学校へ。その頃次女も起床し最初に暖房用の石炭をくべる。ジョージが家を出る時には玄関先の街路灯を点け、重い扉を開ける手助けをして呉れる。零下10度を越える暗闇、震える手で鍵穴に鍵を差し込み、凍り付いた重い扉を開けるのに難儀した。次女に助けて貰わないと外へも出られない。

　家から暗く凍りついた道を歩き、800メートル程離れた場所に生徒20名を乗せるスクールバスが迎えに来る。雪舞う吹雪の朝は視界が悪く転倒し易い。バスの到着時間；7時20分も天候や道路の状況により変わる。手袋もズボンも2重、停留所に着いても寒さに堪えるため足踏みしてバスを待つ。厚底の長靴を買ったが凍りついた凸凹の道路を歩くのはぎこちない。後期高齢者の冬越えは無茶だったかとの反省の独り言が出る。案の定、気の緩みから転倒し臀や膝、頭部を痛打し「ちくしょう」と誰にも向けられない恨み言葉が出て仕舞う。それも数度に及んだ。

　戦時中ジョージの父親は満州に出征したが、兵舎の深夜の見張りは鼻毛も凍る極寒と緊張の中での任務だったと聞く。「鉄砲ではなく、ボランチアで来た自分はそれよりもずっと楽だ」とジョージは自分に言い聞かせた。生徒を乗せたスクールバスの到着。室内は温かい暖房、車内のラジオはキルギス語とロシア語を混ぜて陽気な声でリズミカルな音楽を流している。遠くからの早朝通学で居眠りする生徒もいるが、子供達からは明るい挨拶の言葉が返って来る。放課後も同じ運転手が同じ小型のスクールバスで送って呉れる。登下校の生徒は同じ顔と同じ方向、朝眠そうな顔をしていた生徒も放課後は多弁と明るさを取り戻し直に馴染みになる。朝の寒さで硬直したジョージの身体も、夕方には子供達の陽気、元気さに触れ、この国へ来て良かったと陰陽の心になる。

　学校は12月下旬には正月の休暇入り、休みが近づくと教室の生徒達も明るい雰囲気に。

　教師同士も冬の通勤時の苦労を述べ合い、日本では年末・新年をどの様に過ごすのかとジョージに聞いて来る。以前日本ではバブルの経済絶頂期は「忘年会」と称して、会社員は夜遅くまでバーや居酒屋で酒を飲み大騒ぎ、しかし近年は経済停滞、自宅で静かに過ごす様変わりを説明する。以前住んだソ連時代、新年はジェッド・マローズ（サンタクロースに似た雪おじさん）が活躍したが、キルギスの宗教はイスラム教、クリスマスでもアルコールを飲まず静かに過ごすのだろう、とジョージが尋ねる。しかし「ニィエット」の返事が返ってくる。

　授業の最終日、教職員の打上げを兼ねたパーティーがあり、ジョージも参加した。会場はカフェー風レストランで、参加者は教師の他に調理、部屋の清掃、洗濯等、寮生活でお世話になった職員30名程で、テーブルにはビール、ウオッカ、ワイン、キャビア等の豪華な料理が並ぶ。アルコールが廻るとイスラミック的なリズムのバンド演奏が始まりダンスの輪も、会場は笑顔に包まれる。以前この国ではアルコール飲酒の風習は無かったが、ソ連政権となりロシア化が進みウオッカやワインも食卓に乗る。多民族国家キルギス、顔の表情は様々に異なるが笑顔は同じ、皆素晴らしい。この国へ来て日も浅い、民族間に抱える問題、悩みや意識の差は判らないが美味しい料理、笑顔、音楽、激しいリズムやスローでブルージーな曲で踊るお世話になる学校職員の輪。素晴らしいこの世界、この光景を眺め「平和って最高」とジョージは思う。依頼されこの時持参したサックスで生バンドとロシア民謡で知られる「モスクワ郊外の夕べ」をデキシージャズ風に演奏した。ロシア人とウクライナ人の先生もいる、深刻なウクライナ戦争は全く想像も出来ない時だった。

第3章

親日家族

——ムラットさんと奥さんのアセリさん宅に招かれて——

　キルギスへ出発の数年前、ジョージは、大阪外語大ロシア語科を卒業し当時は金沢市に住んでいた池田寿美子さんという女性と知り合った。池田さんは、名古屋の大学院生時代にゼミ課題の調査を兼ねて、キルギスやウズベキスタンに滞在した経験を持っていた。また、ソ連時代にシベリア地方に留学経験もあり旧ソ連圏を深く知る稀有な経歴の持ち主で、金沢を中心に北陸地方へのインバウンド旅行者の誘致にも力を注いでいた。

　ジョージと池田さんを結びつけたのは、学びの場は異なるがロシア語という言語に加えて、社会人卒業後にジョージが所属した日本国際観光学会を案内したことで縁が生まれた。池田さんからは日本ドンガン学会への紹介や金沢の古町文化への招待を受けた。その折に、ジョージが近々キルギスへボランチア教師として赴任すること、また中央アジアについての記述を書き残したいとの願いを持ち出国することを伝えた。すると池田さんからアセリさんというキルギス人家族を紹介された。

　アセリさんはキルギスの大学で日本語を学び流ちょうな日本語を話す。滞在中に是非会う様にと勧められた。キルギス着後の12月、ジョージが電話すると年末大晦日に泊まりに来ないかと丁寧な日本語で誘いを受けた。キルギスで多くの人に接したいと願い、大晦日と元旦をどの様に迎え過ごすかも体感したくジョージは訪問の約束をする。

　大晦日の31日、ホームステイ先にも家族親戚一同が集まった。はしゃぎながら買い物や食事の準備に忙しそう。ジョージが大晦日は紹介され

た家族を訪ね不在になると伝えると「どうぞ、どうぞ」と明るい返事が
返る。

　当日アセリさんからの電話で、午後3時に主人が車で迎え行くので、
ビシュケク市の中心にあるツイルク（ロシア語でサーカス）の大きな建物の
前で待つように言われた。当日冬には珍しい好天気、ゆとりを持ち自宅
を出て学校へ行く時に利用する、広い道路の反対側のバス停に向かう。
外気温度も10度を越え、路上の雪が解け足元がぬかるむ。自動車の車輪
から雪を含んだ泥水が通行人を襲う。交通機関は20数人乗りのマイクロ
バスかタクシー、途中にアラメジンという大きなバザールがあり正月用
品購入者で混雑していた。満員で通過するバスを恨めしそうに見送るバ
ス利用者たち。日本と異なり敬老精神が残るこの国では、バス乗車口に
老人が近づくと若者は先の搭乗を促す。乗車後も座る席が無いと若者は
必ず立ち「どうぞ」と席を譲る。電車内で老人が自分の前に立っても居
眠りや無視する日本の若者と比べて、キルギスには将来があるとジョー
ジは思ったりもする。大晦日の今日、普段と異なり満員で止まらず通過
するバスも多い。バスは無理と判断しジョージはタクシーを捕まえるこ
とに。

　天候が悪く雪や吹雪く日はタクシーも捕まえ難い。止む無く白タク利
用となる。タクシーもメーターの無い車が多く、料金はその都度の交渉
となる。時には他の利用者との相乗を勧め停車するタクシーもあるが、
その際も値段交渉が必要で、吹雪く日は公共バスの10倍程の料金も吹っ
掛けられる。通り過ぎるタクシーが多い中、日本製の小型車タクシーが
停車した。行先を告げると案の定、通常の3倍程を請求してきた。約束
時間も迫り根負けして同意した。殆どの運転手は乗客に親しく話し掛け
始め、今日もジョージにどの民族かとの質問が来た。ジョージは何時も
の如く「どの民族と思うか」の質問を返す。答えは先ず中国人、続いて
コリア、ベトナムかと続き否定すると次に「ドンガン人」と聞き返す。
ドンガン人は天山山脈東部、中国領の地域に住む、暴動を起こし一部は

ソ連時代に国境を越えキルギスへ逃れて来たと言われる少数民族だ。ある調査によるとキルギス民族は元々放牧を中心とした酪農生活、一方ドンガン民族は中国の影響を受けた農業中心の経済基盤。キルギスへ移住後は農業及び商業により安定した生活を築く。ビシュケクやカント市内のバザールで陽気で活気ある店の主人の多くは、トルコ人かドンガン人経営者だ。

　運転手が後部座席を覗くのは危険で、ジョージは日本人だと明かすと運転手は驚いたように「えー？」と声を発し、ミラーから後部座席を覗く。自分の妻はJICAに招かれ広島に1年間の研修に出掛けた。日本人は親切で勤勉、貴重な経験を積みキルギスへ帰国したと言う。この国では携帯電話は値段が安い中国製の利用者が多いが、妻はお土産に日本製の携帯を買って来て呉れたとも言う。ジョージもサラリーマン時代に7年間住み、広島は思い出の街と伝えると、ロシア語で「ダー、パニャットナ（分かった）」と言う。自分のタクシーに日本人を乗せたのは今日が初めてで、妻は日本に行き良い思い出を作り、日本製の携帯電話も買ってもらった。今年最後の仕事で帰宅中、今日日本人の乗客を乗せたと妻に伝えればきっと喜んで呉れる、だから料金は要らないと言う。料金を払うと伝えたが、目的地着後も料金の受け取りを拒む。ジョージはタクシーをタダ乗りするのは初めてで、覚えたてのキルギス語の感謝の言葉、「チョウン・ラフマット」と述べ互いの幸運を祈り別れた。海外に出て日本や日本人への褒めの言葉を聞いて、決して悪い気持ちにはならない。ぼったくりではない初めて無料のタクシー、日本人に生まれて良かったとジョージは思う。

　約束の建物の前で待っていると日本製の車が近づいてきた。中から30歳過ぎの屈強に見えるキルギス人男性が笑顔を見せ乍ら降りてきた。名前はムラットさん、税関に勤務し自宅はビシュケク市の中心街から車で30分弱の郊外に住み、途中大統領の公邸前を通ると言う。市街は道幅広く雪の積もる公園は大きい。大統領公邸の敷地は皇居程の広さか国象徴

の威厳を感じる。やがて澄んだ空を背景に真っ白な雪を抱き、ゆったり
と広がる山々の稜線が眼に入る。ビルや高層共同住宅が消えると個人住
宅地、どの家も鉄の塀と扉で仕切られている。広い門構えの平屋前に停
車、ムラットさんがドアを開けると玄関口には奥さんのアセリさん、ム
ラットさんのお母さん、4歳と1歳の碧い瞳の子供さんが迎えて呉れ
た。広い応接間に案内され矢張り紅茶、パンとお菓子を勧められる。
ホームステイ先に続いて今日は2度目の個人宅訪問となった。

　ムラットさんの父親は医師だったが17年前に亡くなっていた。2人の
姉がいるが1人は名古屋大学の医学部を卒業し、現在モスクワで医師と
して働いているという。ムラットさん自身は日本語を話さないが、日本
の曲に興味を持っている。奥さんはビシュケク市内にある大学の日本語
学科卒し、家族の皆さんは日本に親しみを抱いているようだ。ソ連時
代、外国映画鑑賞やジャズ音楽は制限されていたが、現在は自由にイン
ターネットを通じ日本の曲を聴くことができる。夫婦は山口百恵の「秋
桜」や一青窈の「はなみずき」をダウンロードして聴いていた。キルギ
スと日本のメロディーは哀感を帯び似ていて、詩や言葉の意味が判らな
くとも共感を呼ぶと言う。奥さん手作りのキルギス料理でのおもてな
し、2人のお孫さんは祖母さんが見守り、ムラットさんは部屋を案内し
て呉れた。

　医師だったお父さんが30年以上前に築いた重厚感ある家で、時の流れ
を感じさせるが応接間や各部屋はゆったりとし広い。2つの居間、加え
て寝室は3つ、食堂、調理室、化粧室兼風呂場、トイレ、庭には別建物
がありバーベキュー用のスペースと洗濯干し場があった。春、夏、秋、
もてなしを大切にするこの国では焼肉料理は欠かせない。牛、馬、羊、
鶏肉が主体の食生活、肉の値段は安くバーベキューは日常生活で重要な
意味を持つと話して呉れた。キルギスの国土は日本の国土の約半分、20
万平方キロ、人口は約652万人（2020年）、主要産業は農業、牧畜、綿花
やタバコ栽培、地下資源は金、石炭、水銀、石油や天然ガスは輸入する

が観光にも力を入れている。ソ連崩壊後独立した共和国の1つで、国民の生活は苦しいと聞くが、ムラットさん家族は広い土地と多くの部屋の家に住んでいる。キルギスで最も安定した職業である国家公務員として働いている。笑顔が美しい奥さんは2人の女の子の養育で休職中、学生時代に学んだ日本語を使い、将来は外交官を目指すと言う。恵まれた環境下で穏やかな日々を送ると感じさせる家族だった。

　奥さんから「ダイニングルームへどうぞ」との案内、指定された席は会議に例えると議長席だった。議長席から見て右側が主人のムラットさん、その横に長女、その隣に同居する親戚の男子大学生、左側の席にお祖母さん、隣が幼児の男の子、その隣が主婦のアセリさん。食事の準備は全て若奥さんが行い、お祖母さんは勝手には入らずに孫の面倒見。テーブルには果物やチーズのオードブル、牛や羊肉がメインのキルギス料理、ワインとウオッカのボトルも並ぶ。会食の冒頭にムラットさんがロシア語で、キルギスと日本の友好を願う歓迎と乾杯の発声。30歳代公務員、人前で挨拶をする機会も多いのだろう。心を打つ言葉だった。ソ連駐在時にもロシア人との食事に同席したが、挨拶には両国の友好と発展、同席者の健康、幸福を祈るとの言葉を必ず添える。ムラットさんの言葉にも同様の格調を感じさせた。料理に加えアルコールが進む、次はムラットさんのお母さんの挨拶だ。

　医師だったご主人はこの家を建てて亡くなり、既に長年が過ぎて仕舞った。長女は名古屋の大学で医学を学び、現在はロシアで医師として働いている。この家を継ぐ息子ムラットさんは大学で日本語を学んだ素晴らしい女性を妻として迎え、共に立派な家庭を築いて呉れている。今日は日本からの

ムラットさん宅の大晦日、ジョージは常に楽器を持参する

訪問客を迎え、この会を持てて嬉しい。我が家は日本との糸に強く結ばれている。ジョージの訪問でその糸は更に太さを増すと言葉を添えて再び乾杯のトスト。スピーチ後、少量のアルコールを飲むと両頬が赤く染まり恥ずかしいとも言う。ジョージが日本語には「おかめとひょっとこ」という言葉があり、「ひょっとこ」は口先が少し曲がった男子で「おかめ」はふくよかな顔立ちで赤みの斑点がある明るい女性を現す。共にユーモアで幸福を顕すシンボルとして親しまれるアイドル顔と説明する。

　さらに酔いが回ったのか興が沸いたのかお母さんは「主人が亡くなってから後未亡人を続け長い歳月が過ぎた。子供達もご覧のように立派に成長し、幸福な日々を送っている。出来ればジョージが日本に帰国する時に妻として日本へ連れて帰って欲しいと、両頬を更に真っ赤にして冗談を言い出した。ジョージが自分には日本に妻がいると答えると、キルギスにはムノーゴ・ジョンストバ（一夫多妻制）という言葉があり、全然問題ないと言う。右の席に座る息子のムラットさんに、お母さんはこんな事を言っているが反対は無いのかと聞く。すると息子夫婦から「ニィエット・プロブレーマ・サフセム・ニィエット（問題は全く無い）」と陽気な笑顔の返事。母親も相槌を打つ。この晩餐会は一層の明るさを増した。

　次はアセリさんからの言葉をと期待していたがお勝手に出掛け、「饅頭の用意が出来たので召し上がって下さい」と言い席に戻って来る。湯気の立つ熱々の饅頭、祝日や大切な来客があるとこの饅頭を山程作ると言う。中身は牛や羊肉、玉ねぎ、ニンジン、キノコ等色々な具材を入れ準備に1日の時間を掛ける。ムラットさんの説明で、饅頭の食べ方は寿司と同様にフォークやナイフ等を使わず、熱いままを素手で取り「ふうふう」言い乍ら食べるのがコツだそう。生き方の基本的な考えは「郷に入ったら郷に従え」、手も口も熱いがふうふう言い乍らジョージは饅頭を口に運ぶ。熱い饅頭、家族の皆さんの心温まるキルギス風おもてなし、加えてワインやウオッカの酔いに気持ちがハイに。すると深夜零

時、家の外から花火の音が鳴り響いた。近所から新年を祝う「ウラー」
の声。ムラットさんから花火は近所の人が新年を祝って揚げる花火で、
外は寒いが見に行こうとの誘い。

　厚いコートを着て家族と共に雪の道路に出た。人通りは少ないが道路
や自宅の庭からの花火が空に舞い、新年を迎えた歓声が耳に入る。

　ジョージは時差の関係で 3 時間前に新年を迎えた日本ではどの様な新
春を迎えたのだろうかと思う。心配事は家族の健康、懸念はキルギスの
テレビ報道でも時々放送される北朝鮮の核開発と日本近海や領空を越え
て発射されるミサイルの脅威。ソ連からの独立後もキルギス経済は発展
途上と聞くが、日本や極東を包む国際関係と軍事的な緊張感は中央アジ
アには少ない、この国が羨ましいとさえ思う。花火と近所の人々の歓
声、ジョージは極東の緊張が早く消えるように祈る。部屋に戻るともう
少し飲むかと尋ねられるが眠気を感じ、寝かせて欲しいと伝える。煖房
が効く寝室に案内され温かいもてなしに感謝しながら直ぐに眠りに入
る。

　元旦の翌朝は明るい陽光、昨晩に続いて朝食も豪華で、朝食の飲み物
はジュースに加え紅茶だが好きなコーヒーも提供された。新春の陽光の
中朝食が終わるとムラットさんは昨晩とは異なり、真面目な表情にな
り、この国の歴史と現状について述べたいがと尋ねる。ジョージは完璧
にロシア語を理解できないかも知れないが、若い学生時代から中央アジ
ア、特にキルギスには興味を抱いていた。だが地理的には日本から遠く
情報も少ない、自分からも是非お願いしたいとジョージは答える。ム
ラットさんの話はキルギスの歴史、少数民族を入れると40以上とも言わ
れる多民族国家、72年間続いたソ連邦時代の歴史、崩壊後のロシアとの
関係、政治的にはロシアとの関係が強いが経済では中国が影響を強めて
いる。距離的に遠いが最先端技術で発展する日本への期待は大きい
等々。出来る限りジョージが理解で出来る様、ゆっくりとロシア語で話

して呉れた。その姿は大学教師。キルギス到着以来この国は老若男女共に知的レベルが高く、地勢上の影響もあり国際情勢に大きな関心を抱いているとジョージは思った。説明が終わるとムラットさんから、外は寒いがここから車で20分程の所に是非見て欲しい場所がある。これから行かないかとの提案にジョージも「是非に」と答える。

　昨晩ジョージに日本に帰る時には自分を妻として一緒に連れて行って欲しい、と冗談を言っていたお母さんも真面目な顔に戻っている。アセリさんは部屋の片づけと昼食の用意で家に残り、ムラットさんが運転する車で2人の子供達と5人で出掛けた。なだらかな坂道を登ると、澄んだ空、周りには真っ白な雪に覆われ高い山の峰、遠くにビシケクの街並みが見えた。道路の終点に差し掛かり停車するとムラットさんは「アタ・ベイト」という大きな碑の前に立った。1つはスターリンの時代に

雪に覆われた峰の前に建立されモニュメント、東方の国境を越えると天山山脈と中国領、ロシアのプーチン大統領も慰霊に訪れたという。極秘とされたこの事件、死を前に述べた老人の話に基づき掘り起すと多くの遺体が発見された

ソ連に反対し蜂起して粛清により亡くなったキルギス人を悼む碑、もう1つはキルギスがソ連から独立した後の2代大統領時代、デモに参加し銃弾の犠牲者を弔う碑と話し、表情は暗さを増していた。更に「どうぞ、後ろを振り向いて下さい、東の方角は天山山脈、その向こうは中国領です」と言い次の話を始めた。

　内容は、ロシア革命後間もなく、トラックがこの後ろの山陰にスターリンの粛清にあった遺体を運んできた。この行為に関わった者や光景を眼にし口外した者は同じ運命になると脅かされ、闇の中に葬られた。事件が明らか

になった理由は、元キルギス内務省勤務のある老人が、自分の余命が少ない事を知り、残忍なこの歴史的事実を闇の中に伏せて置いてはならないと悟り、密かに娘に明かし、娘はこの秘事を公表した。イスラム教をはじめキリスト、仏教、ユダヤ教徒、知識人等19の民族が処刑されレンガ窯に投げ込まれた悲劇だ。掘り出すと137名の遺体が見つかった。その中にはキルギス・ソビエトの創始者でもあるアブドラマノフ、イサケフ人民会議長等の要人多くも含まれていた。1991年8月30日、スターリン時代の恐怖の歴史を弔う国葬式が、翌日8月31日にはキルギス主権確立の独立宣言が行われた。その後ロシアのプーチン大統領もこの碑を訪ねたという。

　話が終わるとムラットさんからはジョージに、この重く暗い歴史を日本で耳にしたかとの質問があった。だが当然返事は当然「ニィエット」。キルギスと日本は地理的に遠く歴史的な繋がりも薄い。鉄のカーテンと呼ばれるソ連時代は外国人の入域は制限され、情報が限定的で未知の地域だったと答えた。ジョージは自分も数冊の本を出版し、今回キルギス訪問の理由もその1つで、帰国後この事件を是非書き残したいとムラットさんに答えた。

　日本へ帰国しジョージはキルギスに於ける「アタ・ベイトメモリアル」を調べた。アタ・ベイトは「父達の墓」の意味だと聞く。ロシアで世界初の社会主義革命が成功すると、政権はロシアの旧地主等の富豪層の排除と共に近隣諸国を支配下に収め、密告制を導入し政権反対派を徹底的に粛清した。アタ・ベイトもその時代、キルギスや近隣諸国の支配、人間が繰り返す戦争による民族抹殺、宗教間紛争、主義主張の異なる人間排除の暗い歴史の繰り返しを知らされた。ロシアの作家レフ・トルストイは大地主の生まれだが、少し遅く生まれこの時代に生きていれば悲劇の末路が待っていたことだろう。中央アジアの小さな国で起きたこの悲劇は、関わった者の告白がなければ世界に知れることなく世界史

の中で埋没していたことだろう。想像以上に寒さ厳しいキルギス、だが
この国を訪ねムラットさんの家族に会わなければ、この歴史的な悲劇を
知らずに過ごすところだった。キルギスの東は国際政治で力と存在感を
増す中国、北は米ソ宇宙競争時に衛星ロケット発射基地として重要な役
割を果たしたカザフスタン、ジョージが住んでいたカント市にはロシア
の空軍基地がある。ソ連軍はアフガニスタンに侵攻、多数の兵士の犠牲
を生み、6年後ゴルバチョフ大統領の時代に撤兵した。後発生したアル
カイダのアメリカ・貿易センタービルのテロ攻撃に続くアフガン紛争で
は米空軍はキルギスの首都・ビシュケクの空港から空爆に向かった。多
くの国民や民族が住む地上、歴史や情勢は様々、且つ悲喜こもごも、そ
して激変する、ヒットラーと共に歴史上最大の独裁者と言われるスター
リン、ロシアから遠く離れたシルクロードのこの国で野望を実現するべ
く多くの悲劇を生んだ。ビシケクの街を見下ろす「アタ・ベイト」の
碑、雪に抱かれた白く美しい山並、悲しい歴史があったとは思えない静
かな元旦、ジョージは若い時代にもう少し視野を広げ、歴史を学んでお
けば良かったと自戒の気持ちを抱いた。

　家に戻ると昼食が用意されている。この国でも個別住宅は防犯用と思
われる高い壁、ソ連時代に建設された高層アパートでも他人とは深い関
係は避けたいという雰囲気だった。これはスターリン時代に国や指導者
を批判したとの密告があれば、数日後玄関先で足音が止まり連行され数
百万の人が二度と帰宅出来ない悲劇が多発した。多分キルギスも同じ
で、見知らぬ他人には素っ気ない。一方で一度会い気心が合えば親しく
交じり合う。昨晩の夕食から朝食、昼食と贅沢なキルギス料理、アセリ
さんは帰宅後の夕食まで用意して呉れる。最初バス停留所までと言って
いたが、ムラットさん夫妻は結局ジョージが住むホームステイの家まで
送って呉れる。昨日は日本人と名乗ると無料で乗せて呉れたタクシー運
転手、ムラットさんとアセリさん夫妻、帰国する時には日本に連れて
帰ってと、赤ら顔で冗談を言うお母さん、悲しい歴史を持つ多民族国キ

ルギス。ベッドに横になるが直ぐには眠りに就けない元旦の夜。

　後日記。ムラットさんはこの時は税関職員、夫妻は2021年春に東京へ移り住む。ムラットさんは在日本キルギス大使館へ異動し、アセリさんと２人の子供さんの４人、日本で充実した日々を送っているという。この家族の東京着任時にジョージは皆さんと会食の機会を持った。話が弾みムラットさんのお母さんの様子を尋ねると2023年中に来日予定との話。当然の事だがその言葉を聞きジョージはその日を楽しみにする。

第4章

この世は The days of wine and roses with smile の楽園なのか

　ワインとコニャック、知ったかぶりの耳学問、重い話が続いたのでここで料理と酒の話。ロシアと言えばテーブルにキャビアやイクラが並ぶ豪華な料理。料理に花を添えるのはアルコール。何事も厳しかったソ連時代でも祝日やお目出度い記念の日には親しい仲間が集まる。当時国産だったグルジア産ワイン、アルメニア産の5つ星のコニャック、更にウオッカが座を盛り上げて呉れる。厳寒の冬でもウオッカは喉を通り、胃に達すると温かさは直ぐに体中に染み渡る。そして令夫人達の蒼く澄んだ瞳、ウイットに富む明るい会話、誰もがこんなパーティーに心惹かれるものだ。一気に飲み干すウオッカは、度を超すと足を取られたり、口論となる恐れがあるが上品な食卓にもう1つ欲しいのは音楽だ。出来ればジャズの名曲、フランク・シナトラや多くの歌手が歌った、ワインとバラに囲まれこの世の素晴らしさ、良き人生、愛の喜びを称える詩と和みのメロディー。

　ロシア料理はキャビアやイクラ、肉の皿が豪華に並び美味しい。しかし現在と異なりソ連時代のモスクワ市内のレストランには共和国、例えばウズベキスタン料理店はあっても日本や欧米料理の店はなく、北京という名の中国料理1軒あるが料理は、中華風と呼ぶのが正しい。朝鮮戦争で共に戦ったソ連と中国も中ソ論争により決裂、中国人コックは帰国し代わりにロシアの調理人が中華料理モドキの料理を提供する。このレ

ストランで本場、中華料理を味わえるのは中国から輸入されるザーサイとジャスミン茶、そして紹興酒程度。冷えたビールは最初舌で味わい、のど越しで2度目の美味さを感じると言われるが、当時モスクワ市内で一流と言われるレストランでも冷えたビールの提供はなかった。常温ビールを良しとする人もいる。その人は「ロシア製ビールには本来のコクがあり、実に美味い」と強がり的な言葉を発する。実はジョージもその1人で、理由は「郷に入ったら郷に従え」の考えから。加えて高校生時代の勉強部屋は冷蔵庫の無い酒の倉庫で、同級生と盗み飲んだビールも勿論常温だった。隠れて飲むビールの味は最高、ロシア産ビールはその味に通じる。

　時代の流れと共に現在ロシアでも冷えたビールが提供されている。だがその時代に評価され最も愛飲されたのはグルジア（現在ジョージア）製ワイン。白ワインはツィナンダーリ、赤ワインはキンズマラウリ、外貨専門のドルショップで安く買える。ドルショップは外国人駐在者や旅行者、海外で活躍し外貨を持つソ連・ロシア人も入店可、外国製品に加えキャビアやイクラ等のロシア製産品の購入が可能。日本人の海外渡航が自由化され、帰国の際に必ず持ち帰った英国製ウイスキーも、ソ連という国家が纏め買いするのか金券ショップでは超廉価で、人気のグルジア製ワインも低価格だった。当時ロシアに住む外国人は一様に、社会主義国での生活は何かと制約あるが世界中の銘酒を、それも世界一の安さで買え大助かりでこの点は天国、と密かに話す。

　真贋は判らないが葡萄酒発祥の地はジョージアといわれ、コニャックはアルメニア発祥説もある。パリとモスクワの間にも定期航空便が就航し、ワインやブランデーの発祥地とも言われるフランスの航空会社、エールフランス（AF）やイギリスの航空会社（BA）の客室乗務員もシェレメチェボ空港や市内の免税店で、ワインやコニャックを買い求める姿を見掛ける。珍しさや価格だけの理由ではなく味の良さからであろう。日本国内でも料理や銘菓店では「元祖」や「本家」争いが散見される

が、ジョージはワインの発祥地はジョージアなのか、それともフランス
なのかという論争に関心を持っている。航空会社間の競争は現在とは異
なり、ロシアに乗り入れる会社間の関係もより密な時代、仕事上で知り
合った AF の客室乗務員にワインの発祥地は、フランスではなくグルジ
アかではとの少し意地悪な質問を投げた。すると強くは否定をしないが
買う理由は、味の割には値段が素晴らしく安いからとの返事だった。時
には日本からの来客を自宅に招きジョージは耳学問を元に、ワインの
知ったか振り情報を振りかざす。更に話題は脇道に逸れるが帰国後、山
梨県のワイン醸造家の役員が主催するワインセミナーに参加した。ワイ
ンの発祥地はグルジアかフランスどちらかとの質問を試みる。返事は
「グルジアだと思う」。そんな理由から「ワインの発祥地はグルジア、コ
ニャックはアルメニア」、がジョージの自説となった。

　もう少しワインとお酒の話を続けたい。
　ベルリンの壁の崩壊後ソ連が崩壊し、グルジア、アルメニア両国もロ
シアから独立した。定年前にジョージはモスクワとドイツへ旅行、その
時のロシアの指導者はエリツイン大統領だ。タイから韓国へと広がった
アジアの通貨不安はロシアに飛び火し、銀行前では預金を下す国民が列
をなした。ルーブル通貨の低迷により経済破綻し、店頭から商品が消え
ホテルの外国人用外貨交換所は15分おきに窓口クローズとなった。世界
最大の部屋数を誇ったホテルで眼にする為替変動、市場経済に歩み始め
た新興国ロシア、そこに集まりドル紙幣への交換を求める国民たち。
度々の窓口クローズの理由はルーブルの下落で、並び疲れたが何とか
ルーブルに替えてもらえた。夕食もクレムリン近くのこのホテル・ロシ
ア、初めて訪れた時は広いこのレストランは満席で、生バンドも大きな
音で演奏していた。しかし今日のホールの客は数グループと疎らで、グ
ルジアワインを注文すると高騰し入荷しないとの返事だった。代わりに
モルダビアのワインを勧められる。ジョージは通貨危機の怖さを垣間見
た。

　それから約20年過ぎた暮れの大晦日、ムラットさん宅に招かれジョージはグルジア産のワインとアルメニアのコニャックを手土産として持参した。キルギスでは両国のアルコール類を安く買える。グルジアワインは甘口とセミスウィートで女性に人気がある。耳学問に依ると世界3大美人と言われる女性の内の2人、クレオパトラと楊貴妃もこの甘口のグルジアワインを愛飲したと聞く。健康と長命、更なる美を求めてグルジア産のワインに関心を抱いたのだろう。中央アジアを通りヨーロッパと中国を結ぶシルクロード、クレオパトラと楊貴妃も共にグルジアワインを手にすることは容易だったのだろう。ジョージがソウルで耳にした話では韓国の朴・チョンヒ元大統領はシーバスリーガルを愛飲、その理由から今でも韓国の男性にこのウイスキーに人気があると。美女ではないが英国の元首相チャーチルもグルジアのワインを愛飲したとも聞く。

　予想よりも早くソ連崩壊、しかし共和国の1つであったウクライナやグルジア両国はロシアと戦争や緊張状態に、世界情勢はかくも激変する。ウクライナはクリミアに加え占領された自国領土4州、ジョージアはアブハジアや南オセチアの領土問題を抱えてロシアとの緊張が続く。地上の多くの人は The days of wine, roses with smiles and loves を願って日々の生活を送っているだろう。しかし現実の世界はそんなに甘いものではない事を知る。アルコールは明るい話題の中でゆっくりと味わいたいものだが、クレオパトラ、楊貴妃、チャーチル首相が生きていれば現在の国際情勢、いかなる想いで眺めただろうか。美味しいグルジアのワインも、きっと苦く感じているだろう。

　最初のホストファミリーの主人はジョージより10歳程若かった。しかし呼吸器の病を持っていて辛いのか言葉が少ない。取り付き難い人と思えたが、ジョージが学校から帰ると紅茶やキルギスのチーズを進めて呉れ、2人だけで過ごす時間が多く退屈しないようにロシア語のテレビチャンネルを回して呉れる。2人で観る番組はトルコで制作され、ロシ

ア語に吹き替えられ数家族を舞台とする男女間の愛憎劇、日本でも一時期流行った昼ドラだ。このドラマを毎日は観ることはできないので主人は観なかった日のストーリー解説をジョージにして呉れた。皆さんの信仰宗教はイスラムで、最初ジョージのアルコール飲酒を快く思っていなかったようだが、晩酌好きを知るとワインの栓開けの手伝いもして呉れた。ジョージが食卓にワインボトルを持って来ないと「何故今晩は飲まないのか」と尋ねてきた。

　主人は若い時代に軍隊に入りベラルーシ（白ロシア共和国）で過ごしたようだ。軍隊生活の厳しさから体調を崩し、肺の病気を患い早朝は咳き込む。誰もいない昼間の時間は石炭を補給し、部屋暖房と水道水を温め続ける。イスラム教のこの国では一夫多妻制が許容されてきたが、最近は女性サイドからも不満が持ち上がり、テレビ番組でもこの問題を取り上げ是非議論が始まっている。主人からの様々な解説や状況説明はジョージのこの国の理解、ロシア語のブラッシュアップに役立つ。

　しかしこの家にもさよならを告げなければならない、とジョージは思い始める。

　理由は凍った道路での転倒による膝の痛み、近くの石炭を利用し市内全域の家庭に集中暖房用温水を送る工場；テツから排出される黒煙、底冷えの早朝の登校、浴槽、日本から持参した血圧用の薬も無くなり身体の衰え等。学校近くで浴槽がある家からの通学を考えていた。ソ連時代に建てられた団地風アパートなら風呂があるはずだし、出来る限り多くの家族に触れたいとの考えからだ。今住む家族の皆さんは優しい人達だが、校長先生に団地形式のアパートで風呂は必須、出来れば食事付きの家を探す様に依頼した。校長先生は迷惑そうな表情を浮かべたが20人程の学校の先生にホームステイの受け入れを相談して呉れた。数日後キルギス人の女性教師から受け入れても良いとの返事がもらえ、運転手のヌルランさんと下見に出掛けた。

第5章

次のホームステイ

　次の家を訪ねると、ソ連時代に建設された高層アパートの1階で、朝晩の2食付き、電気洗濯機、そして念願のバスタブもあった。100メートル程の所にはバス停もある。フルシチョフ書記長時代に建設されたのか、建物は少し古いが集中暖房で部屋は暖かい。最も関心ある風呂場を覗くと、小さいスペースだがトイレと一緒のバスタブがあった。2LDK、ジョージが住む予定の部屋は10畳程の広さで、家主は同じ学校の女性教師と20歳代の娘さん、ビニールの袋に入れて出して置けば洗濯も遣って呉れるとの話だった。

　ジョージは理想の住まいが見つかったと喜び、一冬を乗り越えられればキルギスに2～3年住んでも良い、と内心思うようになった。キルギス人の女性教師は、ソ連時代にはサンクト・ペテルブルグの大学で映画芸術を学んだと言う。国は社会主義国家建設、国威発揚の手段として映画を最大限に利用し、映画文化の最盛期だった。社会主義国では大学教育を国家の重要な根幹事業と定め、特にモスクワとサンクト・ペテルブルグ（レニングラード）の大学への入学は超難関、卒業後は恵まれた人生への登竜門になった。キルギスはソ連時代の15共和国中でも最遠隔の地で、モスクワやサンクト・ペテルブルグの大学入学はかなりの難関だと思われる。目鼻立ちの美しい、インテリ女性の印象を与える先生で、言葉の隅々に教養の深さと強い自信を感じさせる。

　下見後ジョージは学校に戻り校長先生に転居希望を伝えた。世話になっている今のステイ先にはジョージ本人が帰宅後、通勤に便利な学校

近くの住まいに引越を伝えたい、後学校からも確認の電話を入れて欲しいと要望した。これに対し校長先生からはそれは駄目との答えで、「キルギスの習慣では、一度決めたら直ぐ先方に伝える事が大切」と言われた。相手に辛い事を伝える際に日本人はタイミング、更に出来る限り柔らかく話す事が良し、と考えるがこの国では異なるようだ。今から一緒に家に行き明日中に去ることを告げると言う。ジョージはヤバイと思うが郷に入ったら郷に従え、指示に従うしかない。

　家に帰ると家族が出迎えて呉れる、だが校長と一緒なので怪訝な表情になり、校長はこの家からのジョージの引っ越しを伝えた。それも突然の明日中。ジョージを大切に扱って貰っているがスクールバス停車場までの、凍てつく暗闇の道路歩きは危険で大変、学校近くのアパートへ移ると校長は話した。聞いていた家族は驚きと落胆、内心の怒りは直ぐに判った。ジョージは針の筵の上だ。校長を玄関先で見送り応接間に戻ると、主人は渋い声で「お前が来てから出来る限りの物を買い揃えた」と強いロシア語の一言が出る。「御免なさい」以外の言葉が出ない。翌日は学校の授業がなく、運転手のヌルランさんに荷物の詰込み、2階の部屋から車への搬入を依頼する。元レスリング・グレコローマンの選手、重い荷物運びは簡単そうだがホストファミリーとは同じキルギス人、ヌルランさんも暗い顔。

　「日本人の老いぼれメ！」との感情を抑え乍ら、引っ越しを手伝って呉れているとジョージは思う。

　引っ越し先は前に寮生活を送ったカント市内、フルシチョフ時代に建てられた高層団地、建物は古いが住まいは1階で登り降りの心配もない。近くに乗り合いバスの始発停留所もあるが、朝晩送迎のスクールバスも50メートル程の近くまで迎えに来て呉れた。凍りついた道路でも人通りがあり、足跡の上をゆっくり歩けば転倒せずに進める。アパートにはバスタブがあり蛇口を捻れば念願の風呂、好きな時間に入り寒さで硬

直した体を揉み解す。ヤレヤレとの安心感を与える。周辺には10棟程の団地アパート、トマトやキュウリ等の野菜を売る市場もあった。キルギスは牧畜の国、牛乳、蜂蜜、チーズ、卵等の農産食品を売る店や露店も、日本人だと判ると親しみの表情で話し掛けて来る。これで一安心だ。

　今度お世話になる家族はジョージが務めるビリムカナ学校の、リュクセンブルグ校舎の女性教師と娘さんの2人、先生は若い時にレニングラード（現サンクト・ペテルブルグ）の大学で映画製作を学んだ。キルギス共和国から出て芸術の都、サンクト・ペテルブルグの学校への入学は難関だったと話して呉れた。映像の世界に勤めた経験から音楽にも深い造詣、関心を持ちジョージがサックスを持っていることを知ると、ダウンロードしたサックスのメロディーをジョージに聴かせて呉れた。部屋も広く朝食は先生が、夕食は娘さんが帰宅後に準備して呉れる。この国へ来て落ち着いた生活がやっと始まる、とジョージは思う。

　担当の授業は週3日、朝7時30分に近くの劇場前にスクールバスが迎えに来て呉れる。小中高校生と一緒に乗り先ずはカント校に停車し、ここで4年生までの低学年の生徒を降ろす。代わりに5年生以上11年の寮生を乗せてリュクセンブルグ校へ向かう。座席が少なく満席になると高学年の生徒は先ず教師に、次は低学年生に席を譲る。敬老精神もバスの中には残っている。登校時カント校の校門前に10台程のスクールバスが出入りする。乗り降りする生徒の声と寮母の見送り、エンジン音も重なりかなりの賑わいだ。この校舎前に来るとキルギス到着後45日間住んだ3階の部屋の窓に眼を遣る。ジョージが日本人だと知ると他の教師の講義中にも関わらず、席を立ち飛びついて来る小学生、土・日曜日の休日には静まり返った校舎内でガードマンと2人だけの会話、禁じられている深夜ワインの独り隠れ飲み。カント校からリュクセンブルグ校までは20分程、帰宅はリュクセンブルグ校前の有料バス停から団地行きの有料バスは約15分、通勤は楽になる。午前10時におやつの時間が設けられ紅

茶、パン、ゆで卵等、その後昼食が提供される、当番の生徒達が給食室
から教室に持って来る。ソ連時代は女性も働き子供達は学校で朝食を取
る、独立後のキルギスでも午前のおやつに昼食は学校で取る制度が根付
いたのだろう、小さなキャンパス内の会食、ここでもかなりの賑わい。
授業が終わり帰宅のスクールバス到着前、生徒は運動場でサッカーに興
じ、講堂で学習する者、ピアノの練習、ディスコティック風なダンス、
キルギスの民族弦楽器；コムズの練習、各自多趣彩々に学びそして興ず
る。

　元気な中央アジア・キルギスでの子供達の光景に触れジョージには小
さな喜びと感謝の気持ちを抱く。校舎の隣には広い運動場がある。時に
は20頭程の羊の群れを連れたおじさんの姿も。カント校近くの大きな森
でも長閑な羊の群れを眼にする。何度か接して親しくなりこの羊達の将
来を尋ねると、キルギスは肉食文化の国で、時には小遣い稼ぎで売る
が、全てがバーベキュウ料理用、羊の解体は男の役割だとここでも聞か
された。ジョージはキルギスの男に生まれなくて良かったと思う。

　日本では休・祝日が多いが、キルギスも日本と同じく多い。日本は働
きバチと外国から揶揄されて出来るだけ休みを取らせるために休日を多
く設ける。キルギスでは給料が安いので国民の不満を解消するために多
く設けた、と皮肉めいた言葉をキルギス人から耳にする。日本ではバブ
ル崩壊後の1990年代の10年間、2000年代の10年間を「失われた20年」と
呼ぶが、消費税導入、失業者増により日本経済は地盤低下が続く。国民
の不満解消の特効薬はないが祝日は心への安定剤、不満解消の役割を果
たすのは間違いない。休・祝日にはこの学校でも学芸会的なイベントが
開かれ、各学級や選抜チームが出演、数日前から準備が始まる。先生達
は大きな声で、時には罵声にも似た声を出し、未来のプロを目指すかの
如き指導振りだ。横から垣間見て最近の日本で教師がこれほど厳しい指
導を行ったら、生徒や父兄からも強いクレームが出るだろうと思われる
熱気、高学年になるに従い教師から厳しいダメ出しが出た。クラシック

バレーの厳しい指導振りはソ連時代から崩壊後の現在も続くと聞くが、キルギスも独立後約30年、若い活力のみなぎる国を目指し生存競争の厳しい中央アジアの国だからだろう。一方学校教育は国家の重要な事業、国威発揚の為か、それとも多様性ある様々な考えを抱く若者を育てるのか、判断に苦しむ重い課題とジョージは思う。

　キルギスと日本の関係について時々聞かされる話。その昔祖先はエニセイ川の上流域に住む兄弟で、肉が好きな人が遊牧民としてキルギスに住み、魚を好きな人が漁民となり日本人になったとのお伽話。この話を日本で聞いたことはないが、日本人とキルギス人の顔付きが似ていて、一般的にキルギス人は日本に親しみと関心を抱いているからだろう。キルギス人は青い目と背の高い民族で、13世紀にジンギスハンがモンゴル帝国を設立するとその支配下に入った。現在のキルギス人は天山山脈やパミール・アライ地域に定住していた民族、エニセイ川流域の民族とこの地域の民族間の関連については諸説があるという。キルギスは17世紀にイスラム教を受け入れたが、ロシア革命後の1926年にキルギス自治ソビエト社会主義共和国、1993年にはソ連崩壊に伴い独立しキルギス共和国となった。中央アジアの陸続きの地理的な影響により政治体制や国境線も様々な変遷を経た。ビリムカナ校の若い英語教師はモンゴル系と名乗り、モンゴル系の人も多いと言う。中世期にモンゴル帝国は東アジアからロシア、中央アジアを支配しこのエリアに強い影響を与えた。この教師も自身の民族性にプライドと自信を述べる。ジョージがビシュケク市内を1人で歩いていると突然韓国語で「何処かでお会いしましたね」と話し掛けられる。バス停に立っていると自家用車の運転席から「何処に行くのか」と聞かれる。ジョージが韓国、朝鮮系の出身者かと思ってのこと、宜しければ自宅なり希望する方面へ送るとの思い遣りの言葉も投げ掛ける。何故中央アジアの国々へ韓国・朝鮮系の人々が移って来たのか、この事について関心を持ちジョージは調べ始める。

　ロシアの沿海州、日本海に臨む西は中国とアムール川に接する元は中国領、1860年に北京条約でロシア領となる。韓国・朝鮮系の高麗系の民族もこの地域に住み、後に約17万人が中央アジアへ移住する。36年間の日本の朝鮮半島併合が影響を与えたと言われる。ソビエト政権が設立すると日本は米国、英国、フランス、イタリアと共にチェコ兵捕虜救出の名目でシベリアに出兵、7年間留まる。レーニン死後、スターリンが指導者となり沿海州周辺に住む高麗系住民による日本のスパイ活動を疑い、1937年10月25日までにウズベキスタン、タジキスタン、キルギスタン等に移住させた。移住後ロシア語以外で話すことが禁じられる。その上この地域での生活は高原の遊牧スタイル、元来農耕民族の高麗系の人々、過酷な生活が続いたと言われる。

　ジョージがモスクワで働いていた時、ウズベキスタンに住む朝鮮系と名乗るモスクワ大学の学生と知り合った。モスクワの街中で声を掛けられ、休暇でウズベクに帰ると大きな白菜を持って来て呉れた。現在モスクワやキルギスでもバザールに行けば白菜も容易に買えるが、当時眼にするのは稀だ。ジョージがビザ更新で日本に帰ると2束の白菜を持ち帰り、1枚1枚を新聞紙に包み冷蔵庫に保管、3カ月程白菜料理を楽しむ。モスクワ大学の夜学に通うと言うこの学生、ウズベキスタンから貴重な白菜を持って来て呉れた。そのお礼に自宅に招いた。当時外国人住宅の入り口には制服を着た守衛が24時間入口に立っていた。周囲は金網で囲まれ通行証を持たないロシア国民との交流や接触を強く規制する。自宅に招く際は守衛室の前を車で通り抜け、退去の際もその前を車で通過、車での立ち入りを黙認して貰うためには当然良き関係を築く配慮と日頃の努力が必要。その時ウズベキスタン他の中央アジアの国々に多数の韓国・朝鮮系の人達が移住した歴史をジョージは知る。

　ジョージはドンガン民族やドンガン人についての知識は皆無、キルギスへ来る2年程前に都内のある学会に参加を呼びかけられ、そこで初めて知る。この学会は東京外国語大学の菅野裕臣名誉教授が主催、事務局

を都内の私大に置く。当日は筑波大学に留学中のドンガン人の女子学生
2名も民族衣装を着て参加、ドンガン文化や人々についての話を聞く。
菅野先生は若き時代に朝鮮語を学びその後ロシア語も、キルギス共和国
にも渡り中央アジアやドンガン民族の研究を深める。ドンガン人は中国
西部地域に住むイスラム教、19世紀に反乱を起こし鎮圧され一部が逃れ
てキルギスやカザフサタン等の中央アジアの山岳に移住し牧畜や遊牧に
就いた。明るい笑顔、話し上手、商売上手で一度訪れた客は必ずリピー
ターにするテクニックを備えると言われる。

　話を再び新しいホーム先に戻そう。
　ホームステイ先のカール・ママシェバ先生のご主人は10年程前に病死
した。3人の娘さんは既に立派な社会人、長女はベルギー人男性と結婚
し同国に住んでいる。次女はUAEのドバイで活躍中、経済的に恵まれ
て現在住むこのアパートも次女が購入したという。同居の三女は朝10時
に家を出てビシュケク市のオフィスへ、夕方9時半頃に帰宅し母親と
ジョージの夕食を作る。先生は朝食を作って呉れて、学校から帰ると
ジョージにチャイを進め、黒パンやチーズを出しその後は自室に入り軽
い睡眠、読書、翌日の授業の準備をする。先生とは校内でも会うが、帰
宅後時間があるとキッチンと食堂兼用の部屋で話が始まる。この国の未
来を築く若人への教育、自身の学びと意欲、国内外で活躍する娘達3人
姉妹の活躍等々、充実した日常生活と良き人生路を偲ばせる話。若い時
代にキルギスを出て大学で映画芸術を学ぶ、卒業後は映像美術の世界、
次は学校教育で充実の時を過ごす、並外れた才能の実証だ。

　キルギスに住み直ぐ気が付いたのは、常に何処からともなく聴こえて
来る音楽。静かなメロディー、逆にリズミカル、イスラム的、時にはロ
シアの曲等の様々な音の響きだ。現代の人間生活に音楽は切り離せな
い。映画は映像効果を上げるバック音楽が無くてはならない、この家で
の話題の多くは映画と音楽の話、日本映画も加わる。ジョージが子供の

253

頃に観た日本映画は嵐寛寿郎という侍が主演の「鞍馬天狗」、内容は勧善懲悪で、次は故郷、群馬県の交響楽団の演奏活動をテーマとした「ここに泉あり」。学生時代は米国のミュージカル映画、ルイ・アームストロングの「5つの銅貨」、マリリン・モンローのコメディー映画、「ショウほど素敵な商売はない」。ロシア語を学んだ大学のロシア人女性教師が従弟と呼ぶ、ユル・ブリンナー主演の「王様と私」。どの映画にもバックの音楽が効果を上げる。ソ連・ロシアは国策映画、対して日本映画製作は民間会社、テレビが一般化してない時代、日ソともに映画は唯一・最大と言える娯楽だ。映画や音楽の話はロシア語、ジョージは完璧に先生の言葉を理解していないが、興味ある話題のロシア語、ブラッシュ・アップに多いに役立つ。

　第2次世界大戦後、経済的に厳しい日本で最大の娯楽と言えば映画、ブームが起こり黒澤明監督や木下恵介他の監督が数々の名作を残した。有名男優に加え日本女性的な美を現す多くの女優も生まれ、「サユリストか、コマキストか」の言葉も大流行になった。清純さ華麗さで60年後半から70年代まで栗原小巻と吉永小百合の2大女優が人気を競い、映画祭で数々受賞した。経済発展と共に日本人が自信を取り戻し始めた時期、黒澤監督は1974年に1年を掛けシベリアを舞台に「デルス・ウザーラ」を撮影、48回アカデミー賞のソ連代表作品とし発表する。以前モスクワの航空会社に勤務した際、日ソ合作映画作品の発表レセプションが開かれ、ジョージがその女優を会場まで自家用車で送った思い出を話す。先生は「デルス・ウザーラ」や栗原小巻の「モスクワわが愛」の日ソ合作映画も観たと言う。先生は広い分野のテーマに興味を持つ教養ある女性だとジョージは思う。

第6章

キルギスの名曲「ジュングル・トック（雨が降る）」

　　ジョージが団地に移り住んでから週末に日課としていたのは楽器練習だ。平日午前10時過ぎには壁1つ隣の部屋や上層階の住民は出掛けていて、足音やドアの開閉音も聞こえない。先生に小さな音でサックス練習をしたいので、隣の住人に了解を取った方が良いかと尋ねた。すると越して来てから隣家との会話は一度も無いとの返事。そう言えば朝晩、同じ階の前と横の玄関ドアが開き数回顔を合わせても明るい挨拶を交わすことは無い。モスクワの集合住宅でも親しい知人以外は互いに警戒し、心安く会話を交わす光景は少ないと聞く。独立後のこの国でも互いに深くは関わりたくないとの、心の壁を持ち続けているのだろう。ジョージは戸外で吹いた方が大きな音を出せ、少しくらい寒い日でも練習したいと願い、少し離れたマイカー所有者の車庫前を借りる許可を得た。この車庫はモルタル製の1列30軒程の長屋で道路を挟んで2列、計60戸の車庫がある。日本人だと断ると気軽に貸して貰え、平日は閉まったシャッター前で、土日は車庫の中で練習も可能とのこと。愛車の洗車に来ていた折り、趣味の釣り竿セット、また絵の趣味を持つ所有者は、自作作品や買った絵画、木彫りの作品を見せて呉れる。車庫は畳に例えると15畳の広さで、おじさんの秘密基地風のマイ・ワールドの世界、自慢話も心の豊かさを示す。祝休日にはその前を通り過ぎる家族もいて、ジョージが日本人と判ると日本の曲を、ロシア人家族からは何かロシアの曲を吹けるかとの声も掛かる。

　ソ連時代モスクワで耳にした曲は「モスクワ郊外の夕べ」、「黒い瞳」、「ともしび」、「百万本のバラ」等、スローバラード風の旋律とバラライカや弦楽の演奏がマッチする。加えて耳に届くのは「鶴の信頼〜愛」という曲。百万本のバラはロシアの歌手、アラ・プガチョーバが歌い、日本では歌手の加藤登紀子がカバーし広まった。ソ連に併合されたラトビア、一説にはグルジア人により作られた曲とも言われる。鶴の信頼という曲は大空を舞う夫婦鶴、一羽が突然銃で撃たれる。悲痛な鳴き声を残し落ちて行くオス鶴の運命、悲しむメス鶴の嘆きを詩にしたバラード曲。ロシア人やジョージの心にも強く響いた。社会主義時代、親しくない人には余り心の内を見せない硬直した世の中、レストランやコンサートで「百万本のバラ」と「鶴の信頼」が演奏されると、どの会場でも「ブラボー」の歓声が沸いた。この曲は今もジョージの耳に残る。キルギス・カント市内の車庫前を通る年配のロシア夫人に、この２曲を知っているかと尋ねる、と答えは「勿論」との返事。

　休日の午後、道路を挟み少し離れたガレージ前で自家用車の洗浄や修理を終え酒盛りを始めていた数名の集団から奇声が飛んで来る「此方へ来い」一緒に一杯やろうとの合図だ。最初アルコールを飲めないと断っていたが、３度目の熱心な誘いに乗ったら毎回勧められる。キルギス語の会話は理解出来ないが、ロシア語では自分達の車自慢と趣味の話と判る。キルギスの道路を走る車の大半は日本車、理由は日本車の性能と値段、持続性、信頼性。中古でも結構長く乗れると日本車の評判は良い。ジョージも内心は鼻高々になる。しかしこの団地でも経済的にゆとりのある人はドイツ製ベンツ、街中から少し離れると日本では考えられない凸凹道路、舗装されない悪路でもベンツは耐久・耐寒性が優れると言う。

　彼等から日本の曲を吹けと言われる、ジョージは山口百恵の「コスモス」や美空ひばりの「津軽のふるさと」、若い人にはテンポの速い「ダンシング・オールナイト」で返す。次の言葉は「お前はキルギスの歌を知っているか？」との質問、知らないので教えて欲しいと返す。「ジャ

ングル・トック（雨が降る）」というメロディーが美しい。是非覚え日本
へ帰ったらこの曲を広めて欲しいとの希望を述べる。ガレージでの楽器
練習は冬でも温かい日は問題ないが。強風や雪の日は辛い。良い場所を
探してみることに。ガレージ棟での練習は平日だと人通りはまばら。週
末は人の通りも多く立ち止まり聴いて拍手を貰えるのは励みになる。親
しくなった叔父さん達が進めるのは最初はウオッカ、次はコニャック、
量も徐々に増える、ジョージの体はアルコール拒否をしないが運動不足
の冬の飲酒、身体には決して良くない。

　結局見つけた場所は、朝晩学校へ行く時にスクールバスが停車する前
の大きな建物だ。建物は座席数約800の、カント市で最も大きな音楽
ホール。朝学校へ向うバスが来る前の数分間、建物の内側を覗き見ると
優しそうな男性も眠そうな眼を擦りながらこちらを覗いている。前の晩
からガードマン兼受付係りとして働く。下校時スクールバスを降り煖房
が効く建物の中を覗くと、中に入って来いと手の合図。自分は最近この
街へ越して来た日本人と自己紹介、頼みがあると伝える。ソ連時代は外
国人と関わるのを出来る限り避け、冷たく「ニィエット（ダメという意
味）」という言葉を返す。自由化されたキルギス「頼みは何だ」と聞き
返す。日本人のボランチア教師として私立学校で日本語を教えているが
楽器も持って来ている。時々戸外で練習しているが、寒い日は辛い。近
くの団地に住み室内での練習は隣近所迷惑、コンサートで使用しない日
にロビーを使わせて貰えないかと頼む。自分は諾否を判断出来ない。
ホールで練習したいとの希望を館長に伝えておくが、直接館長に話して
欲しいとの返事。ようやく会えたのは4度目の訪問、館長は50代の大
柄、明るい感じの女性だ。返事は日本を余り知らないが、日本への憧れ
と日本文化への畏敬の念を持つ。ホール使用の予定が無い日や休館日の
練習を許可する、一方館長からも願いがあり叶えて欲しいと言う。願い
は2週間後の2日間、このホールでカント市のクラシックバレーやダン
ス、合唱等のイベントがあり、2曲程日本の曲を演奏しないかとの誘

い。突然の話にアカペラ演奏はどうも、と答えると今舞台ではその日に備えてクラシックバレーのグループが練習中、少し覗いて見たらと勧められる。

　この建物はソ連時代に建築されたのだろう。座席は長年使われ少し古い。しかし後方には音響をコントロールする立派なミキシングスペースがある。舞台では若い子供達が踊っていると、指導者が曲をストップさせホール内に響き渡る大声での厳しい指導を行っていた。東京オリンピックのボート競技場で眼にしたロシア人監督の厳しい指導の場面を髣髴させる。ジョージが通う学校の教室や廊下でも時々教師の怒鳴る様な大声が聞こえる。参加者全員が将来プロを目指す如き雰囲気、この厳しい指導は独立後のキルギスもソ連時代から受け継ぐ伝統なのだろう。

第7章

学校、その他の催し

　キルギス訪問の本来の目的は日本語教師とだが、日本の話やイベントでの楽器演奏の話が舞い込む。どの国も明るさと悩みを併せ持つがこの国でも祭りやイベント好き、ジョージは声が掛かれば出来るだけ多くの会に参加しようと思う。心に残るイベント風景は以下の通りだ。

英語教師より学校の廊下で声を掛けられる。
　着任間もなく学校の廊下を歩いていると女性の先生より声を掛けられ、英語を教えていると自己紹介される。ジョージも日本人の新米教師と自己紹介、すると宜しければどんな雰囲気で授業をしているか覗いて見ないかとの誘い。日本の大学で10年程教鞭を取ったが、若い生徒達への授業は経験無く「お願いします」と答える。教室を覗くとアクセントと破裂音の多いロシア語に比べ柔らかい発音、笑顔を交えて話す英語教師。講義が終わると毎土曜日はカント市の図書館で地域の社会人に英語を教えている。そこで日本について英語で話して貰えないかとの質問。ジョージは英語に余り自信はないが何事も経験が大事、ロシア語を交えてでも良ければと応じる。日本について慣れない英語でスピーチした。その後は図書館のロビーで日本の曲のサックス演奏、厚い壁のロビー、楽器の音色は予想以上にエコーが掛り良く響く。英語クラスの受講者とは英語で、ロビーの来客とはロシア語で話す。終了後英語教師と数名の受講者と昼会食、ジョージはこの国へ来て良かったと素直に感じる。

　学生時代に開かれた東京五輪の戸田ボート場で、時々米ソの監督と選手の間での会話が必要となり通訳の要請を受ける。Yes か No かを決める緊張下の政治や外交の場面では、通訳者が選ぶ1つの単語も重要で大きな影響を与える。緊張感もあり東京五輪では充分に役割を果たせたか判らないが、会話後米ソの選手間に笑顔が見えると嬉しいものだ。今日の図書館、それ程重要な役割ではないが、外国語学習の大切さを再認識する。グローバル化した現代社会、外国人と意思疎通を図る。笑顔で言葉を交わし相手や未知の世界を知る喜び、加えて音楽だ。ジョージはこの国へ来て日が浅く、長期間の滞在は不可能だが、今日の機会を通じて何事も自己研鑽を深めなければと自分に言い聞かせる。

新年を迎える学生フェステイバル (12月27・28日)。

　ジェド・マローズ叔父さん（Дед-Мороз、新年子供達にプレゼントを持ってくるサンタクロース）役で共演の声が掛かった。この学校では日本語、英語、

中国語などの外国語に加え課外授業ではダンス、体操、合気道等の指導にも力を入れる。女性教師が多いが、各教師の愛情籠る大声が聞こえ、演目も各クラスの趣向を凝らす。ジョージが最上級生のミュージカルの演目を覗いていると担任教師から、初日は日本から舞い降りたジェッド・マローズの役で愛をテーマとするメロディー2曲を演奏する様にとの要請が来る。学生が演じるストーリーを聞いて相談の結果、エルビスプレスリーの「好きにならずにいられない」と、ホイットニーヒューストンの「オールウェイズ・ラブ・ユー」を、演奏させて貰う。

着任後間もない頃の英語教師と受講者、ロビーで日本の曲を演奏、於カント市

　翌 2 日目は各クラスの演目も変わる。演じる学生の服装も各自自由で、フリースタイルの明るく楽しい雰囲気。最上級の11年生は日本では高校 2 年生、しかし身体や心の成熟度は総じて日本より早熟と思われる。若者が歌うバラード風の哀愁を込めたキルギスの曲、様々な民族の秘めた心情を表現するのか。一転ディスコチックな激しいリズムの歌と踊りに変わる。希望に満ちた明日への願いを込めた若い躍動なのだ。ジョージには 3 曲を演奏せよとの話に、アバの「ダンシング・クイーン」、山口百恵の「コスモス」、サッチモの「この素晴らしい世界」の 3 曲を演奏する。 2 日間で 5 曲の演奏、日本から持参した CD の伴奏、ミキシング等の音響機器に慣れた学生が効果を上げて呉れる。「コスモス」を耳にした女子学生は、他のイベントがあるとこのコスモスを日本語の歌詞で歌う。実はこの女子学生は他の公立校の生徒、後日この私学校へ転校した。キルギスでは自分の遣りたい事、或いは趣向により気安く転校する。 2 日間の学校イベントを通じて若者の持つ直線的なパワーをジョージは感じた。

3月8日、国際婦人の日。
　キルギスでもこの日を祝いビリムカナ校でも学生中心のイベントが行われた。前日には日本センターの協力によりキルギスへ派遣された和太鼓、三味線、横笛の日本の伝統芸が披露された。初めて眼にする遠い日本からの演舞に学生達は大喝采。返礼として学生達のキルギス古来の 3 弦楽器；コムスの演奏と民族的な舞踊が行われる。ジョージも前日にこの学校の音楽教師、ビクトルさんとアコーディオンに似た楽器；バヤンとの合奏を行う様に告げられる。バヤンはイタリアのボタン式アコーディオンに似た楽器、ロシア民謡の演奏用に改良されたと言われ、ビクトル先生とは時々音楽教室で合奏する。前日校長先生よりヌルランさんというプロサックス奏者を紹介される、数日前に東京のジャズ・フェス

音楽教師、ビクトル先生のバヤンと、キルギスのサックス奏者ヌルランさんと、清水の舞台ではなくビリムカナ校の舞台で合奏

翌日は住宅近くの音楽ホールのイベントに参加。イベント参加を条件に会館ロビーでのサックス練習を許される。15程のグループがダンスやクラシック・バレーの華麗な踊り、コーラスの美声を競う

ティバルに参加し帰国後間も無い、キルギスで最も人気があるスローバラード曲、「雨が降る」を共演しようと誘われる。そう、この曲は先日耳にしたキルギス人が最も好み親しむメロディー、聞いた事のない曲の演奏は勇気が必要でジョージは一瞬たじろぐ。するとヌルランさんは自分が最初演奏するから、リエゾン？的に付いて吹けと言う。2番目はお前が主旋律を吹き自分はその後にハーモニーを付ける、との難題を言う。キルギスの名曲、「雨が降る」のメロディーは薄々理解、初めて聞く曲の合奏に慄くが「何とかなるさの心意気で」清水の舞台でなく、ここキルギスの舞台でエイヤーと吹く。翌日の晩はアパート近くの音楽

ホールのイベント、冬の寒い日の練習にホールを使わせて貰う。そのお礼としてここでも演奏させて貰う。

祝日の出来事（3月21日）

　ビリムカナ校のツルガンバエバ・アイザダ校長は日本への留学経験もあり、華麗な日本語を話す7人姉妹の末っ子と聞く。ご主人は日本人の伊藤広宣さん、日本の大学でロシア語を学び後モスクワ大学に留学、キルギスへ移り30年近く。キルギスの大学で日本語を教える一方、キルギス・日本語辞典を作り、受講した多くの卒業生が国内や日本でも活躍している。アイザダ校長の自宅に呼ばれ手作り料理の夕・朝食をご馳走になり、久し振りの豆腐入りの味噌汁も。翌日はビシュケク郊外にあるスパラというレジャー施設に伊藤さんの案内で行くよう告げられた。スパラは後楽園球場の倍ほどの施設。

キルギスの民族的な伝統文化を彷彿させるレジャー施設スパラ、アイザダ校長先生の美しい姉妹

　経営者はソ連時代の若い頃に苦労するが、後実業者として成功、新しい事業として娯楽や宿泊施設開発に努める。加えて人徳もありこの国の誰もが知る著名人だと聞く。名前はタブイルデイー・エゲムベルデイエフ、政治家を目指したがキルギスの国民的な発酵性飲み物「ショロー」を開発し財を成す。アメリカではコーラ、ロシアでは

キルギスの国民的飲み物と言われるショローの発案者兼スパラ経営者夫妻、紹介するビジネス誌

クワスが国民的な飲み物だが、夏は暑さ厳しい高原の国キルギスでは酸味あるショローが愛飲される。

　この経営者は残念乍ら数年前に急逝、その夫人がアイザダ校長の長姉だという。祝日のこの日、演技、歌・演奏が各会場で行われ多くの来園者、昼食時ジョージはキルギス風の民族風佇まいの中の最も大きな建物に案内される。キルギスの民族衣装で正装された数10人の人々が既に着席、テーブルにはご馳走が並ぶ、ジョージは主席に案内される。着るのは日本から持参した着古しの普段着セーター、今日まで主席に座ったのは自分の結婚披露宴のみ「これはヤバいな」と思う。しかしこれは後の祭り、キルギス式おもてなしに甘えるしか方法はない。

　キルギスは大家族主義、多数の出席者からの丁重な挨拶や歓迎の言葉を貰う。ジョージは日本の和装文化「きもの」は世界一の優雅さだと思っていたが、キルギスの民族衣装にも同じ優美、誇り、歴史を重ねた洗練さがあることを知らされる。昨晩に続く今日の貴重な経験をさせて貰う初春の一時、ジョージはこの国への恩として帰国後何とか書き物に残したいと自分に誓う。それにしてもアイザダ校長の姉妹の皆さんは長身、笑顔が素敵な美形の方が多いのに驚く。キルギスは世界で最も美人が多い国とも聞くが、嘘でないと実感する。
　翌日登校するとジョージは2日間のおもてなしに感謝の言葉を述べる。アイザダ校長よりビジネス誌を渡される。春になるとビシュケク市内をはじめ、至る所にショローを販売する幟が立つ、キルギスの春から夏、そして秋までの風物となったこの飲み物の発案者、エゲムベルディエフ氏。
　キルギスの食、自然、国を愛し開発に力を注ぐ、ビシュケク市内とキルギスの自然な景観に富むチュングルチャク地方の伝統的な住まいと食事、民族芸術も楽しめるリゾート施設；スパラを起こしキルギスの成人で知らない人は無いと言う。昨日ジョージが招かれたのはその「スパ

ラ」、夫人はエゲムベルディエフ氏と大学の同窓でアイザダ校長の長姉、同氏が急逝したためにスパラの事業は奥さんの長姉が継いだ。伊藤先生は学生時代にロシア語を学びロシア留学、その後キルギスに渡り大学で長年日本語の教師を勤め多くの卒業生を育て、辞書や本の出版も。日本への留学経験もあり華麗な日本語を話すアイザダ校長先生、伊藤先生の教え子だがスパラ経営や医師等を勤める多くの姉妹にも恵

エカテリーナ館長誕生の会、幹事の1人司会役を務める女性の3人でパチリ

まれる。息子さんも卓越した日本語とピアノ演奏を熟す。ジョージに取り羨ましいご家族、春を迎えるキルギスでの忘れられない2日間となる。

音楽ホール館長の誕生会

　団地のアパートから朝晩学校へ行く時に利用するスクールバス、乗り降りの際には受付兼守衛係と挨拶を交わす。そんな折女性副館長より内緒のお願いがあるとの伝言。近く館長の誕生祝いの会が市内のレストランである。館長には秘密にしておくのでサプライズ演奏を、但し驚かすために会場に遅れて来て欲しいとの話。ジョージは自分の演奏で良いのか尋ねると、館長は日本に興味を抱きファンになったと言う、ホールのロビーでの練習を許して呉れたお礼として出席を伝える。遅れて出席すると貸し切りのレストランは60名程の大きな会、館長を褒め称える言葉や余興が続き館長の存在感を知る。ここはロシアと異なり一夫多妻制度が残るキルギスだが、女性館長への特に男性のお褒めのスピーチが続いた。ジョージの故郷では「上州のカカー殿下」という言葉があるが、キルギスも実はカカー殿下の国であると確信する。寒い戸外での練習は厳しいがエカテリーナ館長は館内の練習を許して呉れ、ジョージはサック

ス演奏で返礼する。お目出度い席での全員が明るい笑顔、異なる民族間の心を結び、和やかな笑顔にして呉れるのは音楽の力なのか。ウクライナも以前はロシアと平穏な時を過ごす。この国の人々の明るさと未来に向かう希望の灯、何時までも灯り続けて欲しいものだ。

第8章

ITの時代、酒井憲一さんよりキルギスへの便り

　現在はインターネットを通じた情報の広がりの時代、瞬時に世界の片隅ともコミュニケーションが取れ地上は益々小さくなる。更にコロナ禍によりオンライン交信が助長され、交流の取り様に大きな変化が起きた。戦争による国際間のフェイクニュース、個人情報の漏洩や排他的誹謗、詐欺的手段等の利用は別とし、スピードと低廉価で国境の壁越えも気安く利用出来る。年1度の年賀状も貰うと大変嬉しいが、こんなIT時代に生きられる事を感謝しなければならない。

　キルギスへ来て数か月経った頃、ジョージが書いた小説、「サンクト・ペテルブルグの夜はふけて」を都内の古書店で偶々眼にし、自身のブログに感想文等を書いている元朝日新聞記者、酒井憲一さんについてのメールが送られて来た。メール発信者は高橋三雄さん、学生時代からクラリネットとサックスの名演奏で知られ、同じ吹奏楽部に属し都内のジャズフェスやライブハウス、時にはニューオリンズやシカゴ、シンガポール等で演奏活動を続けるジョージの大学先輩から。酒井さんは高橋さんの甘い音色のアルトサックス演奏が好きで時々都内のライブへ聴きに行き、書店で購入したジョージの本を高橋さんに紹介したらしい。酒井さん自身のブログに読後感を数回に渡り掲載しているという。キルギス到着後ジョージは日本からのあらゆる情報に興味を持ち日本に飢え始めた頃、高橋さんの橋渡し役で酒井さんとのメール交信が始まる。酒井さんから何度かに分けて以下のメールを貰い、ジョージはインターネッ

トを通じて素早く情報交換出来る時代に深く感謝する。

①ペテルブルグの夜はふけて、ジャズマンの悲恋、なぜか鷗外の『舞姫』
を読んでいる気がした。ジャズマンの国境に裂かれた悲恋物語『サンク
ト・ペテルブルグの夜はふけて、チャイコフスキー・ピアノ協奏曲　第
１番変ロ短調』（文芸社、2014年）。著者富岡譲二さんの自伝小説である。
ロシア人女性ピアニスト（国立モスクワ交響楽団）の日本公演時に通訳を務
めた、日本人学生通訳との運命的出会いを描いた。東西冷戦さなかのた
め日露の壁は厚く、ふたりは翻弄された。副題の曲はふたりの愛した曲
だった。ピアニスト（作中ナタリア）に対して、著者（作中冷泉）は国立モス
クワ交響楽団の公演で来日中、私立大学ロシア語学科の学生通訳と知り

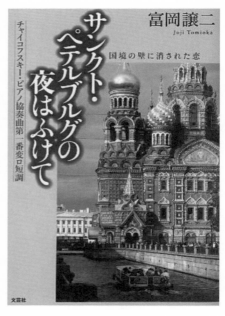

サンクトペテルブルグの表紙　原信夫さんの演奏、
ピアノの先生との練習中のジョージ

合い、卒業後は後商社マンとしてロシア駐在などを通じて、恋は深まる。冷泉は、クラリネットから入り、テナーサックスに移り、ビッグ・バンドリーダーの原信夫さん（作中も実名）と親しかったと書いている。

　大学時代の部活は吹奏楽部で、クラリネットだった。「高校時代に中古のクラリネットを買ってもらい、自宅の蔵の陰で自己流に練習していたから」だった。「この吹奏楽部には、湘南地方の出身学生が多く、各パートのリーダーは横浜、横須賀、鎌倉の出身、いわゆる湘南地方出身学生が幅を利かせていた」という。1941年群馬県富岡市生まれ。富岡製糸場で知られている地だ。地元の高校を出て上京、大学で露語を学び、卒業後、繊維会社、日本航空、ジャルパック、JAL九州、アクセス国際ネットワークに勤め、海外はモスクワ支店にも駐在した。執拗な当局の妨害で結婚できず、陰謀にはまって別離後、やはりロシア人と再婚、キーウで生活したものの、結局離別になった。原信夫とシャープス＆フラッツについて話し出したのは、ナタリアだった。モスクワとレニングラードを中心に約2カ月間、演奏活動をしたからである。「日本のオリジナルの曲や、アメリカのジャズ曲を演奏するなど、繊細なメロディに加えエネルギッシュなジャズサウンド」、「リーダー原信夫の演奏スタイルは、ダンディで魅力的」と話したのだった（677号 2018.3.7）

②キルギスからジョージのテナーサックス、未知の国キルギスからメールが入った。まさかアイドルグループ「ノースリーブ」のサウンド『キリギリス人』ではないかと、色めき立った。中央アジアのキルギスで、日本語を教えながらテナーサックスを吹いている、ジョージこと富岡譲二ジャズマンからのメッセージだった。著書『サンクト・ペテルブルグの夜はふけて』（文芸　2014年）を古書店で見つけ、そのエッセイを高橋三雄ジャズマンに送ったところ、ジョージに転送された返信だった。ホームページを作っていて、数年分の現地報告が大河のように流れ出た。ところがいきなり、凍てついた雪道で転倒して、車の下に入ってしまった

という報告が飛び出し、衝撃のあまりのけぞって心配した。

　あとは首都ビシュケクでの教室や施設慰問での演奏写真が次々と現れるとともに私と共通しそうな体験が相次いで、親近感が深まった。第1は『観光立国を支える航空輸送事業』の著者であり、大学観光学科の教授もしていた専門家であることは、私がツアコン資格者であり、東大研究室のHPに、つたない観光論考が長い間公開されていたこととつながった。第2は、生地群馬県甘楽郡のとなり、富岡市の世界遺産・旧富岡製糸場についてかなり書かれていることは、昨秋訪れて見学にのめり込んだ回想につながった。第3は夫妻の金沢旅の印象記を読み、老生も数日前に能登、金沢を旅したばかりで、興奮を共有できたことである。そのほか、「海外に行く際は毎回サックスを持ち、スイスのアイガー峰の前、シンガポールやバリ島では海に向かい吹いたり」、「最近我孫子在住の酒井（私と同姓）さんという女性、ピアニストとテニスを興じることがあります」など親しめた。『そして、モスコーの夜はふけて』の共著も知った。いまは「ビシュケクの夜はふけて」である。それも「更けて」ならぬ「吹けて」であること（689号　2017. 3. 20）

③ミシシッピー演奏帰りサックスライブ

　音楽も絵画も鑑賞者の鏡である。アーティストにとっての鏡なのは無論であるが、聴く者、観る者にとっては、心象反映の鏡であり、二重に酔うのである。ニューオリンズ演奏ツアー帰り奏者の凱旋ライブに駆けつけた。高橋三雄カルテット、会場は小田急町田駅最寄りのIn to The Blueである。ステージのジャズメンは、服装を気ままにしたおしゃれポーズで、いつもミシシッピー外輪船の水しぶきを浴びてきたばかりといったなりである。この日は、現地帰りは高橋サックスだけだったので、視線はその姿と演奏に注がれた。おおらかな顔貌には、ついさきほどまでしぶきを浴びていたミシシッピーと、ニューオリンズの中心地フレンチクオーターまつりでの演奏を追憶しているかのような、うっとりさが感じられる。フランスの風も吹いてきたのだ。会場には、「凱旋ライブ」の横断幕がなかったものの、ミシシッピーで洗ってきたばかりのダイナミックな演奏のキレに、ハートを手づかみされ

終えてきた旅を回想（町田市）

奏者と筆者（右）

た。服装はミシシッピーの空のままの碧い格子で、ボーイのようにみずみずしく若かった。聴きながら、綿花を運んだ哀愁の蒸気外輪船のジャズクルージングを想像し、胸がいっぱいになった。

　古き良き時代、いえ良きというのはいまからいえば問題だが、アメリカ南部の娘と一緒に、高橋船上サックスを聴いている気分になった。別れ際に、高橋ジャズマンとの写真を撮ってもらった。私はキルギスならぬキリギリスのようで、キルギスのめり込みの象徴のようになった。ではまたのあいさつは握手してひとこと、そしてにっこりを送り合った。「キルギス！」いまキルギス交信で忙しくなったのも、もとは高橋奏者の引き合わせからである。写真を見ると、ヤセギス老生は、キルギスならぬキリギリスになっていた。キルギス交信の先方には、その仁の美人観をなぞって次のメールを送った。「小田急線路をミシシッピーに見立て、岸辺のジャズハウスの帰りには、〝自然に出会った、心根の優しい、立ち姿の美しい女性〟を求め、目をスイングしながら、ミシシッピー橋ならぬオダキュウ踏切をゆっくり渡った」（724号　2018.4.24）

後日記；

　酒井憲一さんとの交信後、ジョージは酒井さんが新聞記者の他、都市論やアメニティー論の権威者、「アメニティーの発見」、「文章の書き方会得の12ポイント」、「酒井憲一詩集」、「赤ちゃんへの恋文」他、多数の単著及び共著本出版等、広範な活動の方と知る。「サンクトペテルブル

グの夜はふけて」は、日本人でこれ程素晴らしく綺麗なロシア語を話す人は稀とロシア人に言わせたロシア語科同窓とロシア人ピアニストをモデルにした悲恋物語。ジョージは酒井憲一さんに帰国したら是非お会いしたいとのお願いを行う。しかし残念乍ら直後に訃報を知らされる。高橋先輩とは学生時代からの交遊60年余、ジョージは数万円の貯金で披露宴、高橋バンドで石原裕次郎が歌った「夜霧よ今夜も有難う」やロシアをテーマにしたジャズ曲を演奏して貰う、ノーギャラで。高橋さんがインターネットを通してジョージを酒井憲一さんという素晴らしい方と結び着けて呉れた。短い間だが。心からご冥福をお祈り申し上げます。

第9章
4回目、5回目のホームステイ、最後の授業

　3番目のアパート近くには小さな市場があり、商店主との会話、洋服修理、楽器練習用に自分のガレージを貸して呉れる人、音楽ホールの人々、と多くの皆さんと親しくなりお世話にもなった。しかし唯一の悩みはお湯が出るはずの風呂、フルシチョフ時代に建てられた集合住宅の為に古く給湯管の修理不能で、お湯が来ない。風呂場で体を洗う場合には調理場から温水を何度も運ぶ必要があった。結局週1回の近くの大衆サウナ通い。しかしサウナにはシャワーは有るも風呂は冷水。ホストファミリーは映画、芸術、音楽等に深い造詣があり精神的には大きな満足感を貰った。だが家の湯舟に浸れず身体は冷える。凍り付いた停留場、停車したバスに乗ろうとした瞬間に足を滑らし車の下に滑り込んで仕舞う。そのまま発車されたら恐ろしい結末に。更に高齢から来る高血圧と頭のフラツキ、申し訳ないが再度の引っ越しを校長に申し出る。

　4回目となる今度の引っ越し先は学校の運転手、ヌルランさん宅だ。湯舟は無いがシャワーが出て毎日使えるという単純な理由だった。ヌルランさんの家に4週間程お世話になる事に。お父さんは62歳、務めを辞めて2人の孫の面倒と留守番役、奥さんは朝に孫を幼稚園に送りその後病院勤務。夫婦共々に明るい。ヌルランさんの前向き、明るさ、仕事への忠実さ、ユーモアも多分に両親からの贈り物なのだろう。キルギスは大家族制で、日本では一般的に長男が家を継ぐが、この国では先ず長兄が家を出て家計を助ける。そして末の子が家を継ぐ。越して間もなくお母さんの妹家族を招いて誕生会を開く予定なので、ジョージも参加する

週末は親戚が集まり時には多数の方が泊まるという、後ろに立つ大きな男性がヌルランさん

よう告げられた。多い時には40人が泊まれると言う広い広間で会食が始まる。妹さんの息子も大の日本ビイキ、ある国の大使館勤務の傍ら日本について勉強をしていると言う。寿司、ビールを飲ませて育てる霜降り牛肉、生卵と一緒に食べるすき焼き等々、日本への興味が尽きない様子。キルギス人は生卵を食べないが、ジョージに色々な話題や情報について質問をしてくれる。日本人として嬉しくなる。

　家からリュクセンブルグ町の学校までは3回の乗り換えが必要で、所々舗装も無い凸凹の粗い道路でかなりの揺れ。ドイツ製の頑丈なマイクロバスでないと長くは持たないと言う。埃を浴びるが家には温水シャワーがある。徒歩10分程の所には数人利用の小さなサウナもあり、サウナ好きの主人に誘われ一緒に出掛ける。ジョージとも心が通じると感じたのか、ソ連時代の若き日の軍隊の辛い思い出を話す。キルギス以外の共和国に勤務中にキルギス人の仲間と母国語で話していたら、上官から「ロシア語以外で話すな」と怒鳴られたと言う。虚しく悲しい気持ちになるが現在は独立国として出発、嬉しいと話して呉れた。巨大なロシアに支配された小さな共和国、その苦しみはジョージには判らない。

　ヌルランさんの家にお世話になるのは4週間で、次のステイ先に移った。今度お世話になるのはビリムカナ校で日本語を教えるマハバットさんのアパートだ。ジョージが成田からモスクワ経由、ビシュケク・マナス国際空港に到着したとき、早朝に出迎えて呉れ、滞在ビザの手続き、バザールへの買い物案内等々で大変世話になった。マハバットさんの部屋はビシュケク市の目抜き通りで、同じ市内に住む叔母の家に仮住まいし暫く部屋を貸して呉れるという。隣部屋に住む男子学生と共同炊事、近くには小さなバザールもあり料理も作れる、それに念願の大きな浴

槽。卒業式が終わるまでこの部屋に留まり、出来ればその後に隣国のウズベキスタンや他の中央アジア、加えてロシアを訪れ、日本へ一時帰国する、それがジョージの願いと夢。

　明治40（1907）年5月生まれの作家、井上靖は「氷壁」、「風林火山」、「敦煌」他多数の名作を書き多くの名言も残した。「何でもいいから夢中になるのが、人間の生き方の中で一番良いようだ」との言葉もその1つ。井上靖は死を前にこの世で思い残す事はないかとの質問に「中央アジア、特にキルギスを何度か訪ねたがイシク・クル湖を一度も訪ねられなかった事」と述べたと言われる。

　イシク・クル湖訪問が実現出来なかったのは、ソ連時代にこの地への立ち入りが軍事的な理由から許されなかった由、ジョージはイシク・クル湖や隣国も是非訪れたいと思った。

　加えてジョージがこの国への訪問を決めたのは、日本語のボランチア教師、この地方を舞台に書き残すこと、学生時代に開催された戸田ボート場でロシア語通訳を経験したことから、キルギス語に加えロシア語を公用語とするこの国でブラッシュアップを図り、次の東京オリンピックにも通訳として参加することだ。これ等が主な目的。井上靖は「なろう、なろう、あすなろう、明日はひのきになろう」とも述べているが、ヒノキ風呂は無理としても、マハバットさんのアパートには大きな男もゆったりと浸れる浴槽がある。冬の寒さも終わり窓の外の並木通りの若葉も芽生え始め、街の隅々にキルギスの国民的飲み物と言われるショローの幟を立てる売店が並ぶ。ジョージは体調回復に努めもう暫くこの国で頑張らねば、と自分に言い聞かせる。

　講義もそろそろ学年末、低学年は授業中の私語が多く思う通りに実行出来ていないが、この国へ来て後悔のない授業に心掛け、最も遣り甲斐を感じるクラスは、矢張り近く卒業を迎える11年生。

　日本語学習をメインとし数年前に新しく開校したこの私立校、11年生は日本語の学習が必須ではない。ジョージが最初の講義で将来の夢を尋ねると殆どの学生が卒業後海外へ出ると答えた。理由は、この国では自分の希望する仕事を見つけるのは難しい。先ずは海外へ行き財を蓄え帰国、そして国に貢献すると話した。近年の日本、海外留学の希望者は減るのが現状で、反対にこの国では若者が希望する仕事が見つからず海外志向が強くなる。多民族のこの国、様々な表情を持つが高校生活も卒業が近づくと夢と不安が交錯するもの、自分の社会経験を入れ彼らと強く触れ合いたいと思う。

　自分の若き頃を思い出し乍ら授業を進めるが、ジョージの高校生時代と比べ彼らは心身共に大分大人だと感じられた。このクラスはキルギス、ロシア語及び英語を話す。所謂マルチ言語の学生が多いが日本語を理解する生徒は稀で、ジョージはロシア語・英語の簡単なシラバスのプリントを作り配布する。内容は明治初期・英国から輸入した鉄道開設、戦後日本の工業化と貿易立国、高速道路建設と高速鉄道の新幹線、国内・海外に於ける日本の家電製品、伝統文化と観光立国等々。

　低学年の生徒は明るく元気な子供が多い。特にトルコ系生徒の存在感は強い。直ぐに飽きて雑談し、中には机を離れて歩き出す。トイレへ行きたいと意識的に要求する子供もいる。主要な授業の日本語、熱心に学ぶ生徒は多いがテキストやプリント以外に音楽を取り入れると効果が上がる。日本でも知られた名曲を選び日本語の歌詞をロシア語で書いて覚えさせる。季節は春、曲目は春を待ちわびる伊勢正三作詞・

キルギス到着後2回目の最高学年のクラス。写真下は近く卒業を迎える同じクラスの学生、その成長振りに驚かされる

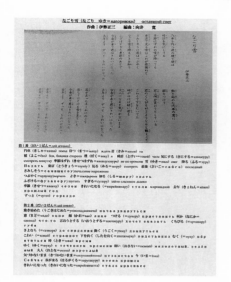

Road for high technic country

A) В Окт 1872 Япония начала первую операцию поездон между Шинваши и Иекогавной (２５ km). Импортировала поезд из Англии. И в этом году открыла государственную фабрику в городе "Томиока(мой родной город)" с помощью 5 французских технологов.

Сейчас экспортирует "шинкансен" в Англию и в другие страны. Поезд на магнитной подушке будет открыт в 2027-году между Tokyo & Nagoya.

Safety, Regularity, Reliability, Comfortableness, Service, Price, Speed.

B) Сначала импортировала из заграницы, потом делала освоение техники в разных сферах. Я думаю, что сначала Япония постаралась экспортировать, шелк и получила доход из заграницы.

(My town was registered as member of the world legacy of cultures 3 years ago)

Многие учились моде в Париже и установили "Токио марку"

(изучение важно, особенно в молодости)

C) Установила свои техники;

железная дорога, машина, фибра (ткань) мода, самолёт (карбонизированная фибра)

D) For the customers:

To study commodities, which consumers want & hope;

group study & discuss; high quality, after service, speed, smile, etc.

Company should work for the society.　　Акция (что это?)

E) Экономика и здоровье:

Led lamp & cars, medical science (medicines)

F) Для мира (обширное поле зрения):

Technic for the peoples all over the world.

Let's learn с терпением до гроба для себя.

配布したシラバスとなごり雪のロシア語単語訳

作曲の「なごり雪」、かぐや姫やイルカが歌いヒットした青春哀歌を選んだ。一方的ではない、聞く生徒に関心を持たせる講義の大切さ、特に世界共通の言葉、音楽の力をジョージは知らされる。

　日本語に「好事魔多し」という言葉がある。調子が良く、物事がうまく回り始め安心していると突然隠れた落とし穴に落ちて仕舞うことを言う。日曜の朝、起きようとすると急な眩暈に襲われベッドからも立ち上がれない。部屋を借りる家主でもあるマハバットさんに電話連絡を入れる。するとアイザダ校長と一緒に昼過ぎアパートへ来て呉れた。到着後アイザダ先生は姉の医師に電話し、梗塞の疑いがありジョージは救急車で搬送された。最初の病院は休日のため専門医師不在で、脳の MRI 検査の精密な機器も無く他の病院へ行く様に案内される。アイザダ先生は再びお姉さんに電話連絡し、MRI 機器がある病院へ運ばれた。次の病院には日本製 MRI 機器がある。検査の結果は脳内の異常は見当たらず血圧の乱高下、血糖値の不安定から来る心臓欠陥、早めに帰国し日本で

精密検査・治癒に務めるべきだとの指示だった。自分の健康には自信を
持つが矢張り70歳過ぎの老人には少し軽率だったとジョージは反省、学
校の授業が一段落したところでアイザダ校長へ帰国の許しを願い出て許
可を得る。

　ロシアは5月9日を対独戦勝記念の祝日とするが、キルギスも5日は
憲法記念日、9日を勝利の日として祝う。日本の大型連休と同様に街中
が明るい雰囲気に包まれる。アイザダ先生から祝日の行事と共にジョー
ジへ送別の感謝状を渡したいので登校し、可能であれば思い出に出来れ
ば2曲程演奏する様にとの連絡を貰った。キルギス訪問の目標達成も道
半場、恥じる一方で帰国に喜びを感じてもいた。曲目は「なごり雪」と
カーペンターズの「青春の輝き」。校庭に眼を遣ると、窓遠くに白雪を
頂く高い峰々、なごり雪は生徒と教室で何度か歌った。青春の輝きは青
春真っ只の上級生との別れに相応しい曲。ロシア語で書かれた感謝状を
読むのはアイザダ校長、支えて呉れるのは体育教師のヌルラン先生だ。
この教師は若い時代のソ連潜水艦の元乗組員で、従軍中は千島沖や北方
領土の日本近海を潜航し、北海道近辺の潜水艦の潜航移動では大変な緊
張を要したとも話して呉れた。冬の体育授業はテニスコート1面程の広
さの室内体育館で、時にはヌルラン先生や学生達と一緒に身体をほぐす
体操をし、時には子供達にテニスを教えて欲しいとの先生からの依頼で
一緒にラケットを握った。
　ジョージはこの潜水艦の話を聞く度に、日本は日露戦争後あらゆる戦
争を止め、領土への野心を捨てていれば20世紀及び21世紀、世界中から
尊敬されて国連常任理事国としての地位も占めていただろうと強く思
う。日本は独伊と三国同盟を結んだ。更に帰路モスクワに立ち寄り日ソ
不可侵条約（日ソ中立条約、1941年4月13日）を結んだ。日本のポツダム宣言
黙殺後、1945年4月5日にソ連は中立条約を破棄し、8月8日には旧日
本領へ攻撃を始めた。北方領土四島の日本帰属について戦後長年経るも
解決の兆しは見えない。

写真左；アイザダ校長先生と体育の先生より感謝状、キルギスの伝統的な帽子とベストを送られる。
写真右；お世話になった先生方との記念撮影

　環境が許せばジョージは今後暫くキルギスに留まり、生徒と一緒に学び、多民族出身の先生達とも様々なテーマについて語り合いたい、と願うが健康には逆らえない。この撤退は大変残念だが、卒業近い11年生の他に日本留学の他校生数名の存在を聞き、同じ航空便でモスクワ経由帰国することに。

第10章

イシク・クル湖

——再びの Time to say goodbye、キルギス——

　残りもあと 3 日という日の午前、アイザダ校長より電話が掛かって来た。ジョージの体調確認とイシク・クル湖訪問の希望を今でも持っているかとの確認だった。当然「ダー」の返事。作家の井上靖がこの湖に抱いたと言われる「残念感」を一生持ち続けたくないとの思いからだ。電話が終わると運転手のヌルランさんから早速の連絡があり、午後アパートへ迎えに行きイシク・クル湖 1 周に出掛けると言う。宿泊先の予約の心配はあるが急遽身支度し、ヌルランさんが借りて来たベンツ車で出発した。健康不安から行くか否かの議論が校長とヌルランさんの間であった模様だが、最終判断はジョージに任せることになったようだ。

　イシク・クル湖は塩分を含む標高1600メートル、ビシュケクの東方、180キロの地点にあり、周囲は688キロに及ぶ。「中央アジアの真珠」、「キルギスの海」とも言われる。イシクは熱、クルは湖を意味し湖底には集落の遺跡がある。その昔三蔵法師も天竺へ向かう際に訪れたという。ジョージは凍路で数回の転倒により膝を痛打するが、この湖は厳寒期マイナス20℃でも凍らない。夏は多くの避暑客が訪れるという。ソ連時代には冬凍らない湖を利用して潜水艦実験に利用した。その目的から外国人の立入を禁止したと言われる。キルギス滞在中、多くの人々からこの湖を訪ねたかと聞かれた。未だ訪ねていないと答えると、是非訪問し帰国後多くの日本人に「キルギスの心」イシク・クル湖を是非薦めて欲しいと言われた。

　この日は好天で、車も少なく湖までの景色は牧草地、草を食む牛や馬の群れ、牧歌の世界。穏やかな山並み、遠くには雪を頂く峰々。ヌランさんはジョージの体調を心配し所々で停車して、気分は大丈夫かと尋ねて呉れた。湖の周囲を3分の1程廻った頃、夕闇が迫ってきた。人影は殆ど無い。車のガソリン不足に加え泊まる宿の心配があったため、ジョージはヌランさんに尋ねる。レスリングで鍛えたヌランさんは、豊富な経験を重ねており「なんとかなるさ」精神を持っていた。リゾートのこの地、温泉付きのホテルがあり、その宿を目指すと嬉しい事も言って呉れた。陽が沈み暗闇になる頃ホテルに到着した。しかし人影や灯りも見えない。玄関ドアには夏の観光シーズンまで休業中との張り紙。キルギスで初めての温泉付きホテル滞在する夢は終わった。20分程

走り数軒の民宿が見えるが何れも休業中で、更に探すと1軒の洒落た木造の家と、ランプの灯が見えた。

　今晩泊まれないか尋ねると、今日ビシュケクから着いたばかりで、食事の提供は出来ないが2部屋が空いている。シャワーは使えるとの返事に素泊まりを頼んだ。途中眼にしたキルギス料理店に戻り夕食、宿に戻ると暖房が効いた部屋、ヤレヤレとホッとする。

透明度はロシア・バイカル湖に続く第2位と言われるイシク・クル湖、試しに飲むとやはり塩分濃度は高い。キルギスは高原と高い峰々に囲まれ、心惹かれる自然、人々、文化等多方面に魅力ある国である

　女宿主はロシア人医師で、キルギスがソ連から独立する以前にこのリゾート地を度々訪問していたようだ。独立後多数のロシア人はキルギスを去り、住宅の多くが売りに出された。綺麗な湖と湖畔の洒落たエントランス、緑の樹々に覆われる広い庭、部屋の作りは

清潔で、この家の全てが気に入った。それも高々500ドル、即買ったと
言う。春・冬・秋はビシケク市で医師の仕事をし、夏場はこの家に来て
民宿を営む独り生活、日々の生活を楽しみ己の人生に大いに満足と話し
て呉れた。ロシア人の多くの友人は出国したが、ロシアに帰っても今の
生活は保障されない。医師の職業に満足しキルギスも好き、加えて蒼く
澄んだイシク・クル湖、この地で一生を終えられれば最高の人生だと笑
顔で語って呉れた。若い時代ジョージはモスクワに駐在し、昨年10月末
にキルギスを訪問し、体調不良により明日はビシュケクに戻り荷物整理
する予定、残念だがその後日本へ帰国すると伝えた。互いに話したい事
は山々あったが、明日は早朝出発、今宵はこれ迄。

　翌朝も好天気、宿の女性医師が作って呉れた早い朝食を頂き、湖1周
のドライブに出掛けた。イシク・クル湖はキルギスの北西地方にあり、
中国の天山山脈に近い。湖底から温泉が沸きだし冬でも凍らない。ソ連
時代は長い間外国人の立入が禁止されていた。理由は透明度を利用した
潜水艦と魚雷の実験場や近くにウラン採掘等の噂があるが真実は不明。
ロマンと謎を持つこの湖、透明度に加え夏場でも水温20℃と涼しく、キ
ルギス最大の観光スポット、海外からの訪問者誘致に貢献している。ホ
ストは朝食中イシク・クル湖について上記を説明して呉れる。この家は
昨晩は予約も無い突然の宿泊依頼にも関わらず温かく受け入れて呉れ
た。可能性は少ないが再度訪れたいとの謝意を伝えて出発する。体調不
良さえ無ければ今後もこの家を訪ねるはずだ。

　ヌルランさんには湖周辺をゆっくりと運転してもらった。心惹かれる景
色やスポットに差し掛かると停車して貰いサックスを吹いた。大橋節夫作
の石原裕次郎が歌った「倖せはここに」、若い時代に知った「さくら貝の
歌」、そしてキルギスで人気ある「雨が降る」。ジョージがヌルランさんに
思い切り吹けないと断る。すると、ジョージのこの国と湖への訪問は多分
最後になるだろう。日本から私の国、キルギスへボランチア教師として

サックスを持って来た人は1人もいない。良い思い出を一杯作って帰国して欲しいとの言葉が返ってきた。人は美しい海や湖、山、川に触れると感動する。しかし同じ風景を見ても人によりその想いは様々、心も変わる。湖と言えば部活で訪れた十和田湖、故郷に近い榛名湖と赤城沼、モスクワ駐在時に訪れたスイス・レマン湖やチューリッヒ湖、環日本海交流時代の幕開けとして開設されたハバロフスク線、その初便で来られた人々と訪れたバイカル湖、寒風のシカゴ・イリノイ湖の橋の袂で1人吹く米国人サックス奏者、そしてこのイシク・クル湖。講義の達成は道半ばで反省もしたが、短い期間、キルギスで多くの人と接し学んだ。そしてジョージに取りこれが最後の海外訪問、様々な想いが湖面に浮く。

　ヌルランさんは日本語を少ししか理解できない。しかし日本のメロディーはキルギス人の心にも響くと言って呉れた。ジョージがヌルランさんの好きな曲を尋ねと「Time to say goodbye」と答えて呉れた。キルギス到着後ヌルランさんには滞在申請手続き、HIV検査、度重なる引っ越し、鍵の紛失の際のドア壊し、ホームステイでも泊めて貰った。念願のイシク・クル湖訪問等々、数え切れない世話を貰い迷惑を掛けた。数日後にはジョージは日本へ帰る。ヌルランさんも仕事を求めて近くモスクワへ移ると知らされた。

　イシク・クル湖を1周、そろそろビシュケクに戻らねばならない。ガス欠も心配。夕闇が迫りジョージは若い頃耳にしたザ・フォーク・クルセダースが歌う、青年は荒野をめざすの一節が浮かんだ。「ひとりで行くんだ幸せに背を向けて、さらば恋人よ友よ、いま青春の河を越えて」の詩。所詮人間は孤独な生き物、生きる事自体が旅、旅を求めて生きる自分流の人生、ジョージはこの様に日々を生き、海外を訪ねる自分に小さな幸せを感じる。

　ヌルランさんの優しい長距離運転に感謝しつつ、夜遅くビシュケクに

戻った。翌日は重たい体で荷造り、翌出発の日はヌルランさんに再び荷物の搬出と空港迄の見送りを依頼する。

　荷造りが終わり最後の晩になると眠れない。モスクワ、ソウル、広島、福岡等で過ごしたが悲喜こもごもの思い出が蘇る。日々の生活は楽しい事よりも辛く悲しい出来事が多いもの。しかし人間は不思議な生き物で、時が過ぎれば辛い出来事も懐かしい思い出に変わる。学校の先生と生徒、ホームステイ先の家族、商店や食堂等、中にはジョージに不快感や怒りを抱いた人もいるはずだ。しかし全ての人の顔が笑顔で映る。アイザダ校長、運転手のヌルランさん、空港に出迎えと最後には自分のアパートの部屋を貸して呉れたマハバットさん、ガードマンのムラットさん、綺麗な日本語を話すアセリさんとその家族、誰もが忘れられない笑顔を与えて呉れる。ビシュケクの首都・マナス空港ではヌルランさん一人が見送って呉れた。

　今皆さんに送りたい言葉「チョウン・ラフマット・キルギス」と、「ダスビダーニヤ・ビリムカナ学校」。そしてあの曲、「Time to say goodbye」。

キルギス帰国後の記

　帰国し国内の病院で精密検査を行った。体調不良の原因は、軽い脳梗塞と判明し、医師からは無理のない程度のテニスやゴルフの再開を勧められた。キルギスでの思い出は時間の経過と共に美化された。1つの事を除いては。キルギスで出会った人々の優しい心、自然景観、バスの座席を積極的に譲る若者、この美徳や習慣は素晴らしい。だが気がかりなのは通りや川辺に投げ捨てられるプラスチックやペットボトル類の山だ。加えて危険と思われるのは歩道の真ん中にある蓋の無いマンホール、そこに投げ込まれるゴミの山。日本国内でも欧州に学び家庭ゴミも分別して出される。一方河川や海へ投棄されるゴミが目立つ。プラスチックも海外へ輸出され問題化する。

　中央アジアに位置し人の心は温かく自然の景観に恵まれたこの国では、至る所に投棄されるゴミが見受けられ、憧れてキルギスへの訪問者を落

胆させる。日本とキルギスの両国に共通するのは狭い国土、天然資源は
それ程豊ではない。しかし自然景観に恵まれ、互いの国が「おもてな
し」という言葉を掲げ観光事業を国の基幹産業となすべく努めている。

　予期せぬコロナ禍の世界的な蔓延は、自国最優先のスパイラル現象へ
各国が目先の方向性に向かった。

　キルギスと日本両国の今後進むべき道は勤勉、優しい思い遣りの心、
ITを始め産業技術の発展に努力し、自然の景観保持に努め真の観光立
国を目指す事だ。最も重要で大切な使命は、小国でも世界平和に最大限
貢献すること。キルギス訪問は短期間だが滞在中に描き、ジョージの心
に生まれたのがこの想い。ある外国人著者は日本を「日出ずる国」と称
え、人々の心にゆとり、明日へと羽ばたく日本を賞賛する。キルギスも
同じ方向に進むだろう。きっと明るく輝く未来が待っている。

　60歳を前にモスクワ大学へプチ留学し帰国、私大から航空や観光につ
いての講義をした。今回のキルギスからの帰国後は、Zoomを利用して
の日本語のオンライン講義が待っていた。前のロシア・プチ留学ではボ
リス・エリツィンの自伝的小説「大統領のマラソン」を原書で読んだ。
今回は期間も長くトルストイの「戦争と平和」を同じくロシア語での完
読も目標に出国したが、戦争場面に辟易し残念だが結局は諦めた。トル
ストイの四女、アレクサンドラ・トルスタヤは社会主義の動きを嫌い、
1929年に来日し、日本文化に触れ親しんだが2年後に米国へ亡命した。
トルストイも明治時代に来日しているが、「人生論」の中で次の言葉を
残している。「人は長く生きれば生きる程楽しみは少なくなり、退屈、
飽き飽きすること、苦労、苦しみが多くなることが判るようになる」。
キルギスでは退屈や飽き飽きする日は無く、日本とは異なる現実を学び
様々な刺激を受けた。帰国後のコロナ禍、ウクライナ戦争と国際関係の
緊張、物価高、宗教問題等が起こった。今後どんな景色が待ち受けてい
るのかの不安、人間には生きる限り悩みや不安が付き纏うものだ。

第Ⅸ部

2022年2月24日のウクライナ侵攻、
　阿修羅の道を歩むロシア

第1章

長く悲しみの歴史、国境（国さかい）

——恐ろしいウクライナからの映像——

　ジョージは日本へ帰り健康回復を努めた。一方携帯電話や Zoom を利用するオンラインの素晴らしい進化を知り講習を受ける。コロナ禍により個人や国際間の交流が厳しく制限される時、キルギス・ビシュケク市内で日本語教室を開く女性より、ロシア語を使い日本語のオンライン講義をして呉れないかと依頼された。女性は以前京都の大学に留学し、素晴らしい日本語を話す親日女性で、ジョージはお世話になったキルギスへの返礼と思い要望に応えた。

　講義も流れに乗り始めた2022年2月24日、ロシアは兄弟国だと主張しウクライナに突然の侵攻を始めた。ウクライナは黒海とアゾフ海に面し広大で肥沃の領土、故に歴史上紛争の舞台にもなった。

　ウクライナはロシアやベラルーシに接し、9世紀から1200年代までは、キエフを首都とするキエフ大公国として栄え、宗教はキリスト教を受け入れた。しかし1240年のモンゴル軍の侵攻により征服されキエフ公国は陥落、長い間モンゴル・タタールのクビキの下に置かれた。1783年エカテリーナⅡ世の時代、ウクライナはロシア帝国に編入された。温暖な気候、穀倉地帯としてヨーロッパのパン籠と呼ばれる豊穣の地、南東部の都市やクリミア半島は穀物輸出、加えて石炭や鉄鉱石の生産で工業化が進む。トルコとロシアのクリミア戦争、第1次及び第2次世界大戦でもウクライナは国家間の紛争の舞台となり、ロシアの穀物不作に起因するスターリン時代の1932年、ホロドモールと言われる大飢饉に巻き込まれた。ウクライナ産の小麦や農産物が没収され、一部は輸出に廻され

数百万人のウクライナ人の餓死者が出た。翌年の種蒔き用の小麦も認めない過激な没収と、ウクライナ人用の特別なパスポートを作り域外への移動も禁止された。反対する行動を取る者を多数罰し処刑者も出た。

　1941年の独ソ戦でもキエフ包囲により多数の犠牲者が出た。スターリンの圧政を嫌う一部のウクライナ人はドイツを解放軍として近づき、80万人がドイツ軍に採用され強制労働にも従事した。ウクライナ人同士が敵・味方に分れ戦う悲劇、ウクライナが戦場にもなり多数の犠牲者が出ることになった。第2次世界大戦中ナチス・ドイツによりユダヤ人が犠牲になる歴史上の大悲劇には、ウクライナ系ユダヤ人も含まれている。更に世界に大きな衝撃を与えたチェルノブイリ原発事故。

　2022年2月、ロシア軍のウクライナ侵攻、攻撃を受けるウクライナから日々送られて来る映像は、21世紀とは思えない残酷な数々の場面だ。侵攻理由は多くのロシア系住民が住むウクライナ東部、クリミア半島の帰属と東部地区及びウクライナのNATO加盟問題。ロシア軍のミサイル攻撃、倒壊する建物から逃げ惑う老人や婦女子、路上に放置されたままの遺体、国境を越えてポーランド等の近隣国へ避難する数百万の国民、誰もが恐怖に脅える深刻な顔と姿だった。平和な日常の早期回復、家族の安全、食料の供給を願う。心の底では隣国・ロシア軍の残忍な行為に強い怒り。侵攻は隣の強国、ウクライナの人々は自分や家族の安全と健康を祈り、不幸で残酷のこの戦争を恨む。

　18世紀から20世紀、欧州、アジア、中央アジア、イスラム圏、アフリカ等、民族、宗教、文化の違いからナショナル主義が台頭した。ロシアとトルコは領土を巡る1768年の第1次露・ト戦争、1787年の第2次世界戦争を始め数次の戦争を繰り返す。舞台はクリミア半島とその周辺地域、時には英仏やオーストリアを含む戦争となった。戦場の陰で働いたナイチンゲールの活躍でも知られる。クリミア半島はエカテリーナⅡ世がクリミアハン国を併合し、ロシア領とした。1917年のロシア内戦後赤

軍が勝利するとソ連領となり、第 2 次世界大戦の独ソ戦では一時期ドイツ領にもなった。ニキータ・フルシチョフは若い時代、ウクライナのドネックに移り住み、独ソ戦ではウクライナの最高責任者として活躍した。スターリンに認められウクライナ共産党第 1 書記長に就いた。スターリン死後は、第 3 代ソ連邦最高指導者となり、クリミア半島とウクライナの経済的な結びつき、将来の経済発展等の観点からクリミアをウクライナ領と決めた。

　2004年のオレンジ革命、続く2014年 2 月にマイダン革命が起こる。マイダン革命は親ロシアの大統領に対する反対運動で、ヴィクトル・ヤヌコヴィッチ大統領はロシアに亡命した。後親ロシアの住民が多いクリミアで住民投票が行われ、結果クリミア共和国とセバストポリ特別市を一方的にロシアに編入した。そしてクリミア危機に。ウクライナと多くの国々がその宣言を認めず緊張化中に、2022年 2 月24日を迎えた。

　テレビに映る驚愕の場面にジョージは何処かで見た映像と思う。その先はナチス・ドイツが攻撃したサンクト・ペテルブルグとシリアの市街地だ。強き者は弱き者を虐めるのが人間の悲しい性で、故にロシアはその仕返しに弟と言いつつ、ウクライナを虐める。強い兄からの暴力に耐えて弱い弟のウクライナは執拗に抵抗する。何百年も続く侵略の恐怖、「今ここでストップしなければ残虐な歴史の繰り返しになる」との思いから強く反抗するのがウクライナ国民。

　長い日ソ間の航空交渉の末、漸く東京とモスクワ間に初便が飛び始めた。モスクワに住む外国人は、市40キロ以遠に出掛ける際は、ビザ申請を行いその許可が必要とされた。

　ジョージは仕事とロシア生活にも少し慣れ、子供を連れて家族 4 人のクリミア旅行を計画し、航空券や宿泊先の予約も完了していた。しかし直前子供が病気に罹りキャンセルとなり、数か月後次は幼い子供と 2 人だけの夜行列車でキエフ行の 3 泊の旅に変更した。到着の晩は特別の予定がなく、思いついたのは子供を連れたサーカス見物で、予約にイン

ツーリストのサービスカウンターへ行くと残席は一席しかないとの返事。困った顔をすると須らく、「NO」の否定的返事を返すカウンター女性から、「アイデアがある」とのアドバイスを貰った。入場の際息子を背負えばとの妙案で、日本人の子供としては規格外の肥満児で、背負うには重すぎるが OK の返事を出す。翌日は子供とキーウ市内を流れるドニエプル川辺を散策、街の美しさに見惚れた。その後遊覧船に乗り船縁から正教会の重厚な建物等を眺める。やがて巨大なダムに差し掛かった。後方の水門が閉まり舟は徐々に押し上げられ、絶景に感動しジョージがカメラのシャッターを押す。すると何処かからかロシア語で「ネリジャー（ダメだ）」、と怒りに似た大声が聞こえた。後日モスクワに帰り現像すると何故かフイルム全ての映像が消去されていた。歴史の重厚を感じさせるキーウの街並みとカラフルな正教会、雄大なドニエプル川の流れにジョージは感動、サーカス入場の際の名案にも関心、ウクライナとウクライナ人が好きになった。

　しかし巨大なダムで撮影したフィルムの映像は何故消えたか、疑問は今でも解けない。

　国境は海、川、陸や山により分かれ、オランダとベルギーの如く民家の中を通る線で分離される。各国様々だが日本とロシアの間には海で隔てた国境がある。江戸の後期、大黒屋光太夫は台風に遭遇しシベリアの東端、アリューシャン列島のアムチトカ島に漂流した。帰国の夢を叶えるべく遥かサンクト・ペテルブルグ迄、女帝・エカテリーナII世に会いに向かった。1792年に漸く遣日特使、アダム・ラクスマンと共に日本帰国した。その後1811年、千島列島の測量をしていたデイアナ号の艦長、ゴロブニンは国後島に上陸し逮捕された。2年3カ月後に開放され帰国後日本での幽閉生活を書き残した。函館に護送される途中、好奇心で集まる村民は同情と憐みで眺め、水を飲みたいと頼むと先を争うように酒、菓子、果物を差し出したことなど、当時の村民の温かい心根を描いている。

　舟の難破から帰国まで10年を要した大黒屋光太夫も、荒い海やシベリア大陸を渡り、帰国まで遭遇したロシア人から様々な恩遇に接したことは間違いないだろう。

　しかし人間には魔性の心があり、国の境を越えた土地に住む他の民族や住民を支配したいとの野望が牙となる。鎌倉時代中期、元寇と言われるモンゴル帝国と高麗の連合軍が日本を襲った。1度目の来襲は文永の役（1274年11月14日）、2度目は弘安の役（1281年6月18日）、明治時代の1905年（明治38年5月）には日本連合艦隊とロシア・バルチック艦隊が対馬東沖で戦った。悲しいかな人間の歴史は悲劇を生む戦争の繰り返しでもある。

　ソ連時代の国営放送は国家のPRや都合の良い、プロパガンダ的情報のニュースばかりだった。情報が閉ざされた国や地域からの情報に眼と耳が注がれるのが人の性だが、モスクワ放送は、第1次オイルショックの際に生じたトイレットペーパー不足、買い求めて並ぶ消費者を映していた。重ねて年末の買い物で混雑する上野・アメ横の映像を放送し、如何に日本人は品不足に苦しんでいるかとの印象を与える。また、当時ポルトガルでは反政府デモが起こり、ソ連では、デモと暴動の映像が繰り返しテレビで流れていた。

　モスクワ在住の日本人家族を対象に夏はスイスの山岳周り、厳冬にはスペインや南仏の太陽を求める団体旅行を企画した。ジョージはこの旅行に添乗したが、ヨーロッパ内の他支店や現地受け入れ旅行社へ現地情報を問い合わせると、確かにデモはあるが旅行には何ら問題ないとの返事だった。自由化以前のモスクワと異なり、日本人が好む野菜や果物、加えてスペインでは海鮮料理、ポルトガルではファドの民族音楽と舞踏を楽しみ、南欧の明るい太陽と笑顔に触れ、全員が無事モスクワに帰ることができた。民主主義の根幹は報道の自由、しかし見る側は報道の真贋を見極める眼力が必要で、ジョージは「百聞は一見にしかず」の諺の重要性を悟る。現在は映像の時、信じる事は良い、しかし簡単に騙まされてはいけない、と自分に言い聞かせている。

　ロシア政府系国営テレビの女性プロデューサーは、「NO WAR、プロパガンダを信じないで」と書かれたプラカードを放送中に抱えた。ロシアの法には触れるがこの女性の勇気を多くの人が称えた。父親はウクライナ人、母親はロシア人という2つの国の血を受け継ぐ複雑な心情から発した行動で後にフランスに亡命した。同じ宿命を持つ人は多い、ロシアのウクライナへの侵攻が齎す今の悲劇、この映像を見る人の眼に強く訴える。

　ジョージのモスクワ駐在時、自家用車で帰宅途中突然交通警官から停止命令、脇道に入り路肩で停車するよう命じられた。翌日は革命記念日で、クレムリンの赤の広場の軍事パレードに向かう巨大な大陸間弾道弾を積む大型トラックや戦車の移動、脇道で恐怖心に襲われ乍ら通り過ぎるのを待った。怖いもの見たさ、静かに眺めたが「ロシアとは決して戦争をしてはならない」と強く思った。その光景から50年後のウクライナからの映像で、画面に映るのは大陸間弾道弾ではないがミサイルがウクライナ上空に飛来し、公共施設や高層住宅を徹底攻撃した。逃げ惑う市民、瓦礫化する街並み、他人事とは思えない恐怖の映像だった。この映像はチェチェンやシリアから送られて来た瓦礫の風景に酷似している。

　ロシア軍の侵攻により多数のウクライナ人が国境を越えてポーランドへ避難した。EUに加盟後欧州で働く国民が多いポーランドだが、経済的に苦しくともウクライナ難民を受け入れた。ソ連時代、ロシアから受けた苦いくびきがそうさせる。

　戦前日本は国際連盟から脱退し、後第2次世界大戦で敗戦した。新憲法を制定し国民主権、基本的人権尊重、自由主義経済を取り入れ日本再生の道を歩み出した。東西冷戦となり緊張の対峙が続いたが、非能率な経済体制、農業不振、加えてゴルバチョフ大統領の登場によりデタント化し、ベルリンの壁の崩壊からソ連邦の解体となった。新生ロシアは通貨不安に見舞われ、中国の経済力高揚と共に国際政治に於ける存在力の

低下、NATO ラインの東方延伸、コロナ禍と世界に広がるポピュリズム、オリンピックやスポーツ界でのドーピング問題、強まる対ロ非難等々の地盤沈下が起こっている。プライドの高いロシア国民及びプーチン大統領は、孤独感に陥っている。国民主権の基本的な考えは国民に自分の事を自分で決めさせ、自由な意見の発表を認める制度。若い時代ソ連という制度の中に育ち KGB という特殊な情報の中心で過ごし、ロシアという巨大国の最高位に登り詰めたプーチン大領領。これ以上のロシアの地盤沈下に耐えきれずに最も近い主権国家、ウクライナの兄からの弟離れを許さない狭量感に襲われている。

　兄弟の兄と言うロシアも、ナポレオンやドイツ・ヒットラーに国境を侵され苦しめられた。スターリン時代には人間の多様性を認めない暗黒の専制政治を敷き、弟のウクライナは数百年に及ぶロシアや他国から国境を侵され侵略を受ける犠牲の歴史を持っている。後ろ手にされ道路に放置されるウクライナからの映像、見るに堪えないショックな映像、チェルノブイリ原発従業者の拘束、他の施設にある核物質もロシア軍に持ち去られたとの恐怖報道、略奪行為。避難で駅に集まった子供を含む市民への攻撃、どれもが21世紀とは思えない現実。
　本来ロシア語は韻を踏む綺麗な言語だが、ロシアの外交のトップから残酷な光景は全てウクライナ側の捏造で、ロシアの攻撃は軍事施設のみ住宅等民間の施設は一切攻撃していないとの空々しく高圧、素人目にも判る虚偽の言葉。その上により強力、非人道的な恐怖の科学兵器、核の使用をチラつかせる。ロシア語に Человечество（チェロベーチェストバ＝人間性、人間愛、人道等の意味）という言葉があるが、ロシアにはこの言葉の意味を判る人がいな

Ｖ.ヴェレシチャーギン画、サンクト・ペテルブルグ美術学校で学ぶ。後パリやミュンヘン他多くの国や戦場を訪ね中央アジアや日露戦争戦場の悲惨さを描く。平和主義の画家とも言われる。トレチャコフ美術館蔵

いのか、と思わせる光景。ヨーロッパ大陸、バルカン、中央アジア、ウクライナ・クリミア、人間の歴史は悲しく残酷な戦争の繰り返しを知らされる。

　ロシアはナポレオン軍の侵略（祖国戦争）及びドイツ・ヒットラー軍の侵略（大祖国戦争）の2つの大戦で大きな被害を受け、モスクワをはじめプーチン大統領出身の美しい街並み、サンクト・ペテルブルグや他の街も死の恐怖に晒された。対ナポレオン戦争や対独戦に勝利したロシアは強大な国家になる一方、近隣諸国や他民族への支配を強め多くの犠牲を生んだ。独裁指導者の下、統制と非効率な経済体制でソ連邦崩壊、市場経済への移行と個人の心の多様性を許容、チェチェンを除きウクライナ等の旧共和国の独立を認めた。独立した旧共和国の多くは強圧的なロシアの顔色を伺い乍ら NATO や EU への接近を図った。黒海やアゾフ海に接するクリミア半島、アゾフ海にも近いドネツク州等のウクライナの東部地域、エカテリーナII世やスターリン時代の南下政策により多数のロシア人が住んでいる。ウクライナの NATO や EU 入りを認めるとロシアの隣に軍事集団が移る。その阻止と現政府の転覆、そして傀儡政権樹立がウクライナ侵攻の目的だ。

　1853年7月、米国のマシュー・ペリー提督が率いる黒船4隻が神奈川・横須賀に来航し、開国を求めた。その約50年前の1804年秋、ロシアの皇帝アレクサンドルI世の親書とロシア領への日本人漂流民を伴いレザノフの使節団が長崎に来航した。江戸幕府は半年間返答を引き延ばし、結果親書を突き返し交易拒絶した。無礼な態度にレザノフは腹を立て帰国した。1806年から1807年の間、レザノフの命令により2人の海軍士官が樺太や択捉の日本人番屋等を襲撃し、驚いた江戸幕府はロシア船の打ち払い令を出し、蝦夷地の警備を強めた（NHK出版による）。後にペリー提督の開国要求に応じ開国、更に英国、ロシア、オランダ等の要求にも応じ、鎖国と徳川幕府は終焉し、明治新政府へと移った。日露戦争、第2次世界大戦でアメリカを中心とした ABCD 列強と戦う悲劇、

終戦後の朝鮮戦争、戦時中の未解決の問題が絡む日韓関係、北朝鮮の核開発と頻繁なミサイル発射と拉致問題、尖閣列島、ウクライナ侵攻に関連するロシア空軍の旋回飛行、巡行ミサイルの発射実験等々、日本海の緊張は益々増大している。

　ドイツ生まれ、理論物理学者のアルベルト・アインシュタインは1936年、米国大統領ルーズベルトに手紙を送った。大爆発を起こす新型爆弾の研究を進め、それが核兵器開発に繋がるとの内容だった。同じくドイツ出身のロバート・オッペンハイマーはこの新型爆弾研究を主導したが、両学者は共にユダヤ系で、ナチス・ドイツからの迫害を逃れアメリカへ移る。ドイツは英国攻撃用ロケットを開発し、新型爆弾開発の噂もあり、アメリカも核兵器開発を進めマンハッタン計画を通して核爆発に成功した。遅れるがソ連も核実験を成功させ、現在核保有国は９ヵ国、世界中で１万３千発の核弾頭が存在し、最大保有国はロシアと言われる。米ソ冷戦時、オッペンハイマーは核開発の情報をソ連に流したとの疑いでFBIの監視下に置かれた。広島と長崎に投下された原爆被害の大きさに驚き、両学者は核開発に携わったことを後悔し、アインシュタインは晩年「研究には知性が、人間の幸せには理性が必要」との言葉を残した。しかし核保有国は増え続け世界の安定化どころか、ウクライナ戦争の緊張化に伴ない核の脅威が深まっている。

　人間に取って最も重要なのは、誰もが求めるものは食べ物で、次に願うのは心や思考の多様性、そして表現の自由だろう。それを認めず勝手に自国領土を拡張しようと巨大国が小国を攻める、独立した国をネオ・ナチと非難、有ってはならない核使用をチラつかせ国民の恐怖を煽る。その愚行を止めるのは国際法と国際刑事裁判所の機能強化だ。戦争の大罪を犯す本人が一言「ニィエット」と拒否すれば重罪から逃れ得る現実があり、機能弱体化著しい国連常任理事国の改革以外に道はない。さもなくば弱肉強食の地上の戦争という、最大の悲劇は永久に無くならない。

キルギスで過ごしたアパート近く、時々散策で訪れた大学病院のキャンパス、医師を目指し様々な笑顔で、夢を語るキルギス・ロシア・ウクライナの学生達。中央アジア、アジア、世界中にこの笑顔が早く戻って欲しいものだ

　ソフィア・ローレンとマストロヤンニの2大俳優が出演したイタリアとソ連の合作映画「ひまわり」の舞台ウクライナ、哀愁のメロディーと共にスクリーン一杯に壮大なひまわりが咲く。重厚で歴史観に富む美しい街並みと黒海に灌ぐドニエプル川。歴史と共に歩んだ文化、建造物、緑多き森と肥沃な農地、たおやかな笑顔。銃声やミサイル音、恐怖のロシア語の発音、全てが戦場と廃墟に変えて仕舞う。打ち砕かれた歴史遺産、幼稚園から病院等の公共建物、民間住宅、更に無垢な人々の心を打ち砕く。何年、否何百年経てば癒され元に戻せるのか。ウクライナ国民の士気を砕くための、阿修羅のロシアの軍事行動、その地から送られる残酷な映像と悲しいニュース、食料やエネルギー不足による物価高、世界に広がる分断化の動き、この不安は一刻も早く停めねばならない。

　ロシア料理と言われる有名なボルシチや、鶏肉をバターを使い揚げたキエフスキー・カツレツ等は、元々はウクライナ料理だと言う。何時になればウクライナの地の人々はゆっくりと、離れ離れになった家族全員でこの料理を楽しめるのか。

第2章

ワーリャとジョージの共著「そして、モスコーの夜はふけて」

　キルギスから帰国の際には、モスクワ・シェレメチェボ空港で一度降り、ワーリャさんに会う約束をしていたが、体調不良により当日便に乗り急ぎ帰国してしまった。その後の2022年2月、ロシアのウクライナ侵攻に伴い欧米主要国はロシアへの経済封鎖を発表する。ロシア政府は対抗策として外国企業とのリース契約中の旅客機、約500機（金額で150億ドル）没収の法案を通し国有化した。不足する部品もこの機材から転用するという。ロシアへ乗り入れる定期航空の多くは運航停止し、ロシア領上空を運航する航空会社は安全確保上迂回策を決め、シベリア線は50年以上前の航空業界へ後戻りした。

　日露間の長期航空交渉後、東京（羽田）⇔モスクワ（シェレメチェボ）間にロシア・アエロフロート国営航空の機材と乗務員、加えて1名の日本人の客室乗務員での共同運航便が開設された。同時期モスクワ市内のウクライナ・ホテル8階に日航モスクワ支店が開かれた。社会主義国ソ連では外国企業はロシア人を直接採用することが許されず、УПДК（ウポデカ）という組織を通じ紹介依頼状を送る。面接後に双方が同意すれば採用に至り給料もこのウポデカが決める。ワーリャさんはそのУПДКが紹介した日航モスクワ支店の最初のロシア人職員で、その時に面接した日本人職員は若き彼女の醸し出す気品に驚いたと聞く。名前はバレンチナ・ボガノワ（通称ワーリャ）、アーラさんという姉がいて理由は判らないが2人共に生涯独身を通している。独身の理由は人生路の目標の高さ

か、それともプライドの高さ、個性の強さが結婚に結び着かないのか、サッチャーが英国の首相に就任すると周囲の人は彼女を「ロシアのサッチャー」と呼んだ。本人もその愛称を喜んでいる。

　ロシア人第1号社員の経験と、モスクワ市内とシェレメチェボ空港を含むロシア人職員の総活的な立場からの自信なのか、ジョージは何度か仕事上で口論になり、結果は1カ月以上もお茶を入れて貰えない苦境に追い込まれた。一方で子供が病気の時には病院を手配して呉れ、ヘルシンキでの自動車購入とモスクワまでの搬入、その車へのダンプカー追突事故、冬の晩ホテルのクロークに預け闇に消えて仕舞った防寒用毛皮コート事件等では警察と真剣に対応して呉れた。

　58歳になりジョージは久々にモスクワ訪問を思い立った。モスクワ到着前に機内アナウンスは「現在モスクワ上空は50メートルの強風、着陸出来ない場合は隣のヘルシンキに行きに先変更予定」と伝えた。着陸前「強風も弱まり、ジャンボ機の着陸可能範囲に収まり降下を始める」との案内に変わる。かなり強い横風を受けるが、以前働いていた頃の定員150名程の小型旅客機と異なり、無事シェレメチェボ空港着陸した。世界第1位という言葉に拘るソ連時代、クレムリンの近くに建てられた客室世界最大のホテル・ロシアにチェックインした。部屋は大分老朽化が進んでいる。当時、一緒に働いていたロシア人職員数人との会食するため、タクシーで15分程のレストランに向かった。案内された場所に近づくと勤務の行き帰りに通ったジェルジンスキー通り（現ルビンスカヤ通り）、保険会社用に建てられた元KGB本部、現在ロシア保安庁（FBS）の庁舎も見える。レストランに入ると懐かしいロシア人職員の姿が見えるが、他のテーブル席の客はチラホラ。この建物は元ソ連共産党本部で、ソ連政府の大物が集ったモスクワ市内で最も栄えたレストランの1つでもある。ソ連崩壊後のロシア通貨危機により客は疎らとの説明を受けた。

　話題は暗かったソ連時代へと向かう。ウクライナ・ホテル内の事務所にはランプの陰に盗聴マイクが仕掛けられ会話を盗聴されていたこと、夏にはモスクワ郊外のボルガ川辺でのバーベキュー、トルストイの家訪問、低価格で購入出来たドルショップの各国産アルコール、底冷えする冬の強いウオッカ等、ソ連時代の悲喜こもごもの話に及んだ。レーニンは「宗教はアヘン」と述べ、宗教に否定的な立場を取るが、ソ連崩壊後はロシア正教会に入信したとオープンに話す職員も。政治体制が変わると人の口元、眼つき、話題も変わる。「ロシアは新しい国に変わった」とジョージは実感する。晩餐のメニューは当然ロシア料理。ボルシチ、ビーフストルガーノフ、ピロシキ、ペレメニ等がテーブルに並ぶ。どの料理もロシアに住むと懐かしい味、だが最も郷愁を誘うのは何と言っても黒パン。2年後ジョージは定年を迎え、モスクワを再訪、モスクワ大学へのプチ留学、併せてワーリャさんとの共著を約束する。

　定年後ジョージはモスクワ市内で2度のホームステイをした。1度目はモスクワ大学へのプチ留学、ワーリャさんの知人のアパートの間借り、2度目は姉のアーラさんのアパートに住ませて貰った。姉妹2人の住まいは集合住宅のアパートで、エレベータを降り同じフロアーの左右に分かれる隣部屋だ。

　前回の訪問の1年半後、ワーリャさんに連絡を取り2カ月のホームステイ探しを依頼したところ、間もなく返事が来た。中年のロシア人の叔母さん宅で、アパートの5階の小奇麗な部屋、ルーブル安で2食付の料金は月100ドル。3月上旬に成田を出発した。アパートは市内の真ん中、地下鉄駅から徒歩15分ほどの文教地区にあった。ホストの叔母さんは大柄で少し怖い顔立ちだが知性がありそうな女性。春と

ウクライナ・ホテル内のひっそりとした支店と異なり、クレムリンやボリショイ劇場近くのオフィスに移転、ソ連時代と異なる政治制度にロシア人職員の表情も明るく変わる

はいえ街路には雪が残っていた。到着間もなく指定されたモスクワ大学のキャンパス内へ地下鉄で向かう。30年前大学の正門前を何度も車で通るが、広い校内に入るのは初めて。アジアからの留学生を扱う窓口へ向かう。先ずロシア語会話のレベルチェック、次に教鞭を取るアルメニア人の女性教師と面接した。面接は学生時代に戻る緊張感が漂うがロシア語のクラスは上級コースを指示された。

　授業内容はロシア語会話、古い映像だがコメディータッチや恋愛物のソ連時代の映画鑑賞、新聞購読等の余り硬くないメニューで、教師も楽しみ乍ら教えて呉れる。教師が一方的に話すワンウエイ・レッスンとは異なる雰囲気だった。1日3コマで、数人の担当教師は明るく程よい緊張感、アジアの国からの留学生とは学生食堂で会話することができた。年齢差はあるがジョージは若い時代に戻ったような気持ちになる。新制度の鶏鳴の時を迎えたロシア人学生達、学食でも良くしゃべり笑顔で話し掛けて来る。

モスクワ大学へプチ留学、アルメニア人の先生とアジアの学生と学ぶ

ホームステイの叔母さんから日本文化を語る的な会を開いて貰う。日口関係も明るい時代、人生は一生勉強、若い人達と一緒に学ぶ事は結構楽しいもの

　モスクワの街は広く残雪もあり徒歩は楽ではない。ジョージは時間が出来るとエリツィンの自叙伝を読んだ。内容は自己賛美的で余り面白くはないがロシア語の勉強には適している。ホストの叔母さんに本の中で、意味が分からないロシア語やアクセントについて尋ねると親切に教えて呉れた。エリツィン前大統領はロシアを滅茶苦茶に壊して仕舞ったが、プーチン新大統領はロシアを再建中と言う。「強いプーチンが好き」とのプーチンへの賛同と

ロシア愛を述べる、一般のロシア人の如く。

　夕方になるとジョージは持参したサックス練習をすることにしていた。怠ると今日は何故練習しないかと詰る。しかしジョージが早起きし、声出しでロシア語を読んでいると、「ここは文教地区、朝から鶏起こしは近所迷惑」と真顔で責めてくる。典型的な自己中心なロシア人とジョージは内心思うが「ダー」との返事しかない。住めば都、ここはロシアだから。この家での生活に慣れた頃、叔母さんから親戚の若い人を中心に「日本文化について語る会」を開くから準備するよう伝えられる。

　その際、過去に日露戦争や第2次世界大戦等の不幸な時代があり、現在も日露間には北方領土問題が残っていると述べる。領土問題があるとは出席者の誰も知らない。理由はロシアの学校では日露両国間に領土問題が存在する事など一切触れないから。この話を聴いていた叔母さんは「その島はジョージに返してやる」との冗談とも本音とも分らぬ言葉を述べる。

　ある日、アパートの裏手を15分程ほど歩き辺りを見渡すと、何時か見た景色が広がっていた。そうだここはドンスコイ修道院墓地。当時世界一安全と評されていたジョージが務める航空会社が起こしたモスクワ・シェレメチェボ空港離陸時の事故が思い浮かぶ。初めてモスクワを訪れ、その時に訪れた場所だ。ジョージの体中に鳥肌が立つ。この墓地の一角に日本人の墓碑もある。ジョージはこの場所を訪れては手を合わせる。ドンスコイ修道院での記憶は辛く悲しい場、書く事が出来ない。

　11月末、モスクワでの最初の役目が終わった。二度とモスクワへ来たくな

モスクワ市内のチャイコフスキーの家、館内説明の女性はこの有名な作曲家の曲を聴かせて呉れる。当初は売れず悩み曲想にはロシアの他ウクライナからも影響を受けたと言われている

いと思い日本へ帰国した。翌年3月にはモスクワ支店への転勤辞令が降りた。そして月日は流れ定年近く、ドンスコイ修道院近くのアパートにホームステイしている。ジョージは人間の運命は不思議なものと思う。

　ジョージが好きなロシアの作曲家はチャイコフスキーで、モスクワ市内に世界的に有名なこの作曲家と縁ある所は無いかとホストに尋ねると、元アメリカ大使館近くの家を紹介された。チャイコフスキーが住んだと言われる大きな家で、訪ねてみると館内には人影は疎ら。案内後の女性職員はグランドピアノで、白鳥の湖とくるみ割り人形の一部を弾いて呉れた。そして更に聴きたい曲があるかと尋ねてきた。ジョージは「ピアノ協奏曲第一番」か「悲愴」の演奏を希望すると、2曲のさわりを弾いて呉れた。チャイコフスキーの作品の中でジョージの心に残る曲は「ピアノ協奏曲第一番変ロ短調」、理由は中学生時代に国語と音楽の先生が放課後になると練習していて、時々耳にしていたからだ。ロシアは文学ではドフトエフスキー、ツルゲーネフ、トルストイ等の世界的な作家を生み、音楽ではチャイコフスキーが最も広く知られ、「白鳥の湖」、「くるみ割り人形」、「悲愴」等の作品を残した。若い時代、チャイコフスキーはサンクト・ペテルブルグで公務員として働き、音楽一家と言われる両親の影響もあり、幼い頃からピアノの練習に励んでいた。後に音楽院で学びピアノと作曲に専念。モスクワへ移り住み、26歳から38歳迄、モスクワ音楽院の教授を務めるが、作曲家としては芽が出ない。離婚に悩みうつ病を患い、モスクワ川へ投身自殺を図ることもあった。後に世界的に知られる「白鳥の湖」も当初は評価されなかったようだ。

　妹のアレクサンドラがウクライナの大地主に嫁ぎ、チャイコフスキーはその地が気に入り、毎年訪れウクライナでも作曲に励んだ。ピアノ協奏曲第一番は最初の出だし部分は管楽器で、続いて主役のピアノが引継ぐ。華やかさ、抒情的、ロマンチックな旋律で聴く人の心の琴線に触れる。ウクライナとチャイコフスキーの関係は深く、滞在していたウクラ

イナのメロディーも引用されていると言われる。「悲愴」は知人のピアニスト、ルビンシュタインへの献歌として作曲された。しかし送られたルビンシュタインは余り評価しなかったとも伝えられる。作曲家としてのチャイコフスキーの遺作となった「悲愴」は、1893年に作曲されサンクト・ペテルブルグで初公演、その 9 日後にチャイコフスキーは亡くなったがこの交響曲を通じ、自分の人生を表現したと言われている。

　帰宅後ジョージは叔母さんに、以前チャイコフスキーが住んだ家を訪れたが訪問者は少なかったと伝えた。すると「時が変わり若者はジャズに、クラシック音楽のファンが減り残念」と祖国ロシアへの愛が強くクラシック音楽に造詣深い叔母さんは、時代の変わりを嘆いていた。「人生が如何に苦しく若い時代の夢が叶わなくても、最後まで努力を続ける事が大切」とも言っていた。知性と教養、ロシアへの祖国愛が強く、少し怖いホストの叔母さん、ジョージもこの言葉には同意する。

　モスクワ大学に学ぶ目的で訪れたモスクワ訪問、短期間だがホームステイを通じて市民の生活を観て触れ得るもの多く、帰国後ワーリャさんとの「そして、モスコーの夜はふけて」の共著を出版した。数年後はワーリャさんの姉、アーラさん宅にステイし「サンクト・ペテルブルグの夜はふけて」を出版した。
　過去日露間には江戸末期のディアナ号艦長・ゴロブニンの国後上陸に係る逮捕、日露戦争、ソ満国境に於けるノモンハン事件、第 2 次世界大戦末期の日ソ不可侵条約下のソ連軍侵攻、ミグ戦闘機の函館空港着陸亡命事件、日本人乗客を含む大韓航空サハリン沖撃墜、情報に絡むスパイ事件等、深刻な事例が繰り返され、北方領土問題は入口で停止状況のままだ。しかし国と国の関係は厳しくとも、どの時代にも必要とされるのは人と人、市民、国民の交流は停めてはならないとの強い願いをジョージは抱いている。
　ワーリャさんとは誕生日や新年の挨拶をはじめ、その他の近況確認の

メールは2022年まで続いている。文面の最後には必ず「姉のアーラからも宜しく」との伝言が書かれている。アーラさんと初めて会ったのはジョージの転勤に伴う帰国直前で、ソ連時代は外国人のロシア人家庭への訪問が許されない時代であったが、姉妹の家に招かれた。ワーリャさんを「ロシアのサッチャー」と呼ぶなら、アーラさんの印象は女帝エカテリーナII世だ。ドイツ人のエカテリーナII世は無能と言われる夫、皇帝ピョートルIII世殺害後には、1783年にはオスマントルコと戦いクリミア半島を併合した。後に隣国ポーランド領土の一部、更にウクライナを併合し、強いロシア帝国を築いた。女性教育、バレー育成、芸術品は特にイタリア絵画の購入に努め、欧州列国に並ぶ大国を目指した。強い意志で帝政ロシアを治めたが、夫の皇帝殺害、その陰で少なくとも12人の愛人がいたとも言われている。人気の理由は夫の殺害や不倫等の悪い印象を与えながらも、列強に並ぶ強いロシアを築いた。ロシア人は「強さと優しさのある人間が好き」と言う。地上で最も厳しい寒さの中、生き抜くために求められる人間像は強さと優しさなのだろう。特に時の指導者には強く求められる。長年続く専制的、高圧的なプーチン大統領の政治姿勢に反対する国民も少なくないが、支持者が多いのも事実であろう。ロシアの悲しい歴史や厳しい環境もその背景となっている。ソ連時代一般のロシ

ワーリャと譲二の、それはエアーラインのモスクワ支店の窓辺から始まった

出会い、巡り会い。日本とロシア、近隣諸国との善隣友好、交流の広がりを願って

ワーリャとの共著「そして、モスコーの夜が更けて」表紙、ソ連崩壊に続き地球のグローバル化が叫ばれた時代、副題に、「出会い、巡り会い。日本と近隣諸国との善隣友好、交流の広がりを願って」、2人の夢を描いた。出版後世界最大のドイツ・フランクフルトのブックフェアーに大学出版部協会より出展された。後東京に招き、新宿のライブハウス「J」で出版記念のライブを開く。クレムリン近くの赤の広場の聖ワシリィ大聖堂。ロシアとウクライナの戦いは正教間の争いとも言われる

ア人は外国への自由な出国は許可され
なかったが、ワーリャさんは欧州や日
本への出張も度々経験した数少ない外
国通でもあった。モスクワ空港の事故
に遭遇し、市内の病院に長期入院して
いた旅客から、退院後心温まる介護の
お礼としてニュージーランドに招かれ
る。

50年続く姉妹との交友、モスクワ市内の住まいにホームステイ、近くの公園ではリンゴが実り始めていた

　ソ連崩壊後、何度かアーラ・ワーリャさん姉妹には会う機会があった。
すると2人の印象も大きく変わっていた。思考と言葉の柔軟性、変わら
ないのは気品、ユーモアー、そして矢張りロシア愛だ。姉のアーラさん
は以前ロシアの外務省で働いたと聞いている。もしロシアの外相に就い
ていれば、日露の外交関係はもう少し異なった方向へ向いていたであろ
うと、ジョージは思う。

　しかし姉・アーラさんは2019年に亡くなった。ワーリャさんから深い
嘆きのメールが送られて来た。

　ワーリャさんの誕生日は3月3日、日本のひな祭りの日、そして3月
8日は国際婦人の日、ジョージは毎年その日は祝いのメールを送り続け
ていた。しかし2022年のその日の返信はなかった。生涯独身を通し
ジョージを日本の弟と呼び続けた共著者、ワーリャ姉からのメール返信
は途絶えたまま、何度メールを送るも音沙汰はない。共著本の題名は
「そして、モスコーの夜はふけて」、サブタイトルは、「出会い、巡り会
い、日本とロシア、近隣諸国との善隣友好、交流の広がりを願って」。

　今世紀最大の世界を揺るがす、ロシア軍のウクライナ侵攻戦争、人の
世の虚しさ愚かさを知らされ、この本の副題の言葉も虚しく映る。この
地上は何時になったら真の平和が訪れるのだろう。国際人権団体、アム
ネスティー・インターナショナルの報告によれば、ロシアが併合するウ
クライナ南東部の4州から90万から160万人が強制的に、その内26万人

の子供がロシアに連行された。子供にはロシア語とロシアの価値観を植え付けウクライナ人としてのアイデンティティーを削ぐ。一部の子供にはチェチェンで軍事・愛国教育を行っているとの報道がされている。ウクライナの冬期の平均最高気温は零度越えの寒さ、住宅破壊に加え電気やガス等のエネルギー施設への悍ましい攻撃を繰り返す。

　長い間の悲劇の舞台になり続けたウクライナ、強国ロシアからの不条理で悲惨な戦争を止めさせることが出来るのは、平和を願う世界の人々の眼、言葉、感心。地上に住む個々の人々の世界平和への強い志向が最も大きな外交力、今その団結力が強く求められる。加えて和平交渉役として期待されるのは、現在ロシアからの訪問者が多くクリミア戦争で長年戦った隣国トルコ。更に経済的に急成長する一方、国連の常任理事国でロシアと良好関係を保ち、世界平和に責任を持つ中国。経済力を高め世界で2番目の強国に成長した中国、自国だけではなく国連常任理事国として、2枚舌ではない世界的視野から世界平和に貢献する責任がある。プーチン大統領が恐ろしい兵器を使いこの世に多くの犠牲者を生み、歴史上ヒットラーを越える戦争犯罪人にならないためにも。

　2022年11月、インドネシアのバリで主要国・地域が集まるG20の首脳会議が開催された。コロナ禍に加えロシアのウクライナ侵攻に依る食料とエネルギー価格の世界的高騰が主テーマ。続いてタイのバンコックで太平洋協力会議（APEC）が開かれ、この場でも議題はロシアのウクライナ侵攻。
　核兵器使用をチラつかせ侵攻を続けるロシア、対ロの経済封鎖を強める日米欧諸国に対して反対の立場を取る中ロ、意見合意が得られず緊張と対決が深まっている。両会議ともに首脳宣言は両論併記で漸く合意、世界的懸念の戦争や経済に関する根本的な解決に至らず閉会に。

第X部
人の世は出逢いと別れの繰り返し

　この世は出逢いと別れ、出来れば多くの良き出逢いに恵まれたい。
　出会いの喜びは人により様々、人間、自然、芸術、文学、絵画、名言、音楽、旅、食べ物等の個人差がある。ジョージに取って良き出逢いは、心に残る人、その言葉、旅や手紙等。少年期の中学から高校生時代までは遣りたい夢を持っても、知識や経験不足もあり儚い夢に終わる。20代の青年期、学問と人社会についての学びの時、だが知識が増えても決断力不足、経済力、能力の限界を知り焦りさえを感じる。30歳迄の日々、ジョージには常に何らかの不安、これでは駄目だという自己否定に似た気持ちが宿る。会社や社会に縛られ自分を見失いそうにも、欧米人が抱く「マイ・ライフ＆マイ・ファミリ・ファースト」の生活スタイル維持は困難だ。漸く自分自身を取り戻せたのは60歳を越えてから。慣れない教師生活が始まり緊張感と時間の拘束は続くが心に充実感が始まる。人間は心にゆとりが持て、初めて人の世の真なる幸せとは何かを考えられる。
　人は百人百色の人生路を歩み幸福感も様々、だが良き時間を共有できる人々との巡り合い、美しいメロディーや楽の音、健康、旅、適度のアルコール、ジョージはこれが最高の至福と思う。ジョージの人生の宝である心に残る出逢い、出来事、手紙、旅、街と駅、それを描き残す。

戦後日本が生み、夢を与えたビッグ・バンド、シャープス＆フラッツ、原信夫さん

　ジャズやビッグ・バンド演奏が好きな方は、日本最大の歌手、美空ひばりが歌い有名になった「真っ赤な太陽」の作曲やアメリカ、ソ連等の海外演奏での活躍もご存じだろう。戦時中原さんは海軍軍楽隊に所属し、戦後はテナーサックス奏者としてジャズグループのリーダー、NHK紅白歌合戦やカウント・ベーシー楽団とのジョイントコンサート等で数々活躍した。ソ連へは文化省の招きで2カ月間、極東の街から西のレニングラード（現、サンクト・ペテルブルグ）、それも二度の演奏ツアー

を行った。ジャズや日本の名曲の演奏、ダンディー、紳士的なスタイルで聴衆の心を摑む。最初のソ連公演の際には駐在中のジョージの自宅に来られ、最も喜んだのはジョージとお手伝いのロシア人ベーラさん。大会場のホールは大きな拍手とアンコールに包まれた。生誕の地は樺太、ジャズや日本の名曲を演奏し音楽を通じた広大なソ連への平和使節、戦争の厳しい現実を知る原さん、その喜びを強く感じていたことであろう。

　欧米のジャズ曲が許されない時代、鉄のカーテンを越えてビートルズの曲が何処からともなく聴こえて来た。日本からもダーク・ダックスやローヤル・ナイツ、エレキの神様と呼ばれる寺内タケシとブルージーンズの公演、アメリカからはビッグ・バンドのデューク・エリントン楽団、女子テニスのプロ選手も訪ソ、親善試合が開かれた。
　約25年後、原さんから現上皇の御前での演奏のビデオが達筆の書状と共にジョージに送られて来た。受話器を通しての会話、変わらない穏やかさと紳士的な話し方「実らば垂れる稲穂かな」との言葉を思い出した。石原慎太郎都知事が幹事役で、多数の知名人が出席する原さんの喜寿の祝いにはジョージにも案内状が届いた。「さよならシャープス＆フラッツ」公演には2度も聴きに伺った。ジョージは「国境の壁に消された恋」というサンクト・ペテルブルグを舞台にした、日本人とロシア人

国の違う男女の愛の物語である。私もソ連邦ゴスコンチェルトの要請により、♯＆♭のメンバー二十数名を率いて二ヶ月半、それも二度にわたり冷戦下のソ連圏の演奏旅行をしました。演奏会場はどこも超満員、拍手、歓声のすごさ。さすが伝統ある音楽大国と感動しました。陰と陽の両極端の国、恋人同士二人の運命は、素晴らしいチャイコフスキーの音楽を聴きながら読んでみませんか。
元シャープス＆フラッツ リーダー・原 信夫

人の一生は輝く小説です。
時代、社会、幸福な偶然、不幸な必然。
この深い作品には、
チャイコフスキーの言葉がふさわしい。
「私の藝術を受けとめてくれる、
同じ心を持った人々に、
私はいつも勇気づけられている」
女優・栗原小巻

原信夫さんからの自筆の手紙

女性ピアニストとの悲恋物語を出版し、原さんと女優の栗原小巻さんに本の帯を依頼した。出版記念の会を新宿のライブハウスで開くと、原さんから大きな生花を送って頂いた。

　ジョージのモスクワ支店勤務中には、シャンソン歌手の石井好子、ピアニストの中村紘子、ロシアの美術作品で訪ソされた月光荘オーナーの中村曜子、コーラスグループのダーク・ダックスやローヤルナイツのニキータ・山下さん等々の皆さんが時々訪ソしてきた。カウンターでの語らいや思い出、これは今でもジョージの心の大きな財産になっている。ジョージが一時帰国の際には依頼された品物を持参し、都内・銀座にある月光荘のギャラリーを訪ねる。ダークダックスのメンバーの1人の弟さんはジョージの定年前のIT会社の同僚で、ローヤルナイツのニキータ山下さんの妹は同じ大学のロシア語同級生。この世はご縁、人間は偶然の出会いと良き言葉に支えられて生きる事を知らされる。

　長い間お話になった原信夫さんは2021年6月21日、94歳で亡くなられる。モスクワの航空会社のカウンターでお会いした多くの方々も既に鬼籍に。人の世は出逢いと別れを痛感する。

　　　桜花　咲きかも散ると　見るまでに　誰かもここに　見えて散り
　　行く
　　　　　　　　　　　　　　　　　　　　　　　（柿本人麻呂歌集）

313

鈴木武郎さん

　ジョージの定年退職後の充電期間中、テレビ放送は驚異の画面に変わった。米国での同時多発テロ事件だ。状況は異なるがコロナ禍と同様、テロを恐れて海外旅行客は急減し、中国ならテロもなく安全だろうとジョージは5日間の旅行社のツアーに参加した。成田空港のチェックイン・カウンターは閑古鳥が鳴く状況だったが、このツアー参加者だけはバス5台の盛況だった。到着後ジョージが乗るバスは5号車で、声も大きく明るい、会食中の話題も少し異なるハイ・レベルで、車中で最も目立つ人物がいた。北京や蘇州を巡り最後の訪問地は上海、帰国日のホテルでの朝食は偶々同じテーブルとなった。名刺と共に「帰国後機会があれば東京でお会いしましょう」との言葉を交わし別れた。帰国後半年程が経ち中国旅行も忘れかけた頃、ジョージはあるイベントの案内を貰った。内容は目黒駅近く、白金の庭園美術館で「写真展とワイン、そしてショート・スピーチを楽しむ会、参加費千円」発送人は鈴木武郎と書かれていた。

　当日庭園美術館に行き、会場裏の小部屋を覗くと鈴木さんの奥さんや息子さん夫婦がおむすびを忙しく握り、オードブル準備の姿も見えた。会場には自然や多くの外国を訪ねた際の写真が飾られ、満員の人々、著名人のショート・スピーチとワイン。そのはず、会費は1000円と安くアルコール付き、経験豊富な出席者のスピーチ、数分を越えて話が長くなると司会者の鈴木さんから話が長い、止めろとのイエローカード的なベルが鳴る。鈴木さんが撮影した写真展の他、鈴木さんが考案する稀有なイベント、鈴木さんのエネルギーを感じてジョージは毎回参加する事になった。時には観劇や音楽会、歌舞伎鑑賞、桜の季節は皇居の花見、焼け落ちた江戸城天守閣と皇居の散策、日本橋の老舗そば店主の講話と懇親、隅田川と神田川の舟の遊覧、参加者は20から30名程度、まるで学生時代の遠足風景。アルコールが入るので幼い学生とは異なるが、講話者と出席者の顔は変わる。交わす会話を通じて様々な人生路に触れ、聞くのは為になり刺激にもなる。

　人の世は合縁奇縁、日本帰国日の上海のホテルでの朝食、偶々同席で交わした名刺が縁結びとなった。鈴木さんは眼光鋭く内外の政治、経済、社会問題に深い洞察力と確たる意見を持つ。門前仲町の下町風情ある居酒屋を廻る少人数の会、更に月1回開催される著名なジャーナリスト、現職知事や政治家の講話を聴いた。それからほぼ20年、コロナ禍発生後のステイ・ホーム時には新聞及び週刊誌に書かれた予防記事のコピー等も数多く郵送して貰った。

　そして何と言っても顔の広さ、知人の多さ、鈴木さんから様々な方も紹介して貰った。

　松竹映画の「喜びも悲しみも幾歳月」、「二十四の瞳」、「記念樹」他、映画やテレビで多くの名作を残した木下恵介監督の下で長年にわたり助監督を務め、映像作家としても活躍した横堀幸司さん。

　横堀さんは庭園美術館で開かれる鈴木さんの会には毎回出席し、日本映画や映画界の裏話など含蓄あるテーマを話して呉れた。アルコールの席ではユーモアに富むスピーチで場を盛り上げ、ジョージの出版本の記念会でも巻頭の言葉を書いて貰った。木下監督には4歳違いの弟がいるが、ある時横堀監督から「木下監督には弟の木下忠司氏がいる、ある音楽会に来るので紹介するから来ないか」とジョージにも声が掛かった。ジョージは若い時、木下映画が醸し出す青春の明るさ、悲しさ、透明感に満ちた数々の画面に魅せられ、弟の木下忠司作曲、「ああ人生に涙あり」、「泣いてたまるか」、「二人の世界」等の画面裏の、人情味に溢れる歌や音の世界にも惹かれていた。作曲家、木下忠司と映画芸術に生涯を掛けた映像作家の横堀幸次、お二人の会話を横で聞いてジョージは「現世に何かを残す人の言葉、その重みはどこか違う」と思った。

　佐々木嘉信さんは、早大の第1商学部卒業後産経新聞入社、社会部記者として警視庁等を担当、広報部長や編集局調査資料部長を最後に退職された。帝銀事件や下山、吉展ちゃん、3億円事件等々捜査現場からの

映画監督、横堀幸司さん夫妻、席の奥で手を振る新聞社の元辣腕社会部記者、佐々木嘉信さん

鈴木さんの会、サックス奏者の鈴木先生と演奏するジョージ

佐々木義信さんの出版本チラシ

政治評論家、岩見隆夫さん。

貴重な証言を基に「刑事一代、平塚八兵衛の昭和事件史」を出版した。テレビ朝日開局50周年記念番組がドラマ化され、俳優の渡辺謙が主演する３億円事件、著者の佐々木さんは警官役として出演している。鈴木さん本人は、はっきりと言わないが聞くところによると鈴木さんの父親は現役時代、帝銀事件や常磐線・下山事件では捜査のトップを務めた由。鈴木さんが計画する様々な会では各種業界で豊かな経験を積む参加者が集う。屋形舟では政治評論家・ジャーナリストの岩見隆夫、大手証券会社元社長、徳川幕府の係累等々の著名人や諸先輩が参加し、舟を降りると一献。この会では互いの名刺交換を積極的に行わないのが特徴、しかし佐々木さんもこの会の常連になっていた。社会部の辣腕記者時代と異なり好々爺に変貌し、過ぎし日の重い話、或いは楽しい会話は尽きない。敗戦後の貧しい時代から日本の成長期を様々な視点から見詰め、著して来た諸先輩の一言一句とユーモアー、ジョージは事件と人の言葉の重みを感じる。

　茶目っ気もある鈴木さんの会、話が長いと隠し持った小さなベルが鳴る「早く止めろ」の合図、内容が良くても長いスピーチは聴者の興味を失うというのが鈴木さんの持論だ。何度目かの参加後、鈴木さんからサックスを持参し、会の締めに演奏を遣れとの指示がジョージに下る。

　この頃の日本、長引く不況、低価格と技術力を高める中国が世界の工場として台頭、対抗策として労働賃金の低減が要求され、派遣や非常勤社員制の導入が進んでいた。この集いには派遣業協会の会長も出席、国際競争激化に備え労働形態の変更、派遣業の必要性を力説する。日本は先端技術による高品質の製品で貿易立国を目指し世界市場で躍進している。しかし競争激化の時代のネックは高価格だった。労働形態を変えた国際競争力の維持論を述べる派遣業界トップの言葉を、横で聞いていたジョージは賛同の拍手を送った。時が過ぎ国際経済に於ける日本の競争力は低下し、訪れたモスクワ市内の広告のネオン、中国や韓国製品に替わっていた。キルギスの白物家電や携帯の販売店や家庭、圧倒的に中国製品が強い。高品質と信頼性に魅力はあるが問題は価格と指摘される様々な分野での日本の地盤沈下の危惧が高まっている。

　契約社会の欧米では転職と共に賃金アップの可能性はある。コロナ禍もあり経済力低下現象が続く日本では転職毎に悪化する。コロナ禍の不安、終焉の兆しは弱く国内の非正規雇用者の比率は労働人口の40％を越えたと言われている。ウクライナ戦争と円安に伴う物価高、日本の苦悩は続く、鈴木さんの会では賛同の拍手を送ったが、あの時の自分の拍手をジョージは反省する。

　コスト削減論ばかりでなく、日本の再生を図るために人間の生き方、働く喜びは何かについての真剣な議論が再度必要だ。

　鈴木さんの会は異業・多業種の経験者が多く、その経験談は貴重で興味を呼ぶ。サラリーマン生活を終えたジョージには得難い滋養にもなる。諸先輩から聞き学ぶ事は多く、コロナ禍が早く終息し鈴木さんのこの会が今後も続くことを祈る。

作家・安部譲二さん

　幼い頃からの同級生、サラリーマン時代の仲間、色々な場面で様々な人と巡り合う。しかし老境に入ると悲しいことに訃報の知らせも多くなる。そのお１人は2019年９月に亡くなられた小説家でタレントの安部譲二さん。小説「塀の中の懲りない面々」の著作の他にユーモアや人間味を滲ませたエッセイを残している。若い頃安部さんはジョージも勤めた日航の客室乗務の経験もあると聞くが、やはり中国旅行で知り合った鈴木武郎さんの会で紹介して貰った。場所は都内・青山のフグ店、当然場の中心は安部さん。以前安部さんと同じ職場で働いたと言うジョージの先輩の言葉通り長身、ユーモアー、人間的なスケールで存在感の大きさを感じさせた。ジョージの母校・富岡高校には相川春夫さんという大先輩がいる。相川さんは昭和28年に慶応義塾大学に入学し、ボクシング部に入部すると、国体、日米対抗戦、全日本選手権等々数々の試合に出場した。日本最初のボクシング世界チャンピオンを育てたアールビン・カーン博士と白井義男氏を紹介され、両氏からボクシングの指導を受けた。安部さんと同じく相川さんも大きな体格で、現在も慶応義塾大学ボクシング三田会の名誉会長を務めている。コロナ禍以前、ジョージは相川先輩と高校のOB会で年１－２回程お会いしていた。若い時代の安部さんから相川先輩にボクシングの指導をして欲しいとの依頼があり、塀の外へ出た安部さんと会食の機会もあったとの逸話も聞いた。

2006年４月、都内・目黒八芳園にて

　安部さんは英国生活を経験し、若い時代には武勇伝もあるが塀の外へ出てからはその経験を基に小説、エッセイ、対談等で著名となった。鈴木さんの申し出かフグ店では、安倍さんと元NHKアナウンサー室長とのトーク番組の再演、経験や想いを筆と言葉でユーモアを交え表現して呉れた。特別

青山のフグ店で、元 NHK アナウンサー室長との対談再現の風景

な才能持つ人と感じさせて呉れる。この晩ジョージはサックスを持参した。

　鈴木さんのお陰で楽しい会食の時間を過ごした。しかし安部譲二さんは2019年秋に亡くなり、大変残念だが会う事は叶わない。

　鈴木さんとは中国行のツアー中に上海のホテルで偶々会話を交わし、その後20年以上に及ぶ交遊、様々な良きご縁を頂く。人の世は良き出会いと悲しい別れを知らされる。

　　　ゆく河の流れは絶えずして、しかも元の水にあらず　　　（方丈記）

2011（平成23）年12月、東日本大震災の年のクリスマス・イブの日、二子玉川駅前の大合奏

　サックス奏者として有名な平原まことさんが企画する「全国のサックス奏者集まれ」とのイベントが二子玉川駅前で開かれた。平原まことさんは日本を代表するサックス奏者で、アルトサックスの他にクラリネットやフルートも演奏するマルチ・サックス奏者だ。歌手・平原綾香さんの父親でもあり音楽一家。当日は寒風が吹いていたが、駅前広場には大観衆が集まり、第1部は全国からサックス奏者が大集合した。第2部は歌手の平原綾香さんとそのバンド演奏。ジョージにも参加の呼び掛けが

あり、参加者は東北から関西までのサックス奏者107名が集まり、駅周辺にこだまする大音響だった。参加演奏者中ジョージが最高齢だと聞いた。前日と当日の俄か練習後の大音響演奏、終了後平原まことさんはベートーベンの第九の合唱より大きく鳴り響くサックスの音、「感動した」と涙する。被災地の早い復興と災害のない日本、世界の安寧を祈りジョージも演奏し、寒風の中でこのイベントに参加出来た事に感謝した。澄んだ音色、華麗に鳴り響く迫力ある演奏で知られるサックス奏者、平原まことさん、2021年11月に若くして亡くなった。シャープス＆フラッツの原信夫さんに次ぐ日本のサックス演奏の星、平原まことさん、ご冥福を祈ります。

流通経済大学・国際観光学科の先生と日本国際観光学会、思い出すのはサッカー部

　バブル崩壊後、長い間経済不況に悩む日本、世界に遅れを取ったが小泉総理の時代に観光立国宣言を行った。江戸時代鎖国令により海外渡航を禁止したが、明治になると欧米の新制度を学ぶ留学派遣、第2次世界大戦後は輸出立国を目指し海外渡航が始まった。日本で観光と言えば外国訪問が主で、貿易拡大により蓄えた外貨削減もその理由の1つ。だが観光の本来の目的はインバウンドとアウトバンドの相互訪問により国際間の理解と経済の活性化を目指すことだ。しかしバブル経済崩壊後の1990年代初頭から日本では「失われた20年ないし30年」と言われる長期

の不況に襲われた。経済回復を目指してインバウンド客の拡大を図っている。観光は国際間の交流の広がりを求め自然・風景、歴史・文化遺産等に触れ人間の生きがいを知る。一方受け入れ側は文化遺産や風景に加え、鉄道や航空を含む交通手段、宿泊、IT他、快適性や安全性の維持や管理等を必要とし、それを支える広範な業種から成り立つ裾野の広い産業だ。その時流に乗り観光関連の最大の学びや研究・討

教育の場で学ばせて貰い、お世話になった観光のカリスマ先生、左からジョージ、香川眞、山崎壽雄（故人）、中谷秀樹の各先生と。江戸情緒を残す川越での会食

議の組織、「日本国際観光学会」を立ち上げたのが香川眞先生。

　香川先生は若い時代から観光は唯一の平和産業と悟り深く学んだ。観光を通じ将来の日本の発展や国際交流の重要性から観光学系の教職員、旅行・航空関係の実務経験者、興味を抱く学生等を会員とする日本国際観光学会設立に努め、その初代会長に就任した（残念なことにコロナ禍により観光・旅行業界は状況変化により苦戦中ではあるが）。「大学はアカデミズムに徹すべき」と発信して来た国内の多くの大学も実学の重要性を説き、企業と学校教育の融合が始まる。観光による国際交流と平和の広がり、実学による産学共同、雇用拡大に伴う業界の活性化等を説き、400名を越える観光系学会としては日本最大の組織となった。

　山崎壽雄先生は学生時代に大阪の大学でフランス語を専攻し、卒業後は旅行会社のパリ支店に2度勤務した。後米国にも駐在し欧米の文化、歴史、国際情勢、観光・旅行を中心として国際情勢を熟知している。当初関連法令が未整備の旅行関連業界ではあるが、観光や旅行、交通、宿泊業界での活躍を目指す学生へ旅行業法の習得にも努力された。中谷秀樹先生は国内の情報・通信会社に勤務し米国へ転勤し、その後アメリカン航空系のコンピュータ会社のセーバー社に移った。日本では観光や航

空系情報のコンピュータ・システム、CRS・GDS の第一人者だ。

　新型コロナ禍に加え国際情勢は激変し、商用、観光、留学を中心とした人流は厳しく制限され激減した。

　観光は平和産業と言われながら平和でなければ成り立たない産業である。３名の先生は観光関連で長年活躍され、その多様性を知るプロ集団。香川先生は幼くして剣道を学び米国生活も経験し、講義の一環として学生と度々の中国訪問を重ねている。日本の古武道に親しむ一方で現在の世界最大の強国米中を知る文武両道の国際派。米国駐在中に始めたゴルフの飛距離とコントロール・ショットはプロ並みの正確さで、大きな組織となった国際観光学会の初代会長に最も相応しい人物。学問と研究の世界では広い視野に立ち乍らも、象牙の塔の講義に陥らない産学連携が求められる。その為には教師間での自由闊達な意見交換の場が必須だと説いている。香川、山崎、中谷先生とは夏の軽井沢他で年２度程の会を持ち、真摯な意見と懇親の場としている。ジョージにとって生き甲斐の時間になっている。

　戦後の日本は平和国家として歩み始め、物理学や医学賞等数々のノーベル賞の授賞者を生み、日本国民に喜びと感動を与えて呉れた。世界が認める経済力を蓄え医学をはじめ学問の叡智はノーベル賞で評価され、多様な研究目標を掲げる学会活動も広がった。一方コロナ禍の蔓延で世界中が苦しんだ。様々な研究分野でトップを走って来た日本、コロナ・ワクチンと投薬では後れを取った。長い間続く保守系政権に変わり新政権の誕生、ある会議での「世界で１番でなければダメか」との質問がスポットを浴び、その後あらゆる分野で日本の地盤沈下が始まった。そして世界中の人々の心をコロナ禍とウクライナ戦争が暗い影を覆ってしまう。

　ガンや心の悩み克服、安らかで長閑な地球に戻す世界平和等へのより強い影響力を発揮できないものか、とジョージは心からの願いを持っている。コロナ禍の終息、教師と生徒・学生が笑顔で対面講義を続ける。

そんな平常の教室が早く戻って欲しいもの。

　流通経済大学と言えばもう１つジョージが思い出すのは学生サッカー部。サッカー部の指導者を務めるのは中野雄二監督。茨城県・古河一高時代の全国高校選手権で２度優勝の快挙、流通経済大学の監督就任後の2003年には関東大学リーグ２部優勝、翌年からは関東大学サッカーリーグ戦１部に昇格し2006年には関東１部で初の制覇。その他全日本大学トーナメントを３度、全日本大学選手権では２度優勝の実績を残している。キャンパス内のサッカー場を人工芝に変える環境整備でモチベーションを高める。一方「人として成長させること、学校に行かない学生は試合にださない」等をモットーに厳しい指導を行う。ジョージもサッカーグランドの片隅で監督と部員との場面を眼にした。サッカーで中野監督の厳しさと愛ある指導を受けた部員は卒業後150名以上がプロの道へ進んでいる。

　ゼミの学生がサッカー部の女子マネジャーを務め、ジョージは関東大学リーグ戦の応援にスタンドへ出来る限り出掛けた。以前の日韓共同開催のFIFAの大会では強豪と思われたロシアに日本が快勝しており、ジョージが喜んだ経緯もありサッカー部の担当部長を務める他の先生の、サバティカルの際にサッカーをテーマとするゼミ代講を求められた。「教えることは学ぶ事」この言葉を度々耳にする。何故スペインやイタリアはサッカーが強いのか、オフサイドとは等々の俄か勉強を開始しゼミの代講を務めた。2022年11月に開催の第22回ワールドカップのカタール大会、初戦の対ドイツゲーム、日本チームの活躍もあり嬉しい勝利、救われたのはド

厳しさ、学生との連携、決断力等でサッカー部の学生を高みに導く中野雄二監督。祝勝会では日体大理事長や早大総長も出席、百歳を越える元文部大臣もユーモアな祝辞を述べた。学生スポーツ界での競い合い、美しいものだ。於都内・帝国ホテル

イツチームのオフサイド、オンライン放送では「オフサイド」の言葉が世界中を駆け巡る。テレビ観戦中、代講の俄か勉強で学んだサッカーの事、ジョージは「学ぶ事に1つも無駄が無い」と自分に言い聞かせる。

　ジョージの息子は学生サッカーを学び卒業後は十数年、JICAや日本サッカー協会等を通じて海外で指導を続けている。インドのプロリーグ監督就任時、流通経済大学サッカー部卒業生の1人が海外でのプレーを希望し渡印、しかし間もなく現地で盗難と感染症に掛り夢を果たせず残念な帰国となった。ドーハでの第22回ワールドカップでは日本チーム代表に卒業生の1人、MFの守田英正選手が選ばれ、対コスタリカ戦では左足でシュートを放ち、アクティブなプレイでスタンドを沸かせた。今後の日本、若き人々のスポーツ、音楽、ダンス他、戦争ではない世界の様々な舞台で大いなる活躍を期待したものだ。

Play Back One To 高校時代

　中学の国語の時間、国木田独歩の「武蔵野」を読み、独歩はロシアの作家、ツルゲーネフから大きな影響を受けたことを知る。国語と音楽の授業を担当する教師は、ジョージが校庭でテニスに興じる頃、時々チャイコフスキーの楽曲を独り音楽教室で演奏していた。先生の名前は矢島千鶴子といい、その影響からジョージは大学へ進学したら専攻はロシア語、部活は吹奏楽と決めた。

　本や小説の記述は予想外の苦労が伴う。売れる売れないかは別として全ての作者は出来る限り多くの読者の眼に触れて欲しいと願うものだ。中学を卒業して50年後、ジョージは矢島先生へ自作の本を宅送した。縁は奇なもの、矢島先生の息子さんはジョージの母校、富岡高校の国語教師及び図書館蔵書の担当者で、その息子さんからジョージに「50年前の名前を忘れ掛けた中学生の教え子から、ロシア人女性との共著本が突然送られて来て大変喜んでいる」との連絡が入る。加えて高校の百年を越える創立記念日に講演をお願いできないかという話。

政府が観光立国宣言を行い、その追い風に乗る国際交流拡大の時、テーマは観光、航空、IT の役割、国際競争に向かう若人のチャレンジ精神等、加えてサックス演奏 2 曲で宜しければ、と応じた。数百人の詰襟と黒い学生服の後輩たち、1 時間超の話が終わり退場すると、校長先生は在校生の拍手と

共に講堂の外まで誘導して呉れた。中学時代の矢島先生、高校の世界史の小山宏先生、テニスコート、悩み多き若き時代の自分の姿、数々の思い出が瞼に浮かぶ。「人生長年続けると何か良い事が起こる」とジョージは思う。

　聞こえて来るのは、歌手の舟木一夫が歌った曲「高校三年生」の歌詞「赤い夕日が校舎をそめて、ニレの木陰に弾む声」。

Play Back Two to 高校時代、年賀状

　人間は長い間生き歳を重ねると、過去の思い出が心に過る。良き思い出、悲しい思い出、忘れたい思い出と色々、良き思い出は懐かしさに変わる。ジョージに取り最も懐かしい思い出の 1 つは高校時代、教師生活が終わり残りの人生を悔いのない日々に、と思いキルギス行きを決意する。そんな思いから、高校時代一度も同じクラスにはならなかったが同じテニス部に所属した女生徒 O・E に、メールアドレスを付けて年賀状を出した。その返信メール。

　新年早々、思いがけない旧友からの年賀状が舞い込んだ。差出人は紛れもない高校時代のクラスメート、秀才の誉れ高いジョージ君である。印刷された文面の隙間に手書きでびっしりとサクセスメモが書き込まれていて眼が眩んだ。風の便りでロシア語を学んだとは聞いていた。その後彼の地に赴任し関連書籍の出版もされていると知り、びっくり仰天し

たのである。早速お礼のメールをして当方の近況報告など書いた。高校時代、同じテニス部に所属、まじめに練習に打ち込む彼とは裏腹に早々に幽霊部員と化したわが身。３年間の高校生活ではさほど接点も無く、音信不通のまま数十年もの長い年月が流れていた。ところがさすがネットは便利な道具、メールのやり取りをしましょうと直ぐ話が決まり、書き始めると話題が尽きないのだ。友や家族のこと、故郷や生い立ちのこと、人生行路のこともろもろ。なかでもジョージ君の母上とわが夫の出生地が偶然にも同じ地域、それに加えて彼の奥様とわが父の出身地がこれまた隣接地域と判明。世間の狭さに驚き、同郷同級の誼とはこんなにも簡単に時空を越えて近くなれるものだと感じ入った。これを機に過ぎ去った出来事が走馬灯のように浮かび、だんだんはっきりと蘇ってきた。想定外の回顧という「パンドラの箱」が開いて記憶の糸口をつかまれたのだ。今年は春から縁起がいいのか、新たな風が吹き出したのかと高揚感に頬が緩んだ。初詣で拝受した暦の九星表によると、われらは共に「五黄土星」、本年は「心が動きやすく、変化変動が多く、風向きが変わる年です」と明記されているではないか。なるほど、そういう年回りなのだなと妙に納得した。昨年の読書の秋、長編大作を読み返したいという思いに駆られ、青春時代に買い集めて埃まみれの黄ばんだ世界文学全集を久しぶりに手にした。それがなんとあのトルストイの「復活」、続いて「アンナ・カレーニナ」１巻。直ぐ２巻に進めず他の書物を読み漁るお得意のブックサーフィンに陥ったその矢先のロシア話題である。これはきっと、きっちり完読せよとのジョージ君からのタイムリーな無言のアドバイスだと直感した。もっとロシアのことを知ったほうがいいよと、いつまでも腰の落ち着かない不埒者に努力家の彼が発破をかけて呉れたのだ。

　彼がロシア語を学ぶきっかけとなったという、ツルゲーネフの「初恋」を読んでみた。初恋の淡く初々しい想いを裏切る過酷な結末にしばし呆然。彼の中学生時代の恩師の影響のようだが、この物語からどんな

感銘を受けたのだろうか。丸刈りで詰襟を身に纏った姿からは想像もつかないデリケートな高校男子だったのだと彼の心の内を思い遣った。最近この「初恋」をロシア語で読み返したという。年を経てしかも原語で親しむと、また別な感慨も湧くのであろう。日本文学なら原語で、そして外国ものは和訳で読む味しか知らない者にとっては、羨ましい限りである。静かに淀んだ沼に投げ込まれた小石のような１通の年賀状。波紋の輪がゆっくり広がり、新たな楽しみが増えたのだ。アドレスは持っていても頻繁なやり取りは敬遠されがちで長続きしない友達が多いなか、ジョージ君は同年でただ１人のメル友なのだから貴重な存在である。年下の友とはそれなりに盛り上がるが、共感までにはかなりな距離感があるのは否めない。充分に年を重ねてからの旧友の出現に、世のめぐり合わせの摩訶不思議と有難さをしみじみと噛み締める今日この頃である。ジョージ君がどんな思いで年賀状を投函されたのか定かではないが、彼のささやかな決断がこの嬉しいご縁のスターとなったのは間違いない。

（Ｏ・Ｅ子）

　富岡市や近隣の甘楽郡から20校程の中学生徒会長の会が開かれる。他校からも付き添いの先生が宿泊参加した。この会が終わるとある学校の先生から、機会があれば富岡市内の自宅へ遊びに来ないかとの誘いを受けた。高校に進学してからもジョージの部活はテニス部で、何人かの女子部員の１人がＥ子だった、母親は偶然にも１年程前の会で会った他校の先生だ。ジョージは高校の卒業名簿からＥ子名を探しメールアドレス入りの年賀状を送った。その年賀状を通じてメール交信が始まった。

　Ｅ子のご主人はジョージとその母親、加奈と同郷の渋川生まれ。更にＥ子の尊父は元音楽教師「さくら貝」他、童謡や数々の曲の作曲者。加えて甘楽郡、甘楽町、福島という名称だけでも幸せ感に溢れた町の出身。ジョージの配偶者とも同郷、人の世は合縁奇縁、不思議なことに偶然は重なるものと知らされる。

　写真専門学校を卒業し米国・ニューヨークや中国・敦煌を訪ね数々の写真の個展を開き、加えて大手新聞社の報道に加わり筆による表現力を高めた。又Ｅ子には、「クラシック歌手でも、歌のお姉さんでも、児童合唱団でもなく、日本語の情緒を大切に身近な歌手」を標語に、全国各地でライブ活動を行うシンガーソングライター、落合さとこという娘さんがいる。三枝のＴＶ番組のエンディングテーマ曲やＮＨＫ、「みんなのうた」で２作品が作詞・歌唱等で採用されラジオ番組を持っている。自作曲の他に祖父作曲の「さくら貝」の童謡集等のＣＤを作った。澄んだ歌声とピアノの引き語り、ナレーション、猫の鳴き声とその生態をユーモアー込めて表現する稀有なシンガーソングライターだ。ギターの名士、笹子重治さんと全国で演奏活動を続けている。自作の楽曲、トークとピアノの引き語り、加えて華麗に奏でるギター演奏、類稀なコンサートを聴きジョージは至福な時間を持った。

　コロナ禍の影響で旅行の移動やライブでの人々の接触は厳しく制限された。しかし終息すればこのライブに出来る限り、出掛けたいとジョージは思っている。

　歳を重ねると長年の知人からは年賀状の辞退、訃報の知らせも届き悲しい思いに陥る。そんな理由から発送する枚数が年々減る年賀状、新しい住所先へ送るには勇気が要る。余った訳ではないがジョージは思い切りＥ子に年賀状を送った。そして高校卒業後のＥ子及び家族の活躍を知った。この世の究極の幸せは良き出会いの合縁奇縁、良き出会いは長く続いて欲しいものだ。１枚62円の年賀状が再びの思い出を作って呉れた。これからも年賀状を書き続けことにする。

　　かくのみに　ありけるものを　萩の花　咲きてありやと　問いしきみはも

　　　　　　　　　　　　　　　　　　　　　　　（万葉歌人　余明軍）

輝いていたあのロシア文学、文化、
何処へ消えて仕舞うのか

第1章

好きな街、サンクト・ペテルブルグ

　学生時代、同じクラスで学んだ同級生とロシア人ピアニストとの悲恋物語をテーマとする出版を思い立つ。イメージ作りにヘルシンキに3日間、その後サンクト・ペテルブルグ、更にモスクワに2週間のホーム・ステイを計画した。前回のサンクト・ペテルブルグ訪問ではエルミタージュ美術館中心で、今回の目的はこの街に住んだ作家の家や作品に所縁ある場所を訪ねることにした。より多く知るため、更にロシア語と英語のブラッシュアップを考え、英語のガイドを依頼し、アレクサンドル・セフゲーヴィッチ・プーシキン、続いてフョードル・ミハイロヴィチ・ドフトエフスキーの家を訪れた。

　1799年6月生まれのプーシキンは、ロシア文学史上最高の詩人と称えられる。ロシア文学の作家、ゴーゴリ、ドフトエフスキー、トルストイ、チェーホフ等にも影響を与え、ロシア文学黄金期の原点とも言われる作家。モスクワで生まれ後ペテルブルグの郊外、ツァールスコエツェローで学び1820年に長編詩「ルスランとリュドミラ」を発表し、一躍有名になる。コーカサスとクリミアを旅行し、「コーカサスの虜」、「バフチサライの泉」の長編詩を書き、高い評価を受けた。1823年にはオデッサに移り住む。プーシキンの父親はロシア貴族、母親の家系はピョートル大帝に寵愛されたエチオピア人の奴隷と言われる。プーシキンの詩は1825年に起こったデカブリストの乱（帝政政治打破と農奴解放を目的とする闘争）をテーマとし、後の「ボリス・ゴドノフ」等の詩は政治的な傾向を

持つとして発禁となり、政府の監視下に置かれた。1831年にナタリア・ゴンチャロバと結婚、低位の階級乍ら帝室への出入りを許される。理由は妻ナタリアの美貌が一因とも言われる。妻に言い寄るフランス人ジョルジュ・ダンテスと決闘したが、2日後に死亡した。葬儀は少人数の密葬となる。禁止され、それも至近距離からの決闘、37年の短い人生を終えた。ロシアの作家他、バイロンやシェークスピア等の海外作家にも影響を与えたと言われ、長編詩はチャイコフスキーやムソルグスキー等の作曲家によりオペラ化された。

　見学者は少ないが館内ガイドは偉大なロシアの作家、プーシキンを誇る説明で、近代ロシア語の確立、名の知れたロシア人作家達への影響等々プーシキンの文学的功績を称えていた。ダンテスとの決闘後の葬儀では帝政の政治的な判断から、広く国民には告知しなかったとも話して呉れた。

　その姿は40年程前の教壇に立ち、プーシキンを語る小澤政雄先生を彷彿させた。ロシア語授業の中でプーシキンの「エヴゲーニー・オネーギン」の詩を述べる、上智大学名誉教授の小澤先生。学生時代の専攻はロシア文学、1830年頃にプーシキンが書き終えた同書の翻訳本を1996年に出版した。

　先生は、講義の中でロシア語の詩を朗々と読んで呉れた。その後「オネーギンは14行の定型詩で書かれた韻文小説で、厳密な韻律構造を持つ14行の定型詩、語系の異なる日本語に移植することは不可能だろう。」と解説して呉れた。日本の出版社、群像社は「訳者あとがきにかえて」の項で、それを可能にしたのはプーシキンという偉大なロシアの作家を「人類の精神的共有財産」として日本に受容せしめんがため、その難事業の実現を可能にしたのが小澤先生、詩人としての鋭く細やかな感性、ロシア語のすぐれた語学力のほかに日本語の豊かな語彙力、とも書いている。オネーギンの書中で次の一節がジョージの記憶に残る。

第1章

　　我等はみんな雑学の徒で、何事も生ッ噛じりのうわすべり。
　　されば当世教養で　人目を引くはいとも易しい。

　　　　　（中略）

　　座談ではうちくつろいで　万事に軽く口さしはさみ、
　　こと面倒な議論となれば　物知り顔で沈黙まもり、
　　思いがけない烈火の警句で　御婦人がたの微笑を誘う
　　妙才の持ち主だった。

第10章

　　非力で狡猾な国の支配者、政務を嫌う禿頭のしゃれ者が
　　思いがけなく栄光の庇護を受け、その頃われらは君臨していた。
　　われらは彼が非常におとなしいと知っていた、
　　異国のコックが双頭の鷲の毛を
　　ボナパルトの幕舎でむしっていた時に。
　　12年の国難が　襲ったときに誰がわれらを助けたか？
　　国民の奮起憤激か、バルクライか、冬か、はたまたロシアの神
　　か？

　　　　　（プーシキン作、エヴゲーニー・オネーギン、小澤政雄先生訳・群像社刊）

　この頃の日本は江戸末期、伊能忠敬が測量を開始（1800年）し、1808年
には間宮林蔵が樺太を訪れ、樺太とロシア大陸の海峡を確認、後の1812
年にはナポレオン軍がロシア侵攻し、100万人以上の犠牲者を出した。
大きな影響を受けたゴーゴリは作家プーシキンを、「国民的詩人」と呼
ぶが、上記10章の非力で狡猾な国の支配者は、帝政時代のアレクサンド
ルⅠ世を指す。ナポレオン軍の侵攻に対しロシア人は強い批判と反発心
を持った。当時のロシアでは利己的な国の支配者に対しても厳しい言葉
で批判するが、江戸の同時代に国の支配者に対し、果たして日本語でこ
の様な言葉を書き残した人物はいたのだろうか。約200年前に書かれた
プーシキンの詩、現在のウクライナ戦争、プーシキンとオネーギンの訳

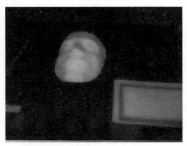

死亡直後に取ったと言われるプーシキンのデスマスク

者、小澤先生はロシアの動きをどの様に観ているのだろうか。又何故プーシキンは禁じられた、それも近距離、まして妻に伝えることなくこの決闘を決意したのか。ロシア人が尊ぶと言われる勇敢さや男気、それを誇示するためなのか、ジョージは聞きたいと思う。

　プーシキンはクリミアやコーカサス地方を訪れ、長編詩に書き残しオデッサにも住んでいた。だが政府と揉めて北ロシアへ戻され波乱の人生を送った。世界一の広大な領土を持ち多くの民族が住む、極寒のロシアの気候、ある人の「不可解なりロシア」との言葉の如く、計りがたきはロシアとロシア人気質だ。今回のプーシキンの家の訪問、もしもう一度生まれて来きたらロシアを真剣に学ばなければ、とジョージは思う。

　次に向かったのはドフトエフスキーの家。
　フョードル・ミハイロビッチ・ドフトエフスキーは白夜、白痴、罪と罰、カラマーゾフの兄弟等の小説を書き残した。日本でも多くの愛読者がいるが、作家では江戸川乱歩、三島由紀夫、映画監督の黒沢明の著名人も愛読し、更に亀山郁夫元東京外国語大学学長による2006年初版の訳本「カラマーゾフの兄弟」は増版を重ねベストセラーになっている。
　ドフトエフスキーは士官学校で学び軍務に就くが退職し、作家活動を始めた。しかし社会主義活動のサークルに入り逮捕され、銃殺直前に特赦されシベリアへ流刑された。釈放後は社会主義者からキリスト教的人道主義者となりデビュー作の「貧しい人びと」で高評価を受けた。しかし2作目は不評で、精神的な病に加え賭博に嵌り徐々に反ユダヤ主義者に変わった。晩年ドフトエフスキーはロシアとトルコとのクリミア戦争を通じ、ロシア人を中心にしたスラブ人の統合を願う愛国者に。ロシアに於ける土地所有、鉄道、銀行等の分野でのユダヤ系勢力拡大を批判

し、更に将来世界を支配する勢力となる可能性を述べ、その恐れを嘆いた。ドフトエフスキーの著書やロシア文学に於ける功績を述べる30分の案内、プーシキンの家と同様、格調あるロシア語は館内に響き渡る。

　1日お世話になるガイドから、作家のツルゲーネフが生前通ったカフェーがあると知らされた。店の名は「ムムー」、その店にも案内して貰う。ツルゲーネフは富裕な貴族の家に生まれたが、母親は農奴制下のロシアで使用人を虐待する、時には幼いツルゲーネフを打つ等の気まぐれな行動、暴力的な性格だった。その環境で育ったツルゲーネフは反農奴制批判派となり、後に書いた「猟人日記」により農奴制反対者として見なされ投獄された。若い時代、モスクワ大学の教育学部、ペテルブルグに移り哲学、ベルリン大学でも学びその後パリに移り住んだ。母国語のロシア語の他にドイツ語、フランス語、更に英語に通じたと言われる教養人で、美男、冷静な性格、貴族の出、金銭的に恵まれていたが、スペイン女性に恋をする。ヨーロッパとロシアを行き来し自由奔放な生活を送る一方、中道的な洞察力でロシアを観て豊かな感性で書かれたツルゲーネフの作品。「ツルゲーネフの作品は私の心を強く引き付ける」と今日1日、サンクト・ペテルブルグを案内して呉れるガイドさんは話して呉れた。

　応えるように、若い時代に中学の国語と音楽教師の影響でロシア語と音楽に、高校生時代には世界史に興味を持ちツルゲーネフの「初恋」を日本語で読んだ。大学ではロシア語を学び、それが今回数度目のサンクト・ペテルブルグ訪問に繋がっている。更に帰国後この街を舞台にした小説を書きたいとジョージが伝えると、ガイドは眼を丸くした表情で、「エター・プラウダ（本当ですか？）」との返事。第2次世界大戦時ジョージが生まれた年の1941年8月、ドイツ軍の900日に及ぶ侵攻で60万人以上、その殆どが餓死する悲劇がこの地で起こった。街への最初の訪問は終戦の後30年、更に30年、街の復興も進み人々の表情は明るく、ファッ

ションも大きく変わった事をジョージは話した。すると彼女は笑顔を見せ「プーチン大統領のお陰」と言う。

　会話が途切れそうになると、彼女はツルゲーネフとドフトエフスキーの人間関係を話し出した。

　当初両者の関係は悪くはなかった。しかしツルゲーネフは「猟人日記」等で既にロシアの著名作家となっており、反対にドフトエフスキーの作品は売れない。賭け事が好きでツルゲーネフに借金をしていた。しかしドフトエフスキーの「貧しい人々」が激賞され、著名作家の仲間入りを果たした。貴族出身、冷静で教養ある美男、ロマンチスト、そしてヨーロッパ事情を熟知するツルゲーネフ、対して暗い過去、経済苦、自尊心を持つドフトエフスキー。両者の確執は強まり、最後まで終息する事は無かったと話して呉れた。ツルゲーネフとドフトエフスキーの不仲、以前ツルゲーネフが訪れていたというカフェーで聞いた。店の名前は「ムムー」。ツルゲーネフが書いた小説の中に登場する犬の名前だという。ジョージは自分の若い時代からの不勉強、残学を反省させられた。

　夕闇が近づき、市内にジャズ音楽を楽しみ夕食を楽しめるライブがないかを尋ねた。ガイドは電話をして呉れ2席の予約を取って呉れた。ジョージが若い頃に働いたレストランでの生演奏、日本人と判ると「桜、さくら」を演奏したが、今晩のバンドリーダーはテナーサックス奏者。リクエスト曲をゲストに尋ねて日本のヤマハ製のサックスでジャズを聴かせて呉れた。ドイツ・ヒットラー軍の侵攻により多数の市民が苦しんだサンクト・ペテルブルグ、人間の多様性を認める時代となり人々の表情も明るく魅力的な街に変貌していた。ジョージは生きている限り何度もこの街を訪れたいと思う。

　今日1日はプーシキンの家から始まりドフトエフスキー、ツルゲーネフが通ったと言われるカフェー、ジャズのスタンダード曲を演奏するライブ。政治制度や指導者が変わり人間の考えや生き方の多様性、言論の

ライブハウスのテナーサックス奏者と歌手。ホスト
ファミリーの奥さん、サンクト・ペテルブルグの街
並みは訪ねるたびに美しく変貌する

自由が認められると人々の表情は明るさを増し大きく変わる。プーシキンにはじまり、ツルゲーネフ、ドフトエフスキー、トルストイ、そして音楽はチャイコフスキーに至る、世界に冠たるロシア文学、音楽、芸術、今は何処へ。

　初めてフィンランドのヘルシンキを訪れレストランにいると、隣席に座るフィンランド人はジョージが日本人だと知るやいなや、「この国にはトーゴーという銘柄のビールがある、是非飲め」と勧められた。歴史上何度か隣国ロシアと戦い、広い国土を占領されていたところ、小国日本が日露戦争で勝利した事を祝って製造されたと言う。学生吹奏楽部時代、ジョージがテナーサックスからバリトンサックスに担当を変更した直後に演奏したのは、フィンランドの作曲家、シベリウス作の交響曲「フィンランディア」。ロシアの圧政に苦しむフィンランド人の怒りを現す曲と言われ、重苦しい序奏部から始まる。ジョージはこの章を征服された民族の悲しみや苦しみを偲び乍らバリトンサックスを吹いた。

　今回のサンクト・ペテルブルグ訪問の前にはヘルシンキを訪れ、街中で多くのロシア人を眼にした。レストランでトーゴービールを注文するが若い店員から「そんなビールは無い、聞いた事もない」と言われた。時の流れと共に人間の記憶や思いは変わる。ロシアとフィンランドの国家関係も変わったとジョージは喜んだ。しかしロシアのウクライナ侵攻、中立政策を続けたフィンランドは NATO 加盟変更に舵を切る。

　　　さよなら　サンクト・ペテルブルグ、あのナタリアは今何処に
　　　ネバ川にそそぐモイカ運河のさざ波、サンクト・ペテルブルグの
　　　街
　　　ピアノの音に誘われ訪れた、遥かな北のこの街
　　　夕闇せまる橋のたもとで密かに逢い、過ぎた思い出の日々
　　　激しく重ねた二人の心、ナタリア　今いずこ
　　　時代の流れがもう少し早く　変わっていれば……
　　　愛しきナタリア、　今は幸せか、今は何処に
　　　そして　幸せか　　今は……

　　（ジョージの小説「サンクト・ペテルペテルブルグの夜はふけて」の自作詩）

　前回の訪問はモスクワ大学にプチ留学中、夜行列車に乗りこの街を訪ね学生証を見せたら入館料を値引きして呉れたエルミタージュ美術館。今回はホームステイしながらプーシキンの家を訪れ、ネバ川や運河のセーリング、ファッションや人々の表情の大きな変化を感じながら気ままな街歩きを楽しんだ。ホストファミリーの女主人はロシア人で、モスクワに単身赴任中の大声を出すグルジア人の夫、モスクワから帰宅すると家族の雰囲気は一転し緊張感に覆われていた。ロシアとグルジアの関係は険悪となり、両国間の緊張がこの家族にも微妙な影響を与えていた。

　ドイツ軍の封鎖により第 2 次世界大戦では 1 つの都市として、最大の被害を受けたサンクト・ペテルブルグ。宗教をアヘンと評したソ連の崩

壊、正教が見直されプーチン大統領の故郷のこの街、復興事業により美しい街として再生した。プーチン大統領はドフトエフスキーの栄誉を称え、生誕200周年記念事業では国家レベルでの祝いを指示した。重厚でカラフルな歴史的建物、ネバ川や街に広がる運河、通りを歩く人の流れ、サンクト・ペテルブルグで過ごした7日間、ジョージは繰り返す訪問でこの街が世界で最も好きな街になった。その後も黄金の環を巡る旅等で2度、初訪問からサンクト・ペテルブルグへの旅は6回、益々魅力が増している。

　　謙虚な愛は暴虐よりずっと効果の多い恐ろしい力がある。
　　愛情に満ち溢れた心には悲しみも多いものだ。　（ドフトエフスキー）

　　愛は死よりも強く死の恐怖よりも強い。愛によって人生は支えられ、ただ愛によってのみ進歩を続けるのだ。　　　　（ツルゲーネフ）

　　人間は食べ物を一つひとつかみしめて食べ、美味しさと不味さというものを味わうごとく人生あわてずに歩んでゆく、それが結果的には後悔のない生き方が送れるのではないでしょうか。ゆっくりと一歩一歩です。
（読み人知らず。4度目のサンクト・ペテルブルグ訪問後に眼にした書の中の一節）

第2章

家　族

　生き方の多様性が求められる現代社会、家族の形も変わる。以前親か
らよく言われた言葉は「何時までもあると思うな親と金」。東日本大震
災の大津波、トルコ・シリア地震のビル倒壊、激変する世界情勢。天災
や人災の不安や悲しい映像、そこから発せられる思いは「平和への願い
と家族の安寧」。アンネ・フランクは「幸せな人は誰でも他の人をも幸
せにするでしょう」との言葉を残したが、どのような気持ちでこの言葉
を書き残したのであろうか。もし現在も生存していれば彼女が最も願う
幸せは、平和な社会の中の家族の安寧であろう。若くして命を奪われて
仕舞ったアンネは、ドイツからオランダ・アムステルダムに亡命、屋根
裏にユダヤ人家族と隠れ住んだ。オランダが占領され家族全員が捕らえ
られ収容所へ送られる。チフスにより15歳の若さで人生を閉じたと言わ
れる。何とか長く生き延びたいと願ったアンネの家族、階段を昇りドア
のノックを極端に恐れる。ユダヤ系の人間として生まれた自分の不運な
人生への嘆き。一方的な乱暴で恐怖の言葉と行動で追い詰める軍隊への
恨み。第2次世界大戦では日本軍も外国に恐怖を与えた。昨年2月以降
ロシアからの砲弾やロケット砲に脅えるウクライナ人、アンネの家族と
同じ恐怖の中日々送る、経済苦から内臓提供を行う人もいると聞く。

　人生は美しい緑に囲まれた平原を歩む如く、平穏の時もあれば荒れ狂
う嵐の海に向かう小舟のように厳しい日も。新型コロナ禍による自宅軟
禁状態も約3年、国や人と人の関係も排他的になり、加えて豊穣な自然

と心豊かな隣国、ウクライナへのロシア軍侵攻、重苦しい日々が続く。

　古代ギリシャの哲学者プラトンの弟子アリストテレスは「幸せかどうかは自分次第である」との言葉を残したと言われるが、歴史上長年続く隣国からの恐怖に対してこの言葉は通用しない。平和で平穏な日々の生活では確かに幸不幸の次第は個人に依るところ多い。しかし大きな軍隊を持ち独裁的な指導者の国や、勝手な理論に基づき侵攻する隣国に住む人々に取って幸福は遥か遠い所に存在する。

　日常生活で最も関係が深い繋がりは家族、国際交流の広がりと複雑化する世界情勢の中、家族関係も大きな影響を受けた。ジョージがキルギスから帰国し数カ月経った時、自宅に東京都のある区の児童相談所から電話が入った。都内に住む中学生の孫息子の母親からの話で、孫の養育が出来ないので引き取って貰えないかとの内容だった。母親はアジア系女性で、男女2人の子供がいるがジョージの長男と離婚、その際孫の1人を置いていくよう勧めたが、子供は絶対に離さないと主張し去った。相談所の職員から、もしジョージの家族が断れば相談所が引き取るとの言葉。離婚後暫くの間、孫2人の養育を行っていた経緯もあり、長男とは絶縁状態。ジョージの妻からは、「人生七転び八起、何とかなるさ」の言葉が出て、結局中学卒業後引き取る事になった。卒業後孫息子は神奈川県内・大磯の私立高校に進学し、サッカー部の寮に入寮した。キルギスの冬の凍る道路で数度の転倒、痛めた膝もどうにか復調し、ジョージは湘南の海を見下ろすキャンパスでのサッカーの応援や父兄会に駆け付け、時には海岸近くのホテルに泊まる。高額な私学の学費、加えて学生寮に住むとなれば、年金生活者に取り日々の生活は厳しい。が「何とかなるさの心持が大切」と自分に言い聞かせる。

　湘南電車に乗り広い太平洋の海を見て思い出すのは高校3年時代、近所の鉄工所からから発せられたハンマーの騒音に依る不眠症だ。時過ぎた今から見れば、アンネやウクライナの家族の苦しみに比べて余りにも小さな悩み、そして自分の人生は幸せだったのかと問うてみる。

　「好事魔多し」という言葉は当て嵌まらないが、コロナ禍が世界的に
蔓延し多くの人がステイ・ホームを強いられている。今度は孫娘の母親
からの相談電話があった。近く自分はアメリカ人男性と再婚し渡米す
る。しかし孫娘は絶対に行かないとの強い拒絶反応、渡米を是非説得し
て欲しいとの話だった。中学校に多くの友達が出来ており、加えて米国
の銃社会が怖いから絶対に行かないのが理由と言う。孫娘も電話口で泣
き喚く。ジョージの妻は今度も同じ「人生七転び八起、何とかなるさ」
の言葉が返る。結局孫2人を戸籍上の子供として迎えた。離婚の際に泣
き叫ぶ孫達を引き離すように連れ去った母親、時が過ぎれば「子供達の
養育を宜しく頼みます」との言葉を残して渡米した。人の世は判らない
事だらけ「時が全てを解決する」との言葉はまんざら嘘ではない。しか
し「家族とは何だ」という現実を改めて知らされる。

　成人した3人の子供に加えて15歳の孫娘と18歳の孫息子を養子とした
ジョージ、籍の上では子供は5人となった。勉強嫌いな孫は激変する現
代の社会で生きて行けるのか心配の種は尽きない。コロナ禍の初期段階
で家族4人が陽性反応、保健所から厳しくステイ・ホームを指示され、
孫達は危うく不登校生に陥った。炸裂する砲弾の音に脅え、建物の地下
や地下鉄に避難するウクライナからの映像を見乍らの食事、何度も言い
続ける食後の皿洗いも遣らない、余りにも異なる眼の前の現実にジョー
ジは心を痛める。
　一方モスクワで幼い頃を過ごした息子の1人はサッカーに集中、
JICA（海外青年協力隊）やJFA（日本サッカー協会）を通じてバングラデシュ、
スーダン、インド、ヨルダン、現在は北マリアナ諸島（サイパン）でサッ
カー指導の路を歩む。そのパートナーも同じ国々で、現在は危険が伴う
シリアでユニセフの使命に携わる。たゆまぬ努力と国際貢献にジョージ
は感謝のエールを送る。次はミャンマーに転勤となり7月に出国した。

　高校3年生のクラスにこれ程素晴らしい女性に将来決して巡り合うことはないだろう、と思わせる女性がいた。ロシア語では中々希望する職に就けず大学6年生の在学中、この女性から「Time To Say Goodbye」を告げられる失恋。一生独身で過ごし家族を持たない決心をする。しかし人生は不思議で、3年後高崎駅から乗客の少ない上信電車に乗りそこで巡り合った女性との縁、婚姻間もなく憧れの航空会社に転職、そしてモスクワに転勤。更に50年以上過ぎて穏やかなこの配偶者も典型的な上州の女性殿下に、更にエカテリーナ女帝へと見事な変身。ジョージには一喜一憂ならぬ一喜二憂の生活が続く、しかし高齢化したジョージ、このパートナーがいなければ、今や1日も過ごせない、大切な人に。人間に取り最低限必要なのは食べ物、大切なのは良き出会いと良き縁。世知辛さ増すこの世、その中で生き抜かねばならない勉強嫌いな孫達、その将来に不安を持つジョージ、自分に言い聞かせる言葉は「何とかなるさ」。

　禍福は糾える縄の如し、苦あれば楽あり、人間何とかなるさ。

第3章

どうぞ、From Russia To Ukraine With 人類愛

——ひまわりと百万本のバラで——

　年齢を重ねると共に良い時は早く過ぎる。悲しい出来事には出来る限り触れたくない。ジョージに取り朝の楽しみはコーヒーを飲み乍ら、新聞2紙を読み比べ国内外の動きを知ることだ。

　しかし2022年2月24日のロシア軍のウクライナに侵攻開始、ジョージは心が砕ける程のショックと絶望感に陥る。ロシアからの報道は「今回の侵攻は、ウクライナに住むロシア系住民への迫害に対する保護が目的、攻撃の対象はウクライナの一般住民ではなく軍事施設に限定」と伝える。しかしテレビ映像や、新聞、週刊誌の文字と写真からの情報で眼にするのは、この報道とは全く異なる高層と個人住宅、「ジェチー（子供がいる）」とロシア語で書かれた幼稚園等の悲惨な倒壊風景だ。軍事施設と全く関係のない建物に命中するロケット砲、鳴り響く銃声、破壊された街並みと瓦礫、泣き叫ぶ母子や老人、隣国を目指して逃亡する多数のウクライナ人。路上に置かれたままの遺体、幼子を抱える市民が避難するマリウポリ市内の製鉄所。圧倒的に強いロシア軍が掌握、その映像に重ねてプーチン大統領の「ハエも通らないように封鎖せよ」との恐ろしい表情で話すロシア語、米宇宙企業が公開する多数の遺体を埋めたとする墓地、戦争犯罪の可能性ある図が次々と続く。2014年のクリミア半島併合から始まるウクライナ戦争、サイバー攻撃とSNSを利用する激しい戦場の場面。

　強面で独善的自説を繰り返すプーチン大統領、対して侵略される側のゼレンスキー大統領、窮状を世界に訴え支援を要請した。残酷な映像が

人間の行為かと世界の眼は憤りに変わる。地下鉄の駅に避難する家族、製鉄所の地下に隠れ食料不足の飢餓と死の恐怖に脅える老人や婦女子。国際人道法で禁じられている病院や産院へのロケット攻撃、その全てが地獄絵図だ。

　国際政治及び旧ソ連地域専門家で慶應義塾大学の廣瀬陽子教授はこの戦争について、次の要旨を述べた。プーチン政権の外交の根幹は勢力圏構想、ロシアに取り第1に旧ソ連諸国、第2に旧共産圏、この勢力圏構想を支えるためロシアが最重視してきたのがハイブリット戦。先ず政治技術者と呼ばれる工作員投入、ロシアから越してきた住民を装いウクライナ社会に紛れ込み新ロシア思想を植え付ける。近所付き合いを通じ「ロシアがウクライナを併合すれば年金が増える、ウクライナ当局がロシア系住民を迫害している」等の情報を流しフェイクニュースを多用する。これに対してゼレンスキー大統領はSNS等を通じ国民の結束、世界各国のウクライナ支援を呼びかける。親露勢力が攻撃を受けたと吹聴、ウクライナへの介入を正当化する可能性を積極的に発信、ロシア国内では官製メディアしか見ない国民とSNSを通じて現実を把握している国民に二極化する。ハイブリット戦に対抗するにはサイバー攻撃に備えたインフラシステムの強化が重要、と（読売新聞、3月30日）。

　軍事大国のロシア軍の侵攻、世界中がウクライナは1週間も耐えられないと予測する。50年前のモスクワ、勤務を終えクレムリン近くの道路を通り自宅へ戻ろうとするジョージ、突然交通警察から脇道へ入るように指示される。翌日赤の広場で行われる革命記念日のパレードに向かう戦車やミサイル弾道弾の長い隊列、これを近く眼にしたジョージ、ウクライナ戦争は長くは続かないという予測をする。

　4月6日の朝日新聞は処刑、拷問、性的暴力、略奪等が軍の占領下で起きていると報道、住民がロシア系とウクライナ系に選別され後者が標的にされたとの証言も書かれた。プーチン大統領は記者会見で侵攻につ

いて「ロシアの安全保障のために始めた、他に方法がなかった」とし、「ウクライナの民族主義者とネオ・ナチに責任を転嫁した」。異様な自己正当化の裏にあるのはウクライナを隷属的存在と見下す大国の独善と書いている。又 4 月26日の紙面では英国国防省筋からの情報とし、占領を正当化するために住民投票を計画、ウクライナ人の男性住民のロシア軍への徴兵が宣言されているという。更にウクライナの国営通信社の報道では、ロシア軍が猛攻するハルキュウの 1 つの工場がロシア領に移転され、その跡地が住民を拷問しロシア軍に強制的に加入させる「強制収容所」化しているとも書いている。

　一般的な市民は出来る限り多くの報道や情報に接し、その上で冷静な判断が必要だ。しかし悍ましく恐怖な数々の映像、21世紀とは思えない非人道的な映像、嘘だと言いたい報道。第 2 次世界大戦でもフェイクな映像が流されたが、大国ロシアの指導者が話す際の眼つき、ロシア語の発音にジョージは恐怖感を抱く。

　国連のアントニオ・グテレス事務総長は 4 月 6 日モスクワを訪問し、プーチン大統領と会談した。「他国の領土の一体性を侵害する行為は国連憲章に全く合致しない」と批判する。ウクライナの人道状況に深い懸念を表明し、侵攻の停止を求めマリウポリのアゾフスタリ製鉄所に残る民間人の退避についても協力を求めた。一方大統領は、「侵攻はウクライナによるロシア系住民への差別待遇が相次いだため、停戦協議については外交で合意できると願い拒否していない。ウクライナ側が方針を劇的に変化させた」と主張し、ロシアの正当性を強調した。大統領はブチャでの民間人虐殺疑惑はロシア軍とは無関係と述べ、会談後民間人退避で国連と赤十字国際委員会が関与する事を大統領が原則同意したと発表（読売新聞、4 月28日）。しかし実現は不透明で、翌27日も製鉄所への攻撃は続いた。事務総長はロシア訪問後の28日、ウクライナのボロジャンカ、ブチャ、イルピンを訪問。ボロジャンカでは「戦争は21世紀において不条理、戦争は悪」と述べ、市民虐殺が疑われるブチャでは国際刑事裁判所

への支持を表明した。イルピンでは「戦争で最も高い代償を払うのは常に市民」とも述べた。後事務総長はウクライナのゼレンスキー大統領とも会談し、大統領は安保理や国連への不満を繰り返し共同会見では「戦争を予防、終結させるために権限を使えなかった、これは大きな失望やフラストレーション、怒りへの理由だ」と述べた（読売新聞、4月30日）。

　インドとパキスタン、イスラエルとパレスチナ、スーダン、ミャンマー、シリア・アフガニスタン等、世界の各地で戦争や紛争が続いている。調停や時には国際警察の役割を果たすべき際にも充分な機能が果たせず国連は批判される。理由は常任理事国という五大国へ与えられた特権制度だ。第2次世界大戦後の国際情勢に鑑み優等生と思われる5つの国に与えられている。共通するのは核兵器保有国。国には憲法と法律がある、優等生でも法律を犯せば社会的制裁を受ける。しかし国連の五大国に与えられた拒否権という特別な権利、世界から批判される残酷な悪業も「ニィエット」の一言で罪から逃れられる。「おいしい頂き物」を絶対離さないのがこの世の常、ソ連のグロムイコ外相時代から世界のためではなく、自国ロシアのために拒否権を多用し、ミスターニィエットと皮肉も含み揶揄された。ロシア軍により主権国家・ウクライナ領土制圧後、州や市では民選の長を親ロシアの人物に替えた。ロシア通貨、教育、テレビ網を始め、政治、メディア、日常生活全て国際ルールを無視、Русский Мир（ロシアの世界）化を画策する。蒙古軍の侵攻後に続く数百年、外国勢力のクビキという圧政に苦しんだウクライナの歴史。繰り返される侵略の悲しい歴史を持つウクライナ、ネオ・ナチと非難しながら弱肉強食の大国ロシア軍かから逃げ惑うウクライナ国民、怒りが抵抗力を強める。

　日本のある歴史学者は要旨次の言葉を述べている。「今回のウクライナ侵略戦争の経過は1931年の満州事変から敗戦に至る過程と二重写しに見える。ロシアがドンバス地方の2つの人民共和国を承認、武力で拡張し

ていく過程は満州事変や満州国建設から日中戦争への歩みを想起させる。日本は日独伊の三国条約締結後に大東亜圏の建設を唱え無茶な太平洋戦争に突き進んだ。プーチンが目指すユーラシア主義による広域支配に重なり、かつて日本が辿った道をロシアが行きかねない懸念がある」と。

　ドイツ、ベルリン・フィルハーモニーの常任指揮者を務め、ベートーベンやワグナーの曲の演奏を得意としヒットラーやゲッペルスから強い支持を受けたヴィルヘルム・フルトヴェングラー。独裁者・スターリン時代、モーツアルトの再来と言われたドミートリー・シェスタコービッチ、政府から支持を受け後には批評された。1937年に交響曲 5 番「革命」を作曲し、「第 1 回スターリン賞」の受賞により名誉が回復された。独裁者の死後には政府支持か、それとも反政府なのか、ヴィルヘルム・フルトヴェングラーやシェスタコービッチを始め、作曲家や作家、芸術家の評価は様々に変わる。

　日本人の作家、火野葦平は従軍記者となり「麦と兵隊」他の作品を残した。そしてインパールにも。インパール作戦はインド東部の街でインパールに駐在するイギリス軍攻略にビルマから向かう日本兵 9 万人、夏の猛暑と雨、大きな川と山岳地帯、蚊、食料不足から死者 3 万、病症者 4 万人と言われている。遺骨は今も残され、白骨街道と呼ばれる第 2 次世界大戦では最も無謀な軍事作戦を行った。その戦記を書いた作家の火野葦平は、戦後批判され自害の理由の 1 つだとも言われている。

　勝手な理由から他国侵略を繰り返すのがこの世の歴史、出来る限り多くの印刷物から真実を知る事をジョージは努める。

　ウクライナ侵攻に関連し 2 名の著名な学者は、2022年 4 月25日発行の AERA 誌上で宗教及びロシアの精神について概略次のように分析している。早稲田大学文学学術院文学部三浦清美教授、専門は中世ロシア文学・宗教史。テーマは宗教、ロシア正教を守る使命感、戦争が泥沼化する可能性。『今回は宗教戦争、西欧のキリスト教とロシア正教との戦争、NATO を構成する大多数の西欧諸国はかってのローマからカトリッ

クを受け入れた国々を母体としてなる。一方ロシアとウクライナの前身であるキエフ・ルーシ公国は988年にコンスタンティノープルからギリシャ正教を受容し、これがロシア正教の原点になっている。カトリックとロシア正教の違いはイエスキリストをいかに考えるかの違いで、カトリックは、キリストは神であり人間であるのに対し、ロシア正教は（中略）神と化した人間を求める。この違いが千年に渡る宗教対立となり、ロシア人特有の宗教感覚は国の頂点に立つ者を神の代理人とする統治者観を生む。神の代理人は帝政ロシアではツァーリ（皇帝）、今はプーチン氏。プーチン氏の権力の強大さはこの統治者観の上に成立している。神の代理人であるプーチン氏がウクライナに侵攻すると言えば、ほとんどのロシア人は神に命令されるのと同じ感覚で最終的に受け入れる。西欧に流れて行こうとするウクライナに対する苛立ちと、それに対する制裁という側面もあったと思う。（中略）戦争の根底に宗教がある以上争いの根が深く泥沼化する可能性を秘めているという認識が必要。とにかく今はプーチン氏に逃げ場所を残しておくこと。神の代理人という統治者観はロシアが存在する限り続く、プーチン氏が去った後神の代理人としてふさわしい指導者が出て呉れることを願っています。』

　名古屋外国語大学学長、亀山郁夫教授、専門はロシア文学、ロシア文化論、訳書にカラマーゾフの兄弟等。テーマはロシアの精神、神と大地に忠実な国民性、強力なリーダーを求める。

『同じスラブ系の民族からなるウクライナとロシアはベラルーシと共に「兄弟」関係にあり、ウクライナはある意味で兄的な存在ということができます。これは歴史的に右派が培ってきた思想です。同時にロシアにとってウクライナは「母」の位置にあるといっても過言ではない。そうであるなら今回のウクライナ侵攻とそれに伴う虐殺は「母殺し」、あるいは「親殺し」という要素を含んでいるのだろうかと、この間ずっと思い続けています。（中略）受動性につけ込む行為、ロシア人と身近に接しながら驚くのは、彼らが今もってある種の神秘主義です。彼らは政治

権力よりも神と大地に忠実です。特にロシア国土の広さはそれ全体が 1
つの大きな意思を持っていると感じている。その感覚は当然政治にも反
映され、強力なリーダーを求める傾向が生まれます。同時にロシア人は
セキュリティの感覚が希薄、死の感覚に馴致（じゅんち）している。自分
たちは神や大地に加護されているという漠たる感覚があるからでしょ
う。全体の中にあって 1 つの個が保たれるという一種の集団主義を生み
自立が悪とみなされる。今回のウクライナ侵攻は国民の受動性につけこ
んだ背信行為。

　（中略）今プーチンもロシア国民も被害者意識に凝り固まり、「嘘」と
知りつつ、「嘘」を命綱とする。しかし果たしてこれほどまでの「嘘」
にどこまで耐えられるのか、今はおそらく沈黙しかない。しかしいずれ
は何かが爆発するはず。独裁権力はそれに対してどう臨むのか。さらな
る弾圧か、あるいは真の自立の前にみずから膝を折るのか。』

　三浦清美早稲田大学教授及び亀山郁夫名古屋外国語大学学長の記述に触
れ、ロシアのウクライナ侵攻の陰に潜む宗教と精神観の理解に導き、その
意見に強い共感を覚える。ロシアもウクライナも冬は寒く戦争の硬直化と
更なる広がりが危惧される。歴史上数々の戦争では相手側の不条理を非難
し恐怖を述べる反論の繰り返し、結果戦場と被害が増大し、ロシア侵攻後
の 2 カ月でウクライナの物的被害は 1 年間の国家予算に相当すると言われ
る。トルストイ原作のソ連長編映画、「戦争と平和」では延々と戦闘場面
が描かれる。日本は敵勢語の英語を禁止し、敵国からの放送や映像受信を
遮り他国に侵攻した。ドイツも欧州やウクライナやロシアに侵攻、ユダヤ
民族浄化策を取り多くの犠牲者を生んだ後終戦となった。
　ウクライナ侵攻後ロシアの指導者は本来美しいロシア語を使い、強面の
表情と恐ろしい核使用を仄めかす。第 2 次世界大戦後ソ連崩壊、ソ連圏に
属していた東欧の国々の多くがロシア離れ、続いて CIS に属した中央アジ
アの国々もロシア離れ、NATO や EU への加盟を希望している。その心根
はロシアへの恐怖感と信頼の薄さだ。ロシアからの侵略に苦しみ、クビキ

を受け続けたウクライナをロシアは弟と言うが、文明的な視点では弟ではなく母親。弟でも母親であろうとも狭いこの地球、数百年も侵略に苦しんだウクライナに対し大国ロシアは慈しみを持って接すべき時が来ている。日本も歴史的な理由から隣国との問題を抱えるが、ロシア離れを起こす多くの国々、日本もその現実を冷静に見極める必要がある。

　アドルフ・ヒットラーはユダヤ人排斥による大虐殺の罪で、歴史上最大の極悪人と言われるが、その下で国民啓蒙・宣伝大臣を務め、片棒を担いだゲッペルスはドフトエフスキーの影響を受け「我々は彼の後に付いていく」と述べ、弟子を自認していたと言われる。ゲッペルスが支えたヒットラーは欧州の近隣諸国を侵攻し、英国攻撃中に突然ウクライナ経由ソ連に転戦した。多くの国に惨劇を及ぼし、日本と同様、ドイツ国民自身に大悲劇を与えた。敗戦後は東西分裂となった。ソ連崩壊後、旧社会主義共和国は次々にロシアを離れ、東欧圏に広がる民主化運動に連なった。NATOの東方拡大、ロシア各地での反プーチンデモが起こる。一方ロシア人が抱く反西欧観、複層的な理由から積もったストレス、歴史的には兄であり母親でもある隣国ウクライナへの一方的な侵攻となる。戦争で大きな被害を受け最も苦しむのは一般国民、ヒットラーを支えたゲッペルスとプーチンの尊敬する人物が、ロシアの文学者・思想家のドフトエフスキーとは、奇しくも不思議な繋がりだ。

　映画「アンネの日記」が放映され、ヒットラー軍から逃れ屋根裏に潜む人々の緊張の日々が映る。画面の最後に書かれる言葉は「本質的に人間は善だと信じている」とのアンネの言葉。映像の現代、ウクライナの住居や瓦礫、マリウポリの地下に潜み恐怖に脅える人、そしてこの言葉を耳にする世界の人々、この言葉はどの様に響き、どの様に感じるのだろうか。

　日独伊の三国同盟締結後、松岡洋祐はモスクワへよりスターリンとも日ソ不可侵条約を結ぶ。シベリア鉄道で日本へ帰る松岡をスターリンは

モスクワの駅まで見送ったという。その後第2次世界大戦に突入し日本は敗戦、日ソ不可侵条約有効期間中の終戦間際にソ連は日本参戦、北方領土問題は現在に至る長期間未解決の問題として残る。ロシアのウクライナ侵攻でその一寸先も見えない。この時代日本の、そして世界の政治家がこの世の将来を冷静に読めば、もう少し笑顔の多い、長閑な地上になっていたであろう。

　21世紀、世界に大きな恐怖感を抱かせる2つの出来事、コロナ禍とロシアのウクライナ侵攻。「人間は善だ」という言葉の通り、人間の英知と善なる心により地上に安寧と平和を一時も早く齎して欲しいもの。文学ではプーシキン、ゴーゴリ、ツルゲーネフ、ドフトエフスキー、トルストイ、音楽ではチャイコフスキー等の大作家を生み、スポーツやバレー等の文化、宇宙では人類初の人工衛星打ち上げ成功。多くの分野で世界に冠たる位置を占め、世界最広の領土から生まれる石油や天然ガス等の資源に恵まれる。短期間に強大な資産を築いたオリガルヒ集団、スポーツ界で世界一を目指すが故のドーピング問題、異なる意見を述べる政治論者の暗殺、反対デモ隊への襲撃と逮捕映像、暗く評価を下げる多くのニュース、瞬く間に世界に広がっている。世界的にロシア文学を高め、世界中から大きな敬意を集めたロシアの著名人、悲しいことに今後数百年のロシア文化の低迷となる。

　世界中が悲しむ眺め、多くの先達は、「Это ужасно й печально!! Что это такое наша родина Россия ?」と地の下で言っているであろう、間違い無く。

　ロシア最大、そして世界でも最大の文学者、トルストイは「人と一緒に暮らした時は、あなたが孤独な生活で知ったことを忘れてはならない。又一人きりになった時には人間との交流によって知ったことを、よく検討してみることである」と述べている。何百年も母親のウクライナを苦しめ、ネオ・ナチではなく本当のナチに逆戻り、多様な考えと人類を愛するロシ

冷戦下のソ連時代・モスクワ郊外で開かれた宇宙博。人間の英知でキューバ危機を乗り越え、宇宙に人類の夢を託した時代、大学で航空工学を学んだ日航・中里公哉モスクワ支店長家族と訪れる。冬のロシアは寒い。2人の幼児を抱えてクリミアへの旅行を予定するが生後日の浅い次男が急病となり、夜行列車を利用し4歳の息子と、急遽キーウへの2人の旅に変えた。

ア人も口封じして仕舞う指導者。人類愛と豊穣の畑一杯に咲く黄色のひまわりを、百万本のバラで、一刻も早くこの地上に戻して欲しい。

　From Russia With Love To Ukraine! ジョージはライブの最後は常に有名なジャズ曲、「What A Wonderful World」を、時には「ロシアより愛をこめて」を演奏している。

　ジョージは定年直前にモスクワ大学へプチ留学、その時に市内の最も大きな書店で眼にしたのが退任後に書いた、ボリス・エリツィン元大統領の自伝小説「大統領のマラソン、副題は熟考・思案、思い出、感銘」で、大統領の栄光や苦悩、ソ連崩壊後のロシアの一局面を知る書でもある。縦積みされたロシア語の本を買いホームステイ宅で読み終え、日本へ持ち帰った。ロシア通貨・ルーブル下落とロシア経済の破局、コソボ紛争、チェチェン紛争、各国首脳との会談を始め、プーチン現大統領を含む次期大統領候補との面談写真も多数載る。初めてのG8首脳会議、エリツィン元大統領、日本の橋本龍太郎元総理、元米クリントン大統領他の各国首脳全員が笑顔で記念撮影に臨む。ソ連崩壊後にクレムリンで開かれた独立国家共同体会議（当時バルト3国を除く12カ国で構成されていた）の記念写真、ボリショイ劇場で開かれたコンサート後に肩を寄せ合う橋

本元総理、小澤征爾指揮者とエリツィン大統
領の写真等々、世界の指導者の多くの笑顔が
見られる。世界が明るい未来に向かい始めた
予兆の書だ。

　その中で眼を弾くのは大統領選挙前のプー
チン氏との会談の姿、説明に「1999年10月13
日、この時プーチン氏は 2 ヶ月後の自分の運
命を知らない」と書く。エリツィン元大統領
はロシアと現在の国際情勢をどの様に観てい
るのだろうか。核が伴う第 3 次世界大戦勃発
かと恐れられた東西冷戦下のキューバ危機、

ケネディー米大統領とフルシチョフソ連首相との緊急対話により危うく
回避された。大局的な世界観に立ち、現在のウクライナ戦争の危機を救
う偉大な政治的指導者はもう出ないのか。

最終章

人の世の幸せ、音楽はこの地上を救えるか、
是非この地上を救って欲しい

——コロナ禍・ウクライナ戦争後のこの世界——

　ベートーベン作曲「ロマンス」や「エリーゼのために」は、世界中の
人々の心を和ませて呉れる。しかし音楽には出兵や戦場での戦いを鼓舞
する軍歌など様々で、東西冷戦により分裂した東・西ドイツはベートー
ベンの曲を巡り自国に有利な解釈を行った。ベルベット・レボリュー
ションと言われるプラハの春やベルリンの壁崩壊等の映像を眼にする
と、戦車では人の心を変えられない現実を知る。プラハの春ではチェコ
の歌手、マルタ・クビショバがチェコ語で歌うビートルズの「ヘイ・
ジュード」は国民の心に響き過ぎ、時の政府から永久追放された。ベル
リンの壁崩壊には東ドイツ出身の女性ロック歌手のニナ・ハーゲンや英
国出身で幼い頃アルトサックスを学び米国や西ドイツで歌手として活躍
したカルトスターからロックスターに変身したデビット・ボウイが大き
な影響を与える。

　社会主義体制の政治、社会問題、経済的停滞への不満が重なり1980年
より東欧諸国に新しい波が起こる。自由を求めるこの動きは、社会主義
体制の最も忠実な同盟国東ドイツに。禁止されればされる程興味を持
ち、より深く知りたくなるのは人間の心理、若者は壁の外の西側から聴
こえるロック調のミュージックに惹かれる。東ベルリンの壁の内側でも
ロックミュージック大会が開催される時が訪れ、ブルース・スプリング
スティーンが1984年にリリースしたベトナム戦争への反戦ロック「ボー
ン・イン・ザ・USA」を歌った。東ドイツの若者の75％が加盟する自由
ドイツ青年団が企画するイベント、ベルリンの壁崩壊から世界最大の核

を持つ軍事強国、ソ連の崩壊に繋がった。

　ロシア文化と言えば文学、バレー、そしてフィギュアースケート、女帝エカテリーナⅡ世はイタリアの美術品を買い求めエルミタージュ美術館を開き、学校を作り女性教育に努めた。ロシアはオスマン・トルコと数回に及ぶ戦争を繰り返し、勝利するとルーマニアやウクライナでも政治や経済の支配を強め、ルーマニアではワインを推奨、その収入をエルミタージュの充足に当てたと言われる。ロシアの美の最高芸術はバレー、バレーはイタリアで始まりフランスで花開き、ロシアで最高位に達するが、有名な主役は20世紀最大のバレーリーナ、マイヤ・プリセッツカヤ。17歳でモスクワのボリショイ・バレーへ入団、恵まれた美貌と伸びやかな肢体でプリマとなる。「瀕死の白鳥」、「白鳥の湖」、「眠れる森の美女」等で世界的に知られ日本にも数多く訪れた。その陰では家族の悲しいヒストリーを持っていた。

　プリセッツカヤの父親は以前アメリカに住んだユダヤ系の人で、スターリン時代の秘密裁判で有罪となり銃殺された。罪名はスパイ罪、過去にアメリカに住んでいたのがその理由で、女優の母親も人民の敵としてカザフスタンの収容所に収監された。スターリン時代の悲劇で、豪奢なボリショイ劇場で世界最高の華麗なバレーを舞うバレーリーナ、マイヤ・プリセッツカヤ、人の世の禍福は予測出来ない。

　ジョージが初めてボリショイ劇場を訪れたのは田中角栄総理の訪問時で、大使館からの要請により自家用車でクレムリンに行くようにとの上司からの指示があった。着後総理はクレムリンでブレジネフ書記長と首脳会談を行い、翌日の晩はボリショイ劇場でのバレー鑑賞。ジョージは直前にフィンランド・ヘルシンキで購入した車でボリショイ劇場に向かった。その後は日本からの訪問者があると、最初に案内するのはボリショイ劇場となった。何方も華やかな舞台と華麗な演技に酔いしれる。プリセッツカヤが悲しいヒストリーを秘めたバレーリーナとは露知らずに。

　ウクライナへの軍事侵攻、恐ろしいロシア語で恫喝を繰り返す指導者を批判するロシア国民の街頭デモ、しかし拘束される映像と共に反対の声は小さくなり、世界中が「My Country First」の道を歩み出した。ヒットラーがワグナーの愛好者であった話は有名で、ロシアのウクライナ侵攻で傭兵や恩赦を約束される刑務所収容者等からなる民間軍事会社軍団、ワグネルはロシア語で「Вагнер」と書く。この軍団は恐怖を伴う戦場でも勇猛に軍務を果たすと報道される。太平洋戦争が始まる4年前の昭和12年、後に東大総長になる経済学者、矢内原忠雄は「国家の理想」との理論の中で、国家の目指すべき理想は正義、正義とは弱者の権利を強者の侵害圧迫から守ること。国家が正義に違反した時は国民の中から批判が出て来なければならないと述べたという。日本や国外でも軍靴と軍歌の音が高まり当然強い批判を受けた。軍事強国化を図る日本、国民は沈黙しやがて太平洋戦争へと突入した。

　第2次世界大戦の敗戦で戦争や武力行使の放棄、国の交戦権を認めないと記す日本の憲法。しかしロシアのウクライナ侵攻から世界情勢の激変、侵略の危機感と憎悪が増す国際情勢の激変、再軍備から抑止のための敵基地攻撃能力へと防衛政策の大変換。核使用も危惧される国際情勢、再び軍靴の音が近づく。戦争の動機の引き鉄は「威心、欲望、恐怖」と、もう1つは「復讐心」と専門学者は言う。しかし戦争の被害を受けて最も嘆き悲しむのは兵士とその家族たちだ。この危機感や悲劇を人間の英知や外交努力により是非、避けなければならない。人間が他の生き物と異なるのは、言語表現は様々だが「言葉」を持つこと、武器や核兵器に代えて今こそ世界中が嫋やかな平和に向かい話し合って欲しいものだ。

　国内では長引くコロナ禍による経済の低迷、政治家の度重なる失言辞任とモラル低下の政治不信、国際競争力低下、宗教と家族問題、近隣諸

国との緊張感の広がりと軍事費増、円安、燃料費や食糧高騰、エネルギー逼迫と原発再稼働、自然災害、少子化・教育、鳥インフルと養鶏家・飼料高騰に絡む酪農家の苦悩と減少、振り込め詐欺と手口の巧妙化・連続する残虐な犯行事件等々、戦後最大の深刻な問題が山積している。国際関係ではロシアとウクライナ戦争の残虐性と国際法侵犯、国土・領海問題の深刻化、地球温暖化、コロナ禍の国境封鎖状況に依る観光や輸送業関連の苦境に立っている。これが国家間、民族、地域、個人間の心の谷間に入り込み世界中に、"分断"という言葉を植え付ける。人間と同じく国家間も密着し過ぎると領土や資源、人権問題他の理由から利害が絡み醜い争いへと陥る。残念だがコロナ禍の終息後人々の心の中に残る、"心の分断の闇"に終止符を付けるには更に長い歳月を要する。

　FIFA・ワールドカップサッカー大会、日本チームは強豪のドイツやスペインチームに予想外の勝利を得た。日本国民がその快挙に大拍手「ブラボー」の歓声をあげた。勝利に加え日本選手のフェアープレイに外国人選手も試合後エールを送った。続くWBCの野球大会でも日本チームの華麗なプレー、劇的なヒットとホームラン、逆転も加えた完全勝利、海外からも日本チームを賞賛した。暗いニュース続きの昨今、厳格なルールに加えIT時代の映像技術を利用して公正を図る、サッカー、野球、相撲を含むスポーツの世界。若い選手の活躍に元気が沸き「日本人に生まれて良かった！」との気持ちを貰う。戦争はルールなき弱肉強食の弱い者苛めの不条理な戦。強大な軍事力と勝手な理由付けで侵略を正当化、征服された国民は移住させられ幼い子供達も養子化される。中にはチェチェンで軍事訓練を受ける少年達、誤報であって欲しいニュースも耳に入る。一刻も早くこの戦争を平和に向けて終息させなければならない。

　戦い終えて相手チームにエールを送るスポーツ選手、その光景を見て

ジョージは日露戦争で戦った、乃木希典陸軍大将とロシアのアナトリー・ステッセリ陸軍中将の旅順・水師営会談の記念写真を思い出す。日露戦争後ステッセリは敗戦を理由に死刑の判決を受けるが、乃木将軍からの嘆願により減刑になったと言われる。水師営の会見では敗軍の将、ステッセリ中将に帯剣を許し会談後は酒を飲み交わし、ステッセリは奥さんが弾いていたピアノを返礼として送ったとの話。明治時代の日本海海戦と旅順での日露激戦、戦い終えた敵同士の手仕舞い、欧米の報道は賞賛する。乃木大将はこの戦いで長男と次男を失う、更に明治天皇の大喪の礼の夜に妻の静子と自決。何れの時代、何れの理由にしても戦争は厳しさと多くの人に悲しさを齎す、最大の犠牲者は家族。

　幸福、愛、結婚等について、著名な先達や哲学者が名言を残している。
　バートランド・ラッセルは、「己の関心を外部に向け活動的に生きる事を勧める」。アルトゥル・ショーペンハウエルは「目先の環境に振り回されるのを止め、全ては空しいと諦観する事で精神的落ち着きを得るべきである」。ヘレン・ケラーは「幸せとは視野の広い深遠な気持ちを持つこと、その知識とは嘘と真実、低俗なものと高尚なものを見分ける力です」。英国の詩人コールリッジは「逢って、知って、愛して、別れていくのが幾つもの悲しい物語」、ソクラテスは結婚について「君が良い妻を持てば幸福になるであろう、悪い妻を持てば哲学者になるであろう」との言葉。一方ツルゲーネフは「女の愛を恐れよ、この幸福を、この毒を恐れよ」と書いた。「心に憂いがあればわずか一里でも嫌になる、人生の行路もこれと同様、人は常に明るく、愉快な心を持って人生行路を歩まねばならない」、とシェークスピアは説く。長い間生き続けるとこれ等の言葉は強く引

学生時代からジョージが吹き続けるサックス、フィンランドの作曲家・シベリウスの「フィンランデイア」は思い出の一曲

き付け、何時までも心に残る。

　混沌化するこの地上、スポーツや音楽はこの世を救えないのだろうか。ジョージが最も好きな楽器はサックス、曲はベートーベンの「エリーゼのために」とチャイコフスキーの「ピアノ協奏曲第一番変ロ短調」。

　コロナ禍は人々の心に分断、国家間では弱肉強食、一方的に歴史を捻じ曲げるウクライナ戦争に依る激変と緊張を齎し人々の移動と交流を止める。しかしコロナの鎮静化と共に移動制限は解かれ人々の交流が再始動を始める。後は人間が持つ理性、英知と善なる心に基づくウクライナ戦争の平和な終焉と、残酷な映像が止まることだ。ジョージが長い間奉職した航空や観光業界にも薄明かりが灯る。人々の国際間の交流も必ず復活するであろう。ジョージが生まれて間もなく父親に赤紙が来て最初は寒さ厳しい満州、その後一転し紺碧の、しかし猛暑厳しい南洋の国で７月29日に餓死した。後母親の加奈は生涯未亡人で過ごしたが、繰り返すのは「戦争は嫌だ、嫌だ」、の言葉。太平洋戦争開戦の年に生まれ、平和に向かい歩き出した日本で若い時代を過ごしたジョージ、60年以上続けたのはテニス、好きな楽器・サックス、文法の難しいロシア語、そして少量の日本酒やワイン、笑顔と言葉が優しい人々との良き交流。昨今の日本では「人生100年時代」との言葉を度々耳にする。後期高齢者のジョージには無理だが、今後も出来る限りこれ等を続けようと願う。心配なのは養子に迎え勉強嫌いの10代の２人の孫、海外でサッカー指導を続ける息子と様々な国でユニセフの使命に携わるその配偶者、更に心配なのはウクライナ戦争の終焉と世界平和。早く平和な時代が来る事をジョージは心から願っている。

　大地は土からなるが大地は様々な表情を持つ。人間や国、民族が長い間争って来たのは領土と領海。大地について日本の学校や若者の間で良く歌われる曲は「大地讃頌」、心に響く誌とメロディー、生まれたこの

大地に感謝、子供の成長や地上の平和を願って作られたものであろう。

　　母なる大地のふところに　　われら人の子の喜びはある
　　大地を愛せよ　　大地に生きる　　人の子ら
　　その立つ土に感謝せよ　　平和な大地を　　静かな大地を
　　大地をほめよ　　たたえよ土を　　恩寵のゆたかな大地

　　われら人の子の　　大地をほめよ　　たたえよ　　土を
　　母なる大地を　　たたえよ　　ほめよ　　たたえよ　　土を
　　母なる大地を　　ああ　　たたえよ　　大地を　　ああ

　　　　　　　　　　　　　　　　　（作詞　大木敦夫／作曲　佐藤真）

　勉強嫌いで反抗期の孫娘の中学の卒業式、卒業生が歌うこの曲、ジョージは初めて耳にして涙が流れ出す。若者に取り最も大切なのは教育、将来に向けて夢の持てる社会、留学や観光等を通じた国際交流の必要性、この日本に生まれて良かったとの気持ちを持たせる。そんな夢を壊すのが戦争、様々な言い訳を付け相手を激しく攻撃、美しい大地を巡る人間の醜い戦い、ジョージは「止めろ、戦争を」と強く思う。

　トルストイはクリミア戦争の従軍記者となり、その経験をもとに７年間、「戦争と平和」で戦争の悲劇を表現した。そして一躍有名な作家になった。戦場の残忍な情景や悲劇を眼にし人道主義者なったと言われるが、80歳を越えて家出し数駅行った所で死亡する。若い時代、妻ソフィアとは共に愛し合い生まれた子供も10人以上いたが、駅長室に安置されたトルストイの遺体確認後ソフィアはそっけなく帰宅した。人の世は出会いと別れの繰り返しを知らされる。

　戦後日本でよく歌われたロシア民謡、カチューシャの唄。「りんごの花ほころび　川面に霞みたつ、君なき里にも　春がしのびよりぬ」の歌詞、原詩とは微妙に異なるが日本人の若者の心に響く。

　大地讃頌の中の「大地」、カチューシャの唄の中の「Земля⇔地、大地、祖国」は書く人、読む人により大きく異なる。同じ言葉の大地、ウクライナ戦争で日本人、ロシア人、ウクライナ人の間で響く言葉の意味が異なって仕舞う。ジョージは多くのロシア人と接した訳ではないが、言われて最も好むのは「あなたは教養がある人だ」、との言葉、他人や外国人は自分達をどのように観ているかとの反応であろう。ロシア人は教養がある国民である事を是非とも示して欲しい。

　この書にも終わりの時が近づいてきた。トルストイは小説「幼年時代」の中で「幸せな、幸せな二度と戻らぬ幼年時代、その思い出をどうして愛さずに、大切にせずにいられようか？　その思い出は私の心を新鮮にし、高めて呉れ、私にとって更なる喜びの源泉になって呉れるのだ」。人生に於ける若い時代の良き思い出作りの大切さを述べる、最後はトルストイの人生路について次の言葉が相応しい。

　　　確実に幸福な人となる唯一つの道は人を愛することだ。

　この地上に住む全ての人は日々幸せを願って生きる。しかし混沌化するこの世界、最低限の願いは食べもの、楽しい会話と笑顔。日本人に生まれ、且つ戦争体験が無い事に感謝し日々生きるジョージ、好きな外国語は長年学んだロシア語、その中で最も好きな言葉、「Я люблю тебя（貴方が好きです）」、そして人生最後の夢は平和、この書がいつの日かロシア語で出版されること。世界共通の唯一の言葉は音楽。混沌化するこの世、平和な日々が戻るようにどうか救って下さい*!!*
　では　さようなら、またいつの日か。

　キルギスからの帰国日、体調不良で飛び乗ったモスクワ・シェレメチェボ空港から東京行きの機内客室乗務員のCAさん、笑顔で迎えて呉れた。

　1956年日ソ共同宣言により日ソの国交が回復した。国交回復すると、通常は次に両国を結ぶ航空協定が結ばれる。しかし両国の首都東京とモスクワを結ぶ民間航空協定の発効は、ソ連がシベリア上空の開放を嫌い10年以上後の1967年3月になる。ソ連製の機体、機長や他の乗員はソ連人、加えて1名の日本人CAによる共同運航が条件となり、漸く協定が発効した。ジョージが初めてソ連の飛行機に乗ったのは1973年3月、田中角栄総理の訪ソ効果か、環日本海時代の夜明けとして開設された、新潟から到着するB727型機初便の出迎えにアエロフロート機（SU）でハバロフスクへ赴いた時だ。シベリア上空の数時間、CAは一度も笑顔を見せなかった。時が流れソ連が崩壊し国営航空のSUも民営化する。米欧の航空会社と共にアライアンスに加盟し、機内サービスと笑顔で好印象を与えた。客室乗務員は安全を支えて呉れる空の神様。キルギスからモスクワ経由の帰国便の機内では、化粧室での喫煙の疑いでシェレメチェボ到着時逮捕者が出た。ジョージがふらつく足でトランジットへ行くと大渋滞、SU地上社員の助けで成田行きにドロップイン。CAさんは笑顔で迎えて呉れた。しかしウクライナ戦争により多くの航空会社はシベリア上空の定期運航を停止する。安全性と経済制裁への対抗策として機体接収やリース機未返納の恐れからだ。

　世界の人々の夢は明るく楽しい会話と食事、そして旅。ジョージは馬齢を重ね80歳を越えた。幼い頃に抱いた夢や遣りたい事の実現は未だ80パーセント程。しかし一度は行きたいと願った海外旅行もほぼ希望の地を訪れた。若い時代は様々な欲の世界に興味を抱く、しかし人間の命は短くうたかた。悠久の大地に比べれば、かげろうの如し、人間は一時の旅人だ。

富岡譲二先生の文学とその世界

キルギス・ロシア語・日本語通訳、ロシア語講師

サグンクロヴァ　アセリ

　富岡譲二先生が、「中央アジア、魅惑の国・キルギス物語」の構想に
ついてお話くださったのは、私たち家族が、日本に来てまだ間もない時
でした。その頃、世界も、そして日本もコロナ禍の渦中にあった大変な
時期だったのを覚えています。そのような時期に、私は思いもかけず富
岡譲二先生と日本で再会を果たしたのです。この時私は、非対面のコ
ミュニケーション技術がいくら発達しても、直接人に会う以上の感情を
得ることはできないと改めて実感しました。それくらいに、先生との再
会は感動的なものでした。しかも、先生はその場で私の故郷である「キ
ルギスタン」に関する本を執筆中であり、「小説が本になったら、ロシ
ア語にも翻訳したいので、手伝ってほしい」とおっしゃったのです。私
は、その言葉に強く頷きました。

　富岡譲二先生との出会いは、キルギスタンに遡ります。先生はその年
齢をものともせずにキルギスタンで日本語教師として活動し、子供達に
日本語だけでなく日本文化も精力的に教えていらっしゃいました。先生
は、現地ではロシア語でコミュニケーションを取っていらっしゃいまし
た。どうして、そんなにロシア語が上手なのだろうと不思議に思ってお

尋ねしてみると、大学でロシア語を専攻し、冷戦時代にはモスクワの日本の航空会社の支店で勤務した経験をお持ちだとのことでした。どうりでロシア語が上手なはずです。でも、先生はロシア語が堪能なだけではありませんでした。先生はそのロシア語を匠に使って、現地の人々の心を次々に魅了してきました。それは、先生が国内の移動、情報が厳しく制限されていたソ連という時代と、ソ連崩壊後の旧ソ連諸国で生活を経験してもなお、この地域に特別な感情を持っているからなのだと思います。そのような観点からは、富岡譲二先生は、ソ連とロシア時代の旧ソ連邦で体験した生活を文学という形で表現している希少な作家なのです。

　富岡譲二先生は、本作品の出版の前に、「そしてモスコーの夜はふけて」という作品を出版しています。この作品は、ソ連という時代を生きた日本人とロシア人が共同で執筆をしたからこそ生まれた作品です。その文章は、先生がサックスで奏でる調べのようにプレリュードからアウトロまで読む人の心を揺さぶります。先生の心の根底を流れているものは、音楽でも文学でも一貫していることを知りました。そして今、先生はその集大成ともいえる「中央アジア、魅惑の国・キルギス物語」を世界中の平和を愛する全ての人に向けて贈ってくださいました。この作品を読むと、ロシア、CIS で過ごされた豊かな経験とこの地域の文化、文学、歴史などへの深い造詣を知ることができます。先生の幼少期から現在に至るまでの体験、ロシア、キルギスタンでの生活を基に書かれた小説の中で一貫して読者に伝えようとしているものは、「平和と人間の本質」です。この小説は、20世紀から21世紀の激動の時代を生き抜いた一人の日本人の目を通した時代の記録であり、小説の中で主人公が経験する出会いと別れ、そのエピソードの一つ一つが、人間が本当に大切にしなくてはならないものを私たちに教えてくれるのです。この先生の作品は、キルギスタンを代表する作家、チンギス・アイトマートフの「**人間にとって最も難しいことは、毎日人間であり続けることなのだ**」という言葉を彷彿させます。

　先生の作品の中に散りばめられた世界の人々への「平和」へのメッセージ、先生と先生を取り巻く人々がこの世に生きた記録が、私の祖国、キルギスタンを舞台に語られていることを誇りに感じます。私が、この本のページを一枚開いた時と同じ感動を、世界の人々全てに伝えたい。そのために、私は先生の作品をキルギス語に、ロシア語に翻訳するお手伝いができたらと思っています。私が15歳の時に日本語を通じて日本とご縁ができたのは、今日のこのためであったのではないかと運命を感じています。学生だった私に、日本語を学ぶ門戸を開いてくれた背の高い日本人の先生と「中央アジア、魅惑の国・キルギス物語」を手渡して、「世界の人にこの作品を伝えるために、あなたの手助けが必要です」とおっしゃった富岡譲二先生の姿が重なります。富岡先生、この作品に――「チョウン・ラフマット. スパシーバ. そして、有難うございます」。

Литература и мировоззрение доктора Дзёдзи Томиока.

Вскоре после приезда нашей семьи в Японию профессор Дзёдзи Томиока рассказал мне о своей идее книги «Рассказ о Кыргызстане - страны очарования в Центральной Азии». В то время мир и Япония переживали пандемию КОВИД-19. В это время в Японии встретилась с писателем Дзёдзи Томиока. Тогда я поняла, что никакие технологии и средства коммуникации, не заменят живое общение, так как невозможно получить больше эмоций, чем при личной встрече. Именно такой эмоциональной была наша встреча с ним. Более того, он сразу же сказал мне, что работает над книгой, которая имеется связь с моей родиной - Кыргызстан, и он хотел, чтоб я помогла ему перевести из японского на русский язык, когда его книга будет опубликована. Я конечно же согласилась.

Мое первое знакомство с г-ном Дзёдзи Томиока произошло в Кыргызстане. Несмотря на свой возраст, работал в Кыргызстане учителем японского языка и обучал детей в Кыргызстане не только японскому языку, но и японской культуре. Находясь в Кыргызстане, он общался на русском языке. Когда я спросила его, как ему удается так хорошо говорить по-русски, он рассказал, что изучал русский язык в университете и работал в филиале японской авиакомпании в Москве во времена холодной войны. Он прекрасно владея русским языком приобрел много друзей среди местных жителей. Думаю, это связано с тем, что он жил в Советском Союзе, где передвижение по стране и информация были сильно ограничены, и в странах бывшего СССР после его распада, и до сих пор испытывает особое чувство к этому региону. С этой точки зрения Дзёдзи Томиока - редкий писатель, который знает и страны бывшего СССР в российский период и выражает свои впечатления в форме литературы.

До выхода данной книги Томиока Дзёдзи опубликовал свою работу под названием «И меркнет московская ночь». Это произведение родилось в результате совместного творчества японцам (Томиока сэнсей) и русской (его бывшая коллега), живших в эпоху Советского Союза. Текст, от прелюдии до утра, волнует сердце читателя, как музыка, которую играет учитель на своем саксофоне. Я обнаружила то, что учитель чувствует сердцем, выражает и в музыке, и в литературе. И вот теперь он представил всем миролюбивым людям мира плоды своего труда - книгу «Центральная Азия, удивительная страна Кыргызстан». В работе раскрывается богатый опыт, полученный во время пребывания в России и странах СНГ, а также глубокое знание культуры, литературы и истории региона. Основываясь на своем опыте с детства и до настоящего времени, в своей жизни в России и в Кыргызстане, он постоянно обращается к читателю с призывом «мир и человечество». Это летопись глазами японца, пережившего бурные времена XX и XXI веков, встречи и расставания, пережитые главным героем романа, каждая из которых - история о том, чем на самом деле нужно дорожить человеку и о чем говорил знаменитый кыргызский писатель Чингиз Айтматов: «Самое трудное для человека - это каждый день оставаться человеком».

Я горжусь тем, что послание «мира» для людей всего мира, разбросанное по всему его творчеству, летопись своей жизни и его народа в этом мире, передана через рассказ моей родины - Кыргызстана. Я хочу донести до всех людей мира те же эмоции, которые я испытал, открыв одну из страниц этой книги. Для этого я хотела бы помочь перевести его произведение на кыргызский и русский языки. Я установила связь с Японией через японский язык, когда мне было 15 лет, и именно по этой причине я сегодня здесь. Будучи студентом, я вспоминаю своего японского учителя высокого роста, который открыла мне дверь в изучение японского языка, и Дзёдзи Томиоку, который вручил мне экземпляр книги «Рассказ о Кыргызстане, страны очарования в Центральной Азии» и сказал: «Мне нужна ваша помощь, чтобы рассказать об этой работе людям во всем мире». Г-ну Томиока, за эту работу «Чон рахмат, Спасибо и Аригатоу гозаймасу».

おわりに

　モスクワ市とソウル市に住んでいた頃、時々耳にした言葉は「チーシェ　イエージェッシ、ダリシェ　ブージェッシ」、と「チョンチョンニ　カヤ、モルリー　カンダ」（ゆっくり歩めば遠くまで行ける）という諺。

　何れも３流だがジョージが60年程続けて来たのは、テニス、楽器、ロシア語、そして程ほどのアルコール。

　これ等がなければ、多分この書も生まれなかったことでしょう。理由はほんの一端だがこの世は一人では生きられず、これ等を通じて観て、学び、感じ、楽しみ、そして人間の多様性を知る。加えて平和で穏やかな日々、ゆっくりと歩み、生き続けることの大切さも。人生は一度だけ。

　筆を置くにあたり、お礼の心を書き残したい。先ず最後までこの書をお読み頂いた読者の方々。

　更に出版にご協力頂きました、流通経済大学出版会、宮本敏郎（事業部長）、杉山めぐみ、小野崎英。

　株式会社アベル社、本多徹也（代表取締役）、依田竜太、の皆様に心から感謝を申し上げます。

　そしてナカとあや子、という二人の女性にも。

　　この世の永遠のいやさかを祈って。

著者

【著　者】
ユーリー・ダメノビッチ・ツルゲーネフ／富岡譲二

［略　歴］
出身地：群馬県富岡市
学　歴：上智大学外国語学部ロシア語学科卒
　　　　在学時東京オリンピック埼玉・戸田ボート競技場でロシア語通訳
　　　　同大学経済学部経済学科卒
　　　　慶應義塾大学文学部東洋史学科修士課程（中退）
職　歴：繊維会社で輸出担当後日本航空に移る。関連のジャルパック、九州国際サービス、アクセス
　　　　国際ネットワーク社（アクセス検定委員長等担当）に出向、海外はソ連時代のモスクワ及びソ
　　　　ウル支店駐在、精華短大（静岡県）にて非常勤講師、定年後流通経済大学国際観光学科教授
　　　　（2013年3月まで）。中央アジア・キルギスの私立学校で日本語教師（ロシア語を通じて）を
　　　　務める
　　　　担当講義　航空輸送業・空港論、高速鉄道、国際交流と観光の役割、海外研修、航空・旅行
　　　　　　　　　業に必須のコンピューター・システム（CRS/GDS）、インターンシップ等
所　属：欧亜露　航空・観光・音楽研究所
　　　　元日本国際観光学会会員、ふるさとテレビ顧問
既出版：「そしてモスコーの夜はふけて」（出版：流通経済大出版会）モスクワ駐在時のロシア人女性
　　　　社員との日ロ関係等のエッセイ共著、日本の大学出版部協会よりフランクフルトのブック
　　　　フェアーに出展される。
　　　　「現代の航空輸送事業」（同友館　編著）、「観光立国を支える航空輸送事業」（同友館　共
　　　　著）、「観光学大事典」（木楽舎、ロシア編担当）、「そして、サンクトペテルブルグの夜はふ
　　　　けて」（文芸社）副題　国境の壁に消された恋、日本人ロシア語通訳とソ連時代のロシア人
　　　　ピアニストとのノンフィクション・悲恋物語
その他：2021年よりZOOMを利用してキルギスとの日本語会話・通訳コース（ロシア語にて）講義
　　　　開始（ウクライナ侵攻等の影響もあり中断）
趣　味：楽器演奏（サックス）、テニス、旅行等

（本名：三田　譲）

中央アジア、魅惑の国・キルギス物語
モスクワ、ソウル、キルギス、ウクライナへの道

発行日　2023年7月29日　初版発行

著　者　ユーリー・ダメノビッチ・ツルゲーネフ
　　　　富　岡　譲　二
発行者　上　野　裕　一
発行所　流通経済大学出版会
　　　　〒301-8555　茨城県龍ケ崎市120
　　　　電話　0297-60-1167　FAX　0297-60-1165